o beijo não vem da boca

IGNÁCIO DE LOYOLA BRANDÃO

o beijo não vem da boca

São Paulo
2009

global
EDITORA

© Ignácio de Loyola Brandão, 1999

5ª Edição, Global Editora, São Paulo 2000
6ª Edição, Global Editora, São Paulo 2009

Diretor Editorial
JEFFERSON L. ALVES

Gerente de Produção
FLÁVIO SAMUEL

Coordenadora Editorial
DIDA BESSANA

Assistentes Editoriais
ALESSANDRA BIRAL
JOÃO REYNALDO DE PAIVA

Revisão do Alemão
RENATE FRIESS

Revisão
ANA LÚCIA S. DOS SANTOS
REGINA MACHADO

Editoração Eletrônica
ADRIANA ALBANO

Dados Internacionais de Catalogação na Publicação (CIP)
(Câmara Brasileira do Livro, SP, Brasil)

Brandão, Ignácio de Loyola
   O beijo não vem da boca / Ignácio de Loyola Brandão.
– 6. ed. – São Paulo : Global, 2009.

   ISBN 978-85-260-1383-4

   1.Romance brasileiro I. Título.

09-04639   CDD–869.93

Índices para catálogo sistemático:

1. Romances : Literatura brasileira   869.93

Direitos Reservados

**GLOBAL EDITORA
E DISTRIBUIDORA LTDA.**

Rua Pirapitingui, 111 – Liberdade
CEP 01508-020 – São Paulo – SP
Tel.: (11) 3277-7999 – Fax: (11) 3277-8141
e-mail: global@dialdata.com.br
www.globaleditora.com.br

Obra atualizada conforme o
Novo Acordo Ortográfico da Língua Portuguesa

Colabore com a produção científica e cultural.
Proibida a reprodução total ou parcial desta obra
sem a autorização do editor.

Nº de Catálogo: **1558**

Para Luciana Wilmers e Anna (Terra) Maria Magalhães,
que não são personagens, mas me emprestaram seus nomes.
E ainda para Vera Rangel, Hebe e Humberto Pereira,
Jacqueline Joner, Lu Franco, Anaelena e Cristina,
meninas da Livraria Capitu. E ao carinho da gente
do Anglo, de São José do Rio Preto.

O Brasil se derrete ao sol como imensa bola de sorvete. O rosto da tia serpente sobre uma nuvem de fogo e o bilhete amassado no fundo do bolso: "No escuro do cinema sentia o teu hálito recendendo a Fruitela. Era bom. O paraíso". Estava apaixonado, tinha coragem de enfrentar frases banais.

No avião, ele cochilou, a cabeça tombou, desapareceu o ronco surdo das turbinas, substituído pelo rumor das patas de cavalos. Centenas de animais batendo cascos ferrados nos paralelepípedos. Entre as patas o rosto da tia serpente, o que era estranho. Nunca tinha visto o rosto dela. As fotos desapareceram, queimadas com a casa.

A tensão ficou insuportável quando o Passat branco se equilibrou na asa do Boeing e ele acordou em pânico por ter cedido ao sono impossível. Atemorizado gritou: "Ele morreu? Diga que não! Meu filho não morreu enquanto eu dormia".

FINAL FELIZ/O QUE É ISSO?

– Você ouviu bem. Quero um final feliz.

Luciana segurava a porta do elevador. Ele estava saindo, ia buscar as passagens para Berlim.

– Acha que pode ser comigo?

– Não acho nada. Só que mereço um final feliz. Não aguento mais. Não dá pé suportar as coisas como estão. Chega! Ah, como sonho! Preciso de um final feliz!

– Mas... vai comigo para Berlim?

– Não sei, não sei nada.
– Pode ser que não vá...?

QUANDO O AVIÃO DEIXOU SÃO PAULO, ELE OLHOU
PARA BAIXO, APANHOU A CÂMERA E GRAVOU.

O Brasil se dissolvendo ao sol, lambido pelas musas de verão, enquanto o povo tentava vantagem munido de colherinhas de sobremesa que mal enchiam a boca de um recém-nascido. Sorvete aveludado de frutas típicas. Cheiros fortes, tropicais. Jaca, manga, mangaba, banana, goiaba, buriti, tamarindo, açaí, abacaxi, graviola, umbu, laranja, carambola, maracujá, cupuaçu. Sabores mulatos, exóticos. Produtos de um país onde tudo deu, porque foi plantado. E arrancado.

Banana-split gigantesco e multicolorido, consumido ao som de Gil, Milton, Blitz, Roberto Carlos, Elba Ramalho, Barão Vermelho, Gal, Milionário e Zé Rico, Ultraje a Rigor, Stones, Beatles, Arrigo Barnabé, Teixeirinha, Nelson Ned, Chico Buarque! Brasileirinhos desnutridos, crucificados em estado de emergência, observados por ministros sarcásticos cujas bocas automáticas dizem/desdizem, verdades/mentiras, calados através de porta-vozes presidenciais, lambuzados de marshmallow, cheirando a cobertura de chocolate, morango e baunilha. Adeus, minha terra. Por quanto tempo?

Você bem sabe. Não pode dormir. Nunca mais. Acordado até a eternidade. Há quanto tempo vem tentando um sono gostoso, manso, que deixa de bem com o mundo? Sem conseguir. Mesmo com todos os comprimidos que inventaram para colocar a nocaute. Nenhum é suficientemente forte para você. Agora, responda, se é que pode! Quanto tempo seu organismo vai resistir? Vai ver, seu corpo mudou, adaptou-se a cochilos ocasionais. É através deles que sobrevive, deixando esse rosto cheio de olheiras, ar abatido. Corpo de um derrotado. Quem sabe os fracassos que vêm acontecendo em sua vida tenham origem nessa derrocada que se aprofunda e ninguém consegue resolver? Se ao menos alguém conseguisse remover a determinação que você tem de não ir ao analista. Se fosse possível demovê-lo do ódio aos terapeutas, talvez se pudesse inverter o rumo desse voo cego.

A impossibilidade de dormir. O perigo que representa o sono. Obsessão que não abandona seu pensamento, flutua sobre a cabeça como auréola de santo. Vai carregar essa culpa, sente-se responsável pelo que aconteceu. Ainda que todos tenham dito e repetido. Dos médicos aos amigos mais chegados. O que houve foi inevitável. Não existe homem no mundo que resista a uma semana de vigília, sem pregar os olhos.

Bastou aquele cabecear. Você achou que cinco minutos não fariam mal, cedeu. Rolou da cadeira, desmaiado. Quando despertou, tinha terminado. Lembre-se, você estava só, carregava tudo nas costas. Imaginava-se super-homem? Depois surgiu a sensação de inutilidade que te acompanha por toda parte e que você tem certeza pode se diluir na Alemanha. Nessa Berlim desconhecida que vai enfrentar, atraído pela enrascada que é um país sobre o qual nada se sabe, nem conhece a língua. Uma gente que te provoca preconceito e medo. Quer combater medo com medo. Fazer do temor um antídoto.

EM BERLIM, NO PSEUDOSNOB CAFÉ EINSTEIN, SENTADOS DIANTE DA MESA DIMINUTA, RODEADOS POR PAREDES DE LAMBRIS DE MADEIRA ENVELHECIDA (O QUE É VELHO E O QUE É RESTAURADO NESSA CIDADE?), SOB LUSTRES DO INÍCIO DO SÉCULO, ELE OUVE DE LUCIANA A PERGUNTA QUE O INCOMODA COMO O NERVO EXPOSTO DE UM DENTE.

– Descobriu?
– O quê?
– O que venho perguntando há dias e dias.
– Você pergunta tanta coisa. Não faz mais nada senão perguntar.

– O que eu queria saber, antes de embarcar?

– Nunca houve muita coisa que você quisesse saber a nosso respeito.

– Afinal, o que estamos fazendo em Berlim?

SOZINHO DIANTE DO APARELHO, GRAVANDO A FITA QUE RECEBEU O NÚMERO 30. ORGANIZADO, DISCIPLINADO, METÓDICO, ELE TEM TUDO SISTEMATIZADO.

O Brasil desapareceu. A câmera não registrou nada. A visão avassaladora do país se dissolvendo sumiu e a minha ansiedade aumentou. A montanha gelada vai retornar, vem me acompanhando desde que o avião decolou e pensei em todas as coisas acontecidas. O medo de não poder voltar. Pavor de que o Brasil não passe de miragem, fantasia, novela das oito que sai do ar depois de 180 capítulos, mito indígena recolhido nas Índias Orientais por viajantes europeus do século XVI, criação dos surrealistas, um filme de Buñuel-Dalí-Glauber-Tanguy-Sganzerla-Magritte. Videogame cuja programação pode ser apagada. Naquele momento percebi o sorvete de frutas envolvendo São Paulo, decompondo os horrorosos arranha-céus da Avenida Paulista, as pirâmides de concreto do Banco de Tóquio, o Banco da Argentina, o Banco da Espanha, da Inglaterra, da Itália, e não me senti brasileiro.

O que é ser brasileiro? Tomar desse sorvete? Falar português? Levar vantagem, guardar dólar para valorizar, aceitar a inflação, aplicar no open, invejar a corrupção impune, usar tanga minúscula exibindo os pentelhos, saber estourar pipoca, jogar na loto, saber com quem está falando, procurar mordomia, assistir ao Fantástico, ter caderneta de poupança, tomar rabo-de-galo, achar caipirinha de vodca o máximo, fritar linguiça de porco, não pagar prestação da casa própria, pendurar-se num emprego público, ter sucesso, adorar voleibol, ter todos os cartões de crédito, comer abobrinha, mandioca frita, dar um jeitinho, ter um contrabandista amigo para as bebidas, curtir o carnaval, usar jeans com griffe estrangeira, fingir que não se incomoda com o que a Roberta Close tem no meio das pernas, ter fé em Nossa Senhora Aparecida, ser doutor, mentir como o governo, acreditar na macumba, sacanear, desmentir como o governo, devorar dobradinha às quartas-feiras e feijoada aos sábados, adorar bundonas, dizer que come todas as mulheres, acreditar que ninguém pode com o brasileiro?

Quando o avião subiu, eu não era nada. Não estava no Brasil, e não tinha chegado a parte alguma. Fazia semanas que vacilava em total indiferença, mantido em pé pela obsessão de partir.

Como é? Vai embora? Logo você? O ano promete agitação, vai ser o nosso ano, pense só na campanha, no barulho com as eleições de novembro. Vamos levar esses militares de volta aos quartéis. Como pensa que pode ficar fora do processo de mudança? Você, logo você? Não, tem de ficar.

Quem sou eu? Conhecem minhas mentiras, mistificações, meu crime, meu processo de sedução, tudo que invento e crio em torno de mim? Amigos me pressionavam, leitores mandavam cartas. Parti, deixando o país a se lamber, na esperança total. Depois de vinte anos, uma eleição de importância. No entanto, eu duvidava de minha existência. Estava seguro de que não havia país algum, tinha certeza de um golpe antes das eleições pelas Diretas-Já. Estava cagando para tudo. Trazia na cabeça o Passat branco, parado embaixo da janela, na madrugada. Confirmação lancinante de minhas dúvidas, ponto final.

A certeza é uma coisa odiosa. A dúvida embala como um berço; dormimos acreditando que ontem estávamos enganados.

CAFÉ EINSTEIN

– Descobriu?

Ela repetiu a pergunta, enquanto ele observava, perplexo, o cabide onde os clientes apanhavam jornais, levando para as mesas. *Süddeutsche Zeitung, Die Zeit, Der Spiegel, Die Welt, Zitty, Frankfurter Rundschau, Tip, Der Tagesspiegel.* Indiferente à pergunta. Imaginando se um dia penetraria nessa língua espessa, rascante, a ponto de ler jornais e revistas e os milhares de livros em belíssimas edições pelos quais se apaixonava em cada livraria. Estava em Berlim havia duas semanas e sentia necessidade de saber o que acontecia no mundo. Deformação normal, provocada por uma carreira jornalística abandonada cinco anos atrás, paralisado de medo, mas com absoluta convicção de que era o momento. Não aproveitasse a demissão casual, motivada pelo fechamento da revista que dirigia, nunca mais teria outra chance de se encarar como escritor, tentar viver em total disponibilidade, sem continuar alugando a cabeça a patrões.

REPLAY DA FITA 19. SÃO PAULO.

O dono da editora, sem jeito: "Não quero te mandar embora, só não sei onde aproveitá-lo. Acredite, você interessa à casa". Interessava na medida em que ele tinha nome como escritor. Não ganhava um tostão com os livros, todavia aparecia nos jornais, frequentava a televisão. Foi antes de se tornar também autor de telenovelas. Muito antes de conseguir que o país inteiro parasse, uma noite, das oito às nove, para assistir ao último capítulo de sua novela.

"Me demita", ele disse (inteiramente apavorado). Primeira vez em vinte e cinco anos que perdia emprego. Sempre tinha vivido ameaçado em jornais, as crises eram constantes, porém nunca chegara a ficar na rua. Agora estava à beira dela. Com duas filhas crescidas na escola e a pensão da ex-mulher. Uma tarde caminhou como androide até o banco para retirar o Fundo de Garantia, percebeu que tinham roubado nas contas e à noite foi participar de uma assembleia, no sindicato. Não sabia direito para quê, era um tempo em que havia assembleia por tudo. Queria encontrar as pessoas, ver as caras dos jornalistas. Uma compulsão, olhar o rosto de companheiros empregados. Editores de outras revistas bateram em suas costas, "me procure, podemos fazer alguma coisa juntos".

Cedesse, nunca mais se libertaria da imprensa, situação que começava a pesar. Mais difícil foi enfrentar os amigos do dia a dia, os que frequentavam a casa. "Você é precipitado, tem vinte e cinco anos de trabalho. Se fizer um processo benfeito, pode ganhar até o tempo que trabalhou no interior e não foi registrado, nem nada. Aguente um pouco e se aposente." Não sentia que tivesse trabalhado tanto e a palavra aposentadoria tremulou fatídica. Palavra que condenava, estigma: envelhecia. Exatamente a sua recusa.

Às vezes, nem se lembrava quantos anos tinha, admirava-se quando lia notícias a seu respeito. A imprensa tem a mania de colocar uma vírgula depois do nome, acrescentando uma cifra. Ele mesmo fez isso durante anos, o número parecia oco, neutro, podia ser quantos quilos a pessoa pesava, o tanto de mulheres amadas, quantas cervejas a tomar na semana, os quilos de arroz que o redator precisava levar para casa no fim do expediente.

Até o dia em que o número 41 se iluminou diante do seu nome. Imaginou que fosse emoção por se descobrir com 41 anos. Pouco depois descobriu que todas as letras em qualquer texto que lesse pareciam se iluminar. O oculista eliminou sensações místicas: "A idade começa a cobrar pedágio". Ele deixou o consultório como um homem de vista cansada, aos 41 anos. O que é um quarentão? Deveria se sentir maduro, sério, responsável, encaminhado na vida? Sair apanhando menininhas, como a maioria de seus colegas? Escorregava para fora de todos os rótulos e se alegrava quando não conseguia nenhuma definição.

Em seguida, uma conclusão concreta: era um quarentão sem emprego e sem perspectiva de algo estável. Tanto podia fazer um livro de sucesso, quanto acertar na loto. Dois imponderáveis. A enfrentar: continuar a escrever e tentar todos as semanas a quina ou os 13 pontos. Isso era o futuro. E o presente? Andar pela rua sem destino, enquanto todos trabalhavam, encerrados nos escritórios, redações, fábricas. Comer quando tivesse fome e não nos horários estabelecidos. Pegar uma sessão de striptease ao meio-dia, com bailarinas sonolentas. Strips eram a sua obsessão. Entrar num cinema às duas da tarde. Dormir das cinco e meia às onze da noite, varar pela madrugada, cair duro na cama às oito da manhã. Pouco, quase nada. Isso não era liberdade. Não aceitara ser demitido para se transformar em alguém que fica bundando.

CAFÉ EINSTEIN

Olhava o cabide de jornais, as notícias penduradas. Há anos, antes do café da manhã, corria à banca, trazia os diários. Nem lia. Passava os olhos pelos títulos, subtítulos, legendas das fotos. Hábito da profissão. Devorava os colunistas e se julgava informado para o resto do dia. Completava com os telejornais, estava preparado para as conversas da noite, nos jantares ou nos bares. As notícias repetiam-se como capítulos de novelas. Partidos, fusão de partidos, registros, convenções, candidatos a candidatos, pacotes eleitorais. Quem ganhar vai assumir, se for oposição? Ou haverá novos casuísmos? Ficamos habituados ao termo, terminamos por incluí-lo em nossa vida diária. Não somente o significado, também a ação.

Nosso cotidiano se transformou num conjunto de casuísmos, o desfazer regras e compromissos com tranquilidade, o criar, subitamente, uma nova fase de vida, comunicando aos outros nossas novas intenções. A imprensa sempre viveu períodos febris, preparação do carnaval, o carnaval, o pós-carnaval. A semana santa, os preços dos pescados, a Páscoa, o preço do chocolate, o Finados, os preços das flores, o Natal, o preço dos brinquedos.

Importou-se da Europa a febre de verão, como se não houvesse verão e tempo quente o ano inteiro. A febre dos escândalos, a cleptocracia instalada. A turbulência das eleições começou cedo, como se fosse necessário colocar para fora vinte anos reprimidos sem voto. Nada mais acontecia, nem importava. Agora, ao fugir da pergunta insistente de Luciana, deparou com a notícia num jornal suíço, de logotipo gótico. Algo indicava um putsch militar na

Guatemala. Conhecia a palavra putsch, estava na História, o da cervejaria de Munique, e tudo o que seguiu até a chegada do ano 33 e o início da Reich de Mil Anos, que terminou com defasagem de 988 anos. Ou esses anos podem ser divididos e subdivididos por todos os regimes totalitários instalados pelo mundo? O Brasil contribuiu com 20, cota razoável.

Em Berlim se iniciava também uma onda na imprensa. Lenta, a temperatura a subir devagar. Dentro de alguns meses seria 30 de janeiro, portanto cinquenta anos desde que Hitler tinha subido ao poder. Os livros começavam a aparecer, fotos e estudos, o cotidiano de 33 a 45, a juventude, a sociologia dos campos de concentração, a arte e o nazismo, a propaganda. A cada dia, um título novo na vitrine e ele podia sentir uma vibração anormal. Em frente à Escola de Artes, os alunos tinham colocado uma gigantesca suástica de papel e ferro, despedaçada. Sensação vaga. Sendo ainda fresco no país, e nada sabendo deste povo, não podia detectar com precisão. Isso estava perto, era realidade palpável, todo o resto pareceu vago, distante, Brasil, América Latina. Sem significado. Há uma cortina, um muro, o mundo dividido ostensivamente, aqui é Europa, lá são vocês, o subdesenvolvimento.

Encerrado em Berlim, podia entender a falta de informação e o desprezo que os europeus devotam às adjacências do mundo. Para ele, agora, tudo eram também notícias ligeiras, curtas, aqueles fatos não o tocavam fundo, despertavam apenas um leve amargor, nada mais. Envergonhou-se! Afinal tinha sido condicionado para se esquecer, jamais olhar o fundo dele mesmo, porque muito mais angustiante era o que percebia a sua volta. Como ficar chorando a dor pessoal, se o mundo tem fome, há pessoas esmagadas, gente que não tem trabalho, casa, saúde? Esqueceu por anos suas dores pessoais, mas também teve poucas alegrias e não foi feliz, o primeiro casamento se rompeu como um pneu, ainda que os estragos na câmara de ar não tivessem sido muito graves. Continuava amigo de sua ex-mulher, nunca teve problemas em ver as filhas, ficar com elas. Quem se admirava era a vizinhança do prédio, ao vê-lo chegar com o novo marido dela, rindo e fazendo piadas, ou saindo os quatro juntos, a ex-mulher, o marido, ele e Luciana. Olhavam como se fossem bichos de zoológico. Sorriam para ele, afinal era o escritor cuja fotografia estava nos jornais, e Luciana, repórter de televisão, estava todas as noites no Tele Notícias. Portanto um casal com relativa celebridade, essa fama que dura o tempo de uma notícia. Era comum as pessoas perguntarem: "O senhor é o escritor?". E acrescentavam: "Desculpe, nunca lemos um livro seu. Qual foi mesmo o último?". Ele dizia qualquer um, citava Jorge Amado, Antonio Torres, Soljenitzin, Tolstoi, dava títulos de filmes da Sophia Loren, as pessoas riam encantadas e anunciavam: "Vamos comprar, da próxima vez o senhor autografa para nós, sim?".

TRECHO ELIMINADO DO TAPE 34 REFERENTE ÀS LEMBRANÇAS QUE TEVE NO CAFÉ EINSTEIN.

Todo o resto distante, vago. Brasil, América Latina. Há uma redoma de cristal. Sentia-me protegido, distante de meus problemas cotidianos, confortável e aquecido. Encerrado em Berlim, coloco o resto atrás de um filtro protetor. Como se houvesse não apenas o vidro, e sim camadas de algodão espesso, papel poroso, isopor, que não permitem a chegada de sons, gritos, palavras e diluem o amargor pessoal, esfumam lembranças. Assim, à distância, nada tem contorno, fica tudo impreciso. Me envergonho porque esta ideia não me choca, nem me espanto com estas notícias que não me tocam, Guatemala, El Salvador, Nicarágua, Malvinas.

EM DÚVIDA QUANTO AO QUE APAGAR DO TAPE.

Talvez eu esteja traumatizado com a mudança. Em menos de dois meses desfiz uma vida, desmontei uma casa, deixei de pertencer. No entanto, minha vida estava desfeita, bem antes tinha se derretido como a montanha de sorvete. As coisas perderam o sentido a partir daquela mentira e tudo o que desejo agora é me refazer, ter um pouco de paz. Se pudesse eliminar a memória, estaria salvo.

CAFÉ EINSTEIN

– Sabe ou não sabe?

A pergunta me incomodava. Como um dente a latejar. Deixa de sobreaviso, pode explodir, a qualquer momento, em dor violenta. Ela era assim. Tranquila, não brigava nem discutia. De vez em quando colocava uma questão simples, prosaica. Iceberg. Tudo se agitava a partir daí, transformado em furacão. A pergunta o perturbava, não podia ignorá-la por muito tempo. Luciana queria uma resposta. Ah, se pudesse apagar a pergunta, eliminá-la de lugar, cronologicamente, deixá-la existir, daqui a algum tempo colocá-la mais a frente. Isso é o fascinante num aparelho eletrônico. As possibilidades de movimentação, trocas, acréscimos. O replay, slow-motion. Ver onde se errou e o caminho a seguir. Anotar detalhes, corrigir, apagar, cancelar falas, reescrever as falas, deixar tudo exato. Ao menos deixar o mais próximo possível daquilo que a gente gostaria que a vida fosse. Talvez por isso tivesse comprado o aparelho e passasse horas gravando e regravando. Deveria ser possível uma câmera e um gravador que nos registrassem o tempo todo, gestos e falas, e que estivessem ligados aos nossos centros vitais. Poderíamos nos ver, ouvir, reouvir, nos reciclar, a vida voltaria ao aperto de um botão. Melhor ainda seria um gravador de pensamentos, afinal temos tantos e a maioria se perde.

– Só que não existe a máquina de registrar pensamentos. A não ser que você pense alto, o tempo inteiro. Como está fazendo agora. Aí fica fácil gravar o mundo da lua em que vive.

– O quê?

– Tá aí, pensando alto, enquanto esses alemães olham desconfiados. Decerto pensam que somos turcos e já estão a nos olhar torto. Não gosto que me achem turca.

– Qual a diferença entre turco e brasileiro?

– Vem ideologia. Não começa. Não me venha com posturas. Só quero que responda. O que estamos fazendo aqui, afinal?

– Você sabe.

– Sei não.

– Veio porque quis.

– Arrastada.

– Pode ir embora. Pegue a passagem, dê uma volta em Paris para se divertir.

– Por que divertimento tem de ser em Paris? Não pode ser em São Paulo? Ou Olinda? Você falou tanto de Olinda, do carnaval. Igualzinho uma viagem de ácido. Foi o que você disse. E que tal se eu atravessasse o muro, fosse me divertir na Berlim de lá?

– Você só me pergunta o que veio fazer. Pergunta sem parar.

– Será que você também não se pergunta?

– Chateada?

– Chateada de te ver se arrastar, sem decidir nada.

– Decidir o quê?

– Sabe, estou de saco cheio! Cansada de ter repetido meses e meses: cuidado, está se rompendo! Estamos irritados, vai se acabar. Você fez o quê?

– Achei que era fase.

– Tudo é fase, passa logo. Berlim é fase? Você nem sabe por que aceitou Berlim.

– Ofereceram, aceitei.

– Você não era assim, de pegar a olho. Sempre foi medido, racional.

– Mudei.

– Quando?

– Desde quando as mudanças dentro da gente têm hora exata?

– Sabe que não é isso. Sabe o que eu quero dizer.

– Mudei. Mudei e você nem percebeu.

– Ah, é tão fácil perceber as coisas com você...

– Esperei que você percebesse. Cabe a você, com o tempo, descobrir, e acompanhar.

– O quê? Eu tenho de acompanhar? E por que não você a mim?

– Simplesmente porque mudei para te acompanhar, seguir o teu passo. Não é o que você reclamava?

– Reclamava, não! Constatava. E te comunicava. Centenas de comunicados.

– Não foram tantos assim!

– Não? Te mostro. Tenho tudo anotado. Num caderninho.

– Chegou a isso?

– Copiei de você, meu querido. Te conheço. Sabia que você ia negar. Aí, eu que não sou de escrever, nem gosto muito, fui colocando na minha agenda. Aquela que uso para reportagens. Cada conversa, de cada dia. Não é assim que você faz? Quando anota para seus romances, suas novelas? A memória da gente não é computador, precisamos deixar tudo escrito, para reaproveitar. Acaso, o que é esse aparelho de tape que você comprou senão uma forma nova para suas anotações?

– Luciana, isso não é um romance, nem novela. É a nossa vida.

– Ah, quando você se dedicava aos livros, tinha frases mais brilhantes. Agora, vive repetindo diálogos de novela das sete. Desde quando, para você, vida e romance, vida e novela não se misturaram, não se transformaram na mesma coisa? Desde que mudou?

ELE DESCOBRE ENTRE AS FITAS UMA QUE NÃO TINHA NÚMERO, NEM ASSUNTO E DATA. VERIFICOU QUE TINHA VÁRIAS ASSIM. O QUE SIGNIFICAVAM, UMA VEZ QUE AS DELE ERAM CUIDADOSAMENTE CLASSIFICADAS? COLOCOU NO APARELHO. HAVIA UM CLOSE DE LUCIANA, DEPOIS A CÂMERA APANHAVA APENAS SEUS OLHOS EM BIG-CLOSE-UP GRAVADO POR ELA.

Ah, como é verdade! Não basta eu viver o dia inteiro na frente das câmeras, transformando em imagens a vida que corre à minha volta, congelando em notícias rápidas e frias os problemas das pessoas. Passo uma faca, corto um pedaço do que me interessa, do que interessa à emissora e vou embora. Pedaços dos outros. Não bastava ver o jornal das oito, o meu dia repassado e arquivado, morto, para ser recomeçado no dia seguinte a partir da mesma questão insolúvel. O que significa para mim viver aquelas notícias, se me sinto impotente diante delas? Desse modo, me grudava diante da televisão, tentando me compreender, focalizar a imagem. No entanto, tudo o que via era uma repórter bonita e maquiada, fazendo um comunicado sintético para caber dentro de um minuto e vinte, dois minutos. Depois, a câmera se desviava e a repórter ficava a milhares de quilômetros de distância enquanto as imagens mostravam os assuntos.

O meu problema sem solução é: a imagem não pertence ao assunto, eu não pertenço ao problema. A imagem não pode penetrar, está de fora, circunstancial, rodeia, não envolve, não penetra, não se comove. Não se mistura, nem sofre as consequências. A imagem do telejornal é fria, cômoda, não se perturba. Assim, as pessoas assistem e podem jantar, porque tiveram os problemas dentro de casa, sentiram-se revoltadas e solidárias ao permitir que as imagens entrassem em casa, rompessem a privacidade. Porém, que não ousassem mais do que isso. O que pretendem ainda? Já não expuseram? Agora, esperem, cabe a nós decidir o que fazer. Então jantavam e ligavam a novela, o mundo reconstruído por aquele homem com quem vivo. Ele se encarrega de montar isso, fingindo buscar no dia a dia os tijolos dos muros.

FICOU A CONTEMPLAR OS OLHOS DE LUCIANA.
IMOBILIZOU A IMAGEM. NO SILÊNCIO DO QUARTO
BERLINENSE – PORÉM PODIA SER QUALQUER CIDADE
DO MUNDO, EM POUCOS DIAS TINHA DESCOBERTO
ISSO, BERLIM PODIA SE DESFAZER, SE REFAZENDO EM
OUTRA CIDADE – ELE OUVIA FAGNER CANTANDO A

PRIMEIRA MÚSICA VENCEDORA DO FESTIVAL. ÚLTIMA NOITE, PRIMEIRA EM QUE SAIRIA COM AQUELA REPÓRTER, QUASE MENINA. O OLHAR.

(Pensamento, não gravação)

transparente, vidrado. olhar-câmera. se fixa numa objetiva, para uma pessoa que não existe. olhar que vai buscar milhares de olhos. se você olhar direto para uma câmera, sei disso, dei dezenas de entrevistas, tudo que ela faz é me devolver a mim mesmo, porque a lente funciona como um espelho. você tem de se distanciar, fugir dessa lente. olhar acima dela, para lugar algum. Luciana me contou da sensação de ser capturada a cada dia e devolvida a ela mesma, depois que assistia ao telejornal. como saber o que se passa entre esses dois momentos? perder-se num instante e recuperar-se depois, readquirir a própria imagem magnetizada. eletroentronizada em cada casa, no vídeo azul. Luciana acabou ganhando, incorporando esse olhar de câmera. como se fosse possível desviar-se por dentro de mim, para depois se readquirir num determinado momento. quando? uma tarde, ela não foi trabalhar. estava frio, ela detesta dias frios, cinzas. Mulher solar. A cada momento de folga se estende ao sol, no terraço, vai à piscina do prédio, e por isso tem essa cor preta. quase mulata, faz os berlinenses se virarem atônitos. uma mulher negra de sol, em pleno inverno? nessa tarde, ficamos em casa embaixo da coberta? acabado, respirávamos forte, ligeiro suor escorria de nossas peles (tínhamos deixado o cobertor pesado por cima), eu sentia o cheiro forte que vinha de baixo, estávamos com as coxas úmidas, coladas. baixei o corpo, lambi-a todinha, estava ainda sensível, cada vez que a língua batia em alguns pontos, ela estremecia, agarrava meus cabelos. gosto acre, salgado, pegajoso. tomava toda a boca, era o gosto dela, o que ela tinha me dado.

Voltei ao seu lado, percebi os seus olhos brilhando, tão transparentes estavam.

– Teu olho está claro, claro. Virou água.

– Viu como te dei gostoso?

– Eu é que te dei.

– A gente vem melhorando. Estou mais solta.

– Nunca vi teu olho desse jeito. Até assusta.

– Qualquer coisa diferente em mim te assusta. Se olhasse mais depois que a gente termina, ia ver que meus olhos ficam desse jeito.

– Enxergar no escuro?

– Ah, não te digo que é melhor transar com a luz acesa?

– Você é quem gosta do escurinho.

– Uma, duas vezes, pedi para apagar a luz. Era o começo, tinha vergonha.

– Vergonha?

– Timidez. Ficava sem graça de gemer às claras, mal nos conhecíamos.

– Viu? Acabei de saber uma coisa nova.

– Tem outras. Também tenho minhas chatices.

– Diz uma.

– Detesto boca cheirando a cigarro e café.

– Odeio cinzeiro cheio de pontas, à noite, no quarto.

– Não gosto de flor amarela.

– E eu não possso ver cravo, me dá impressão de cemitério.

– Se ouço *Dio como te amo*, vomito.

– Tenho vontade de quebrar televisão malsincronizada, com fantasmas.

– Não gosto dessa sua barba malfeita, me arrebenta todo o rosto, me irrita as coxas.

Engraçado, quando nos beijamos, minha boca fica inteira dentro da sua. O que me incomodava um pouco, a princípio. Aquelas bobagens, a boca do homem é que comanda. Meu Deus, quanto a aprender ainda. Como é bom recomeçar, ver que existem coisas novas. Gosto também quando ela está gozando, os gemidos abafados, o jeito de quem solta todo o ar dos pulmões, como se tivesse alguma coisa presa e estourasse. E o grito? Que tesão me dá esse grito.

– Sabe o que reparei? Você fala pouco na cama. Não gosta de dizer umas sacanagens?

– Não.

– Nem uma?

– Se quer dizer, diz. Meu jeito é outro.

– Tem mulher que adora.

– E tem homem que não diz nada. Cada um na sua. Mas é bom a gente ir se falando. Com meu ex-noivo demorou uma eternidade para a gente se ajustar. Ele se recusava a comentar.

– Vai ver preferia descobrir.

– Tem o lado das descobertas, das surpresas. Só que falar nunca fez mal a ninguém. Minhas amigas reclamam desse silêncio dos namorados. A turma da tua idade é a pior.

– Como sabe?

– Sou muda? Não converso?

– Transou com outros homens além do ex-noivo?

– Você.

– Nunca teve curiosidade?

– Tive. Muita. Mas estava bem com o André.

– Transaria com outro mesmo a gente estando junto?

– Agora não sei. Agora é você que me interessa. Depois é depois. E você?

– De vez em quando, a vontade de variar. Mulher tem menos isso, não?

– Mulher também gosta de variar. Ter dois, três. Por que não? Quem inventou a monogamia feminina? Acho que a mulher é mais forte, nesse caso. Leva mais a sério. Talvez ame melhor. Claro que pensar num pau diferente excita.

– Homem se segura menos?

– Homem tem mais chance, é menos vigiado, meu amor! Só que homem tem uma puta desvantagem.

– Qual?

– Um mundo de grilos na cabeça.

– Grilos?

– Hum, hum! Está sempre precisando inventar, inventar, senão acha que perde a parceira. Se não for eficiente, tchau!

– Não é bem assim.

– Pra maioria, é. Vai me dizer que não estava preocupado? Estava e senti isso. Querendo mostrar eficiência e técnica. É ou não é?

– Eu só quero o melhor para você gozar gostoso.

– Se eu gozar gostoso, você ganha a medalha, não é?

– Está me gozando?

– Outro dia, uma amiga minha, que trabalha em televisão, teve uma definição bem boa; explicou os homens. Foi transar com um cara, ele brochou. Conversa vai, conversa vem, ela dizendo: "Tudo bem, querido, acontece, eu sei, já aconteceu. Não tem problema comigo, outro dia a gente tenta". E aí ele confessou: "Não tem problema contigo, mas tem com os outros. Não conta pra ninguém". Foi aí que ela me disse: "Os homens trepam para os outros homens".

O TAPE NÃO GRAVOU, FOI APENAS UM PENSAMENTO DELE. TAPE DESLIGADO.

Ele está chorando enquanto a voz de Fagner se desfaz. Vê o teatro deserto e ela vem vindo num vestido branco de fitas vermelhas. Muito morena, o gravadorzinho na mão. Acostumou-se a essa imagem dela, o gravador sempre na mão. Um companheiro. "Oi, vamos jantar?" Oi. Típico de Luciana. "Estamos num pequeno grupo, você se incomoda?" Respondeu uma banalidade qualquer, timidamente, esses inícios sempre são excitantes e constrangedores, onde é que se colocam as mãos? Caminharam para o hall do Anhembi, havia quatro pessoas. O pai e a namorada dele, outro que não guardou o nome, e um sujeito alto, forte, de cabelos bem pretos. "Este é o meu noivo", ela apresentou. Os dois se olharam fundamente, apertaram as mãos, um sabia que estava perdendo, o outro, seguro de que tinha ganho. Descobriu depois essa qualidade nela: transmitir com exatidão o instante preciso em que as coisas terminavam. Sem, contudo, dizer palavra.

TAPE RODANDO OUTRA VEZ. PENSOU UM POUCO ADMIRADO: A QUE HORAS EU GRAVAVA TUDO ISSO? OLHO DE REPENTE PARA ESSA IMAGEM, E NÃO SOU EU FALANDO, ME ESTRANHO.

Houve nessa tarde dois momentos que me inquietaram. Quando disse dos dois únicos homens de sua vida, falou rapidamente, sem me olhar, e saltando logo da cama, foi fazer chá. Como se não pretendesse se estender sobre o assunto e nem estivesse tão convencida dele. Voltou da cozinha e não me deu tempo para falar. A me acariciar. Aos poucos, o olhar se transformou. Transparente, de tal modo límpido que parecia me atravessar. Ia além de mim. Havia felicidade pelo amor que tínhamos acabado de fazer. E íamos fazer de novo, estava chegando. No entanto, subitamente, seu olhar me ignorou. Fixou-se num ponto indefinido, naquela pessoa que não existia. Sorrindo, sem sorriso. Foi somente mais tarde, bem depois, quando o inexplicável afastamento já tinha começado, ela a escorrer mansamente, em silêncio (Como podia ser tão tranquila enquanto as coisas iam por água abaixo?), é que descobri. O olhar-câmera, aquele em que ela não via ninguém. Dirigido a todo mundo, subdividido a cada um em particular, acessível, e sem se deixar possuir.

CAFÉ EINSTEIN

– Desde quando? Desde que mudou?

– Mudou? O que você está falando?

– Minhas perguntas continuam sem resposta. Onde você estava? Costuma desligar com uma facilidade! Principalmente quando falo do que você escreve.

– Adianta falar do que escrevo?

– Não. Pois você não está escrevendo. Desde a última novela, oito meses atrás, você só anota, anota. Aliás, nem anota mais. Grava seus tapes. Com sua maletinha, para baixo e para cima. Se não fossem os japoneses, meu querido, imaginou a tranqueira que você estaria carregando?

– Estou tranquilo, sempre tive essas fases, vivo minha vida. Depois volto.

– Desde que te conheço, há quatro anos e meio, é a primeira vez que você para por um tempo assim.

– Hora de passar em revista minha vida e minha carreira!

– Vai! Vai, desligo de novo. Melhor assim. De uns tempos para cá, ficou impossível conversar com você. Duas palavras e some no ar, se mete com teus pensamentos. Ou cai na ironia, escorrega. Há quanto tempo você não olha em volta?

– Espera aí! Essa, não! Se tem alguém que sempre olhou em volta fui eu.

– Mesmo?

– E quem me deve umas respostas é você.

– Eu?

– Claro! E o Passat branco?

– O que tem ele?

– Acha que dá para esquecer?

– Você tem de esquecer. Para com isso. Para de se torturar!

– Acha que posso?

– Meteu isso na cabeça e não tira mais. Ficou obcecado. Igual essa alemãzinha de cabelo cortado como crista de galo que não para de te olhar. E você para ela.

– Crista de galo?

– A punk da mesa em frente ao espelho grande.

– Deve ser fantasia, porque punks não vêm a este café pretensioso.

– Vai lá. Vai brincar com as luzes coloridas do casaco dela.

Berlim Ocidental
Diante da Kaiser-Wilhelm-Gedächtniskirche.

Todas as tardes, há meses, esse preto de cabelo rastafari está aqui, no centro de Berlim Ocidental. De um cano plástico pendem tampas de panela. Latas de óleo e cerveja, peças de fogão, porta de geladeira, garrafas, um tubo catódio de televisão, privada quebrada, cápsulas de bombas estilhaçadas em tamanhos variados. Restos, arqueologia de guerra, troféus encontrados em terrenos baldios, nos buracos das construções, dentro dos prédios. Ele começa. Cumprimenta o público, sem sorrir. Senta-se, concentrado. Profundamente.

Ele nunca começou a executar sua música sem antes consultar o relógio dourado, com ponteiros de néon, nas ruínas da igreja. Com um cabo de vassoura e um salame meio podre, encontrado na imundície, ele toca, com os gestos solenes de Karajan, a música universal do lixo, segundo proclama o cartaz de papel pardo, escrito à mão, em inglês.

Não é Cage nem Stockhausen. Não lembra Schnittke nem Reimann, Swetlanow, Pärt, Trojahn ou Rott. Não, esse homem é original. Tem seu estilo próprio, um ritmo. O som desordenado tem intensa significação, procuram demonstrar teóricos perplexos, esta semana, nos jornais e em revistas *Der Spiegel, Die Zeit, Zitty, Frankfurter Rundschau.*

Quatro convites para uma feijoada brasileira

REVENDO O TAPE 16.
GRAVADO UM MÊS E TRÊS DIAS
DEPOIS DA CHEGADA.

Vou, pode deixar, desta vez vou. Recusei quatro vezes, voltaram a chamar. Delicados. Nem parecem brasileiros.

"Queremos te conhecer, lemos coisas suas. Se precisar, lembre da gente, Berlim não é fácil, a adaptação é complicada."

Eles têm experiência, estão na cidade há oito anos, vieram como ponto de passagem, exilados em trânsito para a Suécia. Não saíram mais, não querem voltar.

"Depois de um tempo, você vai entender. A cidade tem visgo."

Há quantos anos não ouvia a palavra visgo?

– Se quiserem, podem voltar ao Brasil. Não tem mais problemas.

Nem pensam nisso. Paulo dá aula de Ciência Política, Andreia termina Antropologia, as três filhas são alemãs, mal arrastam o português. Arrepiei ao primeiro chamado, não me agrada ser fenômeno. Entrar, ser o centro, corresponder. Frases inteligentes, conversação adequada: chega. Se vim para a Alemanha é porque não quero mais fingir imagem, ser o que os outros querem que eu seja, me colar ao rótulo. Porém Andreia tem a voz aveludada, sotaque nordestino, leve sotaque alemão. Quer convidar amigas (alguma bonita? comível?) brasileiras, alemãs que falam bem o português, estudantes e professoras da Universidade Livre.

"Você precisa fazer uma palestra no Departamento de Espanhol e Português, vai gostar da reação."

Também aqui, as palestras. Fujo delas. Outros telefonemas, uma insistência discreta, afável, fiquei espantado. Tão diferente daqueles convites/imposições que recebemos no Brasil. Explicações a dar, justificar negativas: "Tem compromisso? Mude, dê um jeito de adiar. Posso te garantir, o nosso vai ser bem divertido, um barato como nunca se viu". Cada brasileiro considera sua festa/reunião/companhia/conversa/jantar/baile/encontro/trepada a mais brilhante/cativante que a de qualquer outro, conceito que ele estende ao universo, aos outros povos, todos pouco espertos. Logo me dei conta dessa arrogância disfarçada em cordialidade, indiferença subdesenvolvida e preconceituosa que nos leva a afirmar diante de qualquer situação: somos os melhores. Tiramos qualquer uma de letra.

A delicadeza da moça, dizendo pacientemente pela quarta vez "Não quer vir para nossa feijoada?", me levou a aceitar. Não podia contemporizar, ainda que não me entusiasme voltar a conviver em grupo, quero desfrutar minha condição de bicho em hibernação. Feijoada. Logo eu que sábado e quarta, no Brasil, passo longe de restaurante. Me irritam esses almoços de feijão preto gosmento, carnes gordurosas, rabinhos de porco que andaram se arrastando por lamaçais fedorentos. Existe maior melancolia que o caminhar sonolento e indisposto, o rosto suado, sol queimando, a gente arrotando caipirinhas e couve, o corpo querendo tombar no primeiro banco de praça, sombra de esquina?

A feijoada aqui tem importância que ainda não alcanço, apenas intuo. Pelo tanto que falam, os planejamentos ("Você me arruma farinha de mandioca torrada para a farofa"), a programação. Excitação nas vozes, rostos. Gente que está por aí e não sei o que faz, brasileiros que rodam mundo na malandragem, filando comida e hospedagem, espertos como quê. Feijoada. Elo com a terra-mãe. Código que não decifro nem posso ter a pretensão. Não sei o que acontece comigo. Dominado por um terror invencível, me fecho em casa. Quem sabe, é o gelo. Porém inverno nunca me assustou, nem o úmido e cortante de São Paulo. Enfurnado até a cabeça, me sentindo protegido neste apartamento de seis peças, pé-direito de quatro metros e meio, janelas duplas para vedar o frio, teto trabalhado, desenhos e entalhes, parece uma igreja. Tenho feito um reconhecimento indeciso e gradual para me sentir com os pés no chão, tornar a região familiar, minha. Caminhar com segurança. Horror dos horrores, me surpreender dizendo isso, sem convicção. Logo eu que me gabava de adorar o pantanal, a insegurança, pavor ao definitivo e sólido. Sou um homem minado.

> *RODANDO O TAPE EM BUSCA DE UM DETERMINADO*
> *TRECHO, ELE VIU A NECESSIDADE DE ORGANIZAR*
> *O ARQUIVO, ANOTANDO O QUE CADA FITA*
> *CONTÉM EM DETALHES, ASSINALANDO O PONTO*
> *EM QUE AS CENAS SE ENCONTRAM, SOB PENA*
> *DE TER SUA VIDA CAOTIZADA,*
> *CRONOLOGICAMENTE ARRUINADA.*

Arsenal, cinema de bairro. Jovens de paletó largo, calças amassadas, gravatinhas finas esperam na calçada a bilheteria abrir. Sala pequena, transada em cor vinho, grandes pôsteres dos filmes de Eisenstein. Observava cartazes de *Lissy*, filme de 1957, dirigido por Konrad Wolf, da Alemanha Oriental. Início de retrospectiva, o homem tinha acabado de morrer. Alemãzinha morena ao meu lado, olhei os pés. Primeira coisa que vejo, depois do rosto. Impossível aceitar alguém sem ver os pés, gostar deles. Encontrei um par de sandálias, tirinhas finas. Sandálias vermelhas na porta de um cinema! Pode uma situação se repetir? Só que não era a mesma situação, nem me apaixonei pela alemã, como da outra vez. Ri alto e a moreninha me olhou espantada, voltou aos cartazes, em busca do que me tinha feito rir. Afastou-se receosa. Para que se afastar, se tem tanto louco nesta cidade? Quantos anos faz? Tarde de quarta-feira, estava saindo do futebol de salão, a quadra ficava em frente ao cinema. Depois das seis, a cidade se aquietava, num silêncio morno. Apavorante, nada nas ruas. Hora de banhos, preparação de jantares, maridos chegando. As luzes do cinema acendiam, eu olhava os cartazes, quando ela passou, cadernos debaixo do braço. Vivia cheia de cadernos, o tempo inteiro. Morena e magrinha, olhar preto. Os pés numa sandália de tiras, vermelhas. O tesão que me deu! Só que a gente disfarçava. Tesão era dissimulado. Azar o delas, estávamos programados a não desejar aquelas meninas. Só podíamos desejar as desfrutáveis, não as sérias, filhas de família. Aquelas que seriam comidas respeitosamente, sem maiores sacanagens. Sacrilégio pensar que podíamos chupá-las ou deixar que nos chupassem, querer a bundinha.

Havia era dois tipos de amor. Um casto e puro, virginal, santificado. O outro, repleto de fantasias, vertigens alucinantes, hibernando perenemente nas cabeças, mal e porcamente executado com as putas da zona. Executado é a palavra. Entrávamos e saíamos como de uma execução. Cama era patíbulo, o prazer se misturava com a obrigação, os homens precisavam trepar, comer as mulheres. Saíamos acachapados por um peso terrível, culpa, remorso, sensação de deslealdade com nossas namoradas. A pergunta jamais respondida: será que elas também não se excitavam nos amassos do portão, canto de muro, balcão do cinema? Abafavam os gemidos, engoliam seco ou todas as mulheres do mundo eram frígidas? Quantos anos passaram até descobrirmos pequenas grandes coisas? Então a vida corria, estava no meio para alguns. As putas: mais moralistas e vitorianas que as senhoras de preto e fita no pescoço que frequentavam missas e confessionários. Não faziam isto, nem aquilo. Abriam as pernas e deixavam pôr, nada além. A simples insinuação de virar provocava terremotos, expulsões, o nome banido da casa amarela, com luz vermelha na entrada, nosso único refúgio aos sábados.

A alemã morena, sandálias vermelhas de tiras, compra seu ingresso, olhando ressabiada para trás. Ainda está claro, é uma tarde quieta em Berlim. Como são quietas as tardes nesta cidade. Vou escrever uma carta, Ana precisa saber disso. Nem vai acreditar, pensará que estou inventando mais uma de minhas histórias, quantas não criei para ela se divertir. Ana vai rir, curtir, "essa cidade ainda te deixa pirado", é o que vai me escrever. Ou não a conheço mais.

31

REWARD. TAPE 65. SÃO PAULO

– Os táxis estão em greve. Como você vai para o festival?

– De ônibus.

– Te apanho.

Desci às cinco e meia. Passaram oito táxis vazios. Parei um.

– Desculpe! A greve acabou?

– Não teve greve, foi uma passeata, andam assaltando muito motorista.

Quinze para as seis, ela me apanhou.

– E a greve?

– Furou, não fiz questão de avisar. Queria te buscar.

Quando chegamos ao Anhembi, estava vazio. Demos voltas em busca do bar. Há anos não convivia com a sensação de querer me dar, brigando comigo e derrotando o meu medo: vá em frente, o resto que se dane. Ao passar por uma coluna, parei. Antes que ela pudesse esboçar uma reação – se é que ia – ou se surpreender, beijei-a na boca. Suavemente, com medo de uma rejeição. Luciana deixou e pensei que podia ter dado um beijo maior, colocando a língua entre os lábios.

– Este não veio do fundo, mas valeu.

– Vou te confessar, sou tímido.

– Tímido? Não é o que parece, nem o que dizem. Olha, não valeu, não. Ainda me deve o primeiro beijo.

– É tão importante o primeiro?

– Mais que todos. No primeiro, a gente sabe se vai dar certo. O beijo não vem da boca.

– Vamos voltar, refazer o caminho?

– Pensa que a vida é uma fita de videoteipe? Pode apagar, gravar em cima? Deixa para lá. Quero uma coisa de você.

– Uma?

– Quero me apaixonar. Sinto vontade, estou moída de vontade, até me dói o corpo. Estou disponível. Corre o risco?

– Não é risco.

– Comigo é.

– De que modo?

– Só me entrego quando estou apaixonada. Sou difícil! Se me deixar solta, vai ganhar. Se me deixar solta, pode me perder.

– Correu, o bicho pega.

– Não quero depender de você, não quero que dependa de mim.

– O que quer?

– Quero tudo.

– Acha possível?

– Não sei se é. Sei que tem de ser. E uma certeza muito grande. Ninguém ainda me explorou inteiramente. Ainda há muita coisa, muita mesmo, a ser retirada. Depende de você.

TAPE 116

Servia. Procurava fazer tudo para agradá-la. Saltava da cama, passava café ("Ninguém faz como você, é o pontinho exato, igual, todos os dias"), trazia um chá no meio da noite, comprava saladas de surpresa, enchia a geladeira de vinho branco ou champanhe, deixava flores em cima do travesseiro, lavava meias, anotava encargos do dia seguinte, recortava notícias que ela pudesse aproveitar no trabalho. Talvez não fosse isso o que Luciana esperava. Queria, quem sabe, algo menos solícito, mais autoritário, dominador. Deixou até de dirigir, só porque ela adorava o carro e a velocidade. Às vezes, ela se irritava: "Fica numa boa, vendo a paisagem, e eu aqui". E aquela noite em que bateram na traseira e ficou como barata tonta, sem saber o que fazer? Essas atitudes da vida te desnorteiam, vira um inútil.

– É isso, não é? Um homem tem de enfrentar com segurança tais situações ou tudo fica estranho.

– Estranha é a tua cabeça, isso sim!

TAPE 119

Um dia ela descobriu um caroço num dos seios e se apavorou. Não contou a ninguém. Quando estava mal, se fechava.

A punk lembra o escafandrista no bar de Ipanema

CAFÉ EINSTEIN

— A punk da mesa em frente ao espelho grande.

— A de casaco de couro cheio de luzes coloridas?

— Viu?

— Impossível não ver.

— Estamos melhorando. Admite que viu o casaco.

— Qual é?

— Você me lembra tanto uma história do Rio de Janeiro! Uma daquelas lendas de Ipanema e Leblon. Sabe qual. A do escafandrista que se sentou, com a roupagem complicada e tubos, para tomar chope no bar. No Garota de Ipanema, naquela época áurea. Todo mundo fingia que não via. O escafandrista estava lá, com uma roupagem amarela, provocativa e ninguém se tocava. Para mostrar que ali qualquer anormalidade era absolutamente normal. Até que alguém, dizem que foi o Ferreira Gullar, se levantou indignado e gritou: "Gente, vamos parar de fingir que não estamos vendo um escafandrista tomando chope".

— A propósito de que isso?

— De você, do teu jeito nesta cidade. Sabe aquela pessoa que leva um susto, está pálido a ponto de cair, mas fica de pé? Assim é você em Berlim. Fingindo que não se importa com os escafandristas tomando chope. E, olhe, não tem escafandrista só na rua. Por dentro de você está cheio deles.

— Surrealismo. Você está fazendo surrealismo.

— Não finge que não me entendeu. Outro dia te observei na rua. Olhando um bando de punks, com suas roupas de couro, os uniformes nazistas, outros com um blusão ostentando a estrela amarela dos judeus do Reich, tatuagens, rostos pintados, cabelos como índios americanos. Cobertos de gadgets, correntes na cintura, blusões bordados, brincos, colares. Não dava para não ficar de boca aberta diante desse exército brancaleone dos anos oitenta. Porque não é normal para nós brasileiros. Não tem nada a ver conosco. Numa segunda-feira, no centro da cidade, as pessoas indo para o trabalho, e punks pululando sem destino. Desculpe, não dá para encarar como normal.

– Sua caretice demora, mas aparece.

– Eu deixo, não tenho nada com isso. Só quero olhar e ter o direito de me surpreender. Não quero perder a minha capacidade de me surpreender. Essa que você já perdeu, ou ignora.

– Ih, hoje é dia!

– É, hoje é dia. Você tinha que se ver de fora, está sempre contemplando o próprio umbigo. Os punks te cercaram, você passou pelo meio deles. Morrendo de medo.

– Medo? Eu?

– Medo sim! Te conheço. Foi caminhando no seu passo apressadinho.

– Por que vou ter medo dos punks?

– Se não tem, vai na mesa da alemãzinha loira que continua te olhando. Vai que o punkão te arrebenta a cara, olha o tamanho do bicho.

– Não vou porque não sei alemão.

– Soubesse, iria? Para provar que não tem medo ou para mostrar que é um sedutor?

– Sedutor. Parece minha avó falando.

– Pela tua idade...

– Vamos voltar a esse assunto?

– Claro, senão você fica falando sozinho, e me acusando de não dialogar.

– Não é bem assim.

– Olha, aquela alemãzinha está me irritando. Eu é que vou quebrar a cara dela.

Um salto, agarrei Luciana. Tentei dar um beijo, ela evitou. Ultimamente não me deixa tocá-la. Tem medo, não confia nela.

Se é desse jeito, existe alguma coisa. Um mínimo, nesse fundo, que ainda pode ser despertado. Quando nos separamos pela primeira vez, Luciana me levou para casa (afinal, ela é quem dirige, nem sei dar a partida), na madrugada. Dentro do carro, a conversar. A se agarrar, pouco a pouco. A língua dentro da boca. Bocas abertas se comendo. Minha mão nos seios. São pequenos, durinhos. Quando olhei os seios dela pela primeira vez, riu, encabulada. "Muito pequenos? Não gosta?" Não respondi, sentindo o mamilo endurecendo.

— Que maravilha! Finalmente um ataque de ciúmes! Você parecia nunca ter ciúme, Luciana.

— Sempre tive.

— Nunca demonstrou.

— Confiava em você.

— Ou não me amava?

— Não! Acreditava mesmo.

— Não se importava, era isso.

— Por que todas as colocações são sempre contra você? Vive acuado.

— Quer saber? A alemãzinha até que é bem ajeitada. Branquinha, depois de todo esse inverno. E ela está aqui todas as tardes.

— Então, da próxima vez vem sozinho!

— Claro.

— Aiii, que bom! Fico livre deste café intelectual. Vou fazer compras, nem vi ainda as lojas. Livre enfim!

— Desde quando te proibi de sair ou de fazer compras?

— Nunca. E, se proibisse, ia ver! Essa é boa, proibir! Quero só ver você enfrentar esses punks, com tua coragem. Vai, tira a menina dele. Afinal, ela está fascinada pelos teus cabelos grisalhos. Não é isso? Os cabelos sempre fizeram parte do teu charme, compuseram tua imagem. Eu mesma fui um pouco atrás deles. Quero ver você enfrentar o punk, dar uma cabeçada nele com teus cabelos grisalhos. Não fosse o teu medo.

Colorida. Também tive camisas coloridas, berrantes. Tinha dezoito anos e homem só usava roupa sóbria, cinza, azul, preto, branco. Cores de macho. O homem era uma nódoa escura. Então apareci com a camisa vermelha, um amigo fez uma lilás. A costureira já estranhou. Fomos olhados no centro como bichos em zoológico. Ou bichas. Eu era tímido e usei camisa vermelha e laranja, porque me sentia transformado. Diferençado. Saía daquele pantanal sem cor, não pertencia à engrenagem. Usávamos o termo "engrenagem" por causa de uma peça do Sartre, nosso ídolo. A cor era o grito: não sou como vocês. Foi aí que surgiu Elvis Presley para me dar força. Ele, roupas brilhantes e o rebolado. Queríamos ser Elvis. Aprendemos logo que Elvis era permitido, porque estava longe, vinha pelo cinema, pelas revistas e pelos discos. Podíamos ouvir Elvis, não ser como ele. Não ali, onde usos e costumes não deviam ser perturbados. Elvis. Não é homem, porque homem não rebola, garantiam. A sensualidade do homem está na sua força, violência, domínio, prepotência, autoridade.

Só que alguma coisa tinha se quebrado e o mundo jamais voltaria a ser o mesmo. Por que me lembro de Elvis nesta Alemanha? A partir dele, podíamos. O quê? Simplesmente podíamos. Não, Luciana, não sou contra estes punks, nem tenho medo deles. Talvez tenha no sentido físico, mas o problema é maior: a gente tem medo quando não entende uma situação. No paradoxo da revolta punk, fico no meio-termo. Quem sabe por ser um homem maduro. Porém me fascina a possibilidade de erguer meu cabelo em crista e pintá-lo de vermelho, colocar um verde do lado. Não faço porque determinaram que há limites e noções de ridículo para o homem de quarenta anos. Ao me contar, retorno à atmosfera cinza daquele mundo de onde saltei aos dezoito; só que não aceito mais. Construímos cadeias em torno de nós e chamamos a isso amadurecimento, experiência de vida, riqueza interior, sabedoria. Inventamos que, ao atingir esta idade, temos lucidez porque podemos saber o limite das possibilidades. Não gastamos energia, forças inutilmente. Só que, no fundo, sabemos bem, e aí é que está o drama, essas expressões dissimulam o medo. Porque a essa altura sabemos que a morte é a possibilidade real. E quando aprendemos ou pensamos que aprendemos a viver, já não temos como desfrutar. Estamos paralisados pelo medo, pelo risco que é viver.

POR QUE VOCÊ REPASSA TANTO O TAPE 21?

Em que altura perdi a sensibilidade para as coisas que ela queria me transmitir? Durante quatro ou cinco anos, as situações eram bastante claras, nossos códigos se comunicavam, descobríamos a cumplicidade dos pequenos gestos. Bastava erguer os olhos e encontrar aquela mão aberta, a palma para cima, o braço um pouco inclinado à direita, para saber que significava "o sujeito que está falando é um imbecil completo". Quando desaprovava, não sacudia a cabeça para os lados negativamente, mas sim tombava para trás, olhando para cima, como se gritasse: meu Deus, tenho de suportar coisas assim. Sabia que estava feliz quando o riso conjunto do olhar e da boca era acompanhado por um ligeiro fremir do nariz, excitado e vertiginoso.

Somente eu conseguia distinguir entre o riso dado à câmera na abertura do jornal e o que me dirigia quando estava contente. Questão milimétrica, quase absurda. O da câmera era menor, trazia uma imperceptível crispação no canto dos lábios. Eles não se entreabriam totalmente. Para mim, era completo, nem sei como a boca não se rasgava, eu era devorado naquele riso, raio laser que a trazia inteiramente, ela se oferecia desarmada.

Durante dois anos, explorei cada ponto de seu corpo, queria conquistá-lo, abrir meus caminhos através dele. Fazer mapeamento. Só me faltou usar lupa para contemplar os poros. Sabia até mesmo o tamanho dos pelinhos, a cor variada, os riscos tênues da pele, as ameaças de celulite (Que pavor quando revelei isso), uma cicatriz que nem ela sabia ter, na dobra da perna, atrás do joelho, um cravo insistente no ombro, que resistia a todo sol que tomava, às saunas, ao apertão das unhas. Nenhuma aventura é maior do que esta, a exploração do corpo amado, enquanto dorme, no banho, na praia, ao se vestir, na cozinha. Seguindo as transmutações. A pele suando, a pele seca descascando, a pele oleosa, cada emoção determinando um momento físico. Quando estava com raiva, os lábios dela rachavam. Quando voltava abatida da televisão, desanimada com uma reportagem mal editada, censurada, prejudicada por escassez de tempo, transpirava sem parar, precisava se enfiar no banho frio. Quando se irritava comigo, a pele parecia murchar, eu notava ruguinhas em torno dos olhos.

Gostava de deslizar a mão, a um milímetro de sua pele, vagarosamente, sem tocar, mas pulsando com a vibração, a energia que vinha, os pontos em que era mais quente, as zonas quase geladas. Ia dos dedos dos pés à cabeça, ela imobilizada. E aos poucos como que despertava. Tremores, o riso quando vinha a cócega, outro arrepio quando os dedos sobrevoavam o bico dos seios, minha mão a encobri-los totalmente. Curioso, mesmo sendo grande e desajeitado eu conseguia fazer isso com delicadeza. Um milagre. Seu braço se movia na minha direção, o gesto dela começava sempre na minha coxa, tomava direções inesperadas. Outro código nosso: a mão na coxa, o apertar suave. Indicação clara de que ela queria, e que fosse o mais rápido. Às vezes era fácil, como nos dias em que procurávamos casa para mudar e transávamos em cômodos vazios, no carpete ou sobre o assoalho. Domingos a desafiar vigilância de corretores, a se agarrar rápido no banheiro, enquanto o homem abria as janelas do andar de cima, ela já sem calcinhas. Tirar e pôr. Brincando, sem terminar. Perguntas: quanto o aluguel, quais as condições, fiador ou basta depósito? Ela a me apertar as coxas, impossível aqueles homens não perceberem o que acontecia. Nem posso imaginar que fôssemos originais, quem não transou em apartamentos vazios?

Vez ou outra era impossível, num casamento senti a mão me apertar a coxa em plena igreja. Vamos à sacristia, ela sussurrou. Fiquei chocado, cresci entre missas e hóstias, rezando credos em confessionários e cumprindo penitências por maus pensamentos ou pecado contra a castidade com o auxílio da mão. Não tem sentido dizer isso.

Estou me esquecendo a fase da adolescência para a juventude quando, furiosos, negamos Deus e todos os santos, fomos ler Marx e Engels no círculo operário, em conversas patrocinadas pelo Cardosinho, bicho raro, o único comunista da cidade. Homem que me fascinava pela inteligência, colocação que fazia das situações, o desmascaramento das posições. Todavia, as roupas do Cardosinho me incomodavam. Ternos surrados, camisas sujas, gravatas ensebadas. Através dos anos carreguei essa imagem. Elas foram se conformando com a de outros intelectuais, eu me envergonhava de meus preconceitos chamados burgueses. Porra, tudo era burguês, qualquer gesto. Nem podíamos namorar meninas que não fossem ideologicamente ajustadas. Me execravam, aparência nada tem a ver, qual é a tua? Por causa dessa atitude sempre fui olhado com reserva em certos meios, me podavam.

O aperto na coxa podia surgir na praia. Nos fundos da sala de café, ou atrás do biombo, num hotel da Bahia. No parque, fim de tarde, excitadíssimos, com o medo de sermos assaltados. No carro, madrugada, diante do apartamento.

Bem, isso foi depois. Porque ela demorou a concordar. Tanto que imaginei: nem acredito, estou diante de uma virgem? Fiquei apreensivo, era situação inesperada, não me agradava tanto. Voltávamos de madrugada, ela me deixava em casa, não sem nos agarrarmos desvairados dentro do carro, protegidos pela sombra da árvore.

– Venha.

– Não posso, não posso. Não insista.

– Mas é muito louco, não aguentamos mais.

– Temos de aguentar um pouco.

Queria, sentia nos bicos dos seios, duríssimos. Nas coxas molhadas. Como era linda a sua entrega. Solta, úmida!

— Qual o problema?

— Não é correto.

— O que não é correto?

— Ainda não terminei com ele.

— Terminou. Na sua cabeça não tem mais nada a ver.

— Sei. Já nos falamos, discutimos, eu disse que era o final, e pronto. Ele pediu um tempo, não muito. Quer outra chance, que eu pense bem. Enfim, o que todo mundo faz.

— Você ainda gosta dele?

— Não se joga assim seis anos de convivência. Difícil, às vezes, mas nos dávamos bem. O problema é que ele embananava minha cabeça, sempre falando em posturas, e aí comecei a me afastar.

— Se você começou comigo, é um sinal de que andava ruim, estava terminado.

— Ah, não vem com essa! Nesse assunto não tem compartimento, nem tudo é frio. Posso estar bem com uma pessoa e me sentir atraída por outra. Conhece uma só pessoa que não passou por isso?

— Gosta de mim?

— Muito.

— Amor?

— Ainda não posso dizer se é.

— Pois eu te amo.

— Cedo para dizer, não?

— Tem medo?

— Não, não tenho certeza.

— Custa dizer?

— Quando chegar a hora.

Faltavam vinte e três dias para o casamento. Tiveram de avisar os padrinhos. Um deles, jornalista meu conhecido, reclamou: "Você tem de me pagar o terno que mandei fazer". Meses e meses mais tarde, foi minha vez de brincar com o ex-noivo. "Quer que eu pague os convites?" Mentira, só pensei, nunca disse, eu me sentia constrangido diante dele, evitava encontrar.

Gira gira, ó mulher nua! Abra e mostre tudo por trás dessa janelinha/muro Peep-show, Berlim

Cinco marcos. Não me sobrou mais nada. Até segunda--feira. Espero que os alemães sejam pontuais nos pagamentos. Nos últimos anos, no Brasil, me acostumei a receber com até mês e meio de atraso. Agora é sábado, o dia penetrou num setor perigoso. Não é noite, não é mais dia, fica uma luz morta, agressiva. Se consigo atravessar este período, penetro na noite. Sem inquietação. Meu problema é este momento indeciso, hora besta que me deixa agoniado, nem sei por quê. Lembranças indefinidas. Memória de coisas perdidas – jamais possuídas –, tentativa inútil de me recuperar dentro de um instante. Mas qual? Pensei que tivesse deixado tudo para trás, para além desta cúpula de cristal onde me refugiei. Do outro lado de um muro que ergui, assim que saí de São Paulo. No entanto, aqui, percebi que nada tinha mudado, o cristal era fino e se quebrou.

Quando o sábado penetra nesta zona minada, de arames farpados e obstáculos de concreto, erguido dentro do meu inconsciente, começa o sufoco desagradável no peito e a respiração pesa. O calor sobe do estômago e retira, por vácuo, todo o ar dos pulmões. Me asfixio. Sempre foi assim. Nas ruas de minha cidadezinha, quando me perguntava: onde estão as pessoas? Nos sábados solitários de São Paulo, a princípio nas pensões, depois nos apartamentos. Tentei muitas vezes me enfrentar nos sala-kitchenette cheios de livros e fotos emolduradas, tiradas de revistas ou roubadas dos cinemas. Jean Seberg, Hemingway, Carson Mc-Cullers, Fitzgerald, Che, John dos Passos, Kerouack, Helena Ignez, Luisa Maranhão, Beatles, Faulkner, Sartre, Nara Leão, Joan Baez cantava *Baby I'm gonna leave you*, nos anos 62 e 63. Peças do Oficina e do Arena. Tudo emparedado, até minha ânsia, finalmente incontrolável, a ponto de querer me atirar daquele oitavo andar, e só resisti porque havia uma lembrança insuportável da infância. O professor de Educação Física obrigando a saltar da viga a 3 metros de altura na rede. Tempo infinito de medo e horror. Imaginava como seria terrível o tempo de espera entre o oitavo andar e o solo, tortura maior do que o fim do dia com sua luz mortiça.

Esse desassossego prosseguiu através dos anos, imune a qualquer vacina, como o herpes, que retorna crônico, vai morrer comigo, não aprendo a conviver com ele. Preciso fugir, é o único meio, venho fazendo há anos, a cada sábado uma forma de dissimulação, cinema, trepada, o clube cheio de gente, uma garrafa de vinho, basta uma que me embebedo. E, certa época, umas cafungadas que me deixavam com muito realce para cinquenta sábados. Então passei a me encontrar com o instante fatal às terças-feiras. O que de nada adiantava, acabava saindo muito caro.

Tenho de saber como levantaram esse muro que fecha a cidade. Dizem que foi da noite para o dia. Quando a população se deu conta, o muro estava lá. Impenetrável. E, no entanto, existem pessoas que o atravessam. Por que não posso, então, furar meu bloqueio, cavar um buraco, fazer um balão, jogar uma corda? E saltar.

As luzes do peep-show anunciam as mulheres mais bonitas do mundo. Só para adultos, o paraíso do prazer, aqui você esquece de tudo. Tenho cinco marcos, o que posso fazer senão olhar mulheres através de uma pequena janela que se abre por um minuto, a cada marco colocado numa fenda? Penso nisso. Enfiar o dinheiro numa fenda. Enfiar na fenda. À medida que repito, a palavra fenda perde o sentido, soa metálica. Posso também me fechar na cabine de filmes pornográficos, a um minuto o marco. Cinco marcos, cinco minutos dentro desta casa que promete tanto. Considerando dois minutos para escolher a cabine, três para esperar que ela esvazie, se estiver ocupada, terei gasto dez minutos, o que não é suficiente para que a luz implacável se vá. Só posso sair quando for noite, para que a aflição não se instale em meu sangue e permaneça comigo, irremovível.

Sair com lâmpadas e vitrines acesas, tudo mudado neste paraíso de letreiros coloridos e berrantes que marcam cafés, restaurantes, konditoreis, weinstuben, discotecas, agências de viagem, salões de cerveja, cassinos, imbiss, lojas, hotéis, cabarés, galerias, shopping centers, e aquela palavra derramada por toda Berlim em letras gigantes, a dominar o alto dos edifícios, *Versicherungen*, nada mais que o sonho permanente, necessidade, seguro de vida, de tudo. Sair quando a cidade tiver tomado outro rosto, ruas cheias. Aí estarei calmo por mais uma semana.

> *Dez minutos com sua favorita*
> *na solo-cabine por apenas 30 marcos.*
> *Dez minutos de filme hard-core*
> *sem nenhuma interrupção, em cabine*
> *inteira sua por 30 marcos.*
>
> *Dois minutos, apenas você e a sua*
> *escolhida em cabines para uma ou*
> *duas pessoas por apenas 5 marcos.*
>
> *Um minuto de prazer celestial, com*
> *total visão do que as nossas*
> *mulheres podem oferecer = 1 marco.*

A linguagem para atrair pertence a um dicionário multinacional. O peep-show cheio. Alemães que vieram da Federal, atravessaram por dentro de um país que já foi deles e agora é um inserido no outro, assim como esta Berlim está encravada na Democrática. Igual a trabalho marchetado, difícil. Aquelas mesas de centro que os orientais gostam de fazer, com pedras coloridas dentro de pedras pretas, pedras brancas dentro de pedras vermelhas. Olhando-se o conjunto, um todo. Porém as pedras nunca se fundem, apenas permanecem encaixadas, juntas. Firmes e sólidas, no entanto separadas, se rejeitando. E há turcos, gregos, espanhóis, portugueses, italianos e brasileiros. Afinal, o que sou?

Gente a se acotovelar, fila para trocar dinheiro em moedas de um marco, alimento das fendas vorazes. Tesão diante das fotos de Emily, Vanda, Rita, Leila, Uta e Ellen, as seis do plantão erótico desta noite. Prontas a se exibir, uma por vez, no palco giratório que dá para as janelinhas estreitas. Dispostas a entrar comigo na solo-cabine, se eu tivesse trinta marcos. Não vou gastar os meus últimos cinco na cabine individual barata, sei como são, há um espesso vidro Blindex, com uma abertura por onde se enfiam moedas para agradar à exposta.

A cabine se fecha, estou num jogo, disputo treze pontos da loto. Daquelas mulheres, gostei de duas, Uta e Ellen. Qual estará no palco quando a janela se abrir por sessenta segundos? Se não estiver nenhuma das duas, de que modo saber qual a ordem de entrada? Podia perguntar à velha da caixa, mas há uma fila para as cabines; se perco minha vaga, de nada adianta esperar a próxima. Melhor para o peep-show é a segunda-feira ou qualquer dia longe dos pagamentos.

O mecanismo é o mesmo de São Paulo ou do Rio. Dia de pagamento, puta faz a festa, os prédios cheios de gente que sobe e desce. Tensão enquanto deposito a moeda, com o rosto encostado à janelinha; só terei sessenta segundos, e isto é nada, menos que uma gota de água no mar da eternidade, costumava dizer minha mãe.

Cabine estreita, abafada, uma luz amarela desagradável por trás de mim, cheiro de porra. Porra no chão, tenho nojo, recuo, ainda bem que não soltei a moeda. Fico à porta, o velho de uniforme laranja vem com o balde e o escovão, cansado da trabalheira de hoje. Aponto a cabine, ele me olha, pensa que fui eu ou espera uma gorjeta? Que espere. Por um momento, noção fugidia e tão indefinida quanto a da luz que me inquieta lá fora e da qual fujo, ao ver esse velho alemão, forte e alto, a limpar porra/cuspe/cigarros de turcos, italianos, gregos, brasileiros, alemães. Homem abatido, não sei se pelo cansaço ou pelo ódio dos que sujam cabines. Sem essa sujeira, ele não teria emprego e está cada dia mais difícil, principalmente para alguém com sessenta e tantos anos, como ele parece ter. Imagino que me forneceria material para uma história. Penetrar no que pensa um homem que vive com o pano de chão embebido em Ajax, entrando e saindo de cabines fedorentas, limpando o que saiu do pau de gente que ele tem cara de odiar. A mulher conhece o trabalho do marido? Pede, de vez em quando: "Traga seu chefe, querido. Convide para jantar. Os clientes de sua companhia são teus amigos? Traga-os para casa um dia desses".

Não é Ellen, nem Uta, é Wilma, moreninha nada má, peito um pouco grande pro meu gosto, mamilo imenso, quase negro, cabelo bonito, em permanente bicho-grilo, pés lindos. Muito tesão em pé de mulher, só ter pé feio ou maltratado e eu nem me aproximava, ou ia embora se tivesse chegado. O palco/cama gira lento, o ritmo nada tem a ver com a música-disco, dilacerante, pouco sugestiva como clima de excitação, tan-tan-tan-tan. Todas as janelinhas abertas, é dia bom. A cada instante um plaft, ruído seco com que as janelas se fecham, para logo reabrirem, as moedas ficam prontas nas mãos, às vezes há um descuido. Quando a janela se abre, a lâmpada amarela por trás das pessoas se apaga. Wilma sorri, levanta a bunda, na posição cata-cavaco, mostra o buraquinho, mexe ali com o dedo. Nas janelinhas os rostos ansiosos, noto o movimento, se masturbam.

Estou olhando para os outros, não para a mulher, e sou o único, enquanto ela sorri para cada janelinha, à medida que o palco gira. Merda, eu devia também me masturbar, no entanto sou um intelectual que gosta de olhar, subitamente minha posição é desconfortável, fico de fora das coisas, ao passo que essa gente à minha volta se integra, desfruta, vive, não sei se tenho o direito de fazer o que faço, me colocar numa posição superior, a observar, como se fossem ratos ou cobaias. Luciana me avisava:

"Cuidado, você está de fora de nossa relação, te percebo distante, não empenhado, a coisa está indo abaixo, temos de conversar". E eu supunha que era coisa de mulher, histórias, necessidade tonta de ficar falando a toda hora dos problemas e do isto-vai-e-aquilo--não, bastava amar e tudo estava resolvido. O amor se bastava. Deu no que deu.

O palco numa boa posição para mim, as pernas de Wilma se entreabrem, ela prendeu um argola muito fina, dourada, nos lábios da boceta, como se fosse uma africana. Ali nunca tinha visto. Teria furado os lábios, que são grandes e grossos? Tan-tan--tan, a música repetitiva não me estimula, esta argola me fez brochar, é como se fosse um obstáculo para que eu a penetre. Como trepar com uma mulher que tem argola na xoxota?

Plaft, minha janelinha bate, me assusto, a lâmpada amarela se acende, significa que a luz vermelha de fora se apagou, quem está na fila vai querer entrar. Tenho de colocar outra moeda, rápido. Não tão rápido, dou um tempinho, quando o sujeito bater na porta, recomeço. Vozes de mulher no interior, devem estar se revezando, coloco a moeda e desta vez vem Ellen, escolhi por curiosidade, tem as pernas peludas, não raspa as axilas, como quase todas as mulheres nesta cidade. Quero ver se me mostra a xoxota como está fazendo para aquele tipo de óculos grossos, o nariz grudado à janela, de tal modo que tudo embaçou, ele passa o lenço no vidro. O mesmo lenço que está na mão, à espera do gozo, lenço que usávamos nos cinemas ou nas ruas sombreadas de nossa adolescência, encoxando meninas que precisavam fingir não deixar, nem gostar, para que não achássemos que eram biscates, candidatas a putas. Nos esfregávamos e gozávamos, sem querer saber se aquilo era também agradável para elas. Aliás, não sabíamos nada, elas eram obrigadas a uma sutileza incrível para ceder sem estar cedendo, gozar sem demonstrar.

Tan-tan-tan-tan, música insolente, abaixa pau, cabine quente, estou só dentro desta cabine, apenas meu rosto perceptível. Protegido, fechado em mim mesmo, posso fazer o que quiser, tirar as calças, me masturbar, peidar, ficar pelado, basta ir colocando marcos na fenda e poder gozar da mais absoluta privacidade, sem me comprometer com ninguém.

A mulher abre suas pernas, mostra o fundo de sua boceta e sabe que, atrás desta janela e de todas as outras, homens batem punhetas. Homens sem coragem de chegar a ela, sem coragem para o toque, aqui não há perigo, não é preciso nada. Nem falar, nem gostar, nem se comprometer, nem sofrer, apenas olhar e gozar. Ninguém olha o rosto da gente, ninguém sabe o que está se passando por dentro de nossos olhos, ninguém vê a boca seca, nem o bater acelerado e o vazio do coração. Posso gozar sozinho. Posso fazer você gozar sozinho, ela parece dizer, e se vira de bunda, contorcionista admirável.

Dizem que tem universitárias nesse trabalho para pagar aluguel e comida. Ellen mostra a xoxota peluda, os homens gostam, é o que os turcos preferem, tem também uns adolescentes loiros, compridões, que precisam se abaixar para poder chegar à janelinha. Fechados, todos. Isolados nas cabines indevassáveis, luzes vermelhas indicam ocupado, protegidos pelos marcos que jogamos nas fendas. Ninguém se incomoda com o que faço, a cabine é um muro a qualquer manifestação, gesto. A mulher gira interminavelmente, outra moeda se foi, não tenho vontade de punheta, tudo o que sinto é curiosidade, e não me dou bem com isso. Ellen sorri para mim, para mim ou para o cara ao lado, e talvez me olhe nos olhos, porém meus olhos estão nas suas coxas, pés, buracos expostos. Não precisamos dizer palavra, nem começar o tão complicado conhecimento um do outro.

O que pensa esta mulher que se devassa para gente que nunca viu, nunca vai ver? O que me intriga é a sua visão, ela tem jeito de saber o que esta muralha de olhos e paus significa. Penso que há em Ellen ironia e desprezo, ela nos humilha enquanto se contorce e se abre, porque, na verdade, ela é insaciável, e provoca, sabendo de nossa impossibilidade. As paredes da cabine, a janela de vidro que se fecha a cada sessenta segundos, isso é o muro. O silêncio, o meu olhar que ela não capta, o dela que me chega vazio, o muro. Plaft, lá se foi o meu tempo, me assusto, a luz acende aqui-apaga fora, o sujeito bate à porta, prendo a respiração, sensação estranha, por um segundo.

Passo pela entrada, não escureceu, falta pouco, não posso sair ainda, tenho dois marcos, avanço para as cabines de filmes. Apenas duas livres, nem me interessa escolher um programa no painel, o que vier é lucro. Cabines livres estão com defeito, avisa o cartaz escrito a mão. Aqui não há música, somente o som que vem dos aparelhos das cabines. O corredor, centro de uma orgia, gritos, sussurros, vozes arfantes, gemidos a me envolver. Gozam de todos os lados. No filme das loiras e dos pretos, no das adolescentes, mulheres que fazem xixi sobre os homens, divertimentos anais, festa do esperma, esperança da secretária, cozinheira enrabada e fodida pela frente ao mesmo tempo, bacanais dos conventos. Engraçado, freiras sempre excitaram a imaginação erótica, lembro dos filmes exibidos clandestinamente no porão da rádio, na minha terra. Havia três ou quatro com freiras, películas em branco e preto, amareladas, gastas, da década de trinta. Cinco mulheres e dois homens, superpau, xoxota que engole tudo, seis homens e a ninfomaníaca, cães amestrados, gato lambedor, travesti comendo travesti, tio que comeu sobrinha, irmã, família. Liberam a Cabine dos Prazeres Suecos. Coloco a moeda, o relógio digital marca o número 100.

A história começa num parque. Pessoas passeando, a câmera se demora sobre flores, plantas, fontes, fotografia perfeita, nada daquelas coisas de garagem proibida. Pés de mulher andando, o relógio digital marcando 93. A câmera segue os pés por um caminho de pedras, pés encontram outros, de homens. São dois, há um jogo interessante, como se a mulher tivesse esbarrado, pedido desculpas e se afastado, e quando tentou prosseguir, se desviando, um dos homens também, inadvertidamente, quis se desviar, e acabou outra vez no caminho da mulher. Coisas que acontecem no meio da calçada, com as pessoas dançando umas em frente às outras, tontas, sem conseguir sair da situação. Filme benfeito, diferente dos outros, que já começam com todo mundo pelado se chupando. O balé dos pés cuidadosamente ensaiado.

A câmera subiu lenta, mostrando a mulher, morena, corpo benfeito, falsa magra, e dois homens diferentes, um terno-e-gravata, cabelo aparado, representava o educado, e o outro mais solto, jeans e tênis. Sem o ar cafajeste dos atores pornôs, escolhidos pelo tamanho dos instrumentos. Saíram do parque para uma cervejaria e comecei a me preocupar, o digital no 48, baixando rapidamente. Os três sentados à mesa, bebiam descontraidamente. O joelho do educado roçava as coxas da mulher e o relógio bateu no 45. As mãos dela correram leves pelas pernas do garotão de jeans, o pau inchando sob a calça, ele começou a pressionar os joelhos dela. O diretor deve ter fixação em joelhos e pés, as manobras são com a câmera baixa. Como agora, a câmera no chão, mostrando as coxas bem torneadas da mulher, e o início da calcinha, alguns pelinhos saindo pelos lados.

O relógio no 28. Não, 27. E os fodedores na cervejaria. Se não saírem rapidamente, não vou ver coisa alguma. Parece que não têm pressa. Está bem que tais fitas são melhores quando benfeitas, mas desse jeito é demais. Num dia qualquer não me importaria, podiam demorar quanto quisessem. Até me excitaria mais. No entanto, com o relógio no 19, quero compensação. Não posso reclamar muito, aquela cena com as coxas da mulher bem valeu alguns feniges. Os três se levantam, os homens apertam a bunda da mulher, bundinha dura, daqui a pouco vou ter ação, 8, 7, o grupo atravessa a rua. Merda, para que tanta arte? Fita de sacanagem tem de ter sacanagem, 3, 2, uma luz pisca. Zero, tudo desligado. Coloco meu último marco.

Essa gente fode ou dou um chute na porra da cabine. 100 outra vez. Os três tomam o elevador. Os homens encostados na mulher, ela acaricia o pau de cada um, dá beijos de língua. Cada beijo, quatro pontos a menos no digital. Um homem se colocou por trás e o outro na frente, os três se enroscam, a câmera desce, mão levantando saia devagarinho, vem vindo coisa boa. Relógio no 70. O elevador para, porta abre, entra uma velha, rosto severo, o grupo não tem tempo de se desfazer. A velha faz sinal de que devem continuar, sorri cúmplice.

Relógio no 60, caindo para 59. A velha foi para um canto, o grupo no agarra-agarra, a saia da moça está na cintura, pernas são incríveis, mulher que eu queria para me casar. Ela vale uma punheta das boas, daquelas de segurar o gozo, deixar vir e interromper, deixar vir e interromper, deixar vir de novo e assim até o saco ficar doendo.

Relógio no 40. Se não saírem logo para o apartamento não vai dar tempo de uma sessão bate-estaca, como chama uma amiga minha. Fomos ver uma fita pornográfica e, quando começou a trepação, ela ria sem parar. Saiu com esta: "Vê se não parece um bate-estaca funcionando!".

A câmera se desvia para a cara da velha. Não, pô, tem dó, a velha não. Porém a cara dela é engraçada, sacana, está arfante e a câmera desce, a mão da velha enfiada entre as pernas, numa siririca. Os três decidem mais, a mulher tirou o vestido, ficou de calcinha, corpo fenomenal. Abro minha braguilha, não tenho lenço, mas as cabines estão providas de papel absorvente, desses que donas de casa utilizam na cozinha para secar frituras. Agora, o que usa jeans está ajoelhado em frente à moça, começa a baixar as calcinhas, as mãos dele escorrem pelas coxas, a luz da cabine se acende, o digital pisca no zero enquanto o letreiro *Coloque nova moeda* me acena para novas delícias. Se tivesse um marco a mais.

Saio rápido, braguilha aberta. O funcionário da porra coloca uma foto no quadro que exibe as estrelas do dia; a troca do turno. É Margareth com sua peruca vermelha, coxinhas grossas e um pé delicioso. Quer dizer que voltou, ficou três semanas sem aparecer. Logo hoje que estou liso. Margareth, a mulher que tem uma bandeira brasileira tatuada nas coxas. Perguntei a todo mundo:

– Tem uma brasileira trabalhando em peep-show?

– Pode ter duas, três.

– Uma com a bandeira na coxa.

– Tem brasileira em toda parte. Muita puta no Ku'Damm, à noite, é brasileira.

– Quero saber do peep-show da Kantstrasse.

– Como ela é?

– Parece morena, usa uma peruca horrível, esconde os cabelos. Sempre muito maquiada, como se fosse uma máscara.

– Pela xoxota não dá para reconhecer se é brasileira? Por que não tenta a solo-cabine com ela?

Tentei, dezenas de vezes. Margareth sempre requisitada. Deve ser boa pra xuxu, nunca tem tempo. Teve dia que estive disposto a ficar na fila o necessário. Mas como me fazer entender pela moça do caixa? E que fila era essa? Então Margareth desapareceu. Ali está, agora. Merda!

Vou para a rua, de braguilha aberta mesmo, só me dou conta do pau quase de fora na calçada. Na rua cheia de gente, alemães vestidos para o sábado, prontos para a cerveja, vinho branco, pizzas, Leberkäse, Kassler, camembert frito, Berliner Weisse, Alsterwasser, Coca-Cola, sorvetes. A luz fatídica do sábado se foi, estou bem, apenas cabreiro e excitado. Solto dentro da noite, sem ter para onde ir.

Luciana adorava pão preto com rosbife, sal e tomate frio

TAPE 19

O caminho de rosas. O day after. Parecia bobagem. E era, se alguém tiver bom senso. Duvido que na atual situação do Brasil alguém esteja em seu juízo, tão envolvidos andamos pelos acontecimentos. Terminamos passionais, perdemos a capacidade de fixar em volta. Carrossel girando em alta velocidade. Impossível fixar a vista dos cavalos, encontrar o rosto das pessoas, manter posição. Tudo o que recebemos são olhares angustiados, raios que nos atingem com pedidos de socorro. A velocidade aumenta. Mecanismos destravados fazem o carrossel saltar das engrenagens, dissolvendo-se. Enrolados em nós mesmos. Refugiados em enrascadas pessoais, preocupados com autodevassas, nos distanciamos de nós mesmos. Saímos de nossos corpos e nos olhamos de fora. Agora, somos nós a girar no carrossel e a velocidade é agradável, embala, queremos que aumente. Sabemos que tudo pode despedaçar, mas quem sabe o salto nos leve a voar.

Você ainda tem na cabeça o jantar de despedida na casa de Humberto. Não foi de fazer gosto. Fazia dois meses que suas filhas tinham ido embora com a mãe, morar em Florianópolis, onde o novo marido de sua ex-mulher dirigia um hotel. Pensar em Felipe, o menino de seis anos, provocava em você crises de choro. Estava no ar a memória daquele primeiro instante de desconfiança, quando você pressentiu que tudo começava a quebrar com Luciana. Ela chamou dizendo que havia um especial a fazer (Onze da noite. Todos tinham esperado duas horas por ela, o jantar esturricado). Pelo telefone vinham ruídos de restaurante, pratos, talheres, vozes, garçons, transmitindo pedido à cozinha. Você até sabia qual era o restaurante pela posição do telefone junto à cozinha.

O clima do jantar na casa de Humberto era pesado, maioria de desempregados. Uma barra, o astral. Helenice teve uma crise incontrolável de choro, tinha sido demitida da agência aquela tarde. Osmar com o décimo copo de uísque comemorava sete meses sem um único projeto entrar no escritório. De sete arquitetos, restavam dois, lutando para a peteca não cair. Esqueça o jantar. Não misture as fitas, aquele é outro tape. Outro período de sua vida. A lembrança de Helenice veio, não somente porque ela estava naquele jantar fatídico, do qual você saiu sentindo-se sozinho. Foi Helenice que o ajudou a produzir o caminho de rosas, rindo ao pensar que alguém pudesse ter ideias tão ultrapassadas. Admirada, quando funcionou. Helenice saiu atrás das rosas, voltou com o carro cheio, passaram o dia a despetalar e a tomar um Valpolicella Petternella. As pétalas divididas por cores, usaram todas as vasilhas da cozinha. Como Luciana ficou doidinha! Era o dia seguinte, o day after, o primeiro depois da primeira transa. Quando Luciana chegou da televisão aquela tarde, você esperava embaixo. Ela vinha cedo. Assim que terminava seu horário, desaparecia da redação, com medo de ser mandada à rua outra vez. Voava para casa, havia o ritual diário, os dois saíam para o bar da esquina, o München, tomavam chopinhos até a noite cair. Ela adorava sanduíche de pão preto, com rosbife e tomate frio. Nem era sanduíche. Não queria a parte de cima do pão e comia colocando um pouco de sal. Nessa tarde você esperou junto à árvore onde ela costumava estacionar o carro, guardando a vaga. Lugar estratégico. Quando você apareceu, ela saltou, riu, mordeu sua orelha, o que só fazia quando estava muito emocionada. Nem se importou com o mundo. O prédio inteiro tinha descido para o hall, a fim de ver a doidice, o tapete de pétalas que se estendia da calçada ao elevador. Era importante não se importar com o mundo, Luciana sempre foi contida, segurava as emoções, não perdia a postura. Só desabava quando não suportava mais a pressão. Neste ponto, igual a você. Se bem que depois dos quarenta a tua situação melhorou um pouco.

TAPE 8

Era divertido. Passava horas querendo uma ideia, vivia pensando em bolar coisas para agradá-la. Fase criativa, cabeça a funcionar. Se olhar tudo que escreveu, vai ver a diferença, foi a melhor época. O sucesso da primeira novela coincidiu com aquele ano em que eram apontados como o casal incrível. Giovanni exclamava que o restaurante mudava quando entravam. Tinham mesa permanente, próxima à cozinha. Ninguém sentava ali. Comiam com as mãos trocadas, para poder ficar um segurando na mão do outro.

Tinha noite em que Giovanni sentava-se ao lado, abria um Valpolicella Petternella e colocava a comida na boca de Luciana. Como se estivesse alimentando uma criança, ou animalzinho. Para que ela tivesse as duas mãos livres. Assim que apontavam na porta, Giovanni corria preparar a salada de alface, palmito e camarão, o prato que ela adorava. De modo que chegavam à mesa ao mesmo tempo que a salada, de colorido suave, quase pastel. A princípio, você implicava, ela comia salada com arroz soltinho e fresco. Estranha combinação. Outra regalia, o arroz preparado na hora pelo cozinheiro gigante que comandava o imenso fogão de trinta bocas. Se alguém for ao restaurante, pode ver a foto, na coluna que fica entre o grande salão e o hall de serviços.

A mesa foi retirada desde que se separaram. Giovanni, inconformado, nunca mais deixou que a pusessem para outro cliente. Na coluna deve estar a fotografia, talvez empoeirada. Luciana comendo pelas mãos do Giovanni. De tudo, restou essa imagem destinada a desbotar, como todo retrato em cores exposto à luz. Daqui a algum tempo alguém vai olhar e ficar cogitando: quem será este casal? Que tipo de brincadeira fazia? Pensar nisso dá angústia. Se tem coisa que você gostaria de ter perpetuado era esta ligação. Não se conforma que vai desaparecer com a gente. E vai, porque sua memória se cobre com neblina, apaga contornos, omite detalhes. Memória é uma merda, falta a ela a tridimensionalidade, o calor do contato, a quentura do hálito. Nada mais é que miasmas fantasmais povoados de ansiedade e nostalgia, irreproduzíveis.

TAPE 20 OU REPLAY DO 19 REGRAVADO, EDITADO

The day after. O caminho de rosas. Luciana, doidinha. Primeiro, encabulada. Depois riu, mordeu sua orelha, na frente de todo mundo, o prédio inteiro tinha descido para saber que maluquice era aquela. Mordeu e te beijou, sem se incomodar com os vizinhos. Tão normal em São Paulo o espanto diante do carinho. A coisa anda brutal. Os dois vão ficar na história do prédio. Quando Luciana chegou da televisão, naquela tarde, você esperava embaixo. Ela vinha cedo. Assim que terminava o horário, desaparecia da redação, com medo de ser mandada à rua outra vez. Nessa tarde, você esperou junto à árvore onde ela costumava estacionar o carro, guardando a vaga. Lugar estratégico, lá de cima podiam vigiar o carro, está assim de ladrão de toca-fitas. O zelador ajudou, cúmplice. Claro, havia boas gorjetas, você sempre tratou bem porteiros e zeladores, manha que aprendeu naquele tempo em que eles eram ditadores, não permitiam que mulheres subissem aos apartamentos. Assim que Luciana deu a volta, viu o caminho de pétalas vermelhas, amarelas e brancas.

– Puta louco! Te amo.
– O quê?
– Te amo.
Disse. Pela primeira vez.

TAPE 37

Agoniado, enquanto ela não telefonava. Queria ler, ficava olhando o relógio, o telefone. Atento aos ruídos da rua, que diminuíam, à medida que a noite avançava. Corria à janela a cada carro que passava ou parava diante do prédio. Ao fazer café, acendia o fogo, deixava a panela fora do fogão, descobria horas depois a panela queimada, o gás ligado. Colocava o disco em rotação errada, tentava escrever, trocava as letras. Discava o próprio número telefônico. Enchia laudas e laudas com desenhos, roscas, espirais, triângulos, círculos, o nome de Luciana, fazia corações, casinhas, riscos sem nenhum sentido. Havia papéis com centenas de estrelas e flechas.

Houve noite, quando ela demorou muito, muito, ou não apareceu, em que os papéis amanheceram repletos de escorpiões. Não posso dizer por que me veio essa figura de escorpião. Não tem nada na minha vida ligado a ele. A não ser uma imagem de infância, quase esquecida, de uma visita a parentes que moravam num bairro distante, gente pobre. Debaixo da lenha de cozinha havia escorpiões, as mulheres da casa, preocupadas com as crianças, diziam que a picada era mortal. Ou que as pessoas picadas gritavam vinte e quatro horas sem parar. Vi os bichinhos de rabo erguido, e me pareceram engraçados, transmitiam a ideia de humor, não ameaça, morte. No entanto não me aproximava, paralisado pela advertência aterrorizante. Não era medo da morte, que esse medo as crianças não têm, porém da dor. Alucinante, gritar vinte e quatro horas sem parar. O veneno, diziam, fazia a pele apodrecer. Apodrecer lentamente, caindo, a carne se dissolvendo. A espera, sem resultado, noite após noite, não é mortal e dilacerante como a picada do escorpião? Pior do que o não telefonema eram as justificativas: "Estou trabalhando até mais tarde. Vou dormir cedo, preciso sair de madrugada, cobrir uma greve".

Vieram as viagens ao interior, para seguir os grupos de balonismo. Que ódio de balões. Queria atirar neles, crivá-los de flechas, fazer com que pegassem fogo e morressem todos. Nessa época eu desconfiava que ela andava apaixonada por um balonista. Gastava um dinheirão ligando para hotéis no interior, tentando encontrar um modo de o recepcionista me contar que ela estava com o outro no quarto. Procurando um ardil, de modo que o homem que devia estar com ela no quarto atendesse, inesperadamente ou inadvertidamente, ao telefone. Uma noite, apanhei um táxi e segui até Limeira, fiquei postado em frente ao hotel em que ela dizia estar hospedada. Cedinho, desceram todos em grupo, ela no meio, fiquei sem saber se tinha dormido com um deles. Escondido, buscava detectar qual seria.

Foi seis meses depois do sucesso da novela. Um mês depois de eu ter perdido o emprego na televisão. Não aceitaram quatro sinopses, fui ficando bloqueado, amedrontado, ideias não vinham. Na verdade, não tinha vontade de gastar na televisão as melhores situações, queria guardá-las para os livros. Achava efêmera a duração de um tape, via as novelas desgravadas, remontadas, vendidas para o exterior, alteradas. Para cada país, um número de capítulos, eliminação de cenas, personagens, reduções. Vi transformações inacreditáveis nos diálogos, inversões de sentido, para poder tornar o produto consumível a audiências da América Latina ou da Europa. A dublagem facilita essa adulteração, dependendo da censura interna de cada país. Meu saco foi se enchendo, fiquei chato, brigão. Passaram a não atender meus telefonemas, não me recebiam. A tática deles é: não precisamos de você. Nunca fui corajoso, sempre tive medo de perder meus empregos. Mas, nesse caso, estava à vontade, o grande pulo tinha sido dado quando fui demitido e empeitei o desafio. Acreditando que minha cabeça me bastava, eu tinha meu patrimônio dentro de mim. Puta bobão. Desconhecimento do Brasil, da estrutura das coisas. Aqui ninguém vale nada, nenhuma cabeça é patrimônio, tudo virou merda.

Não estou gostando deste tape, não estou a fim de fossa. Quero ver um bom filme, uma comédia engraçada. Nada daquelas autocomplacências de Woody Allen. Algo como *Monthy Pyton*, esculhambação, deboche. Eles deveriam filmar a história do Brasil. Posso também encher a cara. Ir a uma danceteria, andam em moda. Só que não tenho idade, o barulho me deixa com dor de cabeça, aquelas danças individuais me espantam. Ninguém se agarra para dançar, não há encoxação, pau duro nas pernas, a gente ajeitando para o cacete se encaixar, a menina brincando que não deixava e procurando deixar se enfiar. Hoje em dia essa meninada transa numa boa. Não é a neurose do nosso tempo, que por milagre não transformou uma geração em bandos de marginais tarados e estupradores, violentadores de mulheres. Ou será que somos violentadores de mulheres? Violentadores mentais.

TAPE 71

Luciana dirigia horas e horas, pé de chumbo no acelerador, o carro deslizando a 140. Quando os guardas rodoviários paravam, abria o sorriso conhecido e todos amoleciam. Podíamos atravessar o Brasil, a toda velocidade, protegidos pelo seu modo de rir. Descíamos para Parati e quatro vezes os guardas amoleceram, aconselhando, autoritários e fãs: "Não faça assim, todos gostamos daquele seu programa. Não nos deixe sem notícias". Devolviam a carteira sem perceber que o exame médico estava vencido havia um ano. Ela se recusava a renovar, brincava, fazia de propósito para testar a popularidade. Vencia sempre, tornava-se ousada, a ponto de esquecer os documentos do carro. Nessa fase, não carregava documento algum e nem abria o sorriso, apenas mostrava o rosto e o estratagema continuava a funcionar. Comecei a sentir que ela estava tentando alguma coisa maior, realizava testes e começava a atingir a certeza da popularidade e da impunidade que isso traz. Não sei o que pretendia, que tipo de uso iria fazer. Também me parecia inconsequente, incompreensível. Eu não queria admitir que era vaidade, porém podia perceber o olhar-câmera quando os guardas se rendiam. Já que estou nessa, preciso confessar que adorava quando ela fazia isso, me deixava fascinado, achava que era a mulher mais esperta e corajosa do mundo. E gostaria de ser assim, desfrutar da mordomia que é ser conhecido. Afinal, nunca quis ser igual aos outros.

TAPE 43

Minhas filhas adoravam ir ao Giovanni com Luciana, porque ela aprontava brincadeiras enquanto esperávamos o Pene a la arrabiata. "Arrabiatíssimo, veja lá", ela recomendava, quando Giovanni trazia o copo de vinho tinto, oferta da casa. Beaujolais Village, Bolla ou Valpolicella. Havia pessoas que deixavam a segunda ou terceira garrafa pelo meio, tesouros guardados pelos garçons para o próprio jantar. No entanto, quando viam Luciana entrar, dividiam alegremente o vinho, submissos ao sorriso aberto. Giovanni dizia que ela empurrava as paredes da cantina, alargava tudo ao entrar, abrindo aquele riso devorador. O mesmo riso com que minhas irmãs, na infância, dominavam os meninos, reduzindo-os a escravos, prontos a atender a todos os desejos, buscar mangas, roubar papel crepom na livraria, arranjar um pouco de ruge das mães.

A farra de minhas filhas começava quando Luciana passava pelo apartamento para nos apanhar e as duas se revezavam no colo dela, dirigindo o carro por ruas pouco movimentadas. À espera do Pene, Luciana apanhava um copo vazio, arrancava o elástico do cabelo (só amarrava o rabo de cavalo com elástico, isso quando não fazia a trança especial, marca registrada, que começava no alto da cabeça, como se tivesse nascido ali, fosse natural), tirava o celofane que envolve o maço de cigarro e preparava a brincadeira. O celofane fechava a boca do copo e sustentava uma moeda, colocada no centro. O jogo era cada um fazer um furo com a brasa do cigarro. Chegava um momento em que eram tantos os furos, que o papel cedia, a moeda caía. Perdedor era quem fazia o furo final. As meninas – faltava Felipe – davam gritos, quando sabiam que caberia a uma delas o furo fatídico. Suspense e esperança, quem sabe fosse possível um furinho mínimo, num canto ainda não percebido pelo adversário, e a moeda resistisse. Mais tarde, pensava na brincadeira do copo, tentando encontrar em minha ligação com Luciana um ponto para esse furo improvável que continuasse a manter precariamente a moeda sobre o desgastado celofane. Passava madrugadas pensando no que leva a gente a queimar continuamente celofanes, até que as moedas caiam no fundo do copo e os jogos terminem.

Estava feliz e qualquer gesto de Luciana me deixava estonteado. Num contentamento tão alucinante que me angustiava, tentando encontrar um modo de eternizar aquilo. Parar o tempo, congelar, tornar bronze, para que o instante se prolongasse perpetuamente. Não tem jeito, a gente fica feliz e infeliz ao mesmo tempo, que merda, por que essa paixão pela tragédia? Uma vez, ela disse uma frase, no meio de tantas outras que me pareciam sem sentido, despropositais. Qualquer coisa como a vida insuportável se todos fossem felizes o tempo inteiro. Aquilo me desequilibrava, do mesmo modo que esta balança maluca, feliz--infeliz, me deixava sem rumo. Naquele momento, tinha certeza de que a vida seria intolerável sem Luciana. E foi.

TAPE 52

Os tapes são minha vida. São? Ou reproduzem? Nem sei mais. Tudo o que sei é que o bom é montar a vida como quero, trocar episódios de lugar, colocar onde acho melhor. Andei eliminando tanta passagem ruim, desagradável!

TAPE 9

Pensamentos egoístas. Deliciosos. Não admitir a ideia de que o outro possa ser feliz se não estamos partilhando. Felicidade tem de ser com a gente. Não me venham com noções de generosidade, bom coração. Quando estou infeliz, quero que o mundo se foda também. Jamais acreditei nas pessoas boazinhas que procuram espalhar o bem, mesmo quando dilaceradas por dentro. Tudo fingimento, a dor provoca putice na gente. Tudo o que desejo agora é destruir o cara que me tirou Luciana. Colocar uma bomba na sua televisão, arrebentar os transmissores, inventar um raio laser que me torne invisível, para que eu possa sacaneá-lo continuamente. Jogar pedras na sua janela, encher de areia o tanque de gasolina, colocar na sua comida coisas que o façam cagar em momentos inesperados.

TAPE 28

Nunca saímos do Giovanni sem uma rosa. Se Luciana ia para casa, despetalava toda, e colocava dentro da agenda. Onde havia de tudo: endereços, ideias, bilhetes meus, pedaços de ingresso de cinema ou shows, um do Pacaembu, retratos, notícias de jornal, cheques, folhas de árvore, fitas, folhetos de rua, bulas de remédio. Um dia, caiu da agenda um bilhete que alguém escreveu para ela. Dizia apenas: "Chata, chata, chata". O que era? Quem era?

Ir a Berlim para viver a mesma vida de São Paulo?

CAFÉ EINSTEIN

– Outra vez aqui?
– Qual o problema?
– Já me encheu o saco este café.
– O que é que há?
– Não há nada. Em Berlim deve ter cinco mil cafés. A cidade do mundo que mais tem lugares para se ir. Podíamos conhecer um de cada vez. Mas, não. Caímos sempre aqui.
– É gostoso, tem ambiente.
– Intelectual, como você gosta.
– Intelectual?
– Estamos vivendo a vida de São Paulo. Fechados em casa, ou indo a um restaurante à noite. Sempre o mesmo. Nos últimos meses, pirou, girando pelos bares e cafés e restaurantes e casas de chope. Noite inteira sem parar. Você não tinha hora de acordar, mas eu caía morta na redação à tarde. Você acordava, começava a telefonar, formava outro grupo, nova noite. Desde que voltou do carnaval de Olinda, enlouqueceu. O que houve nesse carnaval?

– Foi uma viagem de ácido. LSD. Você nunca tomou LSD, não? Claro, não entra na trip da droga. Olinda foi um tapete mágico.

– Que te levou para longe.

– Longe?

– Tinha batido em você o desespero de ir embora.

– O desespero era ir para longe de você.

– Que diferença fazia? Estávamos tão distantes lá.

– Estamos juntos aqui.

– Estamos?

– Me sinto perto de você. Talvez por isso goste de Berlim.

– Berlim? Você nem conhece a cidade. Dá uma andadinha, volta correndo. Berlim é o Café Einstein, isso sim. Igualzinho São Paulo. Se não íamos ao Giovanni, estávamos no Dom Fabrizio. Se não era o Pirandello, atravessávamos no "22". De vez em quando concordava em comer pizza frita no Mistinguette.

– Para ver como era o lugar onde você levava os outros namorados.

– Se continua, vou embora. Já.

– E o Passat branco?

– Não repete.

– Não gosta de falar no assunto.

– Não há esse assunto!

Luciana levantou-se, apanhou a bolsa.

– Fica. Você ganhou.

– Não ganhei coisa alguma. Não há o que ganhar. Não disse? Fazemos em Berlim tudo que fazíamos em São Paulo. Até rodar em volta das mesmas discussões. Você está obcecado.

– Preciso limpar a cabeça.

– E estourar com a minha. Não é o que quer? Acabar comigo?

– Complexo de perseguição?

– Vamos fazer duas coisas! Mudar de ponto e de assunto!

– Preciso ficar aqui. Este café me dá uma sensação estranha. Tem uma coisa no ar que me inquieta. É bom para meu livro.

– Nem tudo que é bom para teu livro é bom para mim.

Seria novidade se houvesse alguma coisa que não te inquietasse. Nunca te vi satisfeito. Sossega!

– Bem que eu gostaria.

– Você adora sofrer. Mania do pessoal da tua idade.

– Ahn, estava demorando! Sei, tenho certeza. Desde aquele dia em que você apareceu com a ideia de que a nossa diferença de idade era grande, tudo mudou.

– Outra discussão antiga.

– Foi a partir dali, não foi?

– Quem sabe de onde?

– Teve um início!

– Que importância tem? Vamos embora. Para um cabaré. Berlim não é cheio de cabarés? De repente, Liza Minelli está por aí. Não foi aqui que filmaram *Cabaret*?

– Foi em Munique.

– Você sabia tudo de cinema.

– Há quanto tempo abandonei a crítica?

– Meu pai te lia, gostava, ele tem muito artigo teu arquivado. Vamos transar outro lugar?

– Sabe de quem foi esta casa?

– Não tenho a mínima ideia.

– De uma atriz alemã, famosa nos anos vinte.

– A única atriz alemã que conheço é a Romy Schneider. Ah! E a Marlene Dietrich!

– Me contaram que a atriz era amante do Göring.

– E quem era esse Gueringue que faz o café tão especial?

– Nunca ouviu falar?

– Devia?

– Ouviu falar da Segunda Guerra?

– Não me vem com ar irônico! Não vem me humilhar. Não estamos naqueles jantares dos teus amigos intelectuais. Nem naquelas festas em que todo mundo falava e dizia e sabia do Brasil e daqueles assuntos todos, das teorias políticas. Acha que a vergonha que você tinha de mim não me deixava mal?

– Nunca tive vergonha de você.

– Me fazia sentir burra.

– Quem é que me pedia para explicar direitinho o que as pessoas falavam? Não era gostoso? A gente voltando para casa, conversando, destrinchando o que tínhamos ouvido. Quanta coisa que nem mesmo eu entendia, ficava na dúvida. Mas era assim o mecanismo, pessoas que diziam por dizer as alucinações que o Brasil provoca. O país é louco demais para a gente compreender, seguir.

– Eu babava. Qualquer coisa que você dizia, sentia que estava aprendendo. Era teu jeito, o carinho. Quantas vezes não te apertei, você me pedia uns dias, ia pesquisar. O que me ajudava nas reportagens. Depois, mudou! Ficou com um ar superior, de desprezo. Pior que isso é o sarcasmo. Você se tornou sarcástico, o tempo inteiro. Tem prazer em me ferir.

– Não mudei o tom. Você é que anda de pé atrás.

– Eu? De pé atrás? E quem é que se escondia para me ouvir telefonar, ver se eu cochichava com meus amigos, os supostos namorados?

– E não eram namorados? E o Passat?

– Vamos fazer uma coisa. Curtir Berlim enquanto podemos. Aproveita, diz logo quem foi esse Gueringue que te deixa tão abalado.

– Um nazista. Ministro de Hitler.

– E você vem aqui? Casa de um nazista?

– Também não é assim. Nem sei se é verdade. Esta cidade é cheia de lendas, de fantasmas.

– Entendo. Igual à tua cabeça. Ministro do que, o homem era?

– Da Aeronáutica.

– Tenho lá obrigação de saber daquele tempo? Sabe quando essa guerra começou? Vinte anos antes de eu nascer. Quando acabou, meu pai nem sonhava encontrar minha mãe. Quando se casaram, essa guerra tinha terminado havia dez anos. Nem na Europa havia sinal dela. Quer dizer, eu não era nem a porra do meu pai.

– O quê?

– A porra do meu pai.

– Está ficando grossa!

– E você moralista. Burro!

– Nunca te ouvi falar assim fora da cama.

– Fora da cama, não. Na cama, a mulher pode falar o que quiser. Você gosta. Na cama, puta. Fora dela, dama. Na cozinha, perfeita. Não é assim a velha piada? Vê como utlimamente teu lado machista tem vindo para fora? Quer saber de uma coisa? É isso aí. Eu não era nem a porra, nem tinha chegado ao saco do meu pai.

– Para me agredir, fica vulgar.

– Sabe quem você está parecendo?

– Sua mãe.

Rimos, os dois. A mãe dela, sempre composta, empertigada. Altaneira é uma palavra fora de uso, que a define bem. Ainda naquela de querer saber quem era o namorado da filha, inconformada com o rompimento do casamento. Ao rir, toda solta, Luciana se apoiou em mim. O contato dos dedos, a quentura da pele. O arrepio, a vontade. Quando ri e me toca, tudo fica alegre, me sinto outro. Pouco tempo atrás, não cederia, não estaria solidário nesse riso. Rir junto com Luciana seria compactuar. Capitular. E nunca capitulei nas histórias de amor. Este imbecil não cedia um milímetro, deixando que as coisas se destruíssem. Imaginando que essa atitude devia fazer parte da estrutura que um homem deve ter. Dignidade, honestidade comigo, firmeza de pensamento. Quantas vezes não rastejei, ensanguentado por dentro, nas últimas, porém sem capitular. Capitular representava romper defesas, e o que fazer sem elas? Levou anos e anos para que eu visse na capitulação uma necessidade, estratégia de amor. Forma de não esvaziar tudo ao redor. E principalmente um meio de avançar, depois de ter parado para pensar. Não será tarde demais? Adianta fazer a soma de pontos negativos? Qualquer cifra é um valor quando estamos a zero.

Luciana ri. Se não ando tão mal, ainda tenho percepção, o riso é o mesmo de quando estava apaixonada por mim.

O videoteipe observa o que fomos e refaz nossa vida como gostaríamos de ser

EDIÇÃO DO TAPE 29

Barulhos familiares, insuportáveis. Por que estas crianças têm de brincar no pátio se existe o parque a cinco quadras? Lá podem andar de bicicleta, jogar bola, andar de canoa. Martelando minha cabeça, gritando sem que eu entenda uma só palavra. Meu corpo dói, moído por esta cadeira, a cabeça é um enxame de abelhas malucas. Tudo o que peço é um pouco de sono. Encostar a cabeça no travesseiro, dormir tranquilo, sem medo de acordar e deparar com tudo aquilo. Ao mesmo tempo, sei que estou dormindo e não consigo abrir os olhos, despertar, levantar da cama. Há quanto tempo estou dormindo? Quiseram me colocar na clínica, reagi. Sou homem de enfrentar situação. Ligeira hibernação, disseram. Meus melhores amigos tentando me colocar numa camisa de força, num sanatório, me entregar à sanha dos psiquiatras. Tem dia que sei, estou internado, dopado por comprimidos mortíferos que nunca mais me devolverão a cabeça boa que eu tinha. A dor é pior na nuca, passo a mão, os músculos enrijecidos como as cordas de um contrabaixo, se passar um arco, sai um som. Vou me associar àquele mulato que toca música do lixo na praça da igreja. O som do corpo. Posso ganhar algum, o homem é como sucesso, a cidade é doida mesmo. Se estes meninos não berrassem eu estaria bem, o barulho me deixa atordoado.

REPLAY DO TAPE 31
GRAVAÇÃO DE UM TAPE QUE LEVA O NÚMERO 21A

O que estou fazendo? Inventando. Fantasiando a minha

própria vida. Não foi para isso que escolhi a Alemanha. Era para encostar a cabeça, ficar frio, repensar tudo. Em vez disso, viajo alto. A verdade. Vamos gravá-la por cima de toda essa história de corpo, códigos, risos. Ficou tudo misturado. O corpo de Luciana não era tão perfeito, descrevi como se estivesse vendo uma foto retocada da *Playboy*, medidas certas, proporções ideais. Chegou a hora de assumir. Luciana tinha uma perna mais curta, ligeiramente. Defeito compensado por diferença no salto do sapato. Quando descobri, ficou difícil conciliar meu instinto de perfeição, a exigência que eu fazia, a realidade que ela era. Fiquei irritado ao me apaixonar por alguém não modelo. Irritação que acabou me assustando, tive de enfrentar a briga comigo pela primeira vez na vida. Ganhei/reaprendi, para me entregar apaixonado.

Bem, comecei, vou continuar. Ela nem era tão bonita. Nada de parar o restaurante, todo mundo se virando para olhar. Havia alguma coisa especial, principalmente na relação com a câmera. O que vinha no vídeo ou era impresso nos tapes me abalava. Luciana transfigurava. Sensualidade ou inocência, selvagem ou ingênua, dependendo do riso, forma de olhar. Quanta gente ouvi dizendo: "Tesão de mulher"? Muito tempo perdi refletindo: de quem gosto? Da imagem que ela me passa pela televisão ou da mulher mesmo?

O TRECHO SEGUINTE DEVERIA TER SIDO UMA CARTA À AMIGA DA ADOLESCÊNCIA. PORÉM ACABOU COMO ANOTAÇÃO NUM CADERNO. ELE CONTINUA A ESTUDAR O ASSUNTO, SEM NENHUMA CONCLUSÃO.

Descobri o tape, diversas possibilidades narrativas. Foi como se viesse por uma rua conhecida, muitas vezes atravessada, e só então deparasse com aquele beco fantástico. Fiquei satisfeito ao verificar que coisas novas não me assustam mais. Outro dia um amigo me disse, ao ver a resistência que faço em aprender o alemão, para loucura de minha professora que se julga fracassada por não conseguir me ensinar essa *theodisca língua*: "O nosso problema é que nesta idade não queremos mais desarrumar a cabeça. Aprender alemão vai te obrigar a uma lavagem cerebral". Concordei, puto comigo, afinal de contas o que vim fazer aqui é desarrumar a cabeça, desarranjar a vida certinha. Certinha?

Tudo começou em São Paulo, mais de um ano atrás, quando me convidaram para gravar um depoimento. Um departamento cultural queria montar uma memória. Fiquei deprimido. Eu, em arquivo. Me senti velho, medalhão, rançoso. Mal-estar por uma semana. Também, sem entender nada, porque se teve época ruim em minha vida foi aquela. A novela fracassada, depois de um sucesso, duas edições de livros encalhadas, a crítica malhando, minha ex-mulher entrando com ação na Justiça por causa das pensões atrasadas, o cheque especial no negativo do negativo, os financiamentos atrasados, sem poder me aproximar dos amigos, tanto dinheiro tomei emprestado. Que tipo de depoimento podiam querer de um fracassado? Ou era isso: o que significa o fracasso? Como conviver com ele, as etapas para se chegar lá? Fracassar é tão difícil quanto manter o sucesso, me disse um boboca qualquer, num bar da estação, depois de uma goleada, naquela fase em que meu clube de futebol andava jogando pelo interior, sem ganhar uma e se afundando em dívidas. Muita gente não entendeu essa. Você, técnico? Mal sabe jogar! Mas aquele amontoado de velhos ídolos, reunidos num time caça-níquel, faturava pelo interior. Não precisavam de técnico, e sim de um pai, alguém que segurasse as pontas. E eu, sempre enganando. Como fui me meter naquilo, tratar com cobras criadas no futebol? Me enrolaram.

Até aquele dia, eu tinha dado centenas de entrevistas para rádio e televisão. Coisas curtas, meio minuto, três, nove. Desta vez, era extenso: duas horas. Enfiar em fita a minha vidinha, condensada. A ideia me punha pálido, por um problema de imagem. Fui, falei por três horas, conduzido por perguntas que me tolhiam, limitado pelo tempo. Me convidaram a assistir à edição, ajudar nos cortes. Naquela sala de montagem, tive a iluminação. À medida que as cenas se repetiam, passei a me distanciar, até o momento em que a figura gravada era estranha para mim. Contemplei um desconhecido a relatar cenas familiares, verifiquei o que havia de fatos contornados, omitidos, detalhes que tinham-se passado em épocas diferentes e ali estavam ordenados numa sequência ideal para minha vida.

Percebi que estava metido num jogo. Minha vida programada como eu gostaria que tivesse sido e não como se passara realmente. Não disse mentiras, somente montei sequências procurando efeitos dramáticos. Clímax e apoteose têm funções diversas na imagem gravada e na vida. Tivesse relatado os acontecimentos como se passaram, sem aparar arestas, teria resultado em tédio.

Pedi ao operador que colocasse a imagem em slow-motion, enquanto me observei em movimento, decupando fase por fase a minha deslocação. A estranheza aumentava a meu próprio respeito. A pessoa no vídeo era eu. Rosto, modo de falar, a voz aguda, sabia coisas a meu respeito. Homem indeciso, hesitante, perdia o tom de conversa, os olhos espantados ante pergunta mais complexa que exigia concentração e visão total do país, situação política. Meu fraco sempre foi análise global. Perco-me, não consigo relacionar fatos, ver de modo abrangente. A esta imagem se superpunha outra: esse homem diz coisas absurdas, e não sou eu, certamente. Compreendo que o absurdo provinha da defasagem entre fatos acontecidos em tempos diferentes e que eu tinha juntado, relacionando entre si. Estava eliminado o cotidiano, situações corriqueiras, que funcionam como o elo. Momento crucial. Adoraria minha vida se pudesse eliminar o dia a dia trivial, em que não há grandes acontecimentos.

Constatei eletrizado – e aqui vai a tal iluminação – que posso ser um, dois, três. Morrer e renascer, recriar-me a partir destes depoimentos pessoais. Montar períodos desconexos, regravar acrescentando dados novos. Um de meus componentes essenciais é a imaginação, portanto sou máquina de inventar fatos. Nada me impede de idealizar a minha vida, querendo que ela se passe assim no futuro. Observá-la como eu gostaria que tivesse se passado no tempo anterior. Desse modo, vou variando meu depoimento ao infinito, sem deixar de ser eu, porém me recompondo, refazendo. Nasço de mim. Minha cabeça, e tudo que ela produz, me reflete.

Gravo.

Assisto à gravação.

Descrevo no papel o que vejo no vídeo.

Eu no vídeo: primeira pessoa.

Eu descrevendo o vídeo: passo a ser terceira pessoa.

Eu na terceira pessoa: estou sendo.

Eu na primeira pessoa: já fui.

Descrevo minha vida na primeira pessoa como se fosse uma terceira pessoa; copiando o que acontece no tape, sendo o tape o que fui.

Faz mais de um mês que não ponho os pés na rua, completamente dominado por esta aparelhagem. A tecnologia eletrônica fornece milhares de acessórios utilíssimos, controles remotos, zooms, instrumentos de mixagem, imagem parada etc. Desenvolvi a tal ponto o sistema que tem momentos em que nem preciso gravar. Começo a pensar em mim e em minha vida e instantaneamente posso me ver de lado, por fora, sem recursos técnicos.

Não, não vou te mandar esta carta, tenho de refletir sobre as anotações. Além disso, se alguém abrir a carta no correio (ainda fazem isto ou a época já passou?) podem me roubar a ideia. Viu quantos carteiros estão se transformando em escritores no Brasil?

CAFÉ EINSTEIN

– Naquela noite, te esperei por horas e horas na casa do Humberto para o jantar e você telefonou dizendo que não ia. Foi ali que começou. Não foi?

– Estava editando um especial.

– Que especial! Acha que vou nessa? Você estava fissurada nos balões. Ele já existia, não existia?

– Ele quem?

– Ele. O homem que tirou você de mim.

– Não existe nenhum homem além de você.

– Daquela noite em diante, deixamos de nos ver. Havia sempre uma edição e cansei de ligar para a televisão, mandar te chamar, avisavam: já saiu.

– Você conhece redação.

– Só não conhecia você.

– Precisava trabalhar muito, dar tudo que tinha, estava ameaçada.

– Ameaçada? Você era a melhor repórter.

– Se eu precisava trabalhar tanto, me afundar na televisão dia e noite, é porque alguma coisa não andava bem com a gente. Pensou nisso?

REPLAY DO TAPE 36. GRAVADO APÓS UMA VISITA AO MURO. ELE SUBIU A UMA DAQUELAS PLATAFORMAS ERGUIDAS DO LADO OCIDENTAL QUE PERMITEM A VISÃO DAS RUAS DE BERLIM LESTE. VER O COTIDIANO DO OUTRO LADO, OBSERVAR OS COMUNISTAS, SEM SER TOCADO POR ELES, ISENTO DO CONTÁGIO. O MURO FOI DECEPÇÃO, ELE TINHA IMAGINADO MURALHA DA CHINA. E ENCONTROU MURETINHA DE DOIS METROS, CINZA, PROSAICA. PERPLEXO, PERMANECEU HORAS NA PLATAFORMA, CHEGANDO A AGITAR OS GUARDAS ORIENTAIS QUE O ENCARAVAM ATRAVÉS DOS BINÓCULOS. NESSA NOITE TOMOU UM PORRE E GRAVOU.

O que eu procurava no Brasil sem encontrar também não está nesta cidade. Não está em parte alguma. A inquietação palpável, formigamento na cabeça, o medo cotidiano existem aqui de modo dissimulado. Formando a tensão e angústia que se traduz nos rostos repuxados, lábios que tremem, mãos que não tocam os outros, desvio do olhar.

Sempre achei que no Brasil eu não tinha lugar e me preocupava a atitude narcisista, este voltar-se para mim. Desconfortável, me conflitava viver em ego-trip permanente. Até que descobri, estamos todos na mesma viagem, a trip é coletiva. Temos os bilhetes, não a destinação. Aqui existe menos lugar ainda, o cerco se aperta, outro dia tive um sonho terrível, tinha pulado o muro.

Vagava naquele terreno vazio e árido, limpo, absolutamente despojado, que fez lembrar meu pai limpando o quintal às segundas-feiras, no fim da tarde, rastelando folhas, deixando tudo imaculado. Resultava uma sensação desoladora, o quintal parecendo terra arrasada. Nesse terreno eu caminhava com medo de pisar em minas, me garantiram que é minado. Afirmam tudo aqui, dizem que arames finíssimos acionam metralhadoras que podem me pulverizar. Asseguram que o equipamento eletrônico denuncia qualquer presença. As guaritas estavam vazias, o que é absolutamente impossível, e o meu medo diante delas vazias era maior, porque eu ficava imaginando que espécie de teste é esse. De que modo vão querer que eu me comporte, uma vez que estou num lugar onde não poderia estar?

Caminhando cautelosamente naquele terreno inóspito, penetrava num entendimento claro. Não tinha saltado o muro, ele continuava diante de mim, me dividia entre o que quero e posso ser e o que não me deixam ser. A sensação de caminhar em terreno minado, estar sendo observado por guaritas vazias, subitamente ficou familiar, me senti à vontade. Não havia diferença entre meus gestos cuidadosos e dissimulados, aflitos, daqui, e os movimentos do meu cotidiano brasileiro, igualmente ansiosos, camuflados e prudentes.

Os guardas tinham desaparecido das guaritas porque eu não estava em Berlim e sim em São Paulo, onde não há muro nem terrenos minados nem cães pastores a farejar cercas nem obstáculos de concreto e ferro nem equipamentos eletrônicos que acionam armas que me dissolvem. E, no entanto, conhecem meus gestos e meus passos, me seguem e sei que posso ser pulverizado por uma coisa que nem imagino o que seja. Começo a evitar os olhares dos outros. Suspendo o gesto que vai provocar o toque, calo-me diante de uma conversa interrogativa, desvio-me de quem vem em direção oposta e me encara.

As calçadas de São Paulo são como esse terreno árido e despojado, através do qual caminho receoso, seguro de que serei descoberto. Estamos o tempo inteiro com a certeza de que seremos apanhados. Andamos em terreno minado. A vida inteira.

CAFÉ EINSTEIN

– Pare de chorar! Não chega o que chorou no Giovanni aquela noite?

– Não consigo parar, penso nisso o tempo todo.

– Delírio, invenção.

– Andei por todos os hospitais de câncer de São Paulo. Uma coisa terrível, as pessoas morrendo.

Não! Não estou dentro de um filme. *Love Story* é muito antigo, faz décadas que lotou os cinemas. *Amar é nunca ter de pedir perdão*. A frase (tola), dita por Ali McGraw, correu mundo, tão repetida quanto *Toque outra vez Sammy*. Aquilo era uma bobagem melodramática e aqui é a minha vida, ele pensou.

– Achei que ia ganhar força conversando e olhando para os outros doentes. Um horror, caí na deprê! Só no cinema existe essa história de enfrentar o destino e vencer, reviver. Na vida mesmo, está todo mundo fodido, ninguém querendo morrer e sabendo que não se salva.

– Para quem está morrendo, você está em ótima forma.

– Toque aqui! Veja os carocinhos!

Tirou os seios para fora e inclinou-se para ele. Perturbado pela visão que sempre o excitava e, constrangido, não deixou que ela puxasse sua mão para tocar os seios lindos e pequenos. Olhou em volta, ninguém prestava atenção. Como nos parques. Aquelas mulheres brancas e nuas, de pelos loiros e ninguém de pau duro. O que há com esses alemães?

– Fecha o vestido. Pirou?

– Preferia enlouquecer a ter esses caroços. Sabe o que significam?

– Nada. Muita gente tem e continua vivendo.

– Daqui a algum tempo vou tirar um seio, depois o outro. Você já viu como ficam as mulheres que fazem essas cirurgias?

Não fechou o vestido, deixou dois botões desabotoados. Ele sentiu vontade de acariciar, examinar os carocinhos, beijá-los.

– Sabe que tem um meio de evitar tudo isso?

– Qual?

– Engravidando.

– Fácil e gostoso...

– Tem um problema.

– Problema?

– A tua idade.

– O que tem a minha idade?

– O médico disse que é perigoso.

– Qual o perigo?

– Pode nascer mongoloide.

– Mongoloide? O filho de uma puta não deixou por menos? Não dá para acreditar! Vou dar na cara dele.

– Deixa pra lá!

– Vou processar. Contratar um cara para arrebentá-lo!

– Deixa pra lá, já disse!

– Como deixa pra lá? Percebe o que ele fez? O buraco que abriu? O que ele disse acaba com tudo entre nós. Fodeu. A menos que... é isso... a menos que... seja de propósito... o médico bem pode ser o sujeito do Passat branco.

– Não vem que não tem!

– De quem eram os telefonemas misteriosos, cochichados? Eram para um médico, não? Uma tarde ouvi você sussurrar um doutor... para me despistar...

– Não começa.

– Filho de uma putíssima!

– Fica quieto. Está todo mundo olhando.

– Não tem ninguém olhando. Alemão fala mais alto e agressivo do que eu. Alemão não se mete na vida dos outros.

Fodam-se. Quem é esse médico?

– Não vou dizer.

– Mentira.

– Acha que ia mentir assim?

– Você só mentiu nos últimos meses.

– Como te suporto? Acha que vou querer um filho contigo? Se tivesse um, minha vida ia se transformar em um inferno. Você gritando: "De quem é o filho?". Andando pela rua e procurando os traços de alguém que parecesse com a criança, para me acusar. É ou não é? Você ficou doido.

Falava alto, alterada. O que era raro, acontecia como o cometa Halley, a cada setenta e seis anos. O vestido entreaberto, os pequenos seios visíveis.

– Não dá para acertar mais. Não é?

– Quero ir embora. Não tenho nada a fazer nessa cidade.

– Não posso ficar sozinho.

– Você esteve só a vida inteira. Nunca admitiu ninguém no círculo. Ninguém.

– Acabo me matando.

– Não me comove. Sei que não se mata.

– Como pode ter certeza?

– Gosta demais de você. Nunca daria essa alegria ao mundo.

– Olha...

– Estou olhando.

– Está ouvindo alguma coisa?

– Só esses alemães barulhentos falando. E ruído de pratos, copos, garfos.

– Não está ouvindo patas de cavalos?

– Patas de cavalos?

– Cavalos correndo pela rua, batendo as ferraduras nas pedras. Os cavalos vêm vindo sobre uma nuvem de fogo.

– Espera aí! O que há? Cavalos?

– Estou no meio dessa nuvem de fogo! E as patas dos cavalos em volta da minha cabeça.

– Vamos embora! Não quero voltar aqui nunca mais.

– Os cavalos me despedaçam.

– Vou te internar.

– A nuvem de fogo me queima e não consigo enxergar você do outro lado da rua.

Ana, amiga de adolescência, por quem ele foi apaixonado, envia sua primeira carta

Querido

Ah, a sandália vermelha de tiras finas. Lembro-me bem. Foi feita no fim da Rua Quatro. A sapataria fechou, talvez não aparecessem mais meninas interessadas em sandálias vermelhas, de tirinhas finas no meio do dedo. Procurei outra igual. Difícil. Será que a dificuldade são as tirinhas finas ou é a ligação que a sandália transmite? Foi gostoso e ao mesmo tempo triste ler sua carta, num fim de tarde, trazendo da Alemanha (e o que você está fazendo aí, pensou bem?) uma lembrança sua da qual eu não tinha ideia, você nunca me contou. Algo seu, e meu, devolvido trinta anos depois, via Europa, filtrado, cristalizado, envolvido em fantasias e ilusões, algo adaptado, conformado, rearranjado com o tempo. A sandália não é mais aquela, a que está na sua cabeça e a que redespertou na minha. Agora é outra, recoberta por uma película que aderiu e a transformou através destes anos todos. Uma lembrança que estava com você, jamais dita, porque você nunca disse as coisas que deveria no momento certo. Minto? Há uma diferença brutal entre o instante determinado e a sua reavaliação, anos depois. Se a frase parece de professor universitário antigo, tem razão. Sou uma, vou morrer assim. Hoje, de Berlim você manda dizer, protegido pela distância, tendo como anteparo uma carta linda e comovente, que naquela tarde de quarta-feira, no hall deserto do cine Odeon, se apaixonou por mim, guardando uma imagem forte e sensual, a dos meus pés em sandálias vermelhas de tiras finas entre os dedos.

Então, como as coisas se passaram?

Ele vê os pés dela no cinema.

Ele se apaixona.

Ele não diz.

Ele é amigo muito chegado. Tão chegado que ela um dia desconfiou que ele podia estar gostando dela.

Ele é fechado. Impenetrável.

Ela é menina, do interior, década de 50, protestante.

Imagina se ela podia (se bem que fosse gostar) ouvir uma frase assim: "Vi teus pés ontem dentro de sandálias vermelhas. Você tem pés eróticos. Estou a fim deles, e de você". Nada. Em que merda vivíamos, só podíamos dar no que demos. Não, não se preocupe, não me refiro a você.

Será que existe alguma relação entre o termos sido adolescentes obrigados ao respeito, a engolir coisas, a se fechar, a não protestar, a cumprir as determinações, e tudo o que se passou depois? Pense um pouco, deve ser a coisa que você mais faz nessa Berlim de filmes de guerra.

Tentei montar uma equação, faltaram os fatores, o elemento principal ficou escondido. Resolver a equação trinta anos depois não adianta, já fomos reprovados no exame. Viu como voltei a ser a colegial? Era assim que gostava?

Ah, meu querido, tem um problema. Há agora uma impunidade construída por essa distância enorme. Daquela quarta-feira no cinema até hoje, e de Berlim até aqui. Lembro-me de uma frase, certa noite, você tinha acabado de fazer uma palestra na faculdade e viemos todos aqui para casa, discutíamos a volta dos exilados políticos. Você, ou alguém, ou lemos por aí, soltou uma frase que definia bem a maioria daquela gente, da qual esperávamos tanto (esperávamos mesmo, ou os anos passados debaixo da ignomínia – gostou do ignomínia? – nos tornaram céticos e cínicos?) e que chegou vazia, a repetir os mesmos chavões que os tinham levado ao poder, ou a lutar contra o sistema, e que de alguma forma eram verdadeiros, os mesmos lugares-comuns que os tinham derrubado de lá. Então alguém definiu. A distância que os separava de nós era maior que os dez mil quilômetros do Brasil à Europa, ou aos Estados Unidos. A distância era de quinze anos, irrecuperáveis. Você gostou da frase, porque aqueles anistiados que voltavam tinham sido uma decepção, independentemente da mistificação que tínhamos construído em torno deles. Claro, alguns não. Houve boas surpresas. Sim, como vê, sua velha amiga, namorada secreta, continua igual, começando um assunto e mudando, mudando. Termino rodeando e quando vejo estou em Berlim.

Os efeitos dessa sua declaração poética e delicada, porém extemporânea, estão atenuados, foram suavizados, não há mais abalos, frio na barriga, tensão. Ninguém se sente ameaçado, tudo está estratificado. Nem você sairá correndo de Berlim para cá, a fim de me arrebatar, nem eu abandonarei a casa, fecharei a porta e tomarei o avião para a Europa, deixando um bilhete ao meu marido (amado? não amado? o quê? será que importa, agora?) e aos meus filhos. Sua carta foi a constatação um pouco triste para quem a recebe de que talvez as coisas pudessem ter sido diferentes. E que hoje, em vez de estar plantada nesta nossa cidade, sentada na cozinha, a dar sopa de legumes a um filho temporão, eu pudesse estar em Berlim, dentro da Europa com que sempre sonhei, e nunca fui. E não vou mais. Triste, por um minuto, uma hora, duas. Pode ser que hoje eu não durma, porém amanhã estarei outra vez na faculdade e no fim da semana irei ao clube e nadarei. Ou quem sabe, se tiver sol, aquele nosso sol que você conhece bem, que está em seus livros (como é o sol de Berlim? Quente, forte, ardido, arrasador como este daqui?), se tiver sol, esquiarei um pouco.

As coisas mudaram também nesta parte do mundo, terra onde você nasceu. Há anos não existe a domingueira, porque não existe a missa das dez. Quase nem existe a igreja, olhe lá. Agora, as pessoas acordam tarde, apanham os carros e vão ao clube de campo, com seus lagos artificiais, seu restaurante, e ali passam o domingo inteiro. As mulheres um pouco mais gordas, ou mais flácidas (me refiro às que você conhece), com mais rugas e cansaço. Porém acho todas muito mais bonitas. Nem tudo é aquele desespero que você coloca nos livros, referindo-se aos que ficaram, aos que continuaram uma vida normal, com seus pequenos sonhos, ambições limitadas, querendo apenas existir, passar pela vida, buscando felicidade de modos diversos. Alguns até conseguindo.

Qualquer dia te conto as surpresas, o encanto de reencontrar velhas amigas, bem consigo mesmas, satisfeitas, tão satisfeito se possa estar num país como este. Você vai pensar em alienação, acomodação, apatia. Te conheço. Ou então, se não pensar em nada quando ler esta carta, ganhou seu primeiro ponto, nessa busca de transformação que se propõe, se posso acreditar em sua carta. Pois nunca sei até que ponto suas cartas expressam você ou são balões de ensaios, provocações, experiências com as pessoas. Acredito que comigo, não. Venho contigo há muitos anos, posso te desmascarar. Penso mesmo se não foi esta minha qualidade de não gostar de jogos insinuados, de colocar o preto no branco (parece minha mãe falando? A velha protestante continua firme, ainda vai ao culto todos os domingos, canta no coral que é uma beleza), que te afastou de mim, de nossa cidade.

Você tinha medo de permanecer e não realizar os sonhos. Havia uma neurose, era um cara compulsivo e determinado, desagradável às vezes, pensando com obsessão em ir embora, ir, ir. Sem imaginar que as pessoas podiam querer ficar, ficar, ficar. Apaixonar-se por alguém podia representar o fim dessa ilusão atrás da qual continua correndo. Não pense que não gosto de você, não admiro o que faz, não te acho um cara sensacional, não tenho vontade de sair correndo, comprar uma passagem e aparecer em sua porta em Berlim. Não vou. Comprar a passagem demanda crédito, e demoram para abrir o crediário, nesse meio tempo eu teria pensado e desistido. Depois dos quarenta, a gente pensa, os impulsos são cada vez menores. Porém, quando surgem, sai de baixo.

Outra vez estou voando rasteiro, me afastando do assunto. O gostoso de conversar com você é exatamente poder falar e falar, dizer tudo que me vem à cabeça. Quem sabe um dia publiquem nossas cartas. Há sempre alguém publicando a correspondência de alguém, famosos os dois, ou apenas um. E como tem gente célebre e completamente desinteressante nas cartas. Descubro que não estou brincando, sempre percebi em você uma sensação curiosa, o intuir a posteridade, tentar garantir-se para ela, colocar-se. Como você vê este ir e vir que mantemos há anos? Dá para aproveitar alguma coisa?

Não disse a verdade quando falei que não há mais domingueira. A palavra é anacrônica, envelhecida. Só que os jovens não vão, você não vê um único. Restamos nós, os mesmos que dançavam naquele salão, de trinta anos para cá. Passo pela coluna cor-de-rosa e revejo você, sempre naquela mesa, a olhar a pista. Nunca te vi dançando. Nem uma só vez. Não, você era tímido, não tirava as meninas. Ou fazia o charme do tímido e assim podia sofrer um pouco, ter autopiedade e alimentar aquela raiva poderosa que te levou daqui? Pode ser cruel, porém te acho um pouco covarde fazendo o que fez. E se você também foi cruel comigo, não preciso ter nenhuma compaixão.

Para que trazer de volta as sandálias vermelhas? Disse que precisava tirar para fora essa lembrança, ela te estrangulava. Será? Não sei bem qual o seu objetivo, com você precisamos ser sempre cautelosos. É calculado numa série de coisas, até mesmo em relação ao amor, às pessoas, tudo. Não frio, calculista, o tipo ambicioso dos filmes e romances. Ou aquele personagem horroroso da sua última novela, um homem que podia ser inventado apenas em sua cabeça maluca. Até que ponto você o imaginou? Aquele homem está dentro de você, e te aterroriza a tal ponto, que foi a única solução para se livrar dele?

Criar o personagem mais odiado da televisão brasileira nos últimos anos. Um sucesso e então você se retirou, foi embora para a Alemanha e ninguém aqui entende. E Luciana? Por que as suas cartas não falam dela? Recebi quantas? Umas quatro e nenhuma tocava no nome dessa mulher? Passou a odiá-la tanto, a ponto de esquecer o nome, a existência?

Ah, meu ex-amor, pessoa tão querida! Sei que você é um sujeito que sofreu decepções (mas não foi o único na história do mundo) e rejeições (mas aprendeu a manipular e a tirar partido delas) e então se determinou algumas atitudes na vida. Fechado por anos e anos, declara que aprendeu a se abrir. No entanto, pensa que abertura é isso, fazer uma declaração de amor que devia ter saído trinta anos atrás. Isso é bonito por um lado, e totalmente inútil por outro. Além de sádico. Não tenho ideia se serviu para alguma coisa dentro de você. Dizer, depois de tanto tempo, não significa desabafo, porque todo o mal que poderia vir desse sapo engolido é irremediável.

Está melhor agora? É para isso que Berlim está servindo? Para desenterrar pedaços apodrecidos de tua vida, que andavam agarrados aos ossos, atrapalhando a respiração, o bater do coração? Estavam mesmo? Confesse, meu querido, que Berlim não tem sido muito, até agora, quase nada, eu diria. Espero apenas que seja o início de um processo, os primeiros elementos dele. Também não se preocupe em voltar mudado, ninguém está exigindo nada. Ninguém pediu, é tudo por sua conta, corre por sua cabeça, e meu único medo é quando as coisas de sua vida correm por sua cabeça.

Pois estou aqui na varanda dos fundos, vendo este sol que se recusa a ir embora (a frase é familiar?) e pensei no sapateiro. No dia em que fez, em que me entregou a sandália, não poderia imaginar que ela nunca se acabaria, jamais se estragaria. Sandália mágica, eterna, tirada dos livros de lendas, feita para a rainha Guenevere. Mas calçada por uma linda princesa da Rua José Bonifácio. Sandálias que me conduziam, sem que meus pés tocassem o chão, pela Rua Três afora, e me levavam ao cine Odeon e ao clube. A sandália só não tinha um poder, o de parar o tempo, impedir a nossa velhice. Quando o sapateiro terminou – e para ele foi apenas um trabalho – não podia ter ideia de que tinha acabado de produzir uma ligação entre duas pessoas. Estabelecia uma ponte no tempo. Acho que li num livro, e pode ser até num dos seus, você é quem curte isso, sobre esses momentos de que uma pessoa participa sem saber, sem ter consciência. Como uma foto, tomada na rua, de uma personalidade qualquer, em que alguém passa ao fundo e fica bem visível. Cem anos depois, o instante daquele desconhecido permanece. Ninguém sabe quem, e o que fazia, mas ele está ali, sua imagem cristalizada. A sandália existe ainda, me foi devolvida por você.

Acha que estou filósofa hoje? Ontem passei pela casa do seu pai no intervalo de almoço da faculdade. De vez em quando vou lá, batemos papo, somos cúmplices, ele me mostra suas cartas, detalhadas, explicadas, tentando levar a Europa que ele nunca viu. Mas sonha ir, ainda. E até pode ser, dele se espera tudo. Quase noventa anos, e firme. Será que você vai chegar lá assim? Falei de minha carta, perguntei se ele gostaria de ler e como seus olhinhos brilharam, expressaram um brilho muito especial, dei a carta, advertindo:

– Cuidado que tem velhas declarações de amor.

E ele, rindo:

– Sei disso.

Então ficamos os dois dentro do carro, conversando sobre você e outras coisas. Senti a alegria dele quando fala em você. Não, não é um sentimento babaca porque tem um filho famoso. É um sentimento de reconhecer você como pessoa, como gente, como amigo. Lindo isso, nele, verdade.

De resto, a gente vai levando. Vou velejando sem grandes tempestades, apesar de não fazer bem o excesso de calmaria. No trabalho, acho que me defino melhor. Há competições e compensações. Mas por eu ser de leão (e você também; será por isso que não demos certo?) e por conhecer a garra do signo vou guerreando na melhor. E lá vou eu trocar fraldas. Um dia te conto essa história. E as suas filhas? Como vão?

Faltava a página final. Ou as páginas. Ela deve ter esquecido de colocar no envelope. Ana sempre foi assim, distraída. Ou quem sabe, tenha deixado no ar, de propósito. Às vezes, quando um assunto se esgotou, ou está incomodando, ela desliga.

A bandeira brasileira pende murcha da janela do consulado, em frente à escadaria da Kaiser-Wilhelm-Gedächtniskirche, igreja que os berlinenses mantiveram em ruínas, memorial para lembrar o horror da guerra. Ponto de encontro de desocupados, turistas, aposentados, punks, curiosos, homossexuais, manifestantes políticos, desempregados, vagabundos, loiras altas de pés grandes, camelôs, turcos, italianos, velhas gordas, poloneses, brasileiros, gregos, haitianos, iranianos. Garotos dançando break. O homem prepara seu instrumento. Incompreensível maçaroca com tudo o que encontrou no lixo e produz som. Ele não é preto nem mulato. Não tem a cor macerada dos indianos ou tailandeses nem o retinto dos africanos. Pode ter vindo do Caribe ou ser norte-americano. Até mesmo da Bahia ou do Rio de Janeiro. Há tantos músicos brasileiros soltos por aí, vivendo como podem. Dão aulas de música. Ensinam o samba aos alemães da Siemens, Telefunken, Volkswagen, Bosch, Hoechst, que vão morar no Brasil e que voltarão casados com mulatas. Em volta do músico, um sucesso todos esperam.

Transar dentro do balão solto no céu

Este homem não é personagem nem vai influir na ação. No entanto é alguém que se lembra de Luciana. Uma das muitas pessoas tocadas por ela num período qualquer. E é isso o que conta.

O imponderável de nosso alcance. O que transformamos sem saber. Quantas vezes gravamos para sempre a imagem de alguém que simplesmente passa? A pessoa está sorrindo, come alguma coisa, tem os ombros batidos de sol, toma um sorvete, está abraçada a alguém, tem os cabelos desfeitos pelo vento, os seios enrijecidos por uma excitação desconhecida, murmurou uma palavra. Instante que se fixa como fotografia e nos persegue através da vida, fração congelada, eternizada:

Todos se lembram dela a partir do modo afetado de jogar os cabelos cacheados para trás, inclinando a cabeça para o lado direito, ao mesmo tempo que sorria. Riso contagioso, de boca cheia, mostrando os dentes levemente arredondados e brilhantes que produziam curioso efeito no vídeo. Luciana sabia disso, utilizava o recurso. Imagem esperada pelo telescpectador, semelhante àquele agitar de braços que marcou Elis Regina nos primeiros anos de carreira. Impossível pensar na cantora sem ver os braços como asas, esperando que ela alçasse voo. Luciana usava cabelos compridos num tempo em que todos tinham curtos. Vivia alheia a modas. Nunca estava no prumo e isso subjugava, não se sabia por onde pegá-la, escapava. Recusou o convite de uma grande emissora, porque queriam mexer no visual, ajeitá-la à maneira de todos os outros, uniformizar voz e gestos. Foi o que ela disse, nunca se sabia bem se na verdade foi convidada. Havia, é preciso reconhecer, sua vontade de independência, de sugerir matérias, não admitir interferências, cortes, o que era possível numa televisão menor, menos compromissada com o governo e sistemas dominantes. Morena, muito queimada de sol. Nunca a vi branquela. A tal ponto negra que, quando as cores do vídeo não estavam ajustadas, parecia mulata e o riso era estranho, destacado do rosto. Tiveram de chamar sua atenção, ela diminuiu a energia do bronzeado. Adorava o sol. Passava horas debaixo dele. Por ser leonina? Consumia nele as manhãs, fins de semana, feriados. Bastava olhar o tempo para saber se Luciana chegaria de mau humor. O cinza ou o sol estabeleciam o temperamento. Ela sofreu naqueles meses de chuvas sem fim, inexplicáveis. Atribuíam ao enchimento dos lagos de Itaipu. Era tanta água que assustou meteorologistas e cientistas em geral, levantou os ecologistas. Nesse tempo atravessava uma crise com Breno e posso dizer que foi dois meses antes de ele ir embora para a Alemanha. Tenho certeza da data, porque aconteceu uma situação desairosa. O homem estava louco. De ciúmes e raiva. Vai ver, chateado pelo fracasso de sua novela. Era um tipo estranho e presunçoso. Fui com Luciana fazer uma reportagem sobre balonismo. Joia, astral incrível, saquei imagens arrebatadoras, coloridas. Ela ficou apaixonada, sua natureza era o ar livre, estar solta. Luciana era de deixar as coisas acontecerem. Nada de pegar a vida à unha, fincar pé, traçar destino. Vivia. Não sou intelectual, não passo de um velho cinegrafista que se adaptou às novas tecnologias de tevê, portanto posso fazer minhas comparações sem medo de críticas. Vou dizer que ela se parecia com os balões. Sem leme, mulher que não deixava ser conduzida, ia para onde queria. Quanto mais flutuante, melhor. Era o modo de ela se sentir bem. Mas chegava ao solo com segurança, bastava controlar o ar com jeitinho. Ficou com Breno e rompeu com o noivo, acho que vinte dias antes do casamento, exatamente porque Breno, a princípio, oferecia essa possibilidade de soltura, de ela ficar em disponibilidade. Quem mudou não posso dizer, foi lá entre eles, não se vai nunca saber. Nem os que estão dentro sabem. Porque acaba, como acaba, tudo um mistério triste. O Breno que eu conhecia era ajustado, manobrava com habilidade nas direções que desejava, não dava ponto sem nó, não deixava a vida escapar. Um caretão, desses personagens que aparecem em telenovela das oito ou filme antigo americano. Durante semanas, Luciana saiu na sexta-feira com a equipe de reportagem e foi para o interior. Passava sábado e domingo no ar ou seguindo os balões nas camionetas de resgate. Aprendeu tudo, sabia preparar balão, fazer as manobras possíveis. Tenho aqui comigo que chegou a haver um romance inconsequente entre ela e um balonista, dessas coisas que acontecem com todo mundo e levam a nada. Os dois devem ter dado umas transadinhas e juro que foram no balão, pois subiam sempre juntos e sozinhos. Minha nossa, eu pagava alto para dar uma transada no céu. Quem menos podia criticar Luciana era Breno – tipo conhecido pela galinhagem, não sei o que as mulheres veem nele. Num domingo, os balões no ar, apareceu de repente o aviãozinho teco-teco. Fez evoluções em torno com muito cuidado, depois começou a se aproximar perigosamente dos balões. O pessoal tentou fazer sinal para que ele se afastasse e o avião continuava rondando. Até que apareceu satisfeito, dava pintas de estar procurando alguma coisa que encontrou no balão roxo e azul mais distanciado. Nele estavam Luciana e o seu caso aéreo. Sabíamos por que eles costumavam se afastar, evidentemente para ficarem mais à vontade. O avião rondava em torno do balão e este passou a fugir. Subia, o avião subia, se afastava, o avião seguia. Era uma manobra proposital do piloto do teco-teco. Gravei as evoluções do avião, pedi para subir noutro balão, fiquei preocupado. Conseguimos nos aproximar razoavelmente do balão de Luciana, vi que eles observavam, intrigados, as manobras do teco-teco. De repente, o avião se aprumou e jogou a frente na direção do balão. Foi firme e só desviou bem em cima, quase, quase. O piloto é maluco, pensei, e liguei a câmera, deixei rodar. O avião subiu, subiu, deu uma volta, veio pelo lado contrário, repetiu o ataque. Duas, três vezes. Queria amedrontar ou apenas preparava uma investida final? Nova investida, desta feita com as rodas quase tocando o cume do balão. Vai dar bosta. Joguei a objetiva na direção do rosto de Luciana, me aproximei o mais possível. Ela estava aterrorizada, tinha reconhecido o piloto. Soube depois que o pessoal da terra tinha alertado as autoridades da Aeronáutica, pedindo socorro. Numa hora em que o avião se distanciou um pouco mais, após um daqueles arremessos kamikazes, o balonista conseguiu se acalmar, raciocinar, voltar a ser dono da situação e rapidamente cortou a chama, fazendo o balão disparar para baixo. Durante alguns segundos, fiquei assustado, porque o avião arremeteu de bico e tive certeza de que era o fim, iam sair todos destroçados, a hélice enrolaria no tecido, ninguém ficaria vivo. Continuei gravando, nessas horas dá paralisação e uma puta emoção. Fiquei tonto quando constatei que realmente queria aquele desastre, porque seriam algumas das mais belas imagens já gravadas para a televisão sobre o horror humano. O piloto recuperou a lucidez em tempo. Desistiu da batalha. Vai ver só queria mesmo dar um grande susto em Luciana, e conseguiu. Ganhei elogios, mas nenhum aumento. Tive sorte quando o Fantástico se interessou pelo assunto e comprou uma cópia integral do filme, aproveitando muito melhor que a minha emissora. Ganhei também um prêmio da associação de críticos. Breno foi processado por tentativa de homicídio, ainda que alegasse que tinha perdido os controles do avião. Mesmo com o meu VT mostrando a verdade, os advogados dele e da outra emissora onde ele trabalhava provaram que não tinha havido intenção. Foi absolvido. O que não aceitei foi Luciana que continuou com ele por mais alguns meses. Mulher tem cada coisa, nem Deus entende. Ela teve um único comentário comigo, quando nos encontramos no aeroporto, na volta:

— Você viu?

— É um filho da puta, quase te matou.

— Tenho medo, muito medo. Não sei o que fazer.

[Este depoimento foi reescrito por um redator do telejornal da emissora.]

Numa estrada deserta, um anjo anuncia o fim do mundo

Querido

As cartas que você pediu não encontrei. Desconfio que devem estar perdidas num armário da casa de mamãe, falei com ela, jurou por todos os santos que ainda acha. Quer ser simpática com você e, portanto, estará revirando a casa nas próximas semanas. O problema é que a casa é imensa e ainda tem os quartinhos dos fundos, é uma tranqueira a ser fuçada. Bom para ela, assim tem uma distração e quem sabe tenha coragem de jogar fora um monte de badulaques. Eu e minhas irmãs temos insistido para que deixe a casa, vá para um apartamento pequeno, fácil de cuidar, basta uma empregada. Estará mais segura também, ladrões andam entrando nas casas, principalmente nas grandes. A nossa, você se lembra. Mamãe tem várias propostas de imobiliárias, não cede, quando se casou foi morar ali, e se a casa parecia um monstrengo é porque os dois fizeram tantas adaptações e acréscimos que terminou o célebre castelinho da Rua Cinco. Acho bom que ela não venda, não precisa, gosto de ir para lá quando estou deprimida, volto ao meu quarto e sento na varanda que dá para o jasmineiro.

Adivinha se ela conservou os quartos das filhas exatamente como eram quando solteiras? A casa me dá segurança. Estou mesmo envelhecendo, quando adolescente odiava, parecia que nunca ia sair dali, as paredes me amarravam e agora é tudo ao contrário, é para lá que volto, dando alegria à velha protestante. Quando você voltou de sua primeira viagem à Europa, sentou-se na varanda do meu quarto e ficou me contando de uma rua de Roma repleta de jasmineiros, lembrava meu quarto, a cidade, a turma. Que inveja tivemos por causa daquela viagem, aventura fantástica! Coragem a sua. Uma passagem e pouco dinheiro. "Vou escrever para o cinema. Roma é a nova Hollywood." E se foi, e nem sequer raciocinamos que você não sabia falar e muito menos escrever em italiano, portanto de que adiantava? Achamos lindo, tudo era desculpa para tudo. Até que começaram a chegar suas cartas desesperançadas, "quem disse que tenho ideia para escrever um filme sobre Maciste? Ou um westernespaguete? Eu lá quero isso? Minha cabeça está cheia de dramas intimistas, mas quem é que consegue chegar perto do Antonioni? Ele sim saber fazer fitas. Sei muito sobre a incomunicabilidade, porém não tenho jeito para histórias de ação".

Sei de cor as tuas cartas, me faziam mal e bem. Mal porque sentia a tua desilusão, a parede erguida à sua frente, um muro intransponível, e bem, porque diante da impossibilidade, você voltaria, estaria mais perto. Quando voltou, contou pouco, no fundo se considerou fracassado, teu sonho era chegar com o Oscar na mão, um prêmio de Veneza ou Cannes, casado com a Brigitte Bardot. Que nunca chegou a conhecer. Sentado diante do jasmineiro florido, o máximo que consegui arrancar de você é que tinha sido um período muito solitário e divertido. Lembra-se das sugestões que eu fazia, dizendo a todo mundo que era possível subir pelo jasmineiro até a varanda e dali entrar no meu quarto, porque a porta ficava sempre aberta? Ninguém se atrevia, a não ser o louco do Beto. Doideira deixar a porta aberta. Ele chegou à varanda, não conseguiu entrar, me chamou, deu murros na porta. Eu lá dentro, apavorada, ao mesmo tempo que olhava pelo vidro e achava o Beto um sujeito lindo de morrer, sonhava com ele entrando e me violentando. No dia seguinte, contei às meninas que ele tinha entrado e me comido. Morro de vergonha de escrever isto, "me comido". Coisa estranha, porque ele a mim e não eu a ele?

Entre o Beto na minha varanda e tua viagem a Roma se passaram nove anos. Têm alguma importância os espaços? Nenhuma. Andei lendo que os cientistas estão procurando novos processos para estabelecer as medidas com precisão. Tempo e medida determinados por sistemas eletrônicos, raio laser etc. Sabe quando mede um metro? O metro é a distância percorrida pela luz em 299.792.458 *ésimos* de segundos. Que maravilha de exatidão, hein, meu querido? Dizem que com isso vão obter medidas perfeitas no campo da astronáutica, da física e da química. Faz um mês que li e tenho procurado ver de que maneira a minha vida e a das pessoas podem mudar, de que modo vamos ser felizes. Se não for para isso, confesso, com toda ignorância, que esta medida não me interessa, assim como não me interessam outras, sem uma aplicação imediata à minha vida, mulher com pouco mais de quarenta anos vividos regularmente, nem bem, nem mal, insossamente. A expressão é tua, você sempre foi dominado pelo desespero de não viver insossamente, sufocado por uma época sombria em que tudo parece sem saída.

Não sei se devo entrar agora no assunto, ou se deixo para depois. Está atravessado em minha garganta e nunca posso te perdoar, nem que venha me dizer que todo homem tem um momento de fraqueza ou que chega uma hora em que o muro se fecha totalmente. Estremeço de horror ao pensar naquele dia 7 de janeiro, em que você foi salvo apenas porque ouviu os gritos das crianças no jardim. Desculpe, vou mudar de assunto, estremeço, minha barriga se desarranja, ainda não sei enfrentar aquilo, me falta a distância, a frieza. Melhor rir um pouco. Mamãe chegou sexta-feira passada, branca como cal, precisou tomar calmantes, acabou na cama. Voltava de Bauru com uma amiga, era fim de tarde, quando uma figura vestida de branco fez um sinal, pedindo carona. Ela tem muito medo de caronas, mas a pessoa era tão bonita, tão serena, que a amiga parou o carro e a figura se aproximou. Não andava, voava. Minha mãe jura que voava, os pés não tocavam o asfalto. Chegou ao carro pelo lado de sua janela e inclinando-se deixou a velha extasiada. Bobagem dizer extasiada? Assim ela ficou, deslumbrada com os olhos claros e o perfume de flor que era o hálito da figura. Que não movia os lábios, mas transmitia tudo. Mamãe pensa que foi telepatia. Tanto ela quanto a amiga captaram a mesma mensagem. A figura comunicava

Sou o anjo Gabriel e estou no mundo avisando as pessoas que se preparem, tudo vai acabar em 1985.

Enfiou a mão por dentro do carro e ia tocando a barriga de minha mãe. Só que a velha sabe muito de novo testamento, tratou logo de agarrar a mão, impedi-la de chegar à barriga. Foi o medo de engravidar, pois a última vez que o anjo fez tal anúncio, Maria sem ter nada com José acabou grávida. Quem disse que havia o que agarrar? A mão da figura era nada, não existia, porém estava ali. Mamãe e a outra queriam gritar. Sei lá se de medo, ou para assustar o anjo, chamar a atenção. Quando deram conta, estavam sozinhas na estrada e foi um custo chegarem à cidade. Chamei o médico, ele receitou calmantes, a velha dormiu até o dia seguinte, achou que tinha sonhado, ainda brincamos.

Agora está tudo no ar, nem sei o que dizer. Devo procurar um padre? E se quiserem levantar uma capela no local onde o anjo apareceu? Ou tentarem exorcizar minha mãe? Não, exorcizar é para o demônio. Será que ela está possuída? Uma vez, deve ter sido fins de 1959, começos de 60, fui a São Paulo. Sempre que uma de nós ia, você levava a teatro, cinema, restaurante, boate. Aqueles passeios eram como fumar maconha. Que bestas éramos, hein, nem puxávamos um fuminho, tínhamos horror. Então fomos assistir a uma fita que você tinha visto nove vezes, *A doce vida*, do Fellini. Escândalo, loucura, o mundo de ponta-cabeça. Aquela gente existia? Se existia, éramos babacas. Como era a gíria da época? Tontos. Tinha uma cena no filme, a do milagre, que você curtia muito. Mais do que aquele final com o monstro na praia, que provocou milhares de páginas de interpretações. O anjo Gabriel da minha mãe me fez voltar ao filme e à depressão que ele provocava, ao compararmos com nossas vidas.

Pode dizer que o anjo Gabriel fundiu também a minha cabeça, pois comecei a carta de um lado e estou a centenas de quilômetros de distância. Se um metro na medida científica é 299.792.458 *ésimos*, quanto significam centenas de quilômetros? Momento, vou limpar os óculos, estou tomando vinho quente, as lentes ficam embaçadas. Sim, estou usando óculos, que fazer? Sei que você também está e deve ter sido um golpe na tua vaidade. Procura esconder ou assumiu que é um homem passado dos quarenta? Me mande uma fotografia sua com os óculos. Verdade que os alemães também costumam dizer "momento"? Engraçado, não? O bom de você pedir as cartas é que mamãe terá com o que se ocupar, eu disse que era caso de vida ou morte. Ela escondeu, ela que ache. Sim, escondeu quando me casei, tinha medo de que o Jaime encontrasse e não entendesse. A velha é sábia, conhece. O Jaime tem ciúmes das sombras que passaram pelas paredes próximas à minha casa em 1956. Nunca vi ciúmes por retroação. Além do mais, mamãe pressentia qualquer coisa entre nós dois, nunca acreditou numa simples amizade, "Aí tem fogo, por que não me conta?" insistia, com uma ponta de curiosidade fofoqueira e outra de carinho maternal. Entendeu? Quando digo nós dois me refiro a você e eu, e não ao Jaime e eu. Gosto das coisas concretas, você é fluido.

Nunca te contei, porém desconfiava que mamãe lia as tuas cartas. Não que tivesse coragem de abri-las no vapor ou coisas semelhantes. Não teria expediente, nem leu romances de espionagem, não conhece tais recursos. Ela ficava de olho, descobria onde eu escondia. Deixava, de propósito, para que visse como a filha não era mais criança, nem boba, estava mudando. Várias vezes fiz marquinhas no papel, as marquinhas sumiram depois que a velha protestante (e a moral onde fica?) passava os olhos. Ela tinha suas razões, me queria bem-comportada e casada. Além do mais, existiam antecedentes para as preocupações, pois mamãe era muito amiga de Maria Eugênia, você se lembra bem, morava em cima do posto de gasolina em frente ao estádio municipal e te odiava de morte. E você a ela. Foi minha mãe quem aconselhou ao marido dela não te dar uma surra, certa noite, num baile de São Pedro. O homem decidiu civilizadamente te processar. As cartas que você enviou à filha dele já estavam nas mãos de um advogado. Aqui entre nós, você era louco ou o que, para se meter numa assim? Queria comer a menina? Ou provar que era inteligente, uma cabeça avançada? Podia escrever livremente, dando os teus conselhos "amorais" (gostou das aspas?) para mim, ou Mariana, a qualquer uma da turma, acompanhávamos o teu processo, sabíamos onde estava a teoria, onde começa a prática. Que não começava nunca.

Tua ingenuidade te acompanha pela vida afora, te salva, te deixa no ridículo, quando não coloca a perigo. Esse caso você não deve ter esquecido, te deixou em pânico, com medo de apanhar, sofrer uma emboscada. Quando vinha para cá, evitava a Rua Sete, onde a menina morava, não atravessava o jardim, estava sempre em grupo, andou consultando o Hugo Fortes sobre o processo e se apavorou quando viu que podia ser condenado por corrupção de menores. Pior, corrupção mental. Falar de amor livre, desnecessidade da virgindade, inutilidade do casamento a uma filha única de bancários bem-postos, cujo único sonho é conduzir a menina ao altar, de véu e grinalda, flor de laranjeira. Pode? Fazia de propósito para agredir ou escorregava na própria tontice? Reconheço um mérito. A reportagem que vocês fizeram na revista, mostrando o comportamento sexual da adolescente brasileira em 1967, foi a melhor coisa do ano. Linda, desmascaradora. Enquanto os teóricos falavam da liberação sexual do Brasil, vocês saíram pelo país entrevistando as meninas de 16 a 18 anos. E, tirando trechos de São Paulo e Rio, tudo era absolutamente igual ao que tinha sido na década de cinquenta, ou fins de quarenta. Hoje, como andará?

Você não acredita, mas as filhas de minhas amigas transam sem problemas, mas querem casar direitinho, ter casa e filhos. A volta foi completa, alguma coisa elas ganharam. Ipanema ou bairros classe média de São Paulo me dão a sensação da sua Berlim. Encraves dentro do Brasil, realidades à parte, rodeadas por muros de difícil penetração. Voltou à sua cidade, protótipo, modelo da mentalidade do interior brasileiro, e andou selecionando quem entrevistar, até bater naquela garota virginal e suave, que jurou querer ir embora, fazer uma vida diferente. Mentia, querendo impressionar o repórter da grande revista, uma pessoa conhecida? Como saber? Parece que ela mora em João Pessoa, o marido é ligado aos japoneses que pescam baleia.

Mamãe perdeu o contato com Maria Eugênia, depois que o marido desta morreu num acidente mal explicado. Foi encontrado abraçado a uma árvore da Avenida Espanha, na madrugada do aniversário da cidade, as costas dilaceradas por um tiro espantoso. Garantiram os técnicos em armas que se tratava de uma metralhadora russa muito usada pelos terroristas europeus. Vê aí na Alemanha que tipo de arma é esta que estraçalha uma pessoa. Se você o odiava, alguém odiava mais do que você, para fazer o que fez. Sabe que você escapou por pouco, aquela vez? Estava tudo premeditado, me contou o Hugo, um dos advogados mais bem--relacionados da cidade, e você acabaria condenado. Havia muita gente que não gostava de você. Pessoas que nunca citou em sua coluna social ou a quem se referiu ironicamente. Ainda vamos falar disso, a sua coluna social, e a ironia, o sarcasmo vingativo que te movia. Consciente ou inconsciente? Deixe a mim, pedagoga e psicóloga quase formada, buscar a resposta. Será que importa agora?

Mas não era somente a tua coluna, muitos te achavam um comunistinha, por causa do jornal onde trabalhou tantos anos, no qual se formou, e sua cabeça adquiriu os contornos que tem hoje. Lindos, por sinal. Incomoda-se que eu diga? Posso alimentar o teu ego? Imagine se *O momento do povo* era comunista? Confundem comunista com oportunista. Às vezes, é a mesma coisa. E pode me xingar de reacionária, não me importo. Antes, muito antes de você trabalhar na revista, quando mal começava n'*O momento do povo*, andou pelo interior, fazendo um levantamento das injustiças e opressões (não suporto mais essa palavra, quando mudarão o clichê?) sofridas pelos operários nas pequenas e médias indústrias. Bem podia ter passado ao largo daqui.

Claro que existiam problemas, porém não tão grandes ou graves, tudo se resolvia num plano familiar, ainda era o início de todo o processo de industrialização. Não para você, tranquilo por fora, agitado por dentro, metido de repente a paladino do quê? Fez matérias que nem foram publicadas, você sabe disso, foi seu primeiro grande choque. Primeiro? Duvido. O pessoal de comercialização do jornal andou também pelo interior, refez tua via-sacra com as reportagens na mão, acenando aos industriais e comerciantes: uma página de publicidade ou a publicação imediata do material. Saiu só quem não aceitou o jogo. Soubemos, porque o pai do Zeca pagou. Ele podia, tinha a maior serralheria da cidade,

95

muito dinheiro e nenhuma ideia de como resistir à grande imprensa de São Paulo. Estava com medo, andava implicado em processos trabalhistas por causa de um ex-sócio, que tinha feito trapaças, e não queria se envolver em mais problemas. Zeca na época era meu noivo, menina dos olhos de mamãe, um tipo complicado e inseguro. Ele foi dos que proclamaram que te mataria na primeira vez que te visse com os pés aqui. Aliás, vocês nunca se beijaram, havia uma rivalidade desde os tempos em que ele era o melhor goleiro do futebol de salão e você não pegava coisa alguma no gol, apesar de insistir. A sorte foi que, quando você chegou, Zeca estava internado, a primeira de suas muitas internações. A família dizia que era epilepsia, havia quem garantia tratar-se de câncer, falavam em tumor na cabeça. Acredito que o Zeca estava apenas aproveitando a chance, pois te odiava, não entendia bem o que havia entre nós dois, digo, você e eu, para ser bem explícita.

Assim, a distância, dá para se ver como você tinha uma capacidade incrível para acumular inimigos, se fazer detestar. Não é também que se esforçasse por ser simpático e amigável. Você provocava as pessoas, pode contar agora. É ou não é? Alvo, magro e rijo, uma cara indefesa, um olhar atiçador, costumava exasperar os outros. O olhar atiçador não é frase minha, corre por conta de Mariana, ela dizia que estava sempre perturbada na tua frente, quando você olhava direto, dando a impressão de que havia qualquer coisa errada com o outro, uma culpa por estar ali. Não acuse tanto os alemães ou alemãs concluindo que costumam desviar os olhos, não encarando as pessoas. Quanto ao "exasperar" é palavra de mamãe, era assim que ela te definia, nos tempos em que procurava te afastar de mim, abrindo caminho para o Zeca. Boba, não via que você se afastava sozinho, esta é a sua maneira, o se aproximar contido. "As pessoas me têm até o ponto em que permito ter", é o que transparece e o outro não consegue ir adiante. Assim não é possível. Não fique na fossa, nem se culpe pelos males do mundo, está acontecendo com os homens, é o que as mulheres reclamam, ao menos em meu grupo de amigas não tem uma só que não repise o assunto, todos os dias. Está acontecendo com as mulheres, os homens reclamam, e repisam o assunto. O que se passa?

Uma coisa segurou aquele pai furioso: o medo do escândalo e a ruína da filha. Contam por aqui que a menina chorou dias e noites, implorando que o caso não fosse para a frente, ela não teria coragem de enfrentar o namorado, as pessoas iriam distorcer tudo, apontariam para ela na rua, escreveriam coisas nos muros da casa. Era uma cidade pequena, todos se conheciam, o processo não correria em segredo no fórum, afinal o homem não era assim um estadista. Ou militar, ou sei lá o quê. Se eu soubesse concatenar melhor as frases, tentaria ser escritora, me diverte rebuscar essas situações que, espero, sejam de alguma utilidade para você.

Devo estar inventando pelo meio. Quem consegue viver sem fantasia nesta cidade? Não fosse a fantasia, acha que suportaria todos os fins de tarde o mesmo pôr do sol, as cores vermelhas e amarelas pintando por trás do campus exatamente na hora em que deixo minha sala e vou ao estacionamento apanhar o carro? Outro dia estava tão vermelho, tão quente tudo, que comentei: deve ser uma explosão nuclear. Rimos, suadas e abafadas, a explosão nuclear é uma condição tão remota para nós. Quer dizer, para mim era. Até o dia em que você passou a pontilhar suas cartas com esses nomes de foguetes, pershings, e a falar de ogivas e tudo o mais. Não era, não. Continua a ser, não temos nada a ver com esses foguetes, tudo isso que se passa aí.

Bem, voltemos ao assunto ou não acabo nunca. Caso mamãe encontre as cartas, vou ler primeiro. O que você procura nelas? Quer recuperar o quê? Ou a intenção é destruí-las? Não entendo esta, de repente, de pedir cartas antigas. Nos teus primeiros tempos de São Paulo, me escrevia como desesperado, duas, três vezes por semana. Letra desgraçada, seu! Aproveitava a noite na pensão, não tinha dinheiro para o cinema ou o teatro, não conhecia ninguém com quem sair, a dona da pensão desligava a televisão às onze horas e então você fazia duas coisas: enchia os seus diários e me escrevia cartas. Há uma semelhança muito grande entre aquele garotão de vinte anos, sozinho em São Paulo, e o homem de quarenta e cinco em Berlim: os dois se refugiam nas cartas. Há também uma diferença, aquele garotão não tinha a quem pedir antigas cartas, não tinha como olhar para trás.

Confessa: essa cidade aí te deixa piradinho, não deixa? O que representa este voltar, me faz o favor de explicar? Odeio a palavra "representa", não encontro outra agora, não sou como você que tem dicionário de sinônimos na mão. Chega, hoje estou chata e confusa. E com tesão.

Inventário de Luciana

Alguns bilhetes foram salvos. Ela devolveu. Outros, o novo namorado (que parece ser mesmo o médico ciumento) rasgou e queimou. Foi estranho, porque ao devolver ela disse: "Guarde para mim, quem sabe um dia possa apanhá-los de volta. Não quero perdê-los". Jogou o rosto para trás, como fazia nas aberturas das reportagens e riu, os dentes brilhando ao sol. "Isto aqui escrevemos juntos, não foi?" Deu um abraço carinhoso, apertou suas coxas com um leve beliscão. Seria o aperto, o código? Ele ficou inquieto, hesitante, ela completou: "Não, isto aqui não escrevemos juntos. Vivemos". Ele achou lindo, jogou os bilhetes num envelope, trouxe tudo para Berlim. Relê as anotações que deveriam ser para uma carta única nunca enviada ou bilhetes destinados a machucá-la, escritos naquela fase em que estamos dispostos a tudo para sair do sufoco, conseguir ar para respirar.

Cartas

Me ocorreu uma coisa triste.

Não tenho carta tua. Apenas bilhetes, deixados sobre a mesa, ou na porta, quando você dormia aqui e saía cedo para o trabalho.

Não deu para guardar as mensagens escritas com batom ou sabão de barba no espelho do banheiro, porta da geladeira, janelas. Você saía e eu ficava abraçando o teu travesseiro de paina, ainda quentinho. O que não significava que você tivesse a cabeça quente.

Sol

Sabe por que me lembro de você neste momento?

Porque há sol. Depois de dias e dias, o sol apareceu. E tua imagem está ligada a ele. Onde eu andar no mundo, há de haver dias de sol. Foi ao sol que fizemos amor, muitas vezes. Na piscina da chácara ou na praia de Parati. Como corremos aquela tarde, fugindo das meninas que começavam a almoçar! Descemos para a praia escondida. Havia areia, sol e o silêncio do domingo rompido por uma solitária lancha no mar.

Beijo

Você disse que sente até hoje o aperto que dei em seu braço naquela noite do primeiro encontro no final do festival. Que o aperto te deixou leve, flutuante. Fiquei pensando naquele beijo rápido, roçar de lábios, atrás de uma coluna, enquanto procurávamos o bar. Desculpa, queríamos fugir dos outros. O beijo veio comigo, o beijo está lá. É só entrar no hall do salão e procurar pela terceira coluna. Fácil enxergar, o beijo cresceu, tomou tudo, dominou o espaço.

Champanhe

Há um barulhinho intimamente ligado a nós. O ruído que as bolhas de champanhe faziam na boca. O ruído e a cócega.

Mentex

Regra essencial para se oferecer Mentex:

1. abrir a caixa;

2. colocar a pastilha na própria boca;

3. dar o beijo;

4. escorregar o Mentex suavemente entre os lábios;

5. deixar as línguas se tocarem.

Menina

Há uma imagem de você, moleca, correndo descalça pela grama do Ibirapuera, jogando bola com as minhas filhas. Depois, você cresceu. Nunca mais te vi menina. Amadurecer um pouco não representa matar a menina que tem (forte) dentro de você. Daí a tua tristeza. Acha que a menina morreu. Não é verdade, ela só precisa de estímulo para brincar. E um pouco de cócega.

Barato

Nunca registramos a tua invenção: suco de abacaxi com Steinhagen e gelo picado. Para ser tomado ao sol, na piscina ou à beira-mar.

Metodologia

1. Pedir o suco, natural, de fruta batida.

2. Pedir o Steinhagen separado.

3. Misturar os dois.

Dá um baratinho bom.

Crise

A palavra "crise", para mim, não tem conotação negativa. Porque ela me lembra você dizendo:

– Estou em crise.

O que significava estar muito apaixonada.

Quando estava em crise, você ficava solta, mole, completamente entregue, doce.

Cerejas

Me veio um pensamento, desses bobos.
Mas gostoso.
É o seguinte:
conseguirei te atrair à Europa
quando for temporada de cerejas?
Será que uma cereja alemã, vermelha e saudável,
pode te abalar?

Café

Quem vai te acordar com um cafezinho pronto?
Acho que me embananei. Café, qualquer um pode fazer.
Mas tão bom quanto o meu? Naquela dose certa?

Dividir

Foi muito estranho a princípio.
A primeira mulher que me ensinou a dividir despesas, não
sair abrindo a carteira e pagando tudo.

Comida

Um vinho tinto.
Ou um bom vinho branco. Alemão, de preferência. Ah,
você deveria ter vindo à Alemanha comigo.
Salada com o tempero do Giovanni.
Camarões. Salada com arroz. Papaia.
Era um menu fácil. Você nunca deu trabalho com a comida.

Greve

Quando vai haver uma greve de táxis nesta Berlim, pra
você vir me apanhar?

Tricô

Nas palestras, você ficava ali, à vista.

E me dava muita segurança. Eu fazia força para não repetir depois de cada frase: *entende*? Era o meu tique. Procurava modificar as falas, para não te aborrecer muito. Quantas ouviu? Sabia de cor tudo o que eu tinha a dizer. Se eu ficasse doente, podia ir no meu lugar. Sorria quando eu variava. Como vai ser agora? Você era essencial nos bate-papos com estudantes.

Sabe que na Alemanha os estudantes costumam fazer tricô enquanto falo?

Exatamente como você.

Enigma

Há mistério, não é amargo.

Eu chamaria o enigma dos olhos transparentes. Havia dias em que, sem explicações, teus olhos brilhavam mais. Ficavam translúcidos. Enigma, porque nem correspondiam a mais alegria, crise apaixonada etc. Nada. Penso que era simplesmente o teu dia de olhar transparente.

Oi

Não ouvirei mais:
"Oi, menino".

Encaixe

Na hora de dormir, o nosso encaixe era absolutamente perfeito. Conseguíamos sincronizar os gestos aos nossos movimentos no sono.

Dormimos em camas estreitíssimas sem nos perturbarmos.

Porre

Engraçado. Nunca nos desbundamos num bom de um porre. Daqueles de cair duro, cada um para um lado. Somos tão controlados ou nosso porre era outro? Mas qual outro? Não vamos dizer que o porre era um ou outro, porque é frase feita, chavão e ainda por cima de mau gosto.

Cãibras

Acabo de me lembrar
que um conselho posso te dar:
se mais prazer quiseres proporcionar,
basta treinar bem o maxilar
para uma cãibra forte não te apanhar
e tudo bem terminar.

Hálito

No escuro do cinema,
sentia teu hálito
rescendendo a Fruitela.
Era bom. O paraíso.

Telefone

Depois de falar, desligávamos.

E nossa conexão era tal, certos dias, que intuitivamente, com muita certeza, levantávamos o fone. E lá estava o outro, à espera. Era forte demais. Podíamos sentir a vibração através do aparelho.

Posição

Tem também Parati.

Você sentada na areia, horas e horas, a catar conchinhas. Para colares delicados. Uma paciência infinita. Não esquecer que, na última vez, você encontrou uma posição nova, sentada em cima de mim, difícil de descrever, mas muito boa.

E o que interessa descrever?

Surpresa

Por um segundo, ao abrir a porta, imaginei que fosse me fazer uma surpresa: estivesse aqui. Hoje passei o dia lendo um livro muito bonito, *O mar, o mar*, de Iris Murdoch. Estou no início. Uma frase: "Se não paramos de ansiar pela companhia de alguém é porque a amamos". Qual a novidade?

Lua

Falei do sol, não falei da lua.
Havia lua naquela noite
no banco da piscina.
Estávamos deliciosamente imorais.

Choro

Quando fizemos amor, logo no começo, você chorou. Feliz.

Quando fizemos amor no último dia, você chorou. Infeliz. Eu não podia chorar. Tinha uma montanha sufocando a garganta.

Pés

Alguns fazem a cabeça dos outros.

Você fazia meus pés. Cortava unhas, tirava cutículas, lixava suavemente, banhava em água de cheiro. Ficavam pés lisinhos, de bebê.

Vai ver, havia interesse. Porque você amava aquele meu jeito de apanhar os bicos dos teus seios com a pontinha dos dedos dos pés, enquanto minha língua corria pelos dedos dos teus pés.

Pesada?

P.S.: Ficamos tão tontos, impunes, tão desafiadores, quando apaixonados. Nada importa, o desconfiômetro se quebra. Talvez porque a gente se torne forte e sinta segurança (com toda insegurança) para a ousadia.

Ostras

Frescas, com sal, limão, pimenta,
um pouco de Tabasco.
Corríamos a cidade em busca de boas ostras.
Mais tarde você mudou, abandonou o Tabasco.

Pardais

Não dá para esquecer os pardais. O quanto viajamos para vê-los em Rio Preto, nos fins de tarde. Milhares deles em nuvem compacta, sobrevoando a árvore do jardim. Ficávamos à janela do hotel, abraçados, assombrados com o barulho infernal. Hipnótico e assustador. Eles desciam ordenadamente, mergulhando direto sobre a árvore. Velocíssimos. A árvore parecia engordar com os pássaros. Como podiam caber tantos? A cada descida deles, eu colocava bem fundo em você, de pé à janela. Nos outros edifícios, ninguém, cômodos escuros. As pessoas estavam acostumadas com os pássaros, nem ligavam. Até odiavam, tanto que colocaram veneno nas árvores do jardim.

Passat

A visão que mais dói. Final, para mim. Quatro e meia da manhã, não suportava mais a espera. Ouvi o barulho, fui à janela. Estava em vigília desde as onze, tinha comprado a salada, uma garrafa de champanhe. Tábuas de náufrago. Havia um Passat branco debaixo de meu apartamento, sete andares abaixo. Quando olhei, ainda te vi um pouco. Depois, você desapareceu do meu campo, como se tivesse se inclinado amorosamente para o motorista. Permaneceu assim um bom tempo. Eu queria correr para baixo. Surpreender os infiéis, envergonhá-los, colocá-los contra a parede. No entanto, a porta do elevador se abria de frente para o hall, me veriam sair, teriam tempo de se recompor. A escada dos fundos dava numa porta trancada à noite. Mas e se me surpreendessem? Você dissesse: "Está bem, melhor, não preciso fingir mais, vou-me embora"? Você saiu, ficou um tempo à porta, rindo. Conheço o seu riso feliz. Entrou no prédio, fingi dormir. Você entrou, foi ao banheiro, voltou inteiramente nua. Por que, se a vida inteira dormiu com a camisola de cetim? Aquela que eu adorava tirar, porque escorregava pelo corpo. Mesmo dormindo, eu sabia que você estava entrando na cama, por causa do contato do tecido frio e liso.

— Tem salada na cozinha. E champanhe.

— E é hora de tomar champanhe?

— Veio como?

— A Kombi da televisão me trouxe, não havia carona. Tivemos de buscar a telefonista da madrugada, por isso demorei.

— Minha rua é mágica. Quando os carros passam pela esquina se transformam. Kombis viram Passats. Não é curioso?

— Estava à janela?

— Estava.

— Por que fingiu dormir?

— Era ele?

— Ele quem?

— Teu namorado.

– Não existe.

– Então por que mentiu sobre o carro?

– Você não acreditaria. Não acredita em mais nada do que digo. Ficou ruim, me sinto caçada, não sei o que fazer. Estou acuada.

– O que faria em meu lugar?

– Me mandaria embora.

– Quer discutir o assunto?

– A esta hora? Cansada? Apontada como mentirosa? De que adianta? Você desconfia de cada palavra.

– Quer terminar?

– Não.

– O que pretende?

– Dormir.

– E hoje, como fico?

– Dorme também.

– Não acredito nessa frieza.

– Não é frieza. Estou mal, muito mal.

– Vamos definir as coisas, ao menos.

– Precisa ficar definindo tudo?

– Tenho vontade de te bater.

– Se te faz bem, bate. Vou ficar putíssima.

– Não tenho coragem! Sabe disso.

– Sei nada. Sei nada de você. Falamos pouco. Foi uma ligação de silêncio, ausência de brigas e atritos. Ninguém pode se dar bem assim o tempo inteiro.

– Você é quem não gosta de brigas. Sempre fugiu delas.

– E você é morno.

– Reflexo.

– Sabe o nosso problema? Não foram as coisas que dissemos um ao outro, e sim as que não dissemos. As que ficaram travadas.

– É tempo de refazer.

– Colar cacos?

– Quando começou o final?

– Pensa que isso é um avião que tem destino? Escalas de voo? É um sobe e desce com pousos de emergência.

– Então desceu, sobe de novo.

– Quando a pane é grande, fica no solo.

– Quer dizer que acabou?

– Está acabando.

– Primeira coisa concreta que ouço. O que podemos fazer?

– Mais nada.

– Tem outro, então?

– Tem tudo para ter.

– Por quê?

– Se eu soubesse responder a essa pergunta! Se alguém soubesse.

– Agora entendo por que você não respondia mais ao "eu também".

– Sou honesta.

Descobri naquela noite uma coisa louca. Todas as minhas dúvidas se acabaram. Com a mentira. A mentira funcionou como ácido. Limpou tudo, corroeu. Terminou. Claro que limpou deixando marcas fundas, dilacerou. Porém, quando surpreendemos a mentira, as coisas se esclarecem.

Vibração

Vou ter muita saudade. Sentir muita falta.

Da vibração que sentia nas tuas pernas fechadas sobre minha cabeça. Os músculos das coxas parecendo dilatar, prontos a explodir a perna. Sentia as contrações da tua barriga e os gemidinhos vindo violentamente, até rebentarem num grito. Você sempre terminou gloriosamente em gritos, espasmos, alegria, vibrações, o coração batendo forte, refletindo ali onde eu lambia. Então ficava de olhos fechados, feliz.

Final

Escrever me deu experiência. Saber quando uma história termina. É intuição, feeling, instinto. Há um ponto exato além do qual não se pode avançar, sem risco de estragar a trama toda, destruir emoções construídas. Prosseguir quando ela não tem mais sentido coloca por água abaixo o esforço, anula a beleza. E principalmente chateia o leitor, deixa-o doente, deprimido, arrasado. Determinar o final é das questões mais difíceis no escrever. Porque pode acontecer que o texto vai dando prazer e a gente se agarra a ele, quer estendê-lo, fazer com que prossiga, não tenha fim. Bom autor é aquele que nos abandona num lugar preciso, depois de ter dado o que havia de bonito, gratificante. O que nos fez muitas vezes encontrar um sentido para a vida.

Gostinho salgado

Só não gostava da champanhe depois, porque lavava de minha língua o gostinho bom e salgado que tinha ficado de você.

Perverso

Quando somos imensamente felizes por um tempo, ao romper nos tornamos infinitas vezes mais infelizes.

P.S.: Essa frase pode ir para o caderno de colegiais. Essas que nas palestras viviam anotando o que eu dizia, não sei se para melhorar a vida ou a nota das provas.

Devolução

Estou indo embora, desmontando a casa. Devolvo estas coisas, úteis talvez no dia a dia. Também não posso levá-las a Berlim. As almofadas foram feitas com um pano que tem valor estimativo, você me disse, sem esclarecer. O aparelhinho de massagear o pé vai me fazer falta, era bom, provocava cócegas. Duas tábuas de carne. Comíamos tanto assim? Volta a panelinha de fondue (lembra-se como as minhas filhas adoravam? Sentávamo-nos no chão da sala e eu tinha um medo terrível de que elas derramassem o óleo fervente pelo carpete). O bronzeador Hawaí será inútil para mim, dizem que o sol da Alemanha é fraco, você seria infeliz lá, e me acusaria. O lápis azul. Com ele me deixou o primeiro bilhete. Panos de prato. Um ursinho de pelúcia (cada uma que a gente aguenta quando se gosta). Passagem de avião, quase vencida, para Aparecida do Norte. Tem avião para lá? Desde quando? Um canhoto de cheques. Talvez sirva para o Imposto de Renda. Um recibo de dentista. A caixa de panetone do último Natal. Tem uns cacarecos dentro, e uns farelinhos. O copo roubado do restaurante de estrada.* O colar de pérolas. Dois brincos. Brigamos muito por um deles, você ficou me dizendo que um vendedor a preços de ocasião apareceu na emissora, eu soube depois que o filho do dono a tinha presenteado. Uma agenda de dois anos atrás. Tem um bilhete dentro, para você: "Chata, chata, chata". O que me grilou o bilhete, puxa! E você não se abriu. Uma inexplicável cobrinha de plástico, com mola que a faz dar bote. De onde veio? Escovas de dentes. Dúzia e meia de garrafas vazias de Coca-Cola. Cascos andam custando caro. Moldura vazia, põe o retrato dele. Um colete e um incompreensível sutiã. Você saiu com alguma mulher? Elásticos para cabelo. Fique com meus discos, apanho na volta, você gostava de vários.

Oi

Não ouvirei mais
"eu também".

---

* Quebrei o original. Como não tinha nenhuma marca do restaurante, comprei outro igual.

80 perguntas sem resposta.
Se fossem 1.000 seria igual

1.

Foi por causa de uma frase, um olhar, um cheiro, um barulho incômodo, um esquecimento, um gesto brusco, uma comida que deixei queimar, um livro que desmarquei, o tubo de pasta que apertei demais, um brinco de sua avó que estava em meu bolso e perdi, um elevador que encrencou, um carinho que não fiz num dia de carência, ter usado o horrível pijama de bolinha, uma carta a que me esqueci de responder (quase impossível comigo), um filme vagabundo que te levei a ver, uma mancada sem identificação, a falta de sol, a escolha de uma cor de mau gosto, uma flor que não trouxe, um peido inconveniente, o relógio que parou, uma trepada não dada por cansaço, um copo de cerveja derramado em seu colo, a meia que não combinava, um número de telefone que não soube explicar, um erro no saldo do canhoto de cheque, um ônibus atrasado, um jornal de ontem, um cigarro mal apagado no cinzeiro, os cabelos que deixei no sabonete, uma troca de nomes, um lençol mal dobrado na cama, o silêncio depois de uma reportagem suada, o não ter pego em sua mão no teatro, o olhar inadvertido que lancei àquela mulher, a brincadeira com o avião (acredita que eu ia te matar?), uma fotografia velada, as férias goradas por excesso de trabalho, um programa de tevê que não deixei você ver por causa do meu futebol, uma troca de letras, o tanque de gasolina vazio num domingo, uma resposta brusca, uma dormida no seu travesseiro de paina, o não ter acreditado nos carocinhos dos teus seios, um palavrão grosseiro, um sabor errado de sorvete, o suco de abacaxi de garrafa, em vez do natural, na mistura com Steinhagen, um assobio agudo nos seus ouvidos, um sapato que rangia, um tropeção no seu pé, uma barata que não matei, os quadros que não pendurei, o ter contado o fim do romance policial, uma tesoura sem corte, as bobagens que comprei no supermercado, esquecendo o essencial, o não saber dirigir um balão, a mola do colchão que estourou cutucando sua costela, um embrulho para presente muito malfeito, um bilhete que não deixei, o gás que faltou, ter manchado de porra a tua saia nova, ter pedido para maneirar na velocidade por causa das minhas filhas que iam atrás, a geladeira vazia quando você chegou de viagem, não ter gritado saúde quando você espirrou, um susto incidental, o ter demorado para abrir a porta, o vinho que não trouxe, o recado que esqueci de dar, um lápis sem ponta, a falta de água num dia de calor, um vestido de que não gostei, ter ficado demais lendo no banheiro, uma gozação inoportuna, uma gargalhada escandalosa em momento solene, uma planta que secou, os óculos embaçados, uma rua que errei, a cara emburrada num dia de mau humor ou um beijo que só veio da boca?

2.
Agora, você me odeia?

Encontro entre ruínas de embaixadas

Pele muito branca, olhos verdes, batom violeta, ela folheava o grossíssimo catálogo da exposição: *Botschaften, Arqueologia de Guerra*. Vim, atraído por essa arqueologia. A outra palavra não consegui decifrar. Na rua vi o cartaz, estava sem dicionário no bolso, vim direto. Dicionário que nem sei consultar ainda, por causa dos sufixos e prefixos, das declinações e palavras que se grudam umas às outras, formando termos quilométricos.

Ela se inclinou e me perguntou em alemão. Fiz um hein? Tão espontâneo que ela riu. Repetiu a pergunta em inglês.

– Tem troco para 50 marcos, por favor?

– Não, estou com o mesmo problema. Fomos os primeiros a chegar.

– Não posso admitir uma coisa assim.

Falava com irritação. As maçãs do rosto vermelhas. Todas alemãs na rua têm as maçãs do rosto vermelhas. Frio ou moda em maquilagem?

– A eficiência alemã fracassou. Vai ver, andam importando know-how brasileiro.

Gostaria de poder traduzir a palavra "esculhambação".

– Você é brasileiro? De onde?

– São Paulo. Ouviu falar?

– Ouvi. Tem a Bienal de Artes. E a Volkswagen. Sei também do Rio de Janeiro, da Bahia, de Recife.

– Recife? E Olinda?

– Ooolinda?

– Tem o melhor carnaval do Brasil.

– O melhor? Sempre ouvi falar do Rio de Janeiro.

– O Rio virou Hollywood, show da Broadway. Perdeu a graça. Em Olinda ainda tem a pureza da festa.

Tolices. O que pode significar pureza carnavalesca para uma alemã tão bonita, de rosto suave e espantado? Se nem eu sei o que é.

– Olinda. Que nome engraçado!

Como traduzi-lo para o inglês? Seria Oh beauty? Oh wonderful?

– Você faz o quê?

– Sou professora. E você?

– Técnico de lâmpadas a vapor de mercúrio. Professora universitária?

– Quem me dera!

Jamais podia imaginar que um dia, com esta idade, em Berlim, estaria mantendo uma conversa festinha de sábado, baile de clube.

– Hauptschule.

– O quê?

113

– Não é bem o ginásio. Vem depois do que seria um primeiro grau. Vou ter de explicar o funcionamento da escola na Alemanha.

Será uma chata? Tenho de contar com essa possibilidade e descartar logo.

– De onde você é?

– Colônia. Conhece?

– De nome. Cheguei há pouco, ainda não deu para viajar, estou me ajeitando. Um tanto perplexo.

Queria dizer baratinado, não encontrei a palavra. Preciso estudar inglês também, não só o alemão. Porra, não foi para estudar línguas que acabei batendo em Berlim. Sou um bosta para falar qualquer coisa fora do português, morro de vergonha. Colônia. Havia uma loção barata, *Regina*. O rótulo em branco e preto trazia o desenho da catedral. Existia também o sabonete. Um perfume suave, simpático, profundamente ligado aos meus vinte anos, quando cheguei a São Paulo e tive meu primeiro trabalho, eletricista em estúdio de cinema. Vinha com um curso por correspondência no Instituto Universal Brasileiro e o bico foi arranjado por um amigo, meio ídolo, sujeito que abandonou a casa aos quinze anos e se mandou. Fizemos o ginásio juntos e era ele quem punha em ordem toda a aparelhagem de som nas festas que dávamos no Centro Cívico. Quando voltava à cidade, aos dezessete anos, contava coisas incríveis das filmagens, trabalhava fixo nos estúdios da Vera Cruz, convivia com estrelas de cinema. Foi extra em *O cangaceiro*, eu o vi a dar tiros na Volante ao som de *Olê, mulé rendera*, apareceu comprando remédios em *Tico-tico no fubá* e em *Sinhá-moça* dançava com uma morena lindíssima na cena do baile. Garantiu que tinha comido a morena que mais tarde virou estrela, até hoje faz cinema, filmou com Glauber e Nelson Pereira.

Levado por esse amigo, terminei também no estúdio, mas a Vera Cruz estava acabando, fiquei nos independentes, essa coisa de estúdio à la Hollywood não deu certo no Brasil. Havia um diretor de cinema que eu invejava e ele usava a colônia *Regina*, eu não entendia, era homem sofisticado. Ao menos me parecia, mas eu era tão caipira, provinciano, que qualquer lenço no bolso se transformava em requinte, vivia deslumbrado com São Paulo. Esse diretor não apenas usava aquela colônia barata, que tinha a catedral de Colônia no rótulo, como também foi o primeiro no mundo artístico a comprar um Volkswagen, trocando os pneus comuns por banda larga, mudando o painel para madeira, colocando acessórios e exibindo seu luxo.

– Colônia. Além da catedral, sei que muitos brasileiros vivem por lá. Gente exilada, que se arranjou, boa parte não pretende voltar, nem mesmo depois da abertura.

– Abertura? O que é isso?

– Os jornais daqui não falaram da abertura?

– Eles não falam do Brasil nem da América Latina.

– Abertura foi o processo para a volta da democracia brasileira.

– Acabou a ditadura?

– Ainda não, só disfarçou um pouco. Mas as coisas andam melhores, deram anistia até aos terroristas.

– Aqui, os que não foram mortos estão presos.

– Lá, uma parte conseguiu se mandar, outra foi trocada por diplomatas sequestrados.

– Disso me lembro, um embaixador alemão entrou na confusão.

– Hoje, quem não voltou é porque não quis.

– Se voltam, são tratados igual aos outros?

– Claro... isto é... penso que sim...

– Sem discriminações?

– Não! Vivemos num país de discriminações. De todo tipo. Se você é rico, tem tudo. Se é branco, também. Se é homem, tem as melhores fatias.

O som de minha voz me irrita. Passei seis anos correndo auditórios. Falei em escola, sala de aula, plataforma de estação, porão de igreja, saguão, centro acadêmico, quartos de pensão, teatros, só não falei em banheiro, porque em banheiro a gente caga e mija. Fazendo bate-papos, respondendo a perguntas, debatendo com interessados e desinteressados, sendo desarmado pelos provocadores espalhados pelos auditórios, brigando com os donos da verdade. Agora, quero sossego, intoxicado, exausto de tanta repetição, sem capacidade de resposta nova a qualquer pergunta. Sobre mim ou meu país.

Ela tem um modo de encarar direto. O que estranho um pouco. Andava sentindo falta deste jeito de botar olho no olho, enquanto se conversa.

– Você disse técnico em lâmpadas?

– Foi.

– Nunca ouvi falar nesse trabalho.

Ar de riso. O que estaria esperando? Que besteira a minha me colocando no seu lugar, fazendo dela as minhas expectativas. Pessoa que nem conheço, preciso avançar cautelosamente, decifrá-la. Entrar no outro, passar por ele. Tenho o hábito em minhas telenovelas. Força da profissão. Vale para a literatura. Será bom para a vida? Dúvida, sem solução por enquanto. Técnico em lâmpadas. Não quis dizer: sou escritor. Neste museu silencioso, deserto, distante de tudo, o porteiro a observar curioso, não vejo sentido em ficar me contando. Ainda não. Se tudo andar, conto a verdade. Agora, é gostoso representar.

– Tudo que tenho a fazer é verificar os sistemas de produção. De vez em quando testar tubos ou ampolas escolhidas ao acaso.

Podia dizer o que quisesse, ela não conhece o assunto. Ou não perguntaria. Dias atrás vi um documentário sobre uma indústria de lâmpadas. Na televisão da Alemanha Oriental. Engraçado, aqui chamam de a *outra* Alemanha. E esta "outra" me traz aquela conotação dada para a amante. Uma coisa que a gente quer, ama secretamente, se encontra clandestinamente, tem ligação que pode ser profunda. E que representa perigo, possível explosão, drama passional.

– Você tem cara de tudo. Menos de técnico em lâmpadas.

O porteiro arranjou troco, perguntou se eu podia facilitar, pagando a dela. Disse que sim, depois que a professora traduziu tudo. Acrescentando que fazia questão de pagar a sua parte. Então vai haver um depois. Tomara que, ao sair daqui, a gente possa entrar num café. Não só por ela, mas porque finalmente poderei sentar e pedir uma xícara imensa de chá, com uma torta grandiosa, cheia de creme. Desde o primeiro dia sonho com isso. Nas vezes em que entrei numa Konditorei, não me fiz entender, nem tive sorte escolhendo ao acaso no cardápio. Vieram bolos sem graça.

– Vou comprar o catálogo.

– Caro demais.

– Gosto de rever os lugares onde fui e adoro guardar papel.

– Eu também, só que com o dinheiro do catálogo posso ir a dois teatros.

Ela descobriu a sala, eu vagava perdido pelos corredores.

– Embaixadas. É aqui.

– Embaixadas?

– Sim, a exposição que viemos ver. Sobre as embaixadas em Berlim. As ruínas que se veem próximo ao Tiergarten.

– Botschaften quer dizer embaixadas?

– Não sabia?

– Não.

– Veio ver o quê?

– Uma exposição sobre a guerra. Vim por vir, não tinha ideia do que era.

– Eu também não tenho muita. O que me atraiu foi o título, *Arqueologia da guerra*.

– Seu interesse é a arqueologia ou a guerra?

– Arqueologia. Gosto de arte.

– O meu é a guerra.

– Um brasileiro interessado na guerra? Curioso. Só nasci sete anos depois que a guerra terminou. Sete? Mentira. Quatro, na verdade.

Quer dizer, ela tem 34 anos. Quando nasceu, eu entrava no segundo ginasial, adorava seguir meu avô, era candidato a vereador pelo PSD. Numa bolsa eu carregava cédulas e santinhos com o retrato do velho, homem alto e careca. Herdei a altura e a magreza rija dele e um pouco do gosto pela política. O avô tinha brigas com o barbeiro, udenista enfezado que ameaçava cortar a garganta de quem não rezasse pela sua cartilha. Aos sábados, a barbearia enchia de homens a se prepararem para a noite e ouviam-se berros, gritos, palavrões, xingos ao governo, pancadas de punhos sobre as portas. Lugar fascinante que rescendia a Tônico Iracema, Glostora, Água Velva. Meus irmãos e eu sonhávamos com a barbearia aos sábados, lugar agitado, repleto de conversas secretas e violentas, imaginando que coisas tenebrosas diriam aqueles homens tão pacatos para se pegarem daquele jeito.

Um brasileiro interessado na guerra. Ela não sabe que houve outra guerra que não a europeia. E bem recente. Começou em 1964 e recrudesceu em 1968. Tenho sorte de ser um sobrevivente. Quantas vezes não nos perguntamos como estamos vivos e inteiros? Houve dias em que a rua e o movimento me deixavam espantado. Inacreditável porque as coisas prosseguiam, será que nada tinha acontecido no país? Aos trinta, acreditamos que não chegaríamos aos quarenta. Depois dos quarenta, passamos a contar dia a dia, como uma loteria ganha, vitórias em batalhas não travadas. Percorríamos as mesmas ruas e bares, e tudo tinha sido transformado, reerguido de ruínas, as memórias e as pessoas não estavam mais lá. Viver passou a ser o quê? Daí esta intimidade com Berlim reconstruída, tão cheia de fantasmas.

– O que era a guerra para os brasileiros?

– Não sei bem, era criança. Tive um parente que foi expedicionário, lutou na Itália. A glória da família. Quando voltou, fomos à casa dele. Em cima da mesa, na sala de visitas, havia uma exposição, com as latas de comida, de água, bolachas, enfim, a ração dos soldados. Deslumbrante. Tudo americano.

As latas existem até hoje, numa prateleira da casa dele, empoeiradas, os rótulos comidos pelos ratos.

Nas paredes, centenas de fotos. Mansões em decadência, ruínas. Portas e janelas muradas. Brasões em alto-relevo. Grades retorcidas. Caminhos de pedra marchetada, trechos de jardins e quintais, cheios de mato, águas paradas. Vidros quebrados.

Grafites em paredes de mármore sujo: *Hier wartet der Tod.* Aqui a morte espera. Portas sem trincos, buracos. Pedaços de janelas e móveis esparramados.

Na embaixada do Japão, um galinheiro onde devia ter sido um místico jardim oriental. Alambrados enferrujados. Luminárias apodrecidas em portais ensandecidos. Vasos cheios de lixo. Argamassa corroída. Tijolos negros à mostra.

Placas inúteis: *Betreten verboten* Konsulat Griechenland. Telhados abertos, madeiras vergadas. Estatuetas de gesso, aves e animais, mutilados. Lenha empilhada (como não roubaram ainda? Se fosse no Brasil...).

Terrenos parecendo cemitérios, repletos de lápides, estátuas deitadas, totens, bustos, cobertos de terra e ervas. Um guerreiro sem pernas, sem nariz, em atitude desafiadora e hostil, jogado a um canto de muro. Walkirias, nibelungos, vikings, amontoados, impotentes, desamparados. Rostos (gregos, romanos?) repousando, cobertos de neve, aquela expressão que têm os fossilizados, de surpresa e horror.

Atalhos pelo mato, buracos no chão, conduziam aos bunkers. Tabuletas faltando letras: *Achtung Reisende!* Imenso bunker de concreto. Lajotas empilhadas. Muro crivado de balas. A placa do arquiteto Schaudt. Construiu esta embaixada em 1939. Um interior. Corredores vazios, imensas janelas, colunas quadradas, imponência vazia. Cabides. Escadarias. Móveis quebrados.

Um resto de espelho (o que refletiu antes de 39, durante a guerra? E quantos anos ficou sem imagens a responder?). Uma fonte interna. Um pátio, grama crescendo nos interstícios das pedras. Por anos e anos um sonho me perseguiu, igual. A casa amarela, desbotada, abandonada, batida pelo vento, papéis rolando, grama e mato crescendo, silêncio. Nunca entrei nesta casa. Tinha um pátio semelhante ao desta embaixada dinamarquesa. Um fogão. A caixa de luz. Jornais cobrindo as paredes, como se fossem papel decorativo.

Banheiras enegrecidas, privadas arrebentadas. Os nazistas mijavam aqui? Uma lavanderia. Sótãos, o telhado cheio de buracos, por onde entra luz. Ferros enterrados em montanhas de areias e cacos. Estilhaços de bombas, ferramentas, trincos. Objetos expostos no centro da sala. Facas, colheres, garfos, placas, interruptores, campainhas para chamar empregados, pregos, chave de fenda, maletas, radiador, porta-retratos, luvas podres, letreiros: *Verschluss gegen Kellerüberschwemmung*, número de portas (quartos dos empregados?), tiras de papel, com recados, contas apressadas, pés de cadeira, vidros de remédios, chaveiros, uma privada portátil. Para que tudo isso?

Nas paredes, pedaços de jornais arrancados, as datas quase todas de 1939. O que mais havia era um chamado *Der Angriff*. Ou seria *Der Angriss*? Um recorte trazia o anúncio do filme de Emil Jannings *Der zerbrochene Krug*. Cartas. Cópias de telegramas. Longa mensagem falando da possibilidade de existir um espião na embaixada da Suécia, outro sobre a medalha ao mérito a um funcionário ou soldado qualquer. Passou-me pela cabeça qual teria sido o sentido que essas pessoas, o suposto espião e o (também para mim) suposto herói, deram às suas vidas. Tudo o que fizeram (e não vem ao caso por que fizeram) acabou reduzido a um telegrama, encontrado por acaso nas ruínas de embaixadas abandonadas. Reduzido a um rosto de jornal sujo de calcário, exposto numa sala pouco visitada de um museu, em 1983.

O que move as pessoas num determinado rumo, o que esperam da vida que estão vivendo? O que significa cada gesto do cotidiano para homens assim? Para nós? Cada passo nos movimenta em direção à morte e, no entanto, não pensamos, não orientamos esses passos, para que cada momento tenha um significado, justifique nossa vida, nossos atos. Acho que tanto o herói quanto o espião tentavam se justificar, conheciam a medida desses passos fatais que damos, a cada instante, rumo ao nosso fim. E é essa inevitabilidade que me desespera. Se eu pudesse responder a essas perguntas, talvez encontrasse um sentido para o que sou, o que pretendo.

Ela segurou meu braço, rindo. Jamais imaginei que fosse me tocar. Quer dizer, aqui no fundo, pensei muito mais que esse simples toque. Mas entre o que idealizo e o que acontece vai um tempo. Voltou em mim o adolescente, de uma época em que não se tocava nas meninas senão após longo namoro. Éramos contidos, nos obrigavam a isso. Morríamos de vontade de nos agarrarmos, todos. Era o que acontecia pelas ruas escuras, debaixo das árvores, o que se passava nos balcões do cinema, nas varandas das casas, em um e outro automóvel (só os ricos tinham carro). Um agarrar violento, amedrontado, tenso. Que estranho para mim foi ver um filme francês em que um jovem, de minha idade, apanhava o braço de uma colega para ver as horas! Então, em alguma parte do mundo, as pessoas se tocam? Sendo isso, nada mais que amigos, conhecidos? Aquela imagem congelada em minha memória era a primeira mostra de que algo estava errado no lugar em que eu vivia, no meio que me condicionava. Algo que eu não aceitava e estava disposto a modificar.

– Conversamos há meia hora e nem sabemos nossos nomes.

– Breno.

– Ulli.

Em alguma parte fora do museu, Frankie Laine (logo Frankie Laine?) cantava *High Noon*.

Loiras alemãs descalças. Adolescentes tatuadas nos braços. Árabes de olhar carregado. Brasileiros com sorriso cínico. Velhos se dando as mãos. Caixeiras que saem da loja para tomar um sorvete. Italianos e turcos comendo Döner Kebab. Crianças com latas de Coca-Cola. Senhoras de colar de pérola, sacolas de compra na mão. Punks de cabelos em forma de crista, coloridos. Todos esperam, razoavelmente ansiosos. Mas as pessoas em Berlim sempre estão razoavelmente ansiosas. Turistas preparam cuidadosamente suas Canon, Minolta, Asahi, Pentax. O preto tem cara de Bob Marley, sorriso de Belafonte, ginga de Gilberto Gil, botas marrons bico fino, macacão amarelo.

Dentro do atlas inglês o bilhete amarelado pode explicar o mistério

Quando o avião sobrevoou Berlim, você olhou para baixo. Não havia uma só folha nas árvores, o cenário era cinza, construções pesadas depositadas como num pouso de emergência numa paisagem desolada, gelo acumulado nos lagos. Bateu os olhos naquela linha prolongada, insistente, reta, que se quebrava abruptamente, formando um bico de águia, ou se afastava em suave contorno circular. Presumiu que fosse o muro. "Agora, posso desaparecer." O que mais queria. Sumir sem morrer. Ser esquecido, apagar-se. Invejava aquela jovem norte-americana que vivia em coma, mantida por aparelhos, apenas porque a lei não autoriza eutanásias. Há dois meses, desde que Luciana dissera "chega", vivia assim, vegetando, faltavam somente os aparelhos.

Na tarde do primeiro dia, correu ao muro. Desde então,

levado por uma atração pelos espantos, você tem procurado instintivamente essa parede cinza de elementos pré-moldados, aparentemente inocente. Tão singela que em certos trechos há criação de patos e galinhas. E ali em Britz, próximo àquela colônia de casinhas diminutas, típicas de Berlim, junto a Pumpstation Rosenhain, as pessoas não estavam fazendo cooper tranquilamente num atalho que corria junto ao muro, como se ele fosse uma espécie de guard-rail protetor? Vedação dissimuladamente cândida, a ponto de as crianças desenharem nela, brincarem aos seus pés. Escoadouro de mijos, uns de protesto, outros do aperto de quem tomou muita cerveja. Andando de bicicleta por um bairro que cheirava a fazendas e bosta de cavalo, Lübars, a nordeste, você penetrou num campo de trigo e seguiu em meio à plantação. Até bater na barreira cinza que disparava colina abaixo, rasgando implacável aquele lençol dourado. Levadas pelo vento e pássaros, sementes tinham germinado em rachaduras, e se viam hastes de trigo rompendo nas junções das placas de concreto.

Quando criança, seu pai impôs proibição drástica: podia brincar na rua, desde que não atravessasse além da esquina. Ficava limitado à sua quadra. Como se houvesse uma linha invisível a demarcar fronteiras. Levado pela mesma provocação que o coloca, agora, por horas diante do muro, você ficava a observar o outro lado da rua. Sem ultrapassar. Com medo, contido na palavra do pai, a imaginar o que podia haver de diferente a dois metros e meio dali. A indagar o que existia de tenebroso, para o pai ameaçar. Confinado ao estreito quintal. As pessoas pareciam iguais. Mulheres varriam a calçada, limpavam janelas, homens conduziam carroças, passavam lenhadores suados, machado às costas, pedreiros sujos de tinta, roupas cheirando a cal, moças saídas do banho, envolvidas no perfume dos sabonetes, velhos regando jardins. Você se assustava quando via as pessoas atravessando de uma calçada a outra, cruzando a linha. Será que não enxergavam? Porque se podia ver o fio, traço brilhante, luminoso, mortífero como os raios do doutor Silvana, o cientista louco dos seriados de domingo. Impunes. Eles podiam? O que havia naqueles corpos que os tornava impermeáveis a tamanho perigo? Um dia, estava começando a crescer, perguntou seriamente: qual o perigo? O pai tinha dito apenas: não vá. O simples não era insuficiente. Agora, para qualquer bairro que fosse, terminava diante do muro. Começou a sentir-se sufocado, haveria sempre um muro em sua vida. Encarapitado nele, aos dez anos, transformava-o em cavalo ou avião, tanque ou caminhão. Protegia dos índios, dos bandidos, do exército de chineses. Era uma perigosa corda bamba, estendida a cem metros de altura, para o maior equilibrista do mundo. Protegido por ele, podia fazer caretas aos cachorros bravos. À noite, arrancava a roupa e ficava a se exibir, esperando ansiosamente que alguma mulher aparecesse, o sonho era que o vissem nu. Quando alguém apontava, pulava para trás, com medo de que fossem contar ao pai. Foi no muro que atinou pela primeira vez uma entrega: *O Waltinho gosta de dar o cu.* Gostava mesmo, dava para toda a meninada debaixo dos mamoeiros, a turma fazia fila, dez, quinze passavam a tarde a enrabar o menino, hoje diretor de uma financeira, casado, duas filhas, um neto, passado sepultado. Será que não sente nem um comichãozinho no rabo, vez ou outra? No muro dos fundos da igreja, indo para a missa das sete, viu a revelação.

BOCETA. A palavra escrita em letras vermelhas, enormes. Explodiu na cara dele.

– O que é boceta, tia?

Levou um tapa na boca, a tia foi direto ao confessionário. No dia seguinte o muro estava pintado de amarelo-ovo, outra vez.

– O que é boceta, pai?

De castigo, sem sair quinze dias.

– O que é boceta, professora?

Suspenso por três dias.

– O que é boceta, padre?

Não terá absolvição enquanto repetir palavras como essa. Bosta, que boceta é esta pela qual a gente sofre tanto?

A mãe puxando pela manga:

– Venha comungar, filho.

– Não posso.

– Venha, deixe de história.

– Bebi água, quebrei o jejum.

– Mentira, não bebeu água nenhuma. Vamos logo, a comunhão está acabando!

O muro na adolescência provocava a mesma angústia de agora. Atrás do grupo ou nas ruas sombreadas por árvores (seriam as árvores a trazer familiaridade? Berlim tinha tantas quantas sua pequena cidade) os homens levavam as biscates. Meninas sérias procuravam ocultar o rosto quando deixavam aquela região de sombras e pecado, marcada pela cidade. Todos sabiam o que acontecia ali. Coisa consentida, fingia-se ignorância. Um território de ocupação, do mesmo modo que Berlim está repleta de pequenos setores que são da cidade, sem pertencer a ela.

Os garotos esburacavam o muro, havia furos em alturas estratégicas, camuflados cuidadosamente para não darem na vista durante o dia. Se alguém tivesse sorte, podia ver tudo. Mão na bunda, mão no peito, dedinho nas xoxotas, mão no pau, pau nas coxas, vestidos levantados, braguilhas abertas, pedaços da bunda, calcinhas abaixadas. A posição em que os namorados estavam era decisiva. Raiva quando a bunda da moça tapava o buraco. Outras vezes, a visão era somente a do cacete do sujeito, vontade de dar estilingada na ponta da cabeça, pro filho da mãe ver o que era bom.

Na verdade, mais se intuía, se imaginava, tal a penumbra que as árvores provocavam. Jogo de sombras chinesas, vultos. Gemidos, pequenos murmúrios, gritos abafados, peidinhos, o fuc-fuc-fuc ou xap-xap-xap (dessas moças que se molham muito) quando os caras conseguiam colocar dentro, o que era raro. Situação para um e outro felizardo, cumprimentado no dia seguinte quando ele comparecia com a história em detalhes, a fim de receber a medalha de profunda admiração. O comum ali era a esfregação, pau nas coxas, punhetinhas mútuas. E, por trás, a invisível, e também conhecida e consentida, plateia, a prestar prolongadas homenagens manuais. Dá para entender agora a sensação do peep-show, o mal-estar indefinido que se apodera de você quando a janelinha levanta e a mulher da cama giratória mostra tudo?

Vento violento e gelado atravessa o Ku'Damm, avenida principal. Ulli chegou vinte minutos atrasada, em frente ao Hotel Am Zoo. Maçãs do rosto roxas, como o batom dos lábios. Riso envergonhado.

– Não pense que sou assim. Errei de ônibus. Em vez de vir, estava indo. As ruas são iguais em Berlim.

São mesmo. Às vezes parece enorme cidade americana, aberta e espaçosa. Onde as marcas da guerra? O estilo alemão? Descubro inesperadamente um prédio começo do século, restaurado ou que escapou das bombas. Uma vila prussiana. Um pátio com jardins e estátuas. Paredes com marcas de bala. Entrevejo pelas janelas os altos pés-direitos dos apartamentos. Compro livros, ando, mergulho na velha Berlim. *Alt-Berlin*, há um culto da nostalgia, postais, revistas, souvenirs, pôsteres, revival, atitude quase desesperada para que a antiga cidade nunca desapareça. Um álbum chamado *Berlins Stunde Null: 1945*, a hora zero, mostra as mulheres limpando tijolos das ruínas e empilhando para serem reaproveitados. Os homens estavam mortos, prisioneiros ou em outros trabalhos. O mutirão. Outro dia recebi uma revista mostrando como alguns bairros de São Paulo, cansados de esperar pela prefeitura, decidiram se mobilizar para limpar ruas, consertar escolas e postos de saúde, canalizar águas sujas. Refazer, tijolo por tijolo, limpando a argamassa velha e endurecida, que não dá liga com a massa nova e fresca. Refazer, por dentro. É possível, mesmo com o sangrar das mãos, a pele arrancada, as costas doendo de tanto peso? Será preciso jogar o prédio inteiro ao chão para recomeçar?

– Cheguei atrasado também.

– Tinha medo de que você tivesse ido embora.

– Eu julguei que você, como boa alemã, tivesse chegado e partido, impaciente.

– Somos impacientes?

– Dizem.

– Também dizem que os latinos não ligam para horários, para nada, são irresponsáveis.

Não cheguei atrasado, tenho um maldito senso de responsabilidade, não sei onde adquiri. Não foi de meu pai, que não só faltava aos empregos, como teve dezenas deles, pulando de um para o outro, reclamando de todos. Era comum a cena, a gente sentado para jantar, meu pai chegando e anunciando: "Vamos mudar de casa, de cidade". Ele foi professor, inspetor, barbeiro, carteiro (demitido porque meteu a mão numas cartas com dinheiro), caixeiro viajante, mecânico, guarda-livros, tanoeiro, motorista de ônibus intermunicipal, vendeiro, representante das navalhas Solingen.

Navalhas que causaram o primeiro ataque de coração de minha mãe, aos trinta e dois anos. Histórias que se desenvolveram nas sombras. Na minha família e em toda a minha vida sempre vivi debaixo do obscuro. Todos na cidade falaram no caso, acusando meu pai, o que nos obrigou a nova mudança. Anos mais tarde, encontrei no meio do atlas inglês um bilhete amarelado, incompreensível. Escrito em código, misturava inversões de palavras, números. Tenho guardado até hoje, meu pai se recusava a admitir que tenha sido para ele, e como se perturbava quando tocava no assunto, fui esquecendo. Tenho certeza, é o bilhete que a puta enviou, através de uma amiga, pedindo que ele a visitasse naquela tarde. Decifrei uma e outra palavra, bastou inverter as letras, estavam escritas de trás para a frente, como se devessem ser lidas num espelho. O que continua me atrapalhando são os números e os nomes de flores, certamente a cada flor correspondia um gesto, atitude, pedido, sei lá o quê.

Revirei o atlas, imaginando que a solução estivesse dentro dele. Mapas do fim do século. Dezenas de países que nem existem mais, trocaram de nome, foram anexados, cancelados, tomados, divididos, ocupados. Meu pai adorava o atlas, vivia sonhando com viagens malucas, sem se importar com as delirantes transformações territoriais. O atlas tinha sido de meu avô paterno, sólido comerciante de tecidos. O primeiro a copiar o sistema americano de supermercado, cansado que estava de fazer fiado, e nem sempre receber no fim do mês. Avarento, rebelava-se contra o hábito do comércio de presentear com uma lata de goiabada quem pagava as contas, queria dinheiro em caixa. Foi aí que dispôs o balcão de tal modo que só podia sair quem pagasse, o fiado sumiu e também parte da freguesia. O atlas fez parte do pagamento de uma conta que um agrônomo inglês tinha feito. O inglês viveu anos no Amazonas estudando o plantio de seringueiras e, sabe-se lá por que, acabou em nossa cidade, fabricando queijos. Homem famoso pela qualidade excepcional do queijo de meia cura e por duas filhas morenas, belíssimas, extrovertidas, contagiantes. Até hoje, na minha cabeça, se misturam imagens de mulheres bonitas com o queijo de panela que minha avó costumava fazer.

Se eu conseguir um dia decifrar o bilhete amarelado, talvez saiba o que se passou. Recolhi pedaços dos comentários vizinhos, trechos ouvidos embaixo da cama, enquanto minha mãe, chorando, se lamentava com os parentes. Fuxicos dos sábados no barbeiro, com os homens transformando meu pai em estrela e perguntando insistentemente: "E ela era loira embaixo também?".

O que eu soube: havia na zona uma puta esplêndida, a mais cobiçada. Loira de doer a vista, mais loira do que as artistas dos filmes americanos. Formosíssima, muito mais bonita que a Zilah, organista da igreja, que nas procissões fazia o papel de Verônica, e então a mulher que eu amava deslumbrado e abatido com o fato de ela ter dezessete anos e eu nove. Um dia em que comprava sapatos, a puta entrou na loja e os caixeiros correram, minha mãe juntou os filhos e se retirou apressada. A vida toda sonhei com esta visão. Todavia isso foi antes de os boatos correrem. Nós fomos retirados da loja para não sermos contaminados. Os fatos foram organizados mais tarde. Dizia-se, ou presumia-se, que a fabulosa puta preferia meu pai, entre todos. Caso de paixão desmedida, a ponto de provocar o ciúme do usineiro riquíssimo, semianalfabeto, dono também das farmácias, pontos de bicho, laticínios e cinemas. O homem a sustentava, enchia de joias, pagava as despesas nas lojas. Desde que a loira chegou de Botucatu, provocou alvoroço, filas imensas aos sábados, rancor das outras putas, delícia da dona do bordel que viu a casa se encher. O que teria meu pai para provocar tal paixão? Como aquele homem insensível que não ligava para nós, nunca conversava, estava sempre viajando, tratando friamente a minha mãe, não deixando dinheiro nem para a matinê dominical, podia ser amado? E podia! Descobri depois. Foi ali que comecei a olhar diferente para ele, inteiro transformado num enigma. Os fuxicos contaram que a puta estava certíssima de que meu pai ia abandonar a família, tirá-la da zona, casar-se, montar uma casa, ter filhos. Iriam para Londrina, comprar terras, todo mundo ia para o Paraná, fazer dinheiro com o café.

Uma tarde, a puta loira passou no banco, tirou todas as economias. No salão de beleza do Rosário, fez unhas, limpeza de pele, permanente, maquilou-se e voltou à zona, à espera de meu pai. Às três, eles se encontrariam para recomeçar a vida. Às quatro, meu pai não tinha chegado. Às cinco, a puta loira escreveu um bilhete – seria o mesmo que encontrei no atlas? – e enviou através de uma puta. Um carro de aluguel saiu à procura de meu pai, em algum ponto da cidade a vender suas navalhas. Outro mistério: o carro nunca voltou com a outra puta.

Às sete da noite, sem derramar uma lágrima, a loira se trancou no quarto, perfumou-se delirantemente, apanhou uma navalha, deu um pequeno talho no pescoço e deixou o sangue escorrendo para dentro do urinol. Foi encontrada muito pálida, ainda que belíssima, o quarto inteiro perfumado, enterro concorridíssimo. Conforme o caixão passava, as mulheres de família fechavam as janelas, em sinal de protesto, as mães seguravam os filhos.

Conta-se:

Era uma das navalhas de meu pai.

A puta foi morta pelo usineiro que abafou o caso.

A puta que foi levar o bilhete era amiga do usineiro e teria recebido um dinheirão para não encontrar meu pai; logo depois ela deixou a cidade, foi para São Paulo, abriu uma confecção e favorecida pelo desenvolvimento da indústria têxtil tem hoje uma cadeia de lojas.

A puta teria sido morta pela minha mãe, porque teve gente que viu uma mulher morena, alta, entrando no quarto da loira, pouco antes das sete; e ninguém a viu sair.

O ataque de coração de minha mãe era fingido, estava somente despistando.

O que veio depois:

Na escola, fiquei conhecido como o filho da puta, a meninada ria de mim, os professores me tratavam com desprezo.

O padre Eufrásio me eliminou do corpo de coroinhas, o que me afetou profundamente. Nas procissões não estaria ao lado de Zilah, levando o banquinho de Verônica. Não teria enterros para ajudar e assim ganhar uma gorjeta das famílias; adorava enterros, batia palmas quando alguém morria, era a possibilidade de comprar balas com figurinhas de futebol e ir ao cinema.

Minha mãe, que já me tratava com indiferença, se afastou de vez: "Você vai ser igualzinho seu pai, tem a cara dele, o jeito de andar, a malandragem e sem-vergonhice no olhar. Não vai dar nada na vida".

– Odeio me atrasar, é coisa que me faz mal. Eu não espero ninguém.

– A mim, não importa muito.

Importa, fico angustiado, imagino que a pessoa não vem. Ganho a sensação de abandono. Claro que gosto de representar o infeliz e principalmente agora, vulnerável como ando, quanto mais contornos dramáticos colocar à minha volta, mais feliz me sinto. Mentiras. Tinha dito a mim mesmo que bastava, não diria mais nenhuma, por menor que fosse. Prometi que seria aberto, exposto. Queria começar com Ulli de modo novo. Há três dias penso nela. Comecei levado pela curiosidade: como são as alemãs? No segundo encontro, tremia excitado quando ela esbarrava em mim, acidentalmente. Nos tocávamos, mão a mão, a examinar o mapa da cidade, procurando direções, endereços de museus. No ônibus, lado a lado, sentia suas coxas quentes. Domingo, com pressa, pedimos apenas uma cerveja, bebemos juntos. Contei que quem bebe do copo do outro fica conhecendo os segredos. Ela colocou as mãos na boca, fingindo espantada: "Meus Deus, agora você sabe tudo". Riu, limpou a espuma, tive vontade de dar um beijo, me contive, e perdi o instante. Porque há um momento, sutil, rapidíssimo, que pinta no ar, liga as pessoas e, se a gente aproveita, quebra a resistência. Senão a corda se distende, temos de esperar o próximo. Sinto que ela está mais perto, me telefonou duas vezes, ansiosa por sair: "Onde vamos hoje? Descobrir o quê?". Quando soube que ela vai voltar para Colônia dentro de algum tempo, me deu uma sensação incômoda. Começar o que pode terminar de repente? Para quê? Em seguida: por que não? Queria dormir com Ulli, tentei dar a entender, três ou quatro vezes. Desconversou ou não me entendeu. Códigos diferentes, equívocos de linguagem. Dia desses, peguei sua mão, ela retirou rápido, expressão de quem não gostou.

– Não posso pegar na mão?

– Desculpe. Não pode, não.

Deve desconfiar que estou atacando, vou querer ir para a cama correndo. Não é má ideia e também não há problema algum, afinal ela é uma alemã liberada. Não tenho noção do que seja isso, brasileiro quando pensa em liberação imagina alguém que dá com facilidade.

– Para mim é muito importante quando se pega na mão.

– E não está sendo importante?

– Pode vir a ser. Não sei.

Quem sabe não entendi bem o que ela falou. Tem dias em que a linguagem se torna barreira. Um saco ficar arranhando outra língua, tropeçar em palavras, falta de vocabulário. Se namorar Ulli, vou ter de saber direito uma língua, para melhorar a conversação. E ela me interessa, puxa, como interessa! Por outro lado, com o problema da linguagem, quem sabe a gente fique mais alerta, atento ao outro, para não deixar escapar detalhes? De qualquer modo, nesses poucos dias, criamos uma série de olhares, insinuações, pequenos ruídos, expressõezinhas nossas. Início de cumplicidade. Até não digo, contente: "Oh, já, já, já"? Ou então: "Genau"?

– E se a gente fosse ver a Bauhaus?

Aproveito, tem um monte de coisas que venho descobrindo com Ulli. Estivesse sozinho ia demorar mais. O que fizemos nestes poucos dias! Arte pop na Galeria Nacional, fotografias de Juan Rulfo, o escritor mexicano, jazz africano no Tempodrom, o circo em que se apresentam todos os conjuntos rock, expressionistas alemães na Academia de Arte. Tomo um banho de informações bombardeado por coisas as mais diferentes. E o bom é que ela não para, quer ver, ouvir. Amanhã temos concerto de órgão numa igreja, depois show com um travesti americano e então uma cantora italiana.

No andar de cima do ônibus 29. Vazio. Ficar na frente me dá a sensação de voar baixo em asa-delta. A Bauhaus, em pleno Tiergarten. Árvores brotando, verde rompendo o cinza. O prédio: conjunto branco, retilíneo, curvas marcando o teto, como se fosse um conjunto de pastas de arquivo ao ar livre. Museu fechado. Ulli decepcionada.

– Pena. Tem umas coisas incríveis, arquitetura moderna, arte da vanguarda. Mas queria mesmo era te mostrar uma foto do Brecht.

– Por quê?

– Ele estava sempre posando! Tinha uma consciência incrível do próprio rosto e do corpo. Quase não existe foto do Brecht sem que ele não saiba da presença da câmera.

– Agora, o que fazemos?

– Vamos ao mercado de pulgas?

Barracas sobre chão enlameado e cinza. Poças de água, restos da chuva de ontem. Dois adolescentes, braços picados de agulhas, tocam bongó, estão chapadões. Garotinhos turcos esperam comprador para brinquedos plásticos atirados em cima de um cobertor velho. Um casal punk, ela com os peitos de fora, caídos pela cintura. Ele com uma criança de cabeça raspada no colo. Sol ardido, quando o vento se acalma. Tempo mais louco, esse. Cheiro de salsichas na grelha, cheiro de objetos e roupas mofadas que passaram o inverno guardadas, à espera de serem vendidas.

– Ulli!

– Jamil!

Ela se atirou nos braços do jovem turco sorridente, pele morena e bigodes pretos, dentes muitos brancos. Uns 25 anos. Ficaram se segurando pelas mãos.

– O que faz aqui?

– Vendo bugigangas.

Falavam devagar, frases curtas.

– Não! Quero saber o que faz em Berlim.

– Moro aqui.

– Desde quando?

– Faz dois meses.

– Continua estudando?

– Tentando.

– Por que tentando?

– Não está fácil entrar na universidade.

– Não acredito! Você era meu melhor aluno.

– Mas sou turco.

– E daí?

– Ulli, você sabe melhor do que eu. Há quanto tempo dá aulas para gente assim? Só que não vamos falar disso agora. Precisamos comemorar. Um Schnaps?

Sacou a garrafa da bebida transparente, encheu três cálices. Ela me apresentou, arranhamos um francês precário. Eles se olhavam nos olhos, coisa rara, então me lembrei de que ele não é alemão e Ulli é diferente, às vezes. Schnaps excelente, Poire de primeira.

133

– Jamil foi meu aluno em Colônia, desenha bem.

– Nunca mais fiz um risco – disse ele.

– Pena.

– Não dá tempo. Trabalho, estudo sozinho, à noite, para não esquecer tudo. Ajudo no centro de arte em Kreuzberg. Conhece?

– Não – respondi.

– Vai lá ver, um trabalho interessante.

– Está morando onde? – perguntou Ulli.

– Numa casa ocupada.

– Você também nessa?

– Tem outro jeito? Ocupamos uma fábrica abandonada! Estamos restaurando.

– Quero conhecer.

– Temos de fazer tudo à noite, em silêncio. Ou os vizinhos denunciam. Ninguém pode perceber muito movimento. Minha casa é interessante, sobraram duas máquinas antigas, pesadíssimas. Uma ficou decorando o quarto, é uma plaina. A outra está no meio da sala. Por que não combinamos uma festinha?

– Num domingo?

– Claro, domingo! Todo mundo está desocupado. E você, o que é?

– O que faço?

– Não, de onde vem.

– Do Brasil.

– Ah, então estamos iguais. Eu turco, você latino.

– Não gostam da gente?

– Mais complicado ainda. Somos estrangeiros, uma entidade metafísica, acusada de todos os males. Só porque começa uma crise. Não se gosta de estrangeiros em geral. Mas pode se gostar em particular. Entende? Tenho amigos alemães que falam mal de estrangeiro. Então digo: espere aí, sou estrangeiro, você está falando com um. Eles retrucam: não, você é diferente.

– Não dá para compreender.

– Há quanto tempo está aqui?

– Dois meses...

– Estou há vinte anos, cheguei criança. Meu pai é torneiro mecânico. Também não entendo até hoje. E você acha que compreende o seu país?

Ulli olhava para o turco com um ar embevecido, os lábios tinham perdido o violeta do batom. Ela que não gosta de bebidas repetia o *Schnaps*.

– Você ainda gosta de cinema?

– Aprendi com você. Era uma professora legal.

– Ainda sou.

– A nossa turma era teu fã clube. Estávamos todos apaixonados, brigávamos. Tinham ciúmes de mim. Você sempre gostou mais de mim.

– Deixa de ser convencido.

– Notava-se. Vai ver era minha pele morena, meu atrevimento. Eu era atrevido demais, não era? Ficava olhando direto na sua cara. Você perdia o jeito, não olhava para mim o resto da aula.

– Quem é que te aguenta?

– Sabe quem roubou a foto da tua bolsa?

– A foto do passaporte?

– Sim. Te deixou desesperada.

– Quase perdi a viagem.

– Eu queria uma foto sua e não queria que você viajasse. Não com aquele sujeito. O que viu nele? Ainda continuam?

– Acabou de acabar.

– E esse aí. É teu namorado?

Ela me olhou, vermelha, as maçãs do rosto brilharam. Séria, de repente.

– Não sei.

– Isso é coisa que a gente sabe.

– Acho que existe alguma coisa.

– Tem sempre alguém em meu caminho. Por que você não aparece quando está livre? Agora, tenho vinte e cinco anos, talvez sirva para uma mulher linda de trinta e três. Antes, não dava, a diferença era muita. As pessoas envelhecem e se igualam. Não é? E você, não diz nada?

– Não tenho o que dizer. Apenas olho o encontro de dois amigos, e gosto de ver a cara, parecem felizes.

– Ao menos, esse é diferente do outro. Uma vez, levei uns tapas, queria matá-lo. Reunimos a turma e esperamos o sujeito numa esquina, mas você veio junto.

– Para evitar um massacre.

– Aquela turma era pesada. A melhor que existia. Gente treinada para responder à agressão dos neonazistas. Lembra-se? Teve um período em que a meninada de botas e blusão de couro preto atacava o bairro quase toda noite, pixava paredes, quebrava vidraças, punha fogo, e ninguém tomava providências. Depois passamos a responder, uma vez quase mataram um alemão, aí eles diminuíram, os jornais caíram em cima, as associações, partidos políticos. Anos atrás estávamos mais protegidos diante da lei.

– Vocês também têm preconceito contra os alemães? – perguntei.

– Podemos não ter?

– Não são os alemães. São grupos, setores. Não se pode generalizar – disse Ulli.

Se ficasse a tomar Poire toda a tarde, com o estômago vazio, cairia no meio daquele mercado de pulgas. Tinha de rebater a Poire com uma cerveja. O gostinho da pera sumiria de minha boca. A lama emporcalhava o chão. Turistas com máquinas fotográficas. Passaram dois sujeitos falando português, sotaque carioca, os drogados continuavam a tocar bongó, alheios ao povo em volta, talvez estivessem ali há dias, sem perceber que a feira tinha se instalado em torno deles.

Elvis Presley no exército, de cabeça raspada, foi traição

Será um bravo marine que corre desengonçado, se atira ao chão, rasteja para trás de uma árvore, desaparece lampeiro entre os arbustos do bosque ralo? Se for – e como posso saber? nunca vi um marine cara a cara – é novato, se alistou agora. Empunha o fuzil de modo desajeitado, não tem nada daqueles marines que vemos em filmes, corajosíssimos, devastando o inimigo em qualquer parte do mundo onde a democracia norte-americana esteja ameaçada. Na Europa, derrotaram os alemães, estes nunca venceram uma só batalha nas telas. Parece que há outros pelo caminho, camuflados pelo mato. Se repartem em grupos desiguais, dois, cinco, quatro. De repente, surge um solitário, passo marcial, convicto, muqueira preta, tatuagem. Orgulhoso na ostentação deer-hunter, olhar fixo e cauteloso, saído das imagens do apocalipse now. Como se a Potsdamer Chaussee estivesse repleta de inimigos. Quem sabe os comunistas da RDA romperam o muro, os vermelhos se atiraram para cá, a fim de se constatarem tão presos e isolados como lá. Por todos os lados, marines novos em folha, ainda a sonhar com os ovos mexidos, nunca consegui pronunciar direito *scrambled-eggs,* geleias e os Donuts matutinos de suas mães, única coisa que não encontram igual nas bem providas cantinas dos guetos norte-americanos esparramados nos arredores de Oskar Helene Heim ou Lichterfelde.

– Tantos soldados! Será exercício? – perguntou Ulli.

– Guerra ainda não é, pode ficar calma.

– Só estava pensando que se tiver muito soldado espalhado por aí, vai estragar nosso piquenique. E hoje estou tão disposta!

– Está?

– Muito. Elétrica, até ansiosa.

– Nem parece alemã.

– Não entendo, fala claro.

– Vocês são contidas, fechadas, meio arrogantes, nunca olham a gente diretamente.

– Tem certeza? Não sou assim.

– Você está virando latina, brasileira.

– Ah, você pensa que o Brasil é o centro do mundo? O que te leva a generalizar? Conhece o que da mulher alemã se nem sabe falar a língua?

Virou para a janela, estávamos no segundo andar do ônibus, continuou a olhar as manobras. Está com raiva, sei que está. É pouco tempo, porém conheço algumas de suas reações e não sei como agir diante delas. Se disser que tem razão é pior. Espero para ver o que acontece. Tomara que a tarde não esteja estragada. Prometia, foi ela quem sugeriu o passeio pelo bosque, e no que pode resultar piquenique num matinho deserto, no meio da semana? Agora, nem sei. E se for apenas passeio mesmo, nenhuma outra sugestão? Não conheço os códigos daqui, às vezes fico desequilibrado diante de uma frase, imagino que seja insinuação, no entanto o olhar desmente, a atitude também. Fico em dúvida se devo interpretar à minha maneira, correndo o risco, avançando sinais, queimando etapas, ou se me contenho. Os sinais têm valores diferentes, ainda não decifrei, fiz muita coisa ao contrário. Pode ser que ela esteja esperando o avançar e, se me bloqueio, ela é que não compreende, também não conhece as minhas manobras e táticas. O valor de palavras-chave é um mistério para os dois, para o funcionamento de uma relação e isso me excita. Ainda que da parte dela eu não saiba o que acontece. Não, nem sempre me fascina. Tem dia que me irrita muito, as coisas não marcham, fico impotente, no que a minha famosa indecisão auxilia.

Mochilas às costas, equipamento por todos os lados, os marines andam eretos, fuzil na mão esquerda, uniformes de camuflagem, como se fosse necessário se confundir com as ramagens escassas deste bosque, matinho pífio que cerca casas de família classe média, numa tranquila tarde de quarta-feira – como são lúgubres e tranquilas as tardes berlinenses – em que pessoas ainda à mesa de almoço se empanturram com salsichas, batatas, cervejas, pizzas, saladas, preocupadas com mais uma grande indústria falida, que elas veem caindo como castelo de cartas. Alguns soldados olham para o ônibus, desviam a vista dos objetivos militares, tenho vontade de gritar: palhaços, clowns! O que aconteceria? Invadiriam o ônibus, eu seria obrigado a correr por esse mato, protegendo Ulli? Me caçariam? Estarão carregados esses fuzis? Devem estar esperando qualquer pretexto para a ação, em ponto de bala, agora que o Vietnã se acabou há muito e o máximo que se consegue nesta Alemanha são brigas de rua, atiçando-respondendo provocações. Enfrentando jovens nascidos num país derrotado, que vivem num território ocupado-dividido, garotos sem passado a quem se negaram informações daquele período, desenrolado como numa tela imaginária. 1933-1945, doze brancos anos, extirpados.

Como se fosse possível cirurgia completa num câncer cheio de ramificações que continuam se reproduzindo e se recriando a partir de células dadas como mortas e que estavam apenas em estado latente, à espera. De sobreaviso, para saltar quando vissem as guardas abaixadas e os corpos relaxados e com reduzidas possibilidades de defesa. Porque não se pode crer num retorno, não é possível. Adolescentes alemães a saltar sobre o estômago de americanos nascidos num país vitorioso, sempre vitorioso, mas que agora também carrega sua derrota, não para nações aliadas, não para sessenta países que se uniram contra o eixo nazista, povos unidos, unidos vencerão. Mas sim americanos caídos, com toda sua tecnologia armamentista, diante de raquíticos amarelos comedores de arroz, ratos e marmotas escondidos nos subterrâneos da selva vietcongue. Gente se pegando a socos e pontapés nas esquinas. O ocupante, vitorioso-derrotado, ansioso por provar hegemonia, e o ocupado-derrotado, febril por se recuperar, reerguer, provar que os papéis de Versalhes e da rendição total de 45 podem ser rasgados, lançados no lixo de biodegradáveis, quando na verdade são matérias inorgânicas, não se decomporão nunca. A mistura é implosiva, verdadeira bomba de fragmentos, vai terminar por espalhar sangue, merda, morte por todos os lados. Está no ar.

Naquele fim de década de cinquenta, soubemos muito da Alemanha, ou melhor, desses quartéis militares, *U. S. Barracks*, e da ocupação aliada. Porque um certo coronel Tom Parker, que nem era militar, somente usava o título, assombrou os Estados Unidos e o mundo, obrigando seu pupilo a servir o exército, num golpe publicitário-patriótico, ou até mesmo forçado pelas circunstâncias, a fim de servir de exemplo à geração que despontava dançando rock, os adolescentes autiruti-tutifruti. Elvis Presley no exército, de cabelo raspado, era uma traição, complô organizado contra nós, imensa conspiração que os velhos tinham montado, um chamado às noções de dever e responsabilidade, tentativa de anulação que se instalava para nos derrubar. Os gritos incompreensíveis de Elvis e seu requebro sensual caíam por dentro da gente como droga, cancelavam nossa angústia sem causa, eram promessa/intuição de que alguma coisa estava mudando. Haveria lugar pra nós, diferente, ao nosso jeito, apreensivo e questionador. Então nosso ídolo partiu submisso, fotografado-filmado-entrevistado-celebrado. Jornais mostrando os cabelos brilhantinados cortados rente, homem domado. As roupas vivas e coloridas trocadas pelo uniforme opaco, o cinturão dourado guardado até sua volta, o rebolado substituído pela ordem unida. Se bem que duvido o Elvis ter se sujeitado a fazer "ordem unida".

Ele ficou dois anos nessa Alemanha, conheceu Priscila e ao voltar se casou. Sabíamos tudo. Líamos *Cinelândia* e *Filmelândia*, às vezes nos caíam nas mãos revistas americanas como *Photoplay* ou *Movie Screen*, tínhamos Louella Parsons no original, e Heda Hopper e todas as sanguessugas da vida privada. *Military Zone*, leio nas placas dos arredores da estação Oskar-Helene-Heim, mas não foi aqui que Elvis serviu, não sei onde, parece que em Düsseldorf. *Aceito dólar, apenas em notas, "no coins"*, diz a plaqueta na lanchonete, *Imbiss*, que vende Rostbratwurst e batatas fritas com ketchup picante, e o câmbio é muito abaixo do oficial, afinal alguma vantagem Maria tem de levar. Já que estes soldados recebem os soldos em dólares, e não os trocam em marcos, gastam nos supermarkets e cantinas e cinemas e liquors dos próprios guetos norte-americanos, *U. S. Barracks*, prédios e prédios ocupando grande extensão deste início de bosque que rodeia os grandes lagos.

"Tudo calmo e em ordem, mas estamos preparados, a guerra pode sair a qualquer hora", disse, outro dia, o soldado com quem puxei conversa quando me pediu troco para cinquenta feniges, precisava telefonar. Garoto de dezenove anos, nem sabia direito por que estava na Alemanha, saudoso de Indiana, ou outra cidade qualquer. Me lembrei de Indiana por duas razões, acho que ali nasceu James Dean, e também por causa de *Georgia*, o filme romântico de Arthur Penn, que no Brasil se chamou *Sempre amigos*, história de três homens e uma mulher, atravessando dos anos cinquenta aos setenta. Na tela poderia estar Ana, eu, todo nosso grupo, temos as mesmas idades dos personagens e vivemos Elvis, Brigitte, Che, Marilyn, a revolução cubana, Leila Diniz, Glauber, pedaços atrasados de existencialismo, fomos beatniks, cinema novo, nouvelle vague, raspamos trintões pelo flower-power, passamos por maio de 68, quatro anos depois do trauma de 64, lemos Marcuse e McLuhan, devoramos Reich e fomos acabar em Gabeira. Marx? Por certo, ouvimos falar, decoramos orelhas, trechos de ensaios, algumas frases.

"Que guerra?", perguntei ao americaninho, enquanto nos víamos às voltas com o aviso em alemão na cabine telefônica. Era um garoto que deveria estar mais satisfeito, ou à vontade, na discoteca de sua terra, transando seus amigos, bebendo Coca ou cerveja, fumando um baseado ou enchendo a cara de uísque. Garoto que estaria pensando de que modo a noite terminaria. Trepando com aquelas meninas de jeans curtos pelas canelas, meia três-quartos, branca, ou vendo a madrugada surgir em volta das máquinas fliperamas, numa disputa infernal para fazer o recorde de pontos. E, desolado, certificar-se de que podia jogar mais uma partida gratuita. Nada mais que isso na manhã de domingo que se iniciava. Talvez ele preferisse estar voando de moto pelas estradas de Massachusetts (sempre adorei esse nome, cheio de consoantes que quebram a língua), ou apostando corridas de carro, porque isso não tinha mudado nada, estava nos meus filmes de James Dean, mas também fez parte dos seus filmes de Travolta. Em vez disso, era apenas um easy-rider deslocado em Berlim. Tão sem sentido quanto um brasileiro como eu. Isolado entre os fantasmas e a fumaça de um passado sombrio de guerra e nazismo, cuja memória tentam apagar, e os contornos nebulosos de um futuro, cuja perspectiva é tão nula para nós, estrangeiros, quanto para eles, alemães, assombrados com a possibilidade de extermínio nuclear e nova guerra. Ele, soldado americano, ocupante, desenvolvido e civilizado, e eu, subdesenvolvido vindo de um país da América do Sul. Nós dois, nada mais que estrangeiros. Portanto, à parte dentro desse esquema. Estrangeiros que nem sabiam decifrar direito meia dúzia de palavras a nos indicar o funcionamento de um telefone.

"Que guerra?", perguntei. E ele: "Ora, a guerra que a Rússia ameaça provocar, porque quer dominar o mundo. Pode estourar de um momento para outro e estão nos instruindo violentamente, nos preparando para que o impacto possa ser bem-assimilado. De uns seis meses para cá o treinamento virou intensivo, é uma loucura, ginásticas, marchas, combates simulados, corpo a corpo, batalha pessoal, cada coisa que a gente tem de fazer! E eu pensei que a Alemanha fosse turismo, ia poder viajar pela Europa. Nem gostam que a gente circule pela cidade". Então eu disse, vendo sua cara de surpresa: "Você não precisa de nada disso, pode amolecer o treinamento, engana teu sargento. Se vier a guerra, essas coisas serão inúteis, você não vai dar um tiro, talvez nem tenha tempo de agarrar o fuzil, vai ser morto antes mesmo de piscar os olhos". Espantado, a me julgar um agente russo, infiltrado através

142

de Berlim Leste, perguntou: "Por quê? Eles estão tão fortes? Preparados assim?". Primeiro me admirei com a ingenuidade, depois concluí: por que ele haveria de saber? Seria o último a quem contariam alguma coisa, a quem abririam os olhos. Era apenas um adolescente americano jogado dentro de Berlim, à espera de algo que podia acontecer, só que desta vez não seria como no Vietnã. Tudo o que vai se passar será independente da vontade dele, e da minha, e de todo o treinamento dos corpos de infantaria.

Escondem o presente e retiram o futuro desse menino, e também o meu, e o que podemos fazer se o jogo é disfarçado, dissimulado, enganador, com dados manipulados, movimentos inventados, mistificação? Tinha vontade de chorar, mas não acho que chorava por ele, era também por mim, e minhas filhas, e todos, e o que viria. Essa castração imensa, impotência diante de uma inevitabilidade que poderia ser contornada, não jogassem comigo ou com os outros do modo como jogam. O soldadinho americano também me olhava com admiração, não somente porque eu sabia um mínimo, minimérrimo, de alemão, mas também por ser brasileiro. Ele só sabia do Brasil porque no *Cosmos* de Nova York tinha uns jogadores vindos de lá. Também na televisão, num filme policial, o gângster roubou o banco e pretendia fugir para o Brasil, tendo sido capturado antes. Talvez aquele garoto esteja hoje entre os que se exercitam na Potsdamer Chaussee. Executando esse combate simulado, ou o que quer que seja, conduzido pelos gritos de um sargento irritado.

Ulli se voltou, sorridente. Ainda bem. Deteso gente emburrada sem motivo. Fico tenso com pessoas que não falam, não respondem, te acompanham de mau humor.

– Olha o que quase perdemos. Ainda dá tempo, é só trocar do ônibus para o metrô no fim da linha.

Era um anúncio da Salsa latino-americana, no Waldbühne. Negros e mulatos tocando e os alemães dançando alegremente no imenso palco da floresta, que os nazistas construíram para manifestações na década de trinta.

143

Na casa ocupada, a preparação de um kohlauflauf

Estava apaixonado por Ulli? Apanhou dois pedaços de queijo de cabra. Ou seria a curiosidade por ela ser alemã, talvez diferente? Dois pedaços de pão preto com sementes. Pensava nela o tempo inteiro, excitado pelo seu modo de agir. Salada, verduras de cores vivas, frescas. Às vezes, ela se entregava, depois se fechava, se encostava inesperadamente, recuava quando ela avançava. Fatias de frios, presunto, mortadela italiana, salame milanês. Ele tentava fazer humor, ela não reagia. Estourava numa gargalhada inesperada quando falava sério. Vinho branco, gelado, Riesling. Desencontros que o estimulavam. Sentou-se próximo à janela, olhando os macacos barulhentos do Zoo. Estava seguro de que nascera para o fracasso nas ligações e tinha decidido tornar-se eremita, afastar-se do mundo. Para que ficar tentando e descobrir que nenhuma era o que desejava?

Do outro lado da sala, via a torre semidestruída da igreja memorial do Kaiser-Wilhelm. Conservada para provocar o horror, transformara-se em cartão postal, referência fotográfica, ponto de encontro, monumento pitoresco. Quem se preocupa com ruínas de guerra, se acabaram de inventar a bomba de nêutrons que conserva cidades intactas? Fica tudo em pé, do jeito que está. Bomba estética, não destrói a beleza arquitetônica que o homem, apesar de tudo, é capaz de criar. Desaparecem os seres vivos e as pedras não se movem. As cidades continuam prontas para serem reabitadas. Alguém há de sobrar para repovoar esse mundo. A esperança é que sobreviva um bom, se alguém conseguir encontrar um.

Não será preciso fazer com Berlim, ou qualquer cidade do mundo, o que foi feito em Pompeia. Escavar com vassourinhas e escovas para retirar as casas debaixo da terra. Terminada a guerra, em 1945, havia aqui 75 milhões de metros cúbicos de escombros e deu muito trabalho. Bem, se estava disposto a se tornar eremita, não era melhor procurar o deserto, uma boa caverna, viver de insetos, comer gafanhotos? Nojeira. Ninguém é doido, ele gosta de cidade, tumulto, movimento em volta. Ficar só no meio da agitação. Não somos todos eremitas? Quem se incomoda com os que estão à nossa volta? O medo não era trazer infelicidade ao outro, e sim a ele mesmo.

Cafeteria da exposição *A Cidade e as Utopias*. Tinha acabado de ver um desenho de Zacharias Dolendo, *Confusio Babylonia*, de 1600. Estava radiante com a descoberta de duas mulheres, penachos à cabeça, corpos redondinhos, iguais, quase cópias das índias brasileiras que circulam pelas gravuras de Debret. Semelhantes às mulheres representadas na gravura de outra exposição recentes (Ulli o levava a todas, era alucinada por galerias), *Mitos do Novo Mundo*. Forma peculiar de os europeus se debruçarem sobre as terras novas e estranhas encontradas do outro lado do Atlântico, projetando fantasia e cristandade. Domingo, nada a fazer. Telefonara a alguns amigos. Sem resposta. Outros em visita a parentes. Programas marcados com antecedência. Quando ia aprender que em Berlim é preciso telefonar, comprar uma agenda, marcar tudo? Jantares, visitas, cinemas, shows, quase que os encontros: "Te vejo dentro de doze dias na esquina de Leberstrasse com a Kolonnenstrasse, às 18h47". Haveria um ônibus que colocaria a pessoa no ponto mais próximo às 18h44, dando três minutos para chegar sem atraso ao local combinado. Até as trombadas casuais pareciam programadas. A Leberstrasse veio à sua cabeça porque nela nasceu Marlene Dietrich. Andara horas pelos poucos quarteirões, parando diante do 65 e contemplando o prédio reconstruído, moderno, diferente da arquitetura típica do bairro. Nada mais a ver com Marlene, nem uma simples placa. Aliás, os alemães não são de placas. Também, se fossem colocá-las em cada lugar de Berlim onde morou alguém, a cidade daria a impressão de um consultório de médico medíocre desses que exibem diplomas de todos os cursos feitos, palestras assistidas, aulas dadas.

145

"Estive em São Paulo, li num jornal um artigo teu sobre Teufelsberg, a colina do diabo, formada com os escombros da cidade depois da guerra. Fiquei imaginando a sensação de se caminhar sobre as ruínas de uma cidade morta, em cima dos restos do que foi vida e alma, repletos de fluidos. Montanha coberta por relva e árvores. Como é que você não fica pirado? Aqui, as cidades estão sendo sepultadas pela propaganda eleitoral. No final, depois da eleição, se juntarmos todo o papel usado, também faremos um Himalaia dos diabos. A violência galopa. Candidatos da oposição sofrem atentados. Mas neste país do faz de conta, a perspectiva de se conquistar algo é o que está movendo as pessoas. Hoje à noite, Waldemar, meu companheiro dos bares, candidato a prefeito pelo PT, fala na praça principal. É o único com grau de instrução e formação política entre os seis candidatos. Seis para uma cidade de vinte mil habitantes. Infelizmente, vamos perder, o partido é paupérrimo, não tem comitê, nem um mísero carro. A polícia nos persegue com a habitual boa vontade, orientada por um delegado favorável ao PDS e que tem contra o PT o pretexto de que somos subversivos, comunistas, maconheiros, marginais, arruaceiros, bichas e permissivos sexuais. Parece maniqueísmo, não é. Pode imaginar um cara de 23 anos, independente, socialista, desbocado, desafiador, que gosta de cerveja, procura companhias execradas, monta teatro com boias-frias, prostitutas e celerados?"

Cartas. Chegando de pontos diferentes. Como conseguiam o endereço? Leitores são um mistério, têm faro de repórter, argúcia de detetive, tenacidade de cachorro. Leitores e chatos, assim como as mulheres apaixonadas, sempre nos localizam. Os amigos escrevendo, trazendo surpresas, abrindo brechas, contando o que jamais suspeitava, confissões insólitas. O álibi da distância. Ele necessitando destas cartas, querendo se alimentar delas, furiosamente. Passou a responder, inclusive aos espaçosos que pediam postais autografados, latinhas com o ar da cidade, livros técnicos, bandeiras, discos da Nina Hagen que ainda não chegavam ao

Brasil, instrumentos cirúrgicos, canivetes Solingen, creme Nivea, bolachas de cerveja, aparelhos para ginástica, medicamentos para os rins, vitaminas geriátricas ("as alemãs são as melhores do mundo"), Weingummi, a incrível goma de vinho que quando se começa a mascar não se pode mais parar, vício.

As cartas eram como a Weingummi borrachenta, perfumada e deliciosa. Passou a viver delas, transformaram-se em ponto de apoio, ligação. Naquele momento, na exposição sobre cidades do mundo desde milênios, viu que a estada sem as cartas seria dolorosa. Era também uma forma de se ocupar, porque na realidade não andava fazendo muito, não se ordenava. Lia um pouco, circulava pela cidade feito doido, anotava para um romance, escrevia alguns capítulos. Não ia para a frente, o livro era uma faca a cortá-lo em pedacinhos, estava escrevendo desde o primeiro dia, revirava em torno do mesmo assunto, tinha trazido Luciana, colocado no Café Einstein, refazia suas conversas, misturava com lembranças e chorava quando relia. Enquanto escrevia, tudo bem, era como levar um tiro. Quando a bala entra, não dói, somente depois que o ar penetra é que vem a dor aguda.

Ao reler emocionava-se, abandonava, o melhor seria mandar tudo a Ana. Um grande elo tinha se formado entre ele e o Brasil, todos estavam vigilantes. De vez em quando surgia um tipo interessante, como Chico Lopes, o desconhecido que tinha lido um artigo, homem do interior, absolutamente sem rosto, sem história, nenhum dado pessoal e textos lúcidos, um tanto desesperados, o clima de *Os boas-vidas*, de Fellini, a atmosfera repetitiva. A província brasileira não mudava, não adiantava telefone, televisão, ônibus, meios de comunicação. A alma das pessoas é igual, o interior reprisa o que ele já tinha vivido quando tinha a turma do bar do hotel. Replays. Quando montariam um programa original, novinho? O desconhecido tinha devorado os livros dele, visto as novelas e mandava dezenas de páginas.

147

As meninas escreviam. Suas filhas brincavam através de desenhos, como as antigas enigmáticas dos almanaques *Biotônico Fontoura* ou *A Saúde da Mulher*. Ele gostava do jogo, havia duplas ou triplas interpretações, as duas filhas eram inteligentes, provocativas. Que tipo de carta Felipe escreveria? Houve um tempo de desespero, quando chegou a São Paulo, aos vinte anos, e não achava emprego, passou a fazer cartas enigmáticas, levando a jornais e revistas. "O que é isso? Pensa que estamos em 1940? Ninguém mais quer saber de cartas enigmáticas." Até que um amigo ofereceu um bico numa revista-brinde para viajantes lerem a bordo de aviões.

As cartas deste Chico vêm em folhas de caderno, numa letra irrepreensível. Aliás, foi a letra que o levou a começar a ler. "Estou entendendo o sol dos teus livros, é o mesmo de *O estrangeiro*, de Camus. Uma potência que devora a razão, a pele, a vontade, o olho onipresente do Mal. O Mal não é escuro, é insuportavelmente nítido, solar. Às quatro da tarde de um verão nos trópicos, sem o menor movimento de brisa no ar, os candidatos em campanha estridente, televisão ligada, camisa empapada de suor, a gente saca perfeitamente o inferno."

Às quatro da tarde de um verão nos trópicos, a gente saca o Brasil se derretendo como um sorvete, lambuzando as pessoas, engasgadas com tanta doçura. Fechou os olhos, pressionando a cabeça com as mãos enquanto a dor voltava, como se a cabeça estivesse escorrendo pelos ombros. Segurou-se para não gritar, tinha uma vergonha muito grande de sua covardia diante da dor. De que percebessem que estava sofrendo. Quando terminou com Luciana, desapareceu, não queria que o vissem pálido, trêmulo, pronto a chorar, com falta de ar a qualquer esforço, fraco de fome, porque nada passava pela garganta. Alguém podia imaginar um homem forte, alto, charmoso, seguro, mais pirado que um drogado? Uma noite, a polícia o apanhou, tinham certeza de que estava maconhado, foi levado a uma delegacia, apanhou dois ou três socos, uns xingos que não passaram pela carapaça que tinha se formado à sua volta. Desapareceu para não ver Luciana com o outro, mas (quem entende?) passou a procurá-los. Que diabo de lugares frequentavam?

Ela era admirável. Evitou os pontos prováveis, bares e restaurantes e cinemas e volatizou dessa órbita. Tentou segui-la, mas como se segue uma pessoa que não tem horários? Gastou uma fortuna em táxis, enfrentou a irritação de motoristas: "Qual é, seu? Se quer bancar o detetive, compre seu carro. Parado estou perdendo dinheiro. Ou então, façamos um acerto". A cabeça latejava, tentou abrir os olhos, estava cego, fingiu que meditava. Sempre cheio de orgulho, herói implausível diante da amargura, como se pudesse suportá-la mais que os outros. Vergonha por estar sofrendo. Bem que a Clara Angélica, amiga, poeta de Olinda, tinha dito: "Para de frescura, se a gente tem de sofrer, vamos sofrer". Ele se escondia, mas dava um jeito de ser visto por acaso, mostrando a grande ferida aberta por ter sido abandonado. Seu rosto estampado em sangue na toalha de Verônica. Atraía simpatia, gestos de solidariedade, mulheres caíam em seus braços, amigos pagavam bebidas, tudo tão fácil. Ele relutava: "Não, minha querida, não posso ir. Não é justo, porque não é em você que estou pensando, não posso te usar desse jeito, não quero magoar ninguém". Algumas diziam: "Tudo bem, não vai machucar, sei o que faço, é uma boa causa, que bonita a sua sinceridade". Outras esculhambavam logo: "Só vem me procurar quando está na pior? Pensa que sou o Centro de Valorização da Vida?".

Deitava-se no salão berlinense. Por que essas salas interiores se chamavam salão berlinense? Nenhum compromisso, ausência de horários, o relógio parado. Ah! Se os relógios tivessem parado durante o sono do filho Felipe. Não era à toa que sua fama se espalhava. Impontual, esquecido, não confiável para um alemão. Passava horas observando o teto cheio de desenhos, acompanhando figuras e relevos, querendo decifrar significados. Criados pela imaginação do artista ou impostos pelo dono da casa?

149

Ou naquela época já existia o pré-fabricado, moldes de pintura, escolhiam-se os temas? O sofá ficava atrás do portal que unia as duas salas, junto à estufa de carvão desativada. Preferia o sofá do salão berlinense, o colchão do quarto provocava dores na coluna.

Nos fins de tarde, cochilava inquieto, atemorizado com a possibilidade de dormir fundo e não poder vigiar Felipe. Acordava indisposto, a cabeça pesando, seu organismo era daqueles que exigiam o sono à noite. Lavava o rosto com água geladíssima, fazia café forte, apanhava uma revista de sacanagem, batia uma punheta insossa. Olhava-se ao espelho, detestava o rosto marcado, a barba espessa, os pelinhos no nariz. Como alguém podia gostar de uma cara dessas? E a barriga? Agora que Luciana tinha acabado, o que importavam a barriga, os pelos no nariz, as rugas, os dentes que amarelavam com os cigarros, o cheiro de maconha, pois não dormia sem um tapa? Era necessário ginástica, regime. Parar com pizzas, pães saborosos, bolos recheados, cerveja, joelho de porco, apatzle. Quando lhe perguntavam ao café ou à sobremesa: *mit Sahne?* Ele respondia: *oh, ja, ja, ja.* Via a montanha de chantili fresco, em que a colher mergulhava sensual. As cartas traziam certo desconsolo, a maioria não era respondida e ele se julgava responsável, não queria decepcionar ninguém, carregava os males do mundo, querendo ser justo, leal e sincero sem coragem de gritar: "Vocês são um pé no saco!".

Saía do sofá pisando em jornais, revistas, caixas vazias de bolachas, garrafas de cerveja, cadernos, papéis amassados, lápis, só limpava quando vinham visitas. Telefonavam avisando. Então, catava tudo, acalmava a poeira, ainda que houvesse pouca, inverno, tudo vivia fechado. Mesmo que abrisse, parece que não existe poeira, ainda que o solo seja arenoso. Como foi possível levantar edifícios em cima de areia fina? Aqui deve ter sido um deserto antes. Não, foi um pântano, avisaram. Secaram tudo, meteram a cidade em cima e lhe deram o nome de Pequeno Urso. Recortava revistas e jornais. Notícias sobre a Alemanha. Procurava entender o país através do que lia, porém o entendimento era parcial, o

150

publicado vinha filtrado, visão unilateral, coisa para se desconfiar. Nos últimos tempos cochilava no começo da noite, acordando pelas nove para ler ou escrever, e correr a um peep-show, pular de cabine em cabine. Estava sempre à procura de Margareth, a morena da bandeira brasileira na coxa junto à xoxota.

Andava impressionado com um quadro de De Chirico que mostrava imensa estação, grandes colunas, uma faixa amarela que subia, terminando num trem em silhueta, vapor saindo da locomotiva. No amarelo, duas figuras e suas sombras. Figuras mínimas, esmagadas pela imponência. Não sabemos se estão paradas a olhar uma para a outra ou se sobem apressadas para o trem. O quadro se chamava *A melancolia da partida* ou *A agonia da despedida*. Uma noite, vendo a tesoura com que cortava os papéis, teve a ideia de furar o olho. Atraído pela tesoura prateada, se viu caminhando para ela. Irresistível. Como aquela tarde em que subiu ao banheiro, disposto a tudo, tinha cansado. Assustou-se, apanhou a tesoura, arremessou-a para trás de uma estante. No dia seguinte, foi impossível tirá-la, saiu debaixo de uma nevasca para comprar outra. Prometeu nunca mais querer furar o olho. Para isso valem os gestos intempestivos. Pensou, arrependendo--se de ter pensado, que estava se tornando alemão, raciocinando o quanto custa cada gesto inesperado. Para rebater e voltar ao normal, começou a atirar réguas, borracha, durex, abridor de garrafa, cola, duas lâmpadas novas. "Estou louco, meus Deus?" Apavorava a ideia de enlouquecer, uma sombra ocupando a cabeça, ocasionando o descontrole. Não queria. Nisso sim, podia ser alemão, porém tinha nascido desse jeito. Ter a vida nas mãos era necessidade, exigência. Tanto que estava preparando aqueles tapes sem fim, querendo saber quem tinha sido e de que modo poderia reordenar sua existência. Desse reordenar nasciam remontagens, reedições, troca de lugares e de situações.

Deixou a exposição. Na praça do Europa Center, uma lanchonete móvel vendia sopa de ervilhas a dois marcos o prato, fundos revertidos para uma instituição operária. Um caminhão distribuía cerveja gratuitamente, fiscais cuidavam para que os bêbados habituais não entrassem na fila mais de uma vez. A cerveja era apenas para honestos trabalhadores, pessoas decentes e integradas, homens de terno e gravata que bebiam quanto queriam. Voltou para casa devagar, cheio de revistas e jornais, italianos e franceses, estava com o domingo inteiro pela frente. Na porta, o bilhete de Ulli:

Se chegar até uma da tarde, me ligue, vamos fazer uma comida.

Bilhete nas mãos, sensação de leveza. Ela se interessava um pouco por ele. Ulli ajudaria a esquecer Luciana, se bem que a cada dia as lembranças se esfumassem. Faltavam vinte para a uma, ligou e correu, ela estava hospedada num pequeno hotel com imensa escada de madeira que terminava com uma carranca de dragão.

– Vai fazer uma comida aqui?

– Na casa do Jamil. Lembra-se?

Havia uma sacola pesada, com bacon, sal, manteiga, temperos, queijo, garrafas de vinho. Caminharam até Gleisdreieck, trocaram de metrô no Zoo, desceram na Leopoldplatz, Ulli meio perdida ("Que bom vê-la indecisa, é sempre tão segura", pensou), acabaram desembocando na Ruheplatzstrasse. Edifícios de cinco andares, negros, cinzas, carcomidos. Janelas cegas, portas vedadas por tijolos. Demolições, paus e pedras amontoados sobre as calçadas. Um turco, bigode fino, pele escura, barba por fazer, dentes de ouro, serrava madeira apanhada entre os entulhos, ajudado pela mulher que trazia a cabeça coberta pelo véu. Amontoavam num carrinho.

– Para o aquecimento, essa gente não pode pagar o gás.

A rua parecia bombardeada, ainda mais vazia, no começo de tarde dominical. Portas de aço, enferrujadas, corridas. Um anúncio de cerveja, via-se apenas a frase: *Die beste Lage*. Um letreiro sobre pequena marquise: *Seifen-Wirtschaftsartikel*. Então Ulli viu o desenho, um círculo atravessado por um raio. E um pano branco encardido, com a inscrição em spray: DIESES HAUS IST BESETZT. Uma casa ocupada. Passaram por uma porta pesada, penetraram num corredor escuro e úmido, cheio de medidores de gás aos pedaços, atingiram o primeiro pátio. Bicicletas acorrentadas, carrinhos de bebês, latas de lixo, inscrições nas paredes, *Wir wollen unser Haus ZURÜCK, kein Abriss*. Saíram num segundo pátio, transformado em playground, com balanços, tanque de areia, gangorras. Prédios em torno, de tijolo aparente, escurecidos. Uma poesia, ou o que fosse, pendia de uma janela, algumas palavras ilegíveis.

Unsere Werte sind nicht
Eure Werte...
Unsere Blumen sind nicht
Eure Blumen...
Unsere Trauer s...ht

SO AUS

Nossos valores não são os valores deles, nossas flores não são as flores deles, nossa tristeza não é a tristeza deles, foi o que entendeu. Subiram escadas, ele se surpreendeu com certa ordem, limpeza. Grafites aos montes, em várias cores, recortes colados. Nos corredores de cada andar, caixotes ou carrinhos de supermercado cheios de pedras, paus, correntes. O grafite AUSLÄNDER RAUS! tinha sido corrigido. Passaram um traço em cima do AUSLÄNDER e colocaram FASCHOS. Gravado quase em baixo--relevo, por isso difícil de apagar. Parecia recente. Um símbolo do partido anarquista, o A encerrado no círculo seria assinatura? Os anarquistas eram contra os estrangeiros ou contra os fascistas? Estava se acostumando àquela expressão, AUSLÄNDER RAUS, "fora com os estrangeiros", ela se repetia, vinha aumentando. Berlim era um liquidificador de todas as tendências ideológicas, vasto campo para manifestações. A cada semana ia ver passeata. Havia uma para cada tema, podiam ser ricas e pomposas, como as que pregavam a paz, as antinucleares, antinorte-americanas, cheias de carros alegóricos, fantasias, estandartes, carros de som. Podiam ser simples e pobres como as dos iranianos que lutavam contra o regime de Khomeini, representando fuzilamentos nas esquinas do Ku'Damm.

Ou as dos exilados do Terceiro Mundo, chilenos, argentinos, El Salvador, Guatemala. Os brasileiros teriam feito manifestações assim naqueles inícios dos anos setenta? E havia lésbicas, travestis, pretos, indianos, afeganes, sul-africanos, tailandeses, judeus russos (era estranho e anacrônico vê-los protestando em plena Alemanha), anões, fascistas, ecologistas, sandinistas, esquimós, punks, skin heads, caóticos, incendiários, anticonsumistas, comunistas, anticomunistas, saltadores do muro, os que protestavam contra a ridícula e invejada inflação de quatro por cento ao ano, os que lutavam pela sobrevivência da tradição dos cabarés.

Antes de baterem, Ulli disse, muito séria:

– Preciso falar com você.

– O que é?

– Sobre nós...

Abriram. O apartamento de Jamil era branco, recém-pintado, um tapete velho lavadíssimo cobria toda a sala. Almofadas, móveis díspares, encontrados pelo lixo da cidade. De vez em quando, as pessoas saíam à cata de objetos, podia-se montar uma casa, sem gastar tostão, em prazo curto e desde que não se preocupasse com modas, combinações, conjuntos. Caixotes pintados faziam de mesas de centro, plantas espalhadas, penduradas no teto, quase fechando a janela. Fotos e reproduções pelas paredes e portas. Retratos das novas atrizes alemãs, Angela Winkler, Barbara Rudnik, Beate Finckh, Marie Colbin, Brigitte Wöllner, Alegra Curtis, a filha de um velho ídolo dos anos cinquenta, Tony. É mesmo, ele se casou com uma alemãzinha, uma Kauffmann. Jamil deu um abraço forte nos dois. Montes de *TAZ*, *Die Tageszeitung*, o jornal alternativo. Decididamente, gostava deste turco espontâneo. Estava começando a apanhar birra dos alemães que estendiam a mão friamente, raramente soltavam o corpo, se mantinham a distância. Como se definissem claramente: dentro deste espaço, o território é meu, peça licença para entrar.

Uma reprodução deixou-o intoxicado. Mostrava uma morena com o corpo repleto de tachas. Sem sangue. O peito aberto exibia uma coluna de pedra toda rachada. A mulher tinha lágrimas nos olhos, mas não dava a impressão de estar chorando. Qualquer coisa que lembrava São Sebastião.

O que Ulli pretendia? Estaria gostando dele? Ficou a sensação agradável enquanto contemplava o quadro lancinante.

– Forte, não? – perguntou Jamil.

– Demais.

– Frida Kahlo. Uma pintora dos diabos.

– Foi um tempo de mulheres incríveis no México.

– Quer dizer que também conhece a Tina Modotti?

– Fiz um documentário para a televisão brasileira sobre mulheres do continente.

Mentia. Tinha visto as fotos de Tina Modotti num fascículo sobre fotografia, um desses cursos em vinte capítulos. Quanto a Frida Kahlo, utilizou a reprodução de alguns quadros para ilustrar um artigo quando ainda dirigia revistas. Fascinado com a figura das duas, andou atrás de material. Sempre fazia isso, às vezes se inspirava numa pintura para obter determinado clima. Modotti, belíssima mulher, atriz de cinema, amante de Edward Weston, o clássico fotógrafo, participou da revolução mexicana, documentou o país naquela época. Quem não conhece as fotos famosas do violão com o cinturão de balas e a foice em cima, o Tanque número 1 do monopólio estatal, Elisa, os meninos e as mulheres mexicanas, o índio lendo o jornal *El machete*, a mulher carregando a bandeira negra do anarcossindicalismo? Houve até um poema de Neruda: "Tina Modotti, irmã/ tu que dormes, não dormes/ talvez seu coração/ ouça a rosa crescer". Cada vez que folheando o álbum via o Tanque, Luciana vinha ao seu pensamento, iluminada pelas chamas.

Ulli foi para a cozinha, os dois para o quarto, onde uma morena dormia tranquila, o travesseiro entre as pernas.

– Schahin. Minha amiga. Iraniana.

A parede cheia de reproduções. Compradas em galerias, arrancadas de revistas e montadas como pôsteres.

– Schahin fica incomodada, os quadros de Frida perturbam, provocam mal-estar, não se fica indiferente.

No rádio, Klaus Hoffmann cantava *Eine Insel*. Os quadros:

Mulheres sentadas, de mãos dadas. Uma delas traz uma tesoura de cirurgia. Os corações expostos. As duas mulheres ligadas por artérias. Mulher deitada com o peito aberto. Da brecha saem ramos de uma planta cujas folhas são repletas de veios sangrentos. Frida e Diego Rivera de mãos dadas. Ela com um longo xale vermelho, cara de menininha. Rivera gigante, paleta e pincéis nas mãos. Mulher na cama sobre lençóis ensanguentados. Artérias ligam a barriga da mulher a um pedaço de máquina, a um caracol, flor, manequim, criança, um colete que se assemelha a uma ossada de peito humano. A cama num campo, ao longe se vê uma indústria.

– Gosto da sua casa. Tivesse uma assim, morava em Berlim.

– Ficaria na Alemanha?

– Para sempre? Em lugar nenhum. Nem no Brasil.

– Não gosta do Brasil?

– Gosto. Mas quero distância por um bom tempo.

– Pois eu quero conhecer a Turquia.

– Não foi lá, ainda?

– Nunca tive dinheiro para ir. Nem meu pai voltou.

– Você não mora no bairro turco. É proposital? Quer se sentir alemão? Andei por lá, parece o Oriente.

– Parece, mas não é. Também não é Alemanha. É um novo território, precisam dar nome. Tudo complicado, está surgindo um outro povo, não turco não alemão. Difícil de definir quando se perde a identidade sem ganhar uma nova.

Por um momento, me passou pela cabeça uma reunião com exilados brasileiros em Havana em 1978. Tinha ido para o júri do Prêmio Casa de Las Américas, ligeiro relâmpago.

– Moro aqui, só que não sei por quanto tempo. Ninguém garante que a polícia não baixe amanhã e despeje todo mundo. O movimento das casas ocupadas foi mais forte, a opinião pública estava com a gente. Agora, casas são desocupadas, a polícia arrebenta, ninguém se mexe. Berlim não é a mesma.

Hoffmann cantava *Eine Insel im Meer/ so stark in meinen Träumen*. "Uma ilha no mar, tão forte em meus sonhos."

– Parece tudo quieto. Familiar. Esperava encontrar confusão, punks, drogados, bagunça.

– Este prédio é comunidade, temos escola, artesanato. E não conseguimos as escrituras, não querem reconhecer, está dificílimo.

– O que são aqueles carrinhos de pedras e paus e ferros?

– Parte de nossa defesa. Venha ver outras.

Na cozinha, sobre um armário, havia latas de vinte litros, vazias, pretas de fogão. Adivinhou logo.

– Para ferver água?

Ulli passou um repolho.

– Enquanto a guerra entre turcos e alemães não vem, aproveite, ajude. Vamos fazer um Kohlauflauf.

O nome do prato soava como o latir de um cachorrinho. Ainda bem que Jamil falava francês, não sabia que língua Schahin falava. Pior seria a conversação em alemão, uma tortura, acabava com dor de cabeça. Prestava atenção nas frases raspando da garganta. Quando conseguia montar uma resposta, uma opinião, a conversa estava adiantada, o que ia dizer ficava fora de propósito.

– Ajudar?

– Lavar e desfolhar o repolho. Com cuidado. Tire as folhas inteirinhas.

Pequeno exercício de paciência. Não sabia cozinhar nada, nem se interessava, vivia de comidas congeladas, queijos e frios, filava almoços ou jantares em casas de amigos.

– E agora?

– Deixe-me fritar o bacon.

Numa panela de pressão, bacon se desfazendo, o cheiro forte.

Uma camada de folhas de repolho como base.

– Queria falar comigo?

– Tenho pensado em nós dois.

Uma camada de carne moída, crua, temperada com cebola, ovo cru, sal e pimenta, tudo bem misturado.

– Estamos nos aproximando muito. Cada dia fico mais ansioso para te encontrar.

– Concordo, é por aí. E é penoso o que vou dizer.

– Diga.

– O que você acha de ser apenas meu amigo?

– Como?

Uma nova camada de folhas de repolho.

– Temos de dar uma freada. Vai indo rápido demais.

– Não se controla a velocidade destas coisas.

– Não podemos.

Outra camada de carne moída, temperada.

– Por que isso? Não entendo.

– Olha, você é brasileiro, sou alemã. Você tem sua vida, suas filhas, sua raiz, toda sua ligação. Não vai abandonar tudo para morar na Alemanha. Não tem sentido um escritor brasileiro vivendo e escrevendo na Alemanha como autoexilado. Quanto a mim, tenho curiosidade pelo Brasil, mas não quero ser mulher latino-americana, viver nas condições delas. Tenho aqui meu trabalho, sou respeitada, independente, autônoma. Sou mulher. Percebe a diferença?

– Percebo. Mas por que a gente não entra e depois pensa? Quem sabe eu possa me mudar para a Alemanha? Ficar aqui, adoro Berlim. Ou de repente, você se encanta pelo Brasil, os alemães que vão para lá ficam desbundados.

Não disse desbundados. Colocaram uma camada de batatas cruas, cortadas em rodelas finas.

– Alguns se encantam. Alguns.

– O Brasil é incrível, faz milagres. Não conhece o milagre brasileiro?

– Não te falei uma vez? Vocês pensam que são o umbigo do mundo!

– Por que a gente não entra, e depois pensa?

– Não, a gente primeiro pensa. Depois entra.

Uma camada de carne, outra de repolho.

– E o sentimento?

– A gente controla.

– Você não pode ser assim tão fria.

– Não sou. É dificílimo dizer isso. Foi horrível tomar essa decisão. Mas depois ia ser complicadíssimo, íamos nos machucar muito. Agora é uma dor suportável.

Fecharam a panela com batatas e uma camada de champignon, colocaram dentro uma pedra de caldo de carne. Tamparam, levaram ao fogo. Para ficar meia hora.

– Tem mais. O assunto é delicado. Quero um homem do meu lado, família, filhos. Está ficando tarde. Quero me estabilizar.

– Não pode se estabilizar comigo?

– Aí está! Não acredito. Você tem um jeito ansioso de quem está sempre sufocado. Parece sofrer de claustrofobia no mundo. Talvez o não acreditar mostre que não gosto tanto de você. Confesso: paixão não é. Bom estar ao seu lado, passear, conversar, ver filmes ou teatro. Mas não me vejo partilhando a vida.

– Ah, entendi. *Ausländer raus!*

– Você, às vezes, é insuportável! Um filho da puta!

Ele passou a mão numa garrafa de vinho, saiu atropelando. Schahin deixava o quarto, passou como um vento por ela. Trombou com Jamil, bateu a porta com força, cuspiu nos grafites, virou de boca um carrinho de pedras, chutou bicicletas entortando os raios das rodas. Na esquina, empurrou com o dedo a rolha da garrafa, foi bebendo no gargalo. Andou a tarde toda, atravessou ruas, canais, parques, gramados, parou diante do muro. Morto de fome, vontade de comer o Kohlauflauf. Engoliu uma salsicha gordurosa com molho de curry num *Imbiss*.

Homem solitário diante de um momento crucial

Centenas de pequenos atos humilham o homem, derrotando-o. Fragmentos do cotidiano levam ao atordoamento. A um estado de espírito controvertido: aceitar o desafio ou se render impo.../incompetente? Derrota indigesta que indica o quanto o homem se mantém afastado dos aspectos do dia a dia. Das necessidades mínimas, consideradas prosaicas, à sua grandeza. Além de provar como ardilosamente ele encaminhou e reservou esses setores para a mulher.

Há um momento crucial para o homem solitário, em que ele se sente despreparado para a vida. É quando deve passar a ferro uma camisa. Tarefa complexa que exige técnica apurada, experiência, truques, habilidade, paciência e sensibilidade. Ao me ver diante da camisa amarrotada, que eu mesmo lavei no banheiro, calculei que seria fácil. Quantas vezes observei minha mãe passar? No tempo do ferro à brasa. Ela fazia disso uma grande arte. Camisas quentinhas e cheirosas nas gavetas. Meu pai mudava de camisa duas vezes ao dia, exigia tudo lisinho, sem vincos. Mais tarde, quantas vezes olhei indiferente para minhas empregadas passando?

Sei uma quantidade de coisas, aprendidas ao longo de 45 anos: ler, escrever, comer, andar, engatinhar, cuspir, coçar, cozinhar mal dois ou três pratos, mentir, nadar (fui campeão de esqui aquático), tomar sol, lamber selo e colar no lugar certinho, pilotar (tirei brevê aos 23 anos e nunca mais fiz um voo solo), jogar futebol medianamente (marquei 362 gols; anotei todos, sabe-se lá por quê; incluídos os gols em peladas contra meus sobrinhos), escorregar em casca de banana e me equilibrar sem cair de bunda, trepar razoavelmente (o normal; nem super que pudesse ser incluído em filmes pornôs, ou recorde Guinness, nem broxa;

confesso, sou fraco em fantasias), beijar (adoro), desenhar pássaros (todo o resto sai uma merda), comprar o essencial em supermercados (desafio qualquer homem: faço a cesta mais perfeita e econômica), dar nó em gravata (sei também coisas inúteis, quem disse que não?), apontar lápis, ligar televisão, fazer dobraduras de papel que divertem crianças, varrer, encerar, colocar fraldas, cuidar decentemente de um bebê, mijar com pontaria, dar aula de caligrafia (um de meus anacronismos), peidar com discrição, preparar doze gostosas bebidas secas, fazer cem tipos de nós (todos sem utilidade; meu melhor nó ainda é o de minha vida, não desfaço nunca), preencher o Imposto de Renda sem que o Leão me coloque na malha, dançar o chá-chá-chá e o bolerão (sou uma bosta nos outros ritmos; fui bom no rock, hoje a coluna vertebral protesta), jogar na loteria, sentar-me com educação, manter uma conversação sabendo ouvir na hora certa, apertar o botão do elevador, chamar táxi, descer escadas, tomar água sem me molhar, piscar com um olho só, ficar vesgo, cortar unha, limpar bunda, amolar faca (tenho até a pedra para isso, herdei de meu avô), tomar café no pires. Menti. Não sei cuidar de crianças. Soubesse, não teria acontecido o que aconteceu.

Quando liguei o ferro e montei a tábua, tinha certeza de que a operação seria das mais simples. Nenhum mistério no colocar a tábua em pé. Depois apanhei o plugue, enfiei na tomada. Nada de o ferro esquentar. Observando o aparelho, encontrei um botão com ponteiro que girava sobre uma tabelinha de nomes. O que será isso? A situação se complicava, precisava apanhar o dicionário. Os nomes eram de tecidos. Conforme o tecido, determinada temperatura. Sábia a tecnologia moderna! Porque há tecidos leves, portanto mais sensíveis, e outros pesados, exigindo força total. Puxa vida! No tempo de minha mãe, a coisa era bem dura. O ferro estava numa temperatura só, portanto dependia da habilidade da mão. Da leveza ou firmeza do toque. Agora, não. Ligou, regulou, passou. Elementar. Ajustei num ponto e o aparelho respondeu, esquentou. Apanhei a camisa.

Espere! De que tecido é esta peça que uso todos os dias? Seda? Claro que não, é uma camisa barata, comprei numa butique do centro de São Paulo. Chita, cretone? Nomes antigos, parece Casas Pernambucanas, tecidos do tempo em que a minha tia Rute costurava para fora, coisa imemorial. Quando ela morreu, há doze anos, fazia dez que a Singer estava encostada, coberta pela capa de couro que durou quarenta anos. Capa feita pelo meu avô, no tempo em que teve selaria. Uma selaria que virou fábrica de bolas de futebol e faliu porque o velho não teve dinheiro para comprar máquinas. Tia Rute parou quando até suas melhores amigas passaram a comprar prêt-à-porter, adoravam roupa pronta de loja. Se bem que hoje em dia andam voltando a procurar costureiras, sai mais em conta. Algodão, algodãozinho? Havia diferença entre os dois, ou tratava-se apenas de uma forma carinhosa? Não, esse tecido tem uma cara de sintético. Mas, o quê? Entendo por que acabei saindo da revista *Claudia*. Um redator-chefe que nem consegue distinguir tecidos, como vai falar de moda às mulheres brasileiras?

Devo telefonar a Maria Ignez? Ela ainda trabalha na *Claudia*, pode resolver o problema. Mas, se cada vez que passar roupa telefono ao Brasil, fico arruinado. Igual aos filmes em que o piloto desmaia e um passageiro conduz o avião, assessorado pela torre de comando. A editoria da revista vai escrever um artigo irônico e talvez a psicóloga Carmen da Silva aproveite para desancar a ignorância, as trapalhadas e a bisonhice que é um homem só a manter seu lar. Como? O escritor não sabe passar a camisa? É deficiente físico, semiparalítico? E como ele quer que acreditemos nos dramas que coloca nos seus romances, novelas? Incapaz para a vida. Machista. Aposto que pensou: que bom seria se a minha mulher estivesse aqui para passar esta camisa!

Pensei. Acabei de pensar. Melhor deixar isso de lado e me concentrar no tecido. Jeans não é. O tal índigo? Linho também não. Por anos, meu terno de domingo foi de linho branco, usado para as sessões das oito no cinema, com a camisa branca e gravata vermelha, sapato preto e meia branca. Era o terno de meu pai também. Até que vieram os anos de obscurantismo e a meia branca foi considerada cafonérrima. Não consigo passar a camisa e o tempo escorre, daqui a pouco terei de sair. Saio com a camisa amassada, anda na moda, abaixo a tirania do ferro. Amassado não vai durar muito, as multinacionais dos eletrodomésticos começam a chiar, os produtores de moda mudam. Bom é camiseta. Lavou, esticou no varal, enfiou no corpo.

Lavar é simples. Existe o sabão em pó, joga-se no balde, mistura água morna, forma uma espuma violenta. Uso água morna porque é mais gostoso e acho que limpa mais. Recomendam colocar sal e vinagre se a peça for de cor. Assim não sai tinta. Tenho observado que minhas mãos ficam enrugadas depois que lavo em água morna. Água e sabão, camisa dentro, tira, esfrega com a mão mesmo, mergulha de novo, duas, três vezes, várias esfregadinhas. Minha mãe que lavava no tanque (ela chamava de vasca, nunca mais ouvi o termo), esfregava na pedra áspera, enxaguava, batia, exaguava de novo, colocava para quarar. Vou passar a camisa de qualquer modo. Seja poliéster ou suedine. Popeline ou piquê. Conheço a terminologia, ouvi o galo cantar. Tirando feltro (conheço das mesas de jogo, época chata de minha vida, perdi tanto, fui tirado dela por Luciana), veludo ou gaze, para mim dá na mesma falar em viscose, voal, juta, seda mista, tafetá. Nylon ainda tenho ideia. Ou cetim. Ah, para o inferno, giro o botão, dê o que der! Maldita mania perfeccionista, o negócio é passar com certo cuidado, para não queimar.

Começo pelas costas, superfície larga, menos complicada. Depois as duas frentes. A dificuldade está na parte dos botões, é necessário usar apenas a pontinha do ferro para não arrancá-los. Difícil é por baixo deles, não sei como, ficam uns amassadinhos, vou cutucando com o bico do ferro. Até que saiu razoável. A gola ficou bem, mas não consegui dobrá-la direito. Os ombros são terríveis, porque é impossível adaptá-los à tábua de passar. Peguei um travesseiro pequeno (Luciana adorava seu travesseirinho de cetim) e coloquei por dentro dos ombros, como ponto de apoio.

163

Deu certo, ficou um trabalhinho benfeito. As mangas são um dilema. Passou de um lado, amassou do outro. De qualquer maneira que se passe, ficam os vincos. Se fosse possível enfiar a manga na tábua. Devia existir um apêndice (palavrinha mais feia) circular, almofadado, próprio para as magas. Vou registrar a ideia, calo a boca dos que me acusam de ineficiente doméstico. Ou então, inventar um manequim. Vestimos a camisa nele e passamos. Estava agora pensando se um dia o fotógrafo Man Ray foi passar sua camisa e não conseguiu. Irritado, soldou uns pregos na base do ferro e acabou fazendo uma obra de arte, vi a foto na Galeria Nacional, chama-se *Presente*, 1921. Estes alemães tão eficientes têm manuais para tudo. Destrincham desde a usina nuclear até como passear no bosque, praticar o jogging, ocupar casas, andar de bicicletas, fazer bolos, saltar em altura, seguir o Rajneesh, montar camping, promover manifestação pacifista. Quem sabe eu possa escrever o manual do passador de camisas?

Ana: "Hora de acabar com encenações burlescas"

Querido

Os fragmentos que recebi são pedaços de romance ou porções homeopáticas do seu diário? Mamãe vive falando em porção homeopática e ela passou por aqui hoje de manhã para trazer os remédios do Jaiminho. Quanto a fragmentos dá a ideia de material trazido da Lua. O que não está longe. As pedras e poeira da Lua estão distantes, intocadas, imutáveis. Como a tua fixação em determinadas circunstâncias. Repete até saturar. Não posso mais ouvir falar no Passat branco. Encheu! Quando fizer o romance ou telenovela vá até a Volkswagen e venda o merchandising. Quem sabe os Passats andem em baixa, eles topem o negócio. Vot! Sai dessa, que baixo astral!

Depois do pau, uma alisada. Gostei da ideia de colocar Luciana em Berlim. Como se ela tivesse ido, num processo final de relacionamento, mantendo os diálogos que os dois nunca tiveram. Precisa ser muito desenvolvido. O bom é que você conseguiu trazer dela as respostas que daria. Como fez? Anotações ou essa aparelhagem de videoteipe? Posso ver os VTs um dia? Elimine desses esboços os efeitos fáceis aprendidos no manejo das telenovelas e você tem nas mãos uma história de amor. Faltam histórias de amor na literatura brasileira atual. Afirmação categórica de alguém que não lê tanto.

Prepare o lombo. Hoje estou a fim de colocar os pratos no lugar. Afinal venho pensando certas cositas. Está mais do que na hora de se mancar e terminar com encenações burlescas. Não têm sentido. A madrugada do Passat é uma fixação que tem alimentado sua vida. Qual é? Luciana virou pó da Lua, gira em outra órbita. Ainda não aceita o fato? Então não é o homem que admiro. Já é tempo de abandonar o orgulho ferido, porque ninguém está ligando a mínima. Dor de cotovelo emociona os outros por um período. Se continua a insistir, vai cair naquela. Basta entrar num lugar, vão dizer: "Chegou o chato". Se persiste, vão perder a contemplação: "Lá vem o corno". E sabemos, ao menos você, eu — que segui tudo, muito de perto — e Luciana, que não foi nada disso, vai ser triste chegar a esse ponto. Mas, olhe lá, pode chegar. Perca esse amor próprio e esse remoer. O problema foi o baque que o nosso grande homem sentiu. Caiu das alturas. Logo com ele? Abalou as estruturas. E daí? Ela mentiu? Por causa de uma mentira que te descontrolou, não destrua a emoção que veio antes.

Luciana foi um instante muito alto, não estrague tudo. Foi a melhor fase de sua vida, te empurrou para cima. Fique no alto. Uma coisa feia não pode derrotar o encanto. Como filosofia ou frase não é grande coisa, não merece figurar no dicionário de citações, mas eu quero que a literatura e os intelectuais se fodam. Estou apenas escrevendo uma carta difícil a uma pessoa estimada e querida. O que significa a mentira que ela disse naquela madrugada? Não representava o fim porque havia muito a ligação já estava balançada. Quantas mentiras não contou para as mulheres com quem conviveu? Mentiras ocasionais, necessárias, tinham a função de remendo, conserto provisório, um estepe até as coisas voltarem ao normal. Isso de relacionamento franco, aberto, leal, sincero, é bonito no papel, na teoria revolucionária, na discussão de tese e nos debates entre gente avançada. No dia a dia, no cotidiano suado, em que temos de nos inventar e reinventar, lutar contra a monotonia e a rotina, a situação é diferente. Sim, você a apanhou numa mentira. É horrível, desmonta. Passou a lutar contra a "falsidade" da mulher amada, ou que dizia amar, todavia deixou todas as outras, as grandes mentiras, pairarem sobre a tua cabeça.

Se suporta a fraude que é o mundo, se aceita o embuste e a mistificação para poder sobreviver, por que não fez isso com a mulher que jurava querer acima de tudo? Sabe o que mais? Sou capaz de apostar que montou uma encenação, estava louco para cair fora da ligação com Luciana. Havia tempos andava incomodado, o bicho interno remoendo. Você não tem paz nunca, parece gostar de não ter.

Quer um conselho? Esqueça os textos. Se ainda é o homem que conheço, dedicado e incapaz de sacanagem, jogue fora tudo. Não seja injusto com Luciana. O que está escrito vai magoá-la. Sua dor não foi a única, nem a maior e, se o caso provocou desilusão, não a culpe. Num certo momento, você foi excluído da vida dela. Quantas pessoas você não excluiu de sua vida, sem anestesias, usando fórceps às vezes? Não adianta ficar querendo entender o desamor. O grande problema é outro. É aceitar o desamor. Difícil, medonho, porém temos de conservar certa dignidade, limpidez. A palavra "dignidade" foi emprestada de minha mãe. Tão velha quanto "exasperação". Lembra-se de que um dia contei que mamãe ficava exasperada na tua presença?

Essa imagem do carro pode ser utilizada numa telenovela em cores, horário das oito. Ficaria bonito, daria suspense.

O personagem olha da janela, entre as árvores, vê o carro chegando. Percebe através dos vidros que é ela, a mulher amada. A mulher desaparece por um instante e ele imagina que ela está beijando o homem.

Tenta observar melhor, porém a altura em que morava não facilita. Pensa correr para o elevador, porém o hall tem as luzes acesas, se estiverem fazendo alguma coisa, os dois vão perceber o personagem chegando.

Espera uns momentos, angustiado. Lembrando-se de que foi ali, diante de sua casa, nos primeiros dias do namoro, que se agarravam, se amassavam. Ela não queria subir, não tinha dado um ponto final no noivado. Agora, o personagem imagina que ela esteja fazendo o mesmo. Tudo se inverteu. Não se esqueça do vexame que foi quando o noivo bateu à porta do seu apartamento, numa noite de Natal, entrou e deu uma lição de moral nos dois. E era aquela a primeira vez que tinham ido para a cama.

Quanto material para a televisão. Quero meus direitos autorais. O capítulo pode terminar no momento em que se vê a mão abrindo a porta do carro.

Será ela?

O final mostra o rosto do personagem angustiado, entra o letreiro:

CENAS DO PRÓXIMO CAPÍTULO.

Sim, sim, é ela.

Os espectadores contêm a respiração. Agora, vão sofrer, porque há uma discussão entre os personagens. Ele atira ao chão a salada que foi comprar carinhosamente. Lágrimas nos olhos mais sensíveis. Abre uma garrafa de champanhe e borrifa todo o apartamento. É o toque de humor e loucura. O personagem sofre, atacado de autopiedade. É o ser mais desgraçado do mundo. Aqui, ele conquista a plateia. As mulheres, sem saber o que pensar. Os homens do teu lado, a condenar a outra, ainda que te achem um tanto frouxo. Mulher se leva no cabresto. Ela sofre as condenações: não pode deixar de amar e começar a amar outro imediatamente. Não pode amar dois, três homens, ao mesmo tempo. Para a mulher, o amor acontecer duplamente não representa confusão, dilaceramento, tragédia interna, dificuldades de opção. Se isso se dá, você bem sabe o que ela é. O homem, sim, pode amar várias simultaneamente, isso significa a extensão do seu amor, a generosidade. Dá samba, poesia, romance. Devagar com o andor, meu amigo. A cena da salada e do champanhe (que mistura estapafúrdia) pode ser emotiva, fazer as pessoas soluçarem.

Estou escrevendo como você o faria, a julgar pela novela incompleta que me mandou. E que disse não saber o final. Porque não tem final, é apenas um intenso curso de compaixão e chantagem sentimental. Voltando à novela. O capítulo chega a um novo clímax emocionante. A mulher, apanhada em flagrante, admite a mentira e o personagem pergunta:

– O que você faria em meu lugar?

– Acho que só há uma atitude a tomar.

Os lábios dela se entreabem, atônitos. Os olhos estão úmidos, sem necessidade de recursos. Esta mulher te ama. Desculpe, ama o personagem. O público percebe, torce por ela. Apenas uma pessoa, o homem, não sabe. O mundo dele acaba de ruir, não tem salvação. Há um intenso prazer dentro de você, desculpe, do personagem, com esta derrocada, semelhante à do Império Romano. Há uma frase que eu não sabia se me fazia rir ou se era profunda e bonita. Tais coisas andam no fio da navalha: "Havia dentro de mim como que 75 milhões de metros cúbicos de escombros". Me diverti com teu sofrimento. Estava pagando, e bem pago. Já sofri assim por você. Acabei me casando com o Jaime porque teu sonho era ir embora, ser alguém, sei lá o quê. Adiantava mostrar que eu queria ir contigo, lutar junto? Bonito esse lutar junto, não é? Casais que vencem na vida unidos. Fui covarde, tonta, não bati o pé. Podia bater o pé? Além da educação, havia também a terrível insegurança que você provocava. Aliás, provoca. As mulheres quando veem tua fotografia nos jornais ou entrevistas na televisão me dizem: "Tem uma coisa qualquer que deixa a gente com medo".

O que não sabem é que você construiu um muro à sua volta. Por isso Berlim deve ser familiar, você é especialista em muros, conhece bem o que eles significam, sabe como construí-los ou atravessá-los. Tem as chaves, não as cede a ninguém. Abra uma brecha, homem! O muro te impediu de perceber como Luciana te amava e precisava de sua ajuda. De você inteirinho, para reconquistá-la. Mulheres gostam disso, saiba. Levanta o ego, restabelece confiança. A gente está sempre ameaçada de perder e precisa cuidar, arranjar, conciliar, negociar, fazer concessões. Como política. Não há rigidez. Há negociações sem fim, perde-se aqui, ganha-se ali, faz-se um acordo, refaz. Quando mais precisava que mostrasse que ela era importante e você estava disposto a tudo, deixou-a escapar entre os dedos. O que me leva a concluir que não era tão essencial assim. Devo me alegrar? Talvez mais tarde eu fique contente com isso. Alguém é importante para você? Sabe que imagem ela me lembra? Uma pessoa num campo aberto, enquanto um avião sobrevoa, metralhando. É uma cena de filme do Hitchcock, *Intriga internacional*. Fomos ver juntos em São Paulo e você se atreveu a dar um beijo em meu rosto. Recuei. Já estava para me casar. Tinha medo de arrebentar minhas defesas, querer ficar com você, provocando o delírio nas pessoas que me cercavam, minha família, Jaime, tudo aquilo que me impedia. Quem sabe não fosse este o problema? Era sim a certeza de que você não toparia, tinha medo de enfrentar a confusão. Nessa época já fazia os joguinhos, lançava o queijo para o ratinho, o ratinho dava uma mordidinha, o queijo era puxado, amarrado a um barbante, o ratinho ficava tontinho. O beijo veio justo na hora em que Cary Grant era metralhado. Vai ver não foi nessa hora, mas fica bonitinho aqui. E você se sentiu como o homem da tela, acuado, emboscado, exposto no campo aberto. Me disse: "Desculpe, foi sem querer". Quase chorei. Grande merda, grandão panaca. Te odiei.

Falemos de sua novela. O público está empolgado. Os lábios da mulher se entreabrem. O que vai responder?

A música cresce.

CENAS DO PRÓXIMO CAPÍTULO.

Quando pergunta "O que faria em meu lugar?", ele sai do jogo. Transfere a responsabilidade. Ela fará o autojulgamento. Dará a resposta que ele não sabe dar, tem medo, um covarde extraordinário. Ela dá a resposta que ele daria, mas não assume. Não é a solução que ela desejava, mas Luciana intuía que deveria carregar mais esta. Problema dela, cedeu, fez a vontade do amo. Quem sabe estivesse tentando alguma manobra? Ou então, cansada de jogos, sem cabeça para lógicas e raciocínios.

É o momento decisivo, o clímax.

– Eu te mandaria embora.

Imenso alívio. A dor te atravessava. E você se livrava dela, dessa aflição. A decisão tinha partido dela. Tomou a atitude que qualquer homem enganado tomaria. Pronto: ela é que te abandonava. Uma vez mais, partia para a solidão, terreno familiar que curte tanto, no qual navega à vontade, uma vez que se transformou num odioso misógino, detestável homem só que se basta, pensa se bastar, como todos os homens estão imaginando neste momento.

Esta história que você me envia aos pedaços pode rasgar e enfiar... Porque esta história é uma memória ingrata, unilateral. Para publicá-la, será preciso ouvir o outro lado. Quero a versão dela, não somente a tua. Que é masculina. Injusto, porque ela não tem como responder, vai ficar marcada. Vão condená-la, apontá-la, todo mundo conhecia o bonito romance de amor de vocês dois. Pense: você tem o espaço, o talento para desfigurar uma realidade, recriá-la a seu modo, transmiti-la como história de amor sofrida. Me fazem horror estas conversações do Café Einstein. Que direito tem de expor o que foi a vida a dois de vocês? Consultou-a por acaso? Se fosse Luciana, te processaria, porque essa relação é parte da privacidade dela. Você foi lá e arrancou coisas íntimas que ela não queria colocar para fora. Talvez nem coloque para esse novo homem com quem vive, a quem se entrega hoje, com o mesmo amor com que se entregava a você.

Uma coisa me intriga. Uma pergunta me dá comichões: o que você quer das mulheres?

Palavrão e homem beijando homem mudaram a trip

— Te acordei? Desculpe.

— Acordar? Às 2 da tarde? Estou de pé desde às 7.

— Sou Marinez. Trouxe um livro para você. De poesias.

— Poesias? Seu?

— Do Júlio, o arquiteto. Ele me mandou. Disse que vocês são muito amigos.

— Amigos? Irmãos!

— Que caretice essa coisa. Amigo, irmão. Parece música do Roberto Carlos.

— Júlio virou poeta? O arquiteto poeta.

— Faz uma semana que lançou o livro. Alternativo.

— Somos todos alternativos naquela terra. O Brasil é alternativo. Está fora do mundo.

— Nossa, como você é brilhante...

— Brilhante, sem as tuas ironias, é o Júlio. Veio aqui tirar sarro?

— Brilhante e desempregado.

— Ele estava desempregado antes da crise. Agora, então? Os escritórios de arquitetura fecham um atrás do outro. Por que Júlio não me contou nada?

— Não conhece? Fechado demais! Sofre, não rompe a armadura.

— Somos tão amigos. Podia me escrever, é mais fácil, não se encara a pessoa, pode-se despejar tudo.

171

– Você intimida.

– Eu?

– Intimida todo mundo, as pessoas falam de você mas não se aproximam.

– Pareço bicho?

– Parecia, é o que eu pensava. Arrogante, presunçoso. De perto não é nada do que imaginei. Achei, até, que nem ia abrir a porta.

– Olhei primeiro do terracinho, vi que era uma figura interessante.

– Começou? Me avisaram para tomar cuidado.

– Inimigos falam tudo... E você? Quem é?

– Sou atriz.

– Sua cara é conhecida. Te vi numa novela? Num filme? Onde? Num comercial? Veio fazer o que em Berlim?

– Por que as pessoas se admiram tanto quando um brasileiro chega a Berlim? Ouvi a pergunta trinta vezes. Achei que você não perguntaria.

– Não sou diferente.

– Todos os brasileiros por aqui falam de você. Com admiração. Mas comentam que vive isolado, inacessível. Não quer nada com ninguém!

– Viu como tem brasileiro nessa cidade?

– Todos meio fora de sintonia.

– Aposto que te convidaram para o dia do brasileiro.

– E para as feijoadas. Ontem vieram me mostrar o jornalzinho sensacionalista, aquele de duas letras...

– O BZ...

– Como se pronuncia? Boceta?

– Beceta.

– Você viu a manchete? Detetive tirou as Calcinhas da Brasileira. A mulher foi apanhada roubando numa loja. Pessoal adorou, está a maior fofocagem. Ela é funcionária do consulado.

– Você mora onde?

– Na casa de um amigo. Está uma barra.

– Barra?

– Primeiro, foi o cara que me animou a vir. Estava gamada por ele. Dancei. Vive num prédio ocupado, só que é um puta baixo astral, marginália. Uma classe média querendo contestar. O que tem de bicho grilo, cara doido. Puxam fumo, ouvem rock, ficam na cama largados, olhar vidrado. Tem um que lê revistinhas o dia inteiro, a noite inteira, o mês inteiro. Lê em alemão e não sabe uma palavra de alemão.

– Outro dia estive numa casa ocupada, mas era um pessoal legal! Então veio atrás de um homem?

– Estava apaixonada.

– E o que ele faz aqui?

– Pedro? Vende quindins. Por enquanto.

– Alemão compra quindim?

– Alemão que foi ao Brasil e voltou de cabeça virada. Tem também aquele restaurante, *La Estancia*, que faz comida brasileira.

– E o dono é japonês. Quindim sustenta?

– Ele traficou drogas, mas pintou sujeira no pedaço. Pedro vive enganando os alemães, acha que são uns putos, ingênuos, que a malandragem é uma barbada por aqui. Fez a besteira de se deixar pegar. Caiu numa truta armada por um outro traficante, um argentino. O cara preparou, Pedro foi preso. Não teve dúvida, engoliu toda a maconha e partiu na porrada para cima do guarda.

– Puta louco! Fazer isso na Alemanha!

– Esperto. Melhor ser processado por agredir um policial que por ser traficante de droga.

– E a paixão?

– Mixou, ele está com outra. Uma cega.

– Cega?

– Quando passou por Madri, foi abordado na rua por uma mulher que vendia bilhetes de loteria. Cega e muda, ela mostrava os bilhetes e emitia sons estranhos. Ele se apaixonou por ela. No fim, a cega não era espanhola, era alemã. Também não era muda, só não sabia uma palavra em espanhol, fingia. Não foi isso que fez mixar. O cara nada tem a ver comigo. Nem sei como entrei.

– E agora?

– Vou ficar um pouco e me mandar. Não gosto daqui.

– Acaba gostando.

– As pessoas me incomodam. Não se tocam, não se enroscam, pele contra pele. Não se olham nos olhos quando conversam. Se você fixa o olhar em alguém, o cara desvia, como se não fosse com ele. Falta também tesão no ar, não acha?

– Tesão de sexo ou tesão de vida?

– Tesão de pau duro, xoxota molhada. Tudo parece higienizado, hospitalar.

Girou pelo apartamento, observando, lendo o título dos livros. Dos meus e dos que estavam no apartamento que pertence a um professor de Física, atualmente dando aulas no Canadá. Vai ver até cruzei com ele pelas ruas de Toronto. Essas coisas são curiosas na vida. Os encontros não percebidos. Qualquer dia ainda elaboro a teoria. Quantas vezes estive frente a frente, sem me dar conta, com pessoas que mais tarde se ligariam à minha vida? Ela está espantada diante dos livros de física e matemática, todos em alemão.

– E você? Que mordomia é essa? O que um escritor de novelas está fazendo em Berlim? Todo instalado, apartamento e som legal, pôsteres na parede, estrelinha do PT, estante cheia de livros, mundo de fotos de mulheres, rua com árvores. Porra, tem até postal de São Paulo. E esses livros de física?

– Primeiro, antes de ser escritor de novelas, sou romancista.

– Respondeu com um preconceito. E também duvido que depois das novelas você continue a escrever romances. Já entrou em outra, filho!

Cinco da tarde, escuro. Dizem os alemães que este verão foi o mais longo e bonito dos últimos 37 anos. Agora, as árvores estão amarelecendo, escurece cedo. O que me deprime é

174

este momento, nem noite ainda, nem dia mais. Minha visitante parece sem saber o que fazer ou dizer, desarmada no meio da sala.

— E o meu livro?

— Acredita que esqueci? Está em casa, volto depois. Posso te pedir um café? Posso fumar aqui?

Fizemos café. Pó solúvel, ela bateu com o açúcar, ficou parecendo capuccino. Tocaram a campainha, ela foi atender, eu vigiava a água.

— Vem cá, tem um agito por aqui.

Um grupo de moradores discutia no hall da entrada. Nunca sei quando conversam normal ou brigam, o tom me arranha, sempre agressivo. Todos velhos. Duas se vestem igual, todos os dias, e descem as escadas com dificuldade, uma vez por semana, com os sacos de lixo na mão. Outro dia tentei ajudar, evitaram. Nunca respondem ao meu cumprimento. A velha magra, pescoço comprido, saída de um quadro de Modigliani, chapeuzinho com véu, outro personagem constante dos corredores, com seu cachorrinho de latido estridente, está fora da roda, parece que não ligam para ela. Um dos velhos, o que mora em frente e lida com antiguidades, vem falar comigo. É o único que me cumprimenta neste edifício. Falamos francês, ele viu minha fotografia no jornal, sabe que sou escritor. Querem saber se há gás em meu apartamento. O casal que mora acima de mim, e me dá a sensação de andar a noite toda, me olha intrigado.

— O senhor não fala alemão?

Conheço essa frase, ouvi centenas de vezes. Já me sinto réu, condenado.

— Não. Nur ein bissen.

Só um pouco, pouco-pouco, muito pouco, quase nada. Havia uma música assim no Brasil ou estou inventando agora? Não, era um locutor de futebol.

— Se não fala alemão, o que está fazendo aqui? Por que mora em Berlim?

Mandei se foderem. Em português mesmo. Voltei para dentro, Marinez olhava a pilha de cartas.

– Responde a todas?

– Algumas.

– De quem são?

– De amigos, gente que leu meus livros, meus artigos em jornal, assistiu às minhas novelas.

– Chegam muitas?

– De cinco a dez por dia.

– E o que escrevem?

– Tem de tudo. Notícias do país, da rua, do bairro, recortes de jornais, cartões-postais, filmes em cartaz, reportagens sobre violência, listas de livros mais vendidos, problemas pessoais, confissões, confidências. Muita coisa sobre o clima eleitoral, falam das cidades cobertas de cartazes e faixas, da publicidade em tevê, com retratinho e biografia, feito terrorista no começo dos anos setenta. Gostaria de estar lá, acompanhando o movimento.

– Assim você não se desliga.

– Nem quero. A distância é boa, fico protegido de meus problemas, vivo numa redoma. Já ouviu falar das cúpulas geodésicas de um arquiteto chamado Fuller? Se interessa, podemos ver uma exposição que tem neste momento. *As cidades e a utopia*. Tem uma foto da cúpula geodésica, se destinava a cobrir uma cidade, ou bairros inteiros. Aqui me sinto assim, resguardado por uma redoma.

– Você vai voltar ao Brasil?

Tom irônico, está me assuntando. Tem olhos bonitos, seios grandes. Todas as mulheres que passaram pela minha vida tinham seios pequenos, eram magras. Mesmo Ulli, que é alta, tem os seios pequenos, benfeitos. E os seios de Luciana, então? "Nunca vou ter seios caídos", ela disse na primeira vez que fomos para a cama, numa noite de Natal. Um ano e meio mais tarde, chorava desesperada na mesa do Giovanni, quase gritando: "Preferia ter grandes e caídos". Porque então aqueles carocinhos

176

tinham aparecido, foram extirpados, voltaram, o médico ficou preocupado. Agora não quero pensar nessas coisas, prefiro olhar esta visitante curiosa que remexe as cartas. E se eu avançasse? Tem um lado cafajeste em mim que contenho. Por quê?

A Argentina, com a ajuda de um acordo secreto com a Alemanha Ocidental, poderá fabricar sua primeira bomba de plutônio, no próximo ano, informou a TV britânica, BBC. Acusada de ter roubado um botijão de gás e um pacote de macarrão, a menina Cláudia, de nove anos, foi agredida por um policial e foi levada ao abrigo de menores. Manifesto de repúdio a um projeto para conter a taxa de natalidade da população negra foi distribuído ontem, assinado por entidades negras e subscrito por sindicatos, movimentos e órgãos de classe. Igreja orienta insatisfeitos a votar na oposição. No dia 15 de junho de 1985, às 11 horas de Nova York, a terceira guerra mundial começará com a explosão de uma ogiva nuclear em algum ponto da Europa. Pouco depois, os Estados Unidos e a União Soviética irão disparar outros 17.746 artefatos nucleares, que aniquilarão 750 milhões de habitantes do hemisfério Norte, em menos de 24 horas, deixando outros 350 milhões gravemente feridos, informou a Agência France Presse. Sete dos doze países da América do Sul possuem atualmente governos militares.

– Que papelada você guarda! Quero ver na hora de ir embora.

– Enfio num saco, jogo no rio.

– Falaram muito da sua última novela, mas só vi meia dúzia de capítulos. Era muito louca, não entendi nada. As pessoas estavam descendo numa ilha, todas a rigor, e começavam a se matar, até sobrar um velho gordo com o smoking ensanguentado, gritando: "Mamãe, mamãe", enquanto beijava o avestruz. Achei surrealista, fora de moda.

– Naquela novela, do meio para o fim, tentei destruir tudo, quis desmontar a máquina. Quanto mais viajava alucinado, menos sentido colocava nos capítulos, mais audiência ganhava. Procurava elaborar um fracasso e construía um sucesso. Sem entender o que estava acontecendo. Então não suportei mais, a crise com minha mulher no auge, vivíamos nos mentindo. Porque ela mentia e eu também mentia, fingindo que acreditava nela, e ficou insuportável. Agora estou querendo escrever essa história, de um homem que tenta se aniquilar e aniquilar as coisas ao seu redor, e monta um sucesso em cima disso, porque as pessoas gostam de ruínas, decadência.

— Você está mal!

— Nem mal, nem bem.

— Isso é besteira.

— Você é bonita.

— E você tem qualquer coisa. O jeito de olhar é duro, no começo. Depois mexe com a gente.

— Já que estamos elogiando um ao outro, não custa dizer que gosto dos teus seios.

— São bonitos, eu sei.

— Queria ver.

— Ataca rápido! Bem que tinham me avisado.

— Não tinham avisado coisa nenhuma.

— Mas eu não me importo. Passei um ano fazendo uma peça, *Aula de anatomia*, ficava hora e meia nua no palco, e gostava. Adoro que me olhem, sei o corpo que tenho. Eu bem podia ter trazido a *Playboy*, fui capa em julho, playmate do ano. Pode? Aos 34 anos, playmate!

— 34? Mesma idade da minha namorada alemã.

— Tem uma? Loira, alta, olhos verdes?

— Também você? Nem loira, nem alta. Olhos entre azul e violeta, dependendo da luz. Uma boca incrível. Por que todo mundo pensa que as alemãs são loiras?

Namorada alemã. Mentira. Um homem com namorada inspira mais confiança. Ou quem sabe eu ainda reconquiste Ulli?

— Pois os alemães também não pensam que as brasileiras são morenas ou mulatas e bundudas? Cansei desta conversa de alemão em cima de mim. São incríveis, cantam paca!

178

– Quer dizer que posou para a *Playboy*?

– Fazer o quê? Desempregada e com aluguel a pagar. Curti, adoro mostrar meu corpo. Sabe como passei os dois últimos anos? Mambembando e fazendo pornôs.

– Agora tenho certeza. O que me atrapalhou foram os óculos. *Sonho de uma noite de varão*. É ou não é?

– Foi o melhor, o que mais rendeu e me abriu caminho para levar uma peça dramática por todo o Nordeste. Como gosto de fazer. Os óculos são meu problema, não posso usar lente de contacto, meu olho fica congestionado, tenho alergia. Por enquanto convivo com a miopia. Se o público soubesse que a estrela do filme nem enxerga o pau do parceiro, ia ser um fracasso. O fotógrafo da *Playboy* tirou várias fotos: eu nua e de óculos. Bem engraçadas, pensam em fazer um número especial. Com patrocínio de uma ótica. Tudo na imprensa é com patrocínio, agora. Tem um departamento que prevê taras por mulheres de óculos. Você precisava ver no festival de cinema de Penedo.

– Penedo, Sergipe? Uma vez me convidaram para o júri.

– Levam intelectuais para a comissão de frente e uma dúzia de estrelinhas nas alas, para atrair o público. Como nosso grupo de teatro estava em Laranjeiras, fomos curtir Penedo, acabamos na mordomia. A piscina do hotel ficava na frente de uns prédios de apartamentos. Os moradores alugavam as janelas, ficava assim de homem, binóculo numa das mãos, revista na outra. *Playboy, Status, Fiesta*, para tudo que era lado. Eles olhavam as revistas, apontavam para baixo, comparavam. Um dia, gritaram para mim: "Tira os óculos, você aí". Tirei, eles despencaram janela abaixo: "É ela mesmo!". Por causa dessa matéria perdi uma campanha publicitária para macarrão.

– Te imagino nua, lambuzada de massa de tomate por todo o corpo.

– Quando passei por Penedo com o teatro, lotaram a sala, mas saíram no meio, não tinha uma só sacanagem na peça, só um putaqueopariu nas falas. Nem as tradicionais famílias nordestinas se assustavam com ele.

PUTAQUEOPARIU, gritava Leo Vilar, na passarela, direto na cara do público, que recuava, jogando a cabeça para trás. Extasiado e sobressaltado. Por anos e anos guardei aquela imagem traumática, confortadora. Primeiros tempos de São Paulo e eu sentia que o mundo avançava depressa, num ritmo que era exatamente o que sonhava quando pensava deixar minha terra.

– Você nem pode imaginar que um putaqueopariu dividiu São Paulo.

– Como assim? Um putaqueopariu?

– Não me lembro o ano, nunca decorei datas. Antes dos anos sessenta. Fins dos cinquenta, fazia pouco que eu estava em São Paulo, morava na pensão. Acho que fui das últimas ou penúltimas gerações de pensão. Uma noite histórica, a cidade ferveu. Montaram no TBC o *Panorama visto da ponte*, do Arthur Miller. A certa altura, o Leo Vilar ia até a ponta de uma passarela que avançava para dentro do público e gritava: *Putaqueopariu!* Havia também a cena do beijo entre dois homens, o Leo e o Egídio Écio. Houve quem se levantasse, cada noite, e saísse da sala, enojado. Alguma coisa se rompeu no teatro brasileiro naquele momento. Não apenas no teatro brasileiro. Também dentro de nossas cabeças. Um instante sutil, mal delineado, antevisão de possibilidades ignoradas, ou prudentemente conservadas ocultas.

– Bobagem! A Dercy Gonçalves dizia palavrões há anos!

– Claro, mas a Dercy não era levada a sério. Tinha contra ela todo o preconceito. Dercy era especial, assim como o seu público. O TBC, sim, era sério e respeitável. Fazia o teatrão da burguesia e foi ali que a bomba estourou. Palavrão na cara do público e um beijo entre homens foi além da conta. Saímos do teatro excitadíssimos. A gente só ia ao teatro em bando. Ia em bando por toda parte. Estávamos embarcados numa trip, pensávamos que era pela audácia do que tínhamos acabado de ver. Naquela noite, intuímos que havia uma transformação no mundo. Aquele palavrão e o beijo foram os elementos dessa certeza. A mudança estava chegando até nós, vinda de fora, e com pouco atraso. As coisas não demoravam mais vinte anos para atingir o Brasil. O processo acelerava. A transformação do mundo iria nos afetar e era o que buscávamos. Algo que rompesse a massa gelatinosa em que vivíamos.

— *Algo*? Já vi essa palavra escrita. Muitas vezes. Mas nunca tinha imaginado que alguém tivesse coragem de usar em conversa. Você é sempre assim ou quer me impressionar? Não precisa disso. O Júlio me avisou: Cuidado! Esse cara pode te fazer a cabeça!

— Acho que eu falava para mim mesmo. Ultimamente, muita coisa me tem vindo à cabeça, aqui em Berlim. Lembranças que jamais imaginei guardadas. Momentos perdidos. Uma palavra, uma rua, uma porta, um rosto. Será que estou ficando velho?

— Quanto anos você tem?

— Quarenta e cinco.

— Xi, é a pessoa mais velha com quem já transei!

— Não transamos.

— Vamos acabar transando. Me conheço.

— É?

— Agora, estou com fome e te convido para comer.

— Tenho pão, queijo, patê, uma salada dessas compradas prontas.

— Nada, meu almoço foi uma Pommes Frites gordurosa com Currywurst. Fiquei enjoada, quero comer direitinho, comida quente, no prato, com garfo e faca, bebendo uma cervejinha escura, Alt. Adoro.

— Tem um restaurante italiano no outro lado da praça, ali onde fica a estação do metrô.

— Onde não tem um italiano nesta cidade?

Quer? Quer? Quer? gritavam as pessoas, levando lixo.

Parem, gritou o homem. Senão, como fazer minha música? Agora, tem lixo demais. Não, nenhum lixo é demais. Aceite, aceite. O senado teve de intervir, a praça se transformou num depósito de lixo. E o músico precisava de ajudantes. Maestros apareceram para auxiliá-lo. As tentativas de remoção resultaram em manifestações nas quais toda Berlim tomou parte pacificamente. Esta cidade adora passeatas organizadas com fantasias e carros alegóricos, música, faixas, e até uma briga particular com a polícia. Uma facção política fez uma pesquisa para saber da possibilidade de levar ao homem o lixo atômico. Música universal no lixo atômico. Que glória!

Terra sigillata: feijoada em Berlim, cidade que foi um pântano e hoje repousa sobre areia branca e fina

Comida depende da mão, timing exato, carinho. A receita é mapa de instruções, guia, farol de navegantes. Normalmente, a feijoada pede: feijão preto, é claro. Carne-seca. Bacon. Rabo, orelha, pé (de porco). Carne de porco. Língua, costela (salgadas). Língua, bacon (defumados). Salsichas de Frankfurt.

O feijão fica de molho doze horas. As carnes salgadas são

cozidas duas vezes para diminuir o sal. Os ingredientes colocados numa panela de pressão com dois litros de água e cozidos por cinquenta minutos. Refogam-se alhos e cebolas em óleo, juntando aos ingredientes. Retira-se a tampa da panela de pressão e deixa-se o fogo brando por dez minutos, mexendo o feijão para melhor consistência. A feijoada vem acompanhada de farofa, arroz branco, couve e laranja em rodelas.

As feijoadas em Berlim são preparadas por aproximação. Adaptação de várias culturas que acabam se convergindo. O feijão preto vem da China ou do Chile. O da China é mais duro. A laranja é da Espanha ou de Israel. Na falta de paio (raridade), usa-se a linguiça turca. Sem carne-seca, alguns se atrevem a experimentar o kasseller, lombinho defumado, típico alemão. Não fica mal. Lojas de produtos espanhóis (a colônia é maior, mais organizada) vendem apetrechos que lembram ou substituem o rabo e o pé de porco. Pimenta se encontra nos negócios africanos. Na Karl Marx-Allee, em Neukölln, bairro agitadíssimo, repleto de imigrantes, a *Portugália* oferece produtos que servem para dar mais cor local. Na *KaDeWe*, elegante loja de departamentos, no sexto andar, o paraíso dos gourmets, encontra-se o limão galego brasileiro, vendido a peso de ouro. Também a pinga *Pitu*, ainda que não seja a melhor para caipirinhas e batidas. Entre a colônia brasileira funciona uma corrente de solidariedade, máfia verde-amarela. Quem tem farinha de mandioca, difícil e procuradíssima, com alta cotação, cede em troca (no futuro) de um pouco de paio. Quem viaja, tem obrigação de voltar com um farnel. A pinga está incluída. Pois a caipirinha feita com limão espanhol, vodca russa ou *Schnaps* alemão, adoçada com açúcar de beterraba, é tudo, menos a autêntica bebida brasileira, destinada a abrir o apetite e embriagar um pouco, provocando a euforia que lembra os sábados e domingos de verão, insolação e sonolência.

> *Rainha de incrível beleza*
> *reina dentro de uma caixa*

– Corre. Vem ver a foto que está perdendo. Puta que pariu, quando vai perder essa neurose de não ter uma câmera? Você que vive usando fotos para montar teus textos. Corre! Olhe só.

No canto do pátio, o casal de meia-idade admirava o filho que se preparava. Ia sair com a moto. Imensa Harley-Davidson estacionada no canto oposto ao dos latões de lixo, recoberta por plástico vermelho. Era a primeira vez que deparava com a moto nua, às vezes passavam dias e dias, ela como que abandonada. Então desaparecia por um período. Nunca viam o motociclista chegar ou partir, nem calculavam quem podia ser, naquele prédio de velhos. A presença da moto foi o primeiro indício de que gente jovem habitava as redondezas. O casal observava com o respeito devido a um toureiro que veste seu *traje de luces*. Com a veneração diante do sacerdote que se paramenta. Rostos radiantes a cada gesto do filho, moço alto e um tanto gordo, novo, porém com a calvície avançando, restos de cabelos ruivos, rebeldes, por trás das orelhas. Bota preta, pesada, sola grossa, cadarço que deveria levar horas para ser colocado, atravessando centenas de furos, do joelho para baixo. Calça preta, cheia de bolsos, cinturão almofadado para os rins, blusão por cima da camisa, jaqueta por cima do blusão. Bolsos, mais bolsos. A cabeça coberta por um protetor de lã. Protetor sobre a boca e o capacete em cima de tudo. O pai filmava com superoito e a mãe ajudava, desajeitada, sem saber que gesto fazer. Ou o que arrumar naquela indumentária estranha a ela, a anos-luz de seu tailleurzinho marrom, sapato fechado, salto baixo.

A sensação é de que não havia nenhuma ligação, de que o casal de velhos contemplava um filme. Truque, efeito especial de cinema. Percebia-se a linha divisória entre o espaço e o halo emitido pelos velhos e os limites que o filho impunha ao seu redor. A distância era perceptível. As imagens nada tinham a ver, mal se aproximavam.

– Não parece o guerreiro do filme de ontem?

O filme era *Alexandre Nevsky*. Estavam acompanhando a retrospectiva Eisenstein no Arsenal, a pequena sala cor de vinho da Welserstrasse, onde o público e os programas faziam lembrar, como se nenhum tempo tivesse se passado (e aqui, sim, os técnicos em efeitos especiais tinham sido precisos, quase nenhuma possibilidade de se descobrirem as emendas) de suas tardes e noites de cinemateca de São Paulo, nos inícios da década de sessenta. As sessões do cine Coral, e depois do Bijou, finalmente do Belas Artes. Muito recentemente, alguém mandara um recorte informando que o Belas Artes tinha pegado fogo.

O alemão-moto-guerreiro destravou os encostos e os velhos correram segurar a porta. Lá se foi, para uma viagem ou para encontrar aqueles grupos antecipados por Marlon Brando em O *selvagem*, que se reúnem na Argentinische Allee, junto à floresta de Grunewald, na parte sudoeste da cidade, junto aos grandes lagos. Bandos de centenas e centenas, com motos brilhantes e decoradas, dando a impressão de que a competição não é na potência da máquina, mas na faustosidade dos enfeites, ornamentos, placas, vidros, luzes, estatuetas de metal, espelhos, escapamentos, correntes.

Às vezes, nos dias de semana, quando passava pelo ponto de reunião, descia do ônibus, para olhar o grande mural de bilhetes e mensagens, recoberto por milhares de papéis esvoaçantes, com pedidos, anúncios, chamados, procuras, negócios, declarações de amor, insultos, desenhos que nada significavam para ele, símbolos fechados entre grupos, ou até mesmo entre companheiros. Linguagem sintética, seca, a palavra essencial-expressões concentradas-pasteurizadas-esterilizadas. Disse a amiga que levou, para que o ajudasse a traduzir. Nesses momentos lamentava sua penúria com o alemão, compreendia que estava aproveitando menos do que podia de sua estada. Naqueles pedaços de papéis havia termos novos, neologismos, palavras criadas-recriadas, sílabas comidas, uma terminologia fechada, expressão de um grupo, imprevisível quanto à duração/validade, ou quanto à incorporação à língua cotidiana. Gostaria de escutar a conversa de motoqueiros estacionados, a querer reaproveitar/utilizar sua terminologia, a tentar desvendar as chaves de uma linguagem cifrada. Grupos que falavam nada mais que o necessário/às vezes menos. Empregavam palavras-chave, talvez para serem gritadas quando em movimento, palavras fortes que não pudessem ser diluídas pelo barulho dos motores, do vento, ou que atravessassem os capacetes e protetores de lã. Possível isso? Os bilhetes/mensagens/anúncios/pedidos traziam frases inteiras, compostas, ou um desenho, duas palavras, uma palavra acompanhada de um símbolo, um número, um sinal que poderia ser codificado diferentemente, traduzido como carta enigmática, ou um carácter chinês, ou hieróglifo. Espécie de linguagem de não comunicação, sendo que aí estava contida toda a comunicação.

Como passar aquilo para os textos, este era o seu problema, até entender que no fundo somente um daqueles motoqueiros poderia fazer um texto completo, com sentido integral, porque a mecânica daquela linguagem, sua estrutura, tinha regras próprias, não definidas concretamente, apenas intuídas por pessoas do mesmo meio. Ou ele mergulhava e se transformava na mesma matéria, raciocinando em termos semelhantes, ou continuaria espectador, assim como alguém que pensa em português e forma as frases em alemão, inventando uma terceira/inexistente língua.

– Vamos curtir nossa paixão um pouco?

– O que te grilou?

Não respondeu, irritado por se sentir vulnerável. No fundo gostaria de ser difícil, impenetrável. Era uma das imagens que fazia de si mesmo. E no entanto, em tão pouco tempo, Marinez o conhecia. Ela tinha percebido que cada vez que não entendia um fato, qualquer situação, fosse o que fosse, vinha a necessidade de ele correr ao Museu Egípcio, ver Nefertiti, se afundar em seus lábios inexplicáveis.

Uma vez, no ginásio, a professora de História tinha dito diante de toda a classe: "Dá gosto ler as tuas provas, você tem poder de síntese, inventa histórias curtas e deliciosas". Foi a primeira revelação sobre sua capacidade de escrever, nem ele sabia disso, era coisa que vinha normal, ele se divertia, às vezes conseguia enganar quando não sabia o ponto. Ficou famoso por uma dissertação, era assim que se dizia, sobre arte egípcia quando colocou um diálogo entre Nefertiti e um arquiteto de pirâmides. A figura que havia de Nefertiti no livro era em branco e preto, apagada, reprodução de reprodução. Sabia de Nefertiti, a mulher mais bonita da Antiguidade, muito mais do que Cleópatra. Ele a imaginava com o rosto de Rita Hayworth, aquela Rita de *Sangue e areia*. Nefertiti assumiu, na cabeça dele, o rosto de Rita, por muitos anos, sendo trocado depois por Linda Darnell. A decepção veio com *Os dez mandamentos*, Anne Baxter vivendo a rainha. Anne Baxter, grande atriz, mas não a mulher mais bonita de Hollywood.

Nefertiti reina sobre minúsculo domínio, caixa de cristal de cinquenta por um metro, no alto de uma coluna lisa. Prosaica, até. Fios delgados, sistemas de alarme. Toda sua guarda pessoal se reduz ao funcionário de meia-idade, uniforme azul, homem manco (inválido de guerra?), cuja função é não deixar as pessoas se debruçarem sobre a corrente. Funcionário (quem sabe o defeito é de nascença, nem tudo vem da guerra, é pura neura) vigilante, saturado de repetir aos turistas: não usem flash. Com seus lábios indecifráveis, Nefertiti é enigma maior que o Mona Lisa. Infinitas vezes mais. Rosto altivo e sereno/ou distanciamento/desprezo? Curvas suaves, traçado reto/harmônico do rosto, pescoço longilíneo. Modigliani aperfeiçoado, milhares de anos antes de o pintor ter existido. Inexplicável esgar da boca = não sorriso/não deixava de ser. Esboço irônico, arrogância/sensualidade. Suavidade/firmeza pétrea, determinação. Impossível afastar-se dessa mulher, não há tempo corrido, distância no espaço/tudo anulado. O limite de Nefertiti se amplia, não em quilômetros territoriais, e sim na ocupação das mentes, lembrança forjada a laser, levada em memórias espantosas, transfigurada em fotos/slides/pôsteres/postais.

Tempo cancelado. Restava o presente, alemão/egípcio/brasileiro. Ilimitado, regido pela mulher de um olho só.

Absorto, perguntava: teria mesmo escrito aquela prova: Nefertiti e o arquiteto? Início que o tinha levado daquela cidade (o pai saltimbanco, fantasioso, aventureiro) até esta Berlim metafísica. Nefertiti: lábios esboçados em quê? Hipnotismo? A palavra pressupõe alheamento, o não dispor da própria vontade. Era muito mais. Elevação, ascese. Êxtase místico como o de Santa Teresa de Jesus. Diante de Nefertiti com seu olho único (só tinha reparado nisso na terceira vez), ele levitava. Um colchão de ar o erguia suavemente, coração entregue, suavemente repousado, com a certeza de ter sempre existido. Mergulhava num vácuo/tempo, buraco negro sem fim, insondável, um dia só com a extensão de quê? Não existia medida. Nada tinha sido ainda inventado para definir esse espaço de tempo único e sem barreiras, contornos, um dia longo de séculos (mas o que são séculos?).

Como se ele e a rainha egípcia estivessem embarcados em foguete-aeronave, voando para o oeste, numa velocidade igual à do Sol, e portanto com este exatamente no mesmo ponto, a viagem toda, o aparelho saindo e regressando ao mesmo lugar, no mesmo horário. Sabia que não estava inventando a anulação do tempo. Tinha lido em algum lugar. Tudo o que sentia diante de Nefertiti é que os dois pertenciam ao mesmo espaço-tempo. Porém não era somente diante de Nefertiti. Acontecia em relação a Berlim. Quando andava pela cidade, penetrava dentro de uma luz particular, baça, que o envolvia e o paralisava. Devolvendo-o a algum lugar dentro de si mesmo. Que o levava a um ponto de infância e adolescência, luz comum Berlim/sua terra/45 anos/e um instante do passado. Há uma ligação dentro de determinados círculos de espaço/tempo, na vida da gente, períodos de mesma intensidade interna e física, externa. Eles se repetem e tudo que precisamos fazer é apreendê-los no instante exato em que chegam, para fazermos a ligação, nos compreendermos dentro dele. Assim ele pensava, sem contudo, até aquele momento, ter dominado estes círculos de luz/território que cada dia mais se abriam diante dele. O sorriso/esgar indefinível de Nefertiti era o agente provocador dessa perplexidade, do mesmo modo que os balões panorâmicos diante do muro. Ou os relógios de Dresden que nas vitrines dos antiquários o faziam lembrar o bombardeio inútil da cidade. Ou o cântico de Verônica nas sextas-feiras da Paixão, um canto angustiado a se erguer sobre paredes e telhados de uma cidade escura.

Verônica trazia o rosto oculto por um véu, ainda que ele soubesse quem ela era. Todos na cidade, a cada ano, perguntavam de quem era a voz trespassada de dor, sem conseguir identificá-la. O que constituía a sensação, atração maior da procissão do Senhor Morto. E ele, menino de dez anos, caminhava ao seu lado, portando o banquinho e sentindo o suave perfume de lavanda e rosas. Perfume que o conduziu ao segredo mais bem guardado da paróquia. Escamoteava, fingindo que não sabia de nada, senão perderia a posição privilegiada, portador do banco, de onde Verônica cantava, desvelando com lentidão o rolo branco com a imagem de Cristo, impressa a sangue.

Cidade às escuras, tochas e velas conduzidas por milhares de fiéis que voltavam os olhos para aquela mortalha, ou seja lá o que for, com o rosto de Cristo, olhos esgazeados, voltados para o alto. A voz de Verônica por trás do véu, ânsia extrema. A paixão do menino era a boca da cantora incógnita para os outros. A boca de Zilah, morena de coxas grossas que tocava órgão. Lábios finos, traços absorventes, dentes brancos, redondinhos. A mesma boca da deusa Nu Wa, encontrada num livro de histórias chinesas, descoberto quando remexia trastes empoeirados, enfiados no fundo de um guarda-louça apodrecido, sob o telheiro do quintal. Um dos refúgios do pai, no começo da noite, para fumar um cachimbo de espuma do mar, de cheiro enjoativo, acre e indefinível. Ali, o pai passava horas, absorto, e uma noite ele teve certeza, através da luz que vinha do poste da rua, de que os olhos do pai eram esgazeados, como os do Senhor no pano de Verônica, as pupilas voltadas para cima, o branco tomando conta do espaço. Remexendo nas velharias, porque gostava de olhar programas de cinema em

189

jornal velho, achou cinco livrinhos, sendo que um chamou a atenção pela capa muito colorida. Havia uma mulher belíssima, com olhos puxados, diferentes de qualquer pessoa, ninguém na cidade ou em gravuras tinha igual. A mulher estava voando, ligada a uma bola de luz. Foi a boca que o impressionou, sem que ele soubesse exatamente por quê. Ficou horas contemplando a capa e quando a mãe o chamou para jantar, caminhou possuído por uma nova sensação que, mais tarde, seria muito repetida e bem-definida. Paixão. Ele tinha certeza de que era seu primeiro amor, ainda que anos antes o tivessem induzido a gostar de Nossa Senhora. Só que ele não sentia nenhum afeto por aquela senhora alva e magra, dura, que estendia a mão. Aliás, tinha um certo horror, porque na mão estendida havia um coração ensanguentado e ele ficou com medo. Medo é amor, disse alguém, talvez a mãe, ou a professora, uma tia qualquer, havia tantas, deslumbrantes. Explicaram que quando a gente ama, arranca o coração e o entrega ao outro. Amar é morrer, acrescentaram, e foi um susto. Assombro do qual demorou a se libertar. Se é que conseguiu. Porque se amar era bom, deveria significar a vida, e não a morte. Se amar é morrer, nunca vou amar ninguém, serei eterno. Nu Wa, a deusa chinesa, maravilhosa, voava, parecia dormir, estando acordada. Mas a mãe encontrou o livro, folheou – parecia conhecer – e atirou ao fogo.

– Deviam ter queimado isso também, com as fotos dela.

– Dela quem?

– Da sua tia.

– Da tia serpente?

– Da tia sem-vergonha.

Agora, sabia. O conhecimento vindo, aos poucos. Intrigado com a atração provocada por Nefertiti, começara a pensar, a ligar fatos, até que uma lembrança surgiu: os traços da boca da rainha egípcia tinham a ver com a boca de Nu Wa e também a ver, e aqui a importância da relação, com a boca de Verônica, da mulher que por trás do véu lamentava a morte de Cristo. Uma excitação muito grande tomou conta dele, dominado pelo desejo incontrolável, necessidade de enfiar em alguém, suor frio descendo pela espinha, o pau duro, a boca seca, e um profundo mal-estar. Não! Havia mais alguma coisa por trás disso. Não era apenas a lembrança de infância que o ligava a Nefertiti. Nem a excitação que sentia ao ouvir o canto agoniado de Verônica. Nem a deusa Nu Wa com sua bola colorida. O que era então? Estou velho, vivendo de sensações passadas? Ou procuro coordenadas, a fim de encontrar um sentido para minha vida? Como achar?

Marinez puxou seu braço.

– Estou com sede. Louca por uma cerveja. E ainda temos que comprar o vinho para amanhã.

– Amanhã a gente compra, tem tempo.

Escolheram seis garrafas de Morio Muskat, branco, meio doce, saboroso. Depois comeram preguiçosamente embaixo de trepadeiras floridas, num restaurante de Savigny-Platz. Berlinenses deixavam o trabalho e se espalhavam pelos cafés, mesas nas calçadas. Cervejas espumantes nos copos de bainhas brancas.

– Tem coisa melhor que bundar?

– Posso dizer que estou numa boa!

– Como pediu a Deus! E, afinal, o que faz aqui? Não te vejo trabalhando. Ou aqueles tapes que não me deixa ver são o trabalho? Por que tanto segredo?

– Te mostro, um dia. Estou aqui, por minha conta. Escrevendo um livro.

– Livro? Só te vejo escrevendo cartas. Assim é que você foge da solidão?

– Não quero fugir. Escolhi.

– Ninguém escolhe.

– Não suportava mais gente, não queria ver pessoas. Queria ficar comigo.

– Quem foge não escreve tanta carta.

– Me divertem, distraem. Ocupam o tempo.

– E os tapes? Você passa horas por dia mexendo no aparelhamento.

– Os tapes. Sim, os tapes! Aquilo é coisa minha. Muito particular. O meu inferno pessoal.

– Inferno?

– É, inferno.

– Você tem suas esquisitices, fique com elas. Não posso falar nada, no final de contas sou intrometida, forcei a barra para você me dar uma cama.

– Esqueça os tapes! Para mim, chega o tempo que passo encerrado com eles.

– Por que não vamos para aquele bar dos punks em Kreuzberg? Você me prometeu.

– Mais tarde.

– Agora.

– Saco! Mais tarde.

– Agora. Não quer ir, não é? Sei! Você tem medo.

Ela o penetrava, arrancava coisas do fundo. Talvez fosse verdade. Sentiu um calafrio quando ela pediu para ir ao bar. Estava cansado de cruzar com eles pelas ruas de Kreuzberg, no centro, em Schöneberg, na Richard-Wagner-Platz. Incorporara um gesto automático, tirar vinte feniges do bolso quando eles se aproximavam. Porque era isso que pediam, nada mais. Já conseguia distinguir os agressivos dos mansos, por um jeito especial de olhar, a dureza no andar, no jeito de estender a mão. Às vezes, dava cinquenta feniges, ou um marco, gostava dos sorrisos infantis quando agradeciam, jamais um só deixara de agradecer. Dar dinheiro trazia alívio, preço pago pela tranquilidade. Contentamento diante de um perigo imaginário que se foi. Acaso não era assim nos tempos da ditadura brasileira, quando todo mundo assinava os manifestos com letras disfarçadas, dava endereços falsos? Por um lado, havia o medo à repressão. Por outro, salvava-se a cara, tinha-se a certeza de estar numa causa.

Agora, estavam havia horas na kneipe dos punks, e tinha sido menos dolorido ou amedrontador do que parecia. Um bar numa esquina de Heinrichplatz que ameaçava cair, mesas encardidas, balcão engordurado, cadeiras desparelhadas, cada uma comprada numa loja de móveis velhos, vasos de plantas esturricadas, secas pela calefação precária.

– Vamos embora, disse ela, quero mijar.

– Pra mijar tem de ir embora? Vai ao banheiro, porra!

– Fui, tem gente pelo ladrão. Só se mijasse no pé dos nego ou na boca de um que bebia sentado na privada.

Cheiro indefinível de bebidas misturadas/hálitos/mofo/ perfumes baratos/roupas de lã suadas dezenas de vezes/cabelos oleosos/madeira velha/metais com azinhavre/couro/ambiente fechado há muito.

– Gostou daqui, não é? Você adora a decadência.

Jamais entraria num bar assim no Brasil, ele era cheio de preconceitos. "Não é preconceito", ela rebateu um dia, "é medo! Você é cheio de atitudes paradoxais, tem coragem para certas coisas difíceis, caga-se diante de situações simples, besteirinhas." Talvez fosse verdade, pensou, dificultado pelo *Schnaps*. Mal se viam as paredes, tomadas por uma camada de pôsteres, avisos ("Esta é a cidade onde as pessoas mais comunicam coisas umas às outras. Há um furacão de papel por toda parte. Só não sabe quem não quer", ele pensou), bilhetes, fotografias, anúncios de shows de rock, exposições alternativas, leituras, reuniões. Vidros encardidos nas janelas, trapos de antigas cortinas rendadas.

– Mijo na cadeira. E é pra já.

Saíram. Cabeças enevoadas. Isso era bom, o *Schnaps*: genebra forte, translúcida, levemente oleosa, descendo pela garganta como rolamento azeitado. Relâmpagos na memória = a genebra?

Schlesisches Tor. O nome de estação de que ele mais gostava. Portão Silesiano. Ponto final do expresso do Oriente, apelido que os alemães deram ao metrô cor de laranja que mergulha direto no coração da cidade turca, Kreuzberg. *Oh, Istambul, foi Constantinopla,* cantava Caterina Valente naquele sucesso dos anos cinquenta, difícil de ser dançado nas festas de sábado. Silesiana, Salesiana, Arlesiana, Arles, Elisa, Elise. *Pour Elise.* Gostava de brincar com as palavras, as situações.

Um rádio, levado por um garoto turco, tocava *Perfídia,* cantada por Trini Lopes. Plataforma cheia, um homem atarracado, pesadão, veio com sua mulher, até parar diante de Marinez, começando a gritar coisas incompreensíveis. O homem socava o próprio peito, punha as mãos sobre os olhos, apontava para os outros, e Marinez esboçou um riso, achando que ele estava louco. Olhou para mim, para os outros, todos a observaram em silêncio, parecia dar razão ao maluco. O homem continuava, agora estava perto, apontava para a cabeça dela, mostrava a própria mulher, e foi aí que Marinez entendeu, ele queria saber por que ela não trazia a cabeça coberta. "Pensa que sou turca, também, o doido." Diante da completa indiferença, o homem avançou as mãos sobre a cabeça dela, agarrando os seus cabelos. Nesse momento, uma coisa caiu em cima do homem, com força, ele recuou, perdeu o equilíbrio. Marinez gritou:

– Ei! Qual é a sua? O que é que há?

O homem se espantou ao ouvir português. Caído, sem jeito, olhava para cima. Também espantado por ver uma figura magra, esquelética, de macacão azul, boné de aviador antigo, óculos de piloto iguais aos do Snoopy das tiras do Schultz, enfiar o pé no peito dele, gritando em inglês: "Take it easy, baby! Take it easy! Take your hands off the woman, baby boy!". Marinez tinha se inclinado, puxava o tipo pelo paletó. Colérica, este era o termo.

– O que você está pensando?

Ele ficou à espera de uma reação dos outros turcos na plataforma, ninguém se moveu, o espanto era geral, principalmente quando perceberam a mancada do companheiro. A mulher, com seus óculos Barão Vermelho, apanhou a sacola de lona preta que tinha atirado sobre o homem. O trem entrava na plataforma. Subiram no mesmo carro. Marinez agradeceu, arrastando um inglês de lanchonete. A mulher tinha uma cara de pato muito engraçada.

– Sou Miss Gudrun, americana.

– Somos brasileiros.

– Nunca tinha visto um brasileiro em minha vida. Momento, deixe-me certificar.

Do bolso da jaqueta larga, arrancou uma agenda ensebada, girou as páginas, seguiu com o dedo.

– Não. Nunca tinha conhecido um brasileiro. Me parecem pessoas interessantes, normais. A moça é bonita, tem cor firme. Vai ver por isso o outro achou que fosse turca. O homem tem uns olhos interessantes, mas o físico é devastado, tem jeito de quem não se cuida, não pensa no próprio corpo.

De outro bolso, e havia dezenas deles na jaqueta mágica, tirou uma caneta-tinteiro antiga, e escreveu com letra impecável: *Brazilians*. A data ao lado, entre parênteses, a hora, o local, e mais umas observações. Escrevia como um médico a fazer a ficha do paciente. Enquanto ela escrevia, os dois observaram a sacola de lona gasta. Era quadrada e tinha dois tirantes para ser carregada. Miss Sallyfield, Gudrun. Havia uma lista de palavras, numeradas:

1 – Kybernetic theater. 2 – Pleasure. 3 – Don't push the babies. 4 – Gimme shelter. 5 – Pacific resistence. 6 – Iris. 7 – Rockets. 8 – Headrockets. 9 – Sun/energy. 10 – Reciclyng. 11 – Laser/music/love. 12 – Near/death/against. 13 – War to war. 14 – Man

Wo man

Hu man

Hu

     man ity

Wo

– O que brasileiros andam fazendo em Berlim?

– E uma americana?

– Ando perdida. Pelo que ouvi dizer, não é novidade em Berlim. Se perdeu, se encontra aqui.

– Ele mora aqui, eu passo uns dias com ele.

– Ele não fala?

– Fala pouco.

– É daqueles que ficam olhando e pensam que têm um ar inteligente?

– Acertou, Miss Gudrun. Vou gostar de você. Mas conta. Por que está perdida?

– Vim atrás de um tipo que conheci em Istambul. O cara

mais maluco que já encontrei. Ou me enganei no endereço, ou ele me deu errado, estava alto demais.

— Berlim está cheia de ruas com o mesmo nome. Se for Schiller, tem umas dez. O Goethe chega perto, para não falar dos Bismarcks e do monte de Friedrich. Vê se tem um numerinho junto de Berlim.

— Não tem numerinho nenhum. Ele me disse: é no bairro turco. Bairro turco é Kreuzberg, não?

— Tem turco também em Schöneberg. E para os lados de Moabit ou Wedding.

— Ele fala! E de que adianta me dizer esses nomes todos? Nem sei onde estou. Entrei no trem porque vocês entraram. Sou assim, vou indo atrás, para ver o que dá.

— Tudo bem, as ruas ele conhece. Vive de mapa na mão, andando de ônibus para cima e para baixo. Amanhã a gente procura teu amigo.

— Amanhã é amanhã, preciso de um lugar agora.

— Agora, você vai a uma feijoada.

— Ao quê?

— Feijoada.

— Ah! Uma dança, naturalmente. Brasileiro é louco por dança, certo?

Trocaram de metrô, desceram na estação Afrikanische Strasse, saíram em frente a um conjunto de tijolos vermelhos, em busca do ponto de ônibus. Os prédios se tornaram cinzas, iguais a gigantescas casernas, paredes chapadas, recortadas por janelas desiguais, como quadros de Mondrian à espera de cor. Passou um ônibus azul do exército francês, cheio de crianças. Arbustos rosa, semelhantes a cerejeiras, e árvores. Árvores sem fim. No ponto, um homem cheirava a boca de sua mulher e os dois riam. Os três subiram ao piso superior, vazio, ficaram nos bancos da frente. "Esta cidade me parece igual por todo lado onde ando", disse Marinez. Passaram por um lago, com patos de pescoço verde, e por um cemitério. Numa esquina, um grande cartaz com a efígie de Cristo.

Entraram na Teichstrasse, um conjunto de casas baixas apareceu à esquerda, parecia colônia de férias, casas de praia, faltava o cheiro de mar. Ele tinha lido uma inscrição em francês no banheiro de um restaurante: "Berlim é uma ilha sem mar e sem praia". Mas agora havia o mar, um pouco além, tinha certeza. Felipe sempre dizia: "Engraçado, pai, como você pode saber tão direitinho que estamos chegando ao mar? Adivinha mesmo por trás da montanha". Atrás daquelas casas baixas, uniformes, cor ocre apagada, com o ônibus correndo a nordeste de Berlim, entre Wedding e Reinickendorf, ele pressentia o mar, vislumbrava uma praia curta, pedregosa, de pouca areia, e para se chegar a ela era necessário saltar uma amurada de pedras. Ele imaginava que um homem do signo de leão, regido pelo fogo e pelo Sol, tinha mais capacidade que os outros para pressentir a presença da água, perceber suas vibrações através dos veios subterrâneos. Sabia da água por causa dessa areia branca que é o solo de Berlim, a cidade foi construída sobre o que era um pântano. A água não se evaporou, simplesmente recuou, está pulsando debaixo da terra, pronta para subir à superfície.

Não, Berlim não é vulcão por baixo, é terra mole, areia e muita água. Berlim é areia movediça, prende, difícil sair dela, afunda-se cada vez mais. A cidade vai explodir em milhares de furos, por todas as ruas e praças e parques verdes, gêiseres frios dominando tudo, destruindo os alicerces do muro, que terminará por ruir. O mar atravessou o muro, chegou a Berlim, num desses programas malucos feitos por este povo rico, um canal trouxe o mar de Hamburgo até aqui. O sertão vai virar mar, o mar vai virar sertão, Corisco corre através da vegetação mirrada da caatinga. Não, a vegetação é seca por causa do inverno. Como inverno? Com este sol, calor, transpiram dentro do ônibus fechado, quase selado. *Porre*, Schnaps *e cerveja é foda. Porra, mar-sertão, sertão--mar, isto não é filme do Glauber Rocha, nem alegoria do Zé Celso, isto é minha vida, um dia dela, manhã de um odioso sábado em que estou bêbado e a caminho de mais uma feijoada. Nunca comi tantas quanto na Alemanha, recuperei o que deixei de comer no passado, saquei tudo que podia para o futuro. Vamos atacar o feijão preto e as carnes gordurosas e depois jiboiar. Sempre achei o termo "jiboiar" de uma cafajestice sem tamanho. Não, não pode ser praia aqui, porra, olha ali, Teichstrasse, o que será Teich? É delírio tremens. Nunca tive isso, não sou alcoólatra, vim ter em Berlim? Pode ser, tanta coisa estranha acontece aqui que nem me conheço. Se é que algum dia me conheci.* No entanto, ele estava vendo o mar, as sibipirunas esguias e esquálidas. Ora, sibipirunas podem existir em qualquer parte do mundo, não apenas no Brasil (Felipe gostava de ouvir, à noite, o ruído do vento entre as árvores, dizia que era filme de terror e dormia agarrado ao pai). Vento quente, cheiro de maresia, porque não é Teichstrasse e sim Varadero, a praia cubana, antigo refúgio dos grã-finos, porto de iates, hoje colônia de veraneio para trabalhadores, casas para fins de semana ao operário padrão, os heróis do trabalho. Era isso, Cuba.

O país estava em sua cabeça havia dois dias, desde que Andreia tinha ligado convidando para a feijoada, essa para a qual ia agora, já um pouco melhor e achando cedo demais para aparecer. Talvez pudesse ajudar em alguma coisa. Picar couve, por exemplo. Descobrir que existia couve, como a mineira, na Alemanha, tinha sido uma surpresa.

– Tenho um amigo chileno que precisa falar com você, disse Andreia ao telefone.

– Chileno? Quer falar comigo? Sobre o quê?

– Acho que sobre Cuba.

– Por que Cuba?

– Olha, não sei de nada. Você vem no sábado, traz quem quiser, e então vocês conversam. Manolo é dos exilados mais antigos de Berlim.

Tinha de se chamar Manolo. Não sabia se a implicância era com o nome ou com o chileno. Conteve-se. O que o irritava era um restaurante chileno que existia em Berlim, sempre cheíssimo, com garçons insuportáveis. Nada pessoal contra o Chile, afinal muitos de seus melhores amigos tinham se asilado lá nos tempos de Allende. Mas qual brasileiro não tinha um amigo, parente, conhecido, marcado, tatuado, por uma lembrança, da mesma forma que os braços daqueles que passaram pelos campos de concentração ostentam uma letra e um número, tão inapagável quanto as imagens gravadas na memória? Varadero. Podia ser. Era igual, se fossem eliminados os Mercedes-Benz último tipo parados às portas. Por que se lembrara de Varadero justo agora? Não era somente pela menção da amiga. Estava acostumado com sua cabeça, conhecia o funcionamento, as chispas que detonavam códigos perdidos. O processo tinha se acentuado na Alemanha. Seria a luz baça e suave que retirava o contorno de tudo, mergulhando a cidade numa gelatina fluida? Luz que existia dentro dele num determinado instante de sua vida?

O S-Bahn, creme e vermelho, vazio, passou por cima do ônibus, em direção a Frohnau. "Tem certeza de que vamos a algum lugar? Parece que estamos chegando à Austrália. Menino, você viu a seca da Austrália?" Ele estava se habituando com as ideias súbitas e desencontradas de Marinez. Precisava de coisas disparatadas, a própria palavra "disparatada" era disparatada. A cada dia achava que a gauchinha que o tinha chamado de ordem direta estava com a razão. Tudo no lugar certo com ele, e isso começava a incomodar. Aconteceu em Ijuí, cidade afogada em campos de soja, no Rio Grande do Sul. Falou no porão de uma igreja, único auditório onde cabia muita gente. Ao chegar à mesa ouviu um estudante comentar: "Só vim ver a cara de alguém que foi a Cuba". Era nisso que estava se transformando, num bicho de zoológico, coisa rara. Escritor num país onde não se lê, as pessoas são analfabetas.

Nessa tarde em Ijuí teve também a primeira manifestação de cansaço. Descobriu que se repetia, buscava explicações para coisas em que ele também não penetrava. O país estava mudando e o processo se acelerava. A estudante se levantou no auditório, depois de duas horas de perguntas-respostas, com a pergunta que procura colocar a metralhadora na mão de quem está na mesa, a fim de começar a revolução. "A minha opinião é de que o senhor não tem nada a dizer. Aqui, não teve. Pensa que estamos nos anos sessenta, porque há um buraco que não consigo preencher entre os livros que li e o homem que falou aí na frente. Foi tudo muito rotineiro, alguém que respondeu profissionalmente. Até o humor parecia profissional. Ordem direta, o seu pensamento é ordem direta." Ele ficou perturbado, não agradar o tirava dos eixos, ficava sem rumo. A necessidade de seduzir o embalava pela vida. Ficou transtornado.

Fase confusa de sua vida. Luciana escorregava, cada dia mais distante e obscura. Viam-se pouco, combinavam encontros desmarcados, jantares com amigos em que o lugar dela ficava vazio. Qualquer gesto o fazia temer. A desconfiança se infiltrando. "Tudo direitinho, começo, meio e fim. Na ordem direta. O senhor desconhece que somos a geração do meio, a que não ficou sabendo nada sobre o começo de tudo isso, foi negado na escola. Ou contaram diferente. Buracos, só há buracos na vida. Não sabemos se vamos ter um fim e estamos aqui parados. Dá para sacar?" E com a crueldade típica do surrealismo adolescente gritou: "O buraco está na maneira velha com que vocês encaram coisas novas. Vá entender primeiro, antes de sentar-se aí como dono da verdade". Nessa noite ele vomitou, teve dor de cabeça e convulsões.

Dali para a frente, caminhou como um sonâmbulo, atravessando o Brasil, entrando e saindo de cidades. Nunca sabia onde estava, todas as vilas, aldeias, mocós e tabas se parecem, com aglomerados de edifícios chapados, fachadas de concreto e pastilhas, praças com plantas mirradas, luzes de vapor de mercúrio por todos os lados, asfalto esburacado, casas estranguladas por grades de ferro, varandas, bares de fórmica colorida, fliperamas, lanchonetes de hambúrgueres. Arrastava-se, vendo tudo nebuloso, não fixando o rosto das pessoas, perdido em esquinas. Também, o que importava o lugar em que estava, se nem a cidade interessava, estava ali por estar, narcotizado, querendo estar em outra, em qualquer uma onde pudesse evitar a si mesmo. Era assim. Evitar a si mesmo, querendo estar longe de qualquer real. Foi em Guaxupé que teve consciência de que estavam todos loucos. O país necessitando internação. No grau mais baixo da depressão, as pessoas de cabeça baixa, tão baixa que era preciso um subterrâneo nas calçadas, as cabeças estavam abaixo dos pés. Enfiar todo mundo no sanatório e decretar: *Este país é um hospício.* Grades nas janelas, camisa de força, medicamentos dopantes, anestesia geral. Quem não quer uma anestesia, uma doce injeção pré-operatória que deixa mole, bem-disposto, a gente olhando o médico e dizendo: "Corte, corte onde quiser que nem estou aí?".

Vento quente, maresia, mar-sertão, Varadero, poeira vermelha de Ijuí, partículas de soja suspensas no ar, tudo se dissolveu, o ônibus entrou por uma paisagem familiar de grandes edifícios/diferentes alturas. Números gigantes em vermelho indicavam as entradas. Gramados/lagos/fontes/estádio de futebol/crianças fazendo educação física/hotel/ espaço/chorões/chão de cimento cinza/faixas de cores parecendo diferençar um conjunto do outro/amarelo/azul/marrom/cinza/vinho. "Estamos em Brasília", gritou Marinez, "é o milagre alemão." Ele desceu atordoado, uma ressaca ameaçando transtornar todo o estômago, enquanto Miss Gudrun dizia: "Pois me parece um subúrbio mexicano de Los Angeles".

Pracinha de concreto, supermercado/estacionamento/lotototo/fervendo de gente, crianças vendendo revistas segunda mão, espalhadas pelo chão. *Märkisches Viertel* = ruelas moderna/vielas deteriorando/cruzando/entrecruzando/*Metrópolis*/mongo/patópolis/cafés, kneipes, papelarias, doceiras, farmácias, lojas de calçados/cubículos iluminados/limpos e organizados com o racionalismo alemão/velho mercado de Jerusalém transfigurado/multidão/meninas de patins e pernas brancas/velhas tomando cerveja/corredores internos agitados/bancas de frutas/loiras de short e garotos levando rádios imensos, a todo volume.

"Porto-riquenhos em Nova York", comentou Miss Gudrun, também adorava uma comparação. Burburinho, cachorros, cheiro de Currywurst, crianças chorando, néons pálidos. Jornais sensacionalistas anunciando a morte de um motorista da fronteira da RDA, sendo que o RDA estava entre aspas. Neugebauer Café/Eis. E, por um instante, ele leu "Elis", em lugar de "Eis", sorvete. Um café, as mesas todas tomadas por velhos, comendo bolos esplêndidos, cremosos. Elis/Neugebauer. Em *Falso brilhante*, Elis Regina explicava a pronúncia correta do nome do chocolate sulino: Noigebauer.

Bateram à porta de Paulo. Andreia abriu, olhou para Marinez, começou a sorrir, e então deu com os olhos na sacola de supermercado, em que traziam os vinhos. Começou a gritar, apavorada, e recuou, Paulo veio correndo, Andreia apontava a sacola e gritava: "Cuidado, muito cuidado".

A mulher com bandeira brasileira tatuada nas coxas.

"Morena mais gostosa, quem será? O rosto não é estranho, porém não posso chegar com essa conversa, é a mais velha do mundo", ele pensou, enquanto rodeava a mesa, envolvido no cheiro de paio e carne seca, na fumaça do feijão preto recém-trazido. A alfândega de Berlim se decidisse levar a sério a tarefa de revistar bagagens, chegaria à conclusão de que os brasileiros sofriam muito fome. Não havia quem não chegasse com café, farinha de mandioca (preciosidade), quilos de carne-seca, paio, rabo de porco, toucinho defumado, linguiças, pimentas vermelhas violentíssimas, coentro. Com o prato na mão, chegou perto da morena e ficou excitado, o perfume vinha em ondas sobre ele. Geralmente odiava mulher muito perfumada, quem quer que fosse. No entanto aquele perfume era diferente, enjoativo, profundamente evocador. *Tabu.*

– Ei! E você? Não apareceu mais no peep-show?

"Opa, ela me flagrou por lá", admitiu envergonhado, porque algumas pessoas se voltaram.

– Não te vi mais! Pelo visto arranjou alguma mulher.

– Como sabe que eu ia?

– Você nem sempre entrava na cabine de vidro espelhado. Quando é espelhado, não podemos ver quem está por fora.

– Quer dizer que você trabalha num?

– O que acha?

– Tem boa memória. Deve haver centenas de pessoas por dia.

– Nem todas com esse cabelo arrepiado. Também, te conhecia de nome, de foto, do Brasil. Os brasileiros aqui falam de você!

– Falam?

– Que é isolado, não frequenta reuniões, não convida as pessoas, não colabora com o jornal da comunidade.

– Ah, também já me disseram isso. Agora... estou tentando me lembrar de você.

– Pense em uma permanente vermelha cacheada. Uma pinta no lado direito do rosto.

– Adiantou pouco...

– Um seio bonito com um mamilo enorme. Que é o meu problema, às vezes me dá tesão naquela cama giratória, o mamilo fica durinho.

– Pô! Que cabeça eu tenho!

– Vou te dar a pista! Na bandeira você reparou?

– A bandeira! Você é a da bandeira? Margareth. Perguntei a todos os brasilerios, ninguém sabia te localizar.

– Ninguém?

– Tentei a solo-cabine com você. Nunca consegui. Era muito popular, estava sempre ocupada.

– Nada disso. Golpe meu. Detesto solo-cabine. Ou a gente está a fim de trepar ou não está. O cara chega na cabine, fica te olhando, tira o pau pra fora, te dá vinte marcos para apalpar! Não, não é o meu gênero.

– Quer desse molhinho de cebola e pimenta? Tá de doer

de ardido. Já me enchi de cerveja por causa dele, perdi a fome.

– Não. Me dá mais paio. Estou por aqui só pescando o paio dessa feijoada. Quem trouxe os acessórios de hoje? Tudo de primeira.

– Foi o deputado do PMDB que veio para a comemoração do centenário de Marx. Aquele ali, de barba espessa. Ele é muito amigo do Paulo, foram colegas na São Francisco. Tem quem diz que os dois estiveram no mesmo grupo da pesada.

– Não quero ouvir essas histórias. Escutei isso durante anos.

– Então me fala da solo-cabine.

– Outro assunto que me deixa enjoada. Sou católica pra certas coisas.

– Mas estava lá.

– Estava, e daí? Vai fazer como os outros? Se é pra fazer sermão, vou te dizer que ouvi muito.

– Por que te deixava enjoada a solo-cabine?

– Não posso ver homem batendo punheta, me dá vontade de vomitar.

– Qual o problema?

– Se é melhor a dois, por que fazer sozinho?

– Sim, só que na cabine não se pode trepar. Então como fica? Não é pior aquela conversa de tantos marcos para pegar nos seios, tantos para colocar a mão no meio das coxas, outro tanto se ela te pega no pau?

– Tá, tá bem! Mas a coisa me incomodava! A primeira vez que fui chamada à solo-cabine, não sabia direito, apareceu um preto de Mali com um pau de quarenta e quatro centímetros.

– O quê? É aquele do filme, não? Um que fica no palco, o pau balançando, com duas loiras mexendo e nada do bicho subir?

– Esse! E ele gritava: "Vou te atravessar, vou te arrebentar, te enfiar até sair pela boca". Eu assustadíssima. Ele gozava mole mesmo e ia embora, contente da vida. Parecia um homem feliz.

– Andei um tempão atrás de você. Sou encatiçado, sei que uma hora topo com o que quero. Sempre foi assim, a vida inteira. Viu? Deu certo. Te procuro no peep-show, te acho numa feijoada, roubando todo o paio da panela. Pô! Como vocês rodam! Eu ia a Hardenbergstrasse, você tinha ido para a Uhlandstrasse. De lá saltava para a Kantstrasse. A última vez que tentei, você fazia o show na Sexyland, na Martin-Luther-Strasse. Que lugar para o maior peep-show de Berlim, hein? Espera, acho que tem mutreta nisto. Você é a da bandeira mesmo? Estou desconfiado.

— E por isso vai me chamar ao banheiro, para que eu te mostre?

— Por que não?

— Se me encontrar três pedaços de paio, mostro.

Ficou a remexer o feijão preto fumegante, o cheiro da comida misturado ao perfume *Tabu*. Paulo apareceu com um garfo, pescando aqui e ali.

— O que você procura? Paio?

— Como adivinhou?

— Se conversava tão animado com a Cristal, ela só podia estar te cantando para roubar o paio para ela. É a figura mais famosa das feijoadas berlinenses.

— Também quero carne-seca. Está desfiada, maravilha.

— Cuidado com a enrolação da Cristal. O que ela te contou?

— Nada, ainda. Então, ela se chama Cristal?

Conseguiu dois pedaços, catou, catou. Nada. Rondou pela sala e deu com uma mulher mirradinha, morena, olhar assustado, em cujo prato reluziam dois fulgurantes e gordos pedaços de paio. Separados da comida, como que abandonados.

— Você é mineira, não é?

— Sou. Como sabe? Andreia te contou?

— Mineira de onde?

— Boa Esperança, perto de Varginha.

— Conheço Boa Esperança. Passei vários carnavais dançando no clube, terminava a noite comendo peixe na beira do lago.

— Saí de lá quando construíram as barragens. Não cheguei a ver o lago. Dizem que a cidade mudou, está animada.

— As velhas juram que a juventude peca mais. Mas vi que você separou o paio no prato. Não gosta?

– Adoro.

– Pena. Achei que podia bicar um dos seus.

– Você tem dois, quer mais um?

– É que sou eu, uma amiga e um alemão que nunca comeu feijoada. O paio que falta é o dele. E na panela não tem mais.

– Claro, quando aparece paio de verdade, a brasileirada fica louca. Estão cansados de linguiça turca. Até meu marido, que é alemão, entrou na dança. Se quiser, leva o meu. Já comi um.

– Não, de maneira alguma.

– Deixa pra lá. Tome. Mineiro tem de ser solidário no paio também.

Recolheu o terceiro pedaço, o último que precisava para merecer a bandeira. Saiu à procura da mulher e foi encontrá-la junto à janela, ao lado de um jornalista carioca que estava de passagem, acompanhando a comitiva da empresa brasileira de turismo, empenhado em arrebanhar turistas para o Brasil, a fim de ajudar a pagar a dívida externa. Quando ele se aproximou, o jornalista se afastou e, ao passar por ele, cochichou: "Desculpe, achei que você tinha desistido de cantar a moça. Vi vocês juntos, perto da mesa, depois ela saiu. Também, o que ando querendo é uma bela alemãzinha de olhos azuis. Se conhece alguma, me apresenta".

– Pronto, três pedaços de paio.

– Legal.

– Agora, a bandeira.

– Só nos feriados nacionais.

– Combinamos.

– Levou a sério? Achou que eu ia mostrar minha xoxota por três pedaços de paio?

– Dito desse jeito, pareço um cafajeste.

– Não é?

Pela janela, divisavam, além dos limites do conjunto habitacional, um campo verde. Plantações de arroz? Ou seria milho? Talvez trigo? Vegetação baixa, ondulante, batida de sol, tranquila na tarde de sábado. O olhar acompanha o verde, até bater no cinza do muro, cujo contorno fazia um leve bico de águia. Uma barreira com tampo circular. Além daquele campo onde passarinhos procuravam sementes, estava Berlim Leste, casas, ruas, outro sábado.

— E você? O que faz em Berlim? Não te vejo nas feijoadas. Também não frequenta o *La Estancia* no Dia do Brasileiro. Onde se esconde?

— Quase não saio.

— Você é casado?

— Separado.

— Também? Como eu e metade desta sala. Tem filhos?

— Tre... tenho duas meninas, com a primeira mulher. E você?

— Devo ter um.

— Deve ter?

— O meu menino desapareceu.

— Como?

— Sumiu. Por causa da bandeira, ele sumiu em Copenhague. E aquele militar desgraçado nunca entendeu que eu não estava brincando com a bandeira. Não podia brincar, até perdi meu filho por ela.

O olhar dele captou um jipe escuro que seguia vagaroso por uma via estreita, asfaltada, no meio do terreno isolado que acompanha o muro por dentro de Berlim Leste. Única coisa que se movia no calor da tarde. As pernas dele vacilaram. Não podia estar bêbado, duas caipirinhas não fazem mal a ninguém. Verde do trigal/arrozal/ou milharal, cinza do muro, o jipe diminuindo de tamanho, sol, o cheiro de *Tabu* que emergia da tatuada em raios faiscantes. Não encontrou palavra melhor que essa, faiscante. O garfo brilhava ao levar o paio à boca e ela comia sem o talher tocar em seus lábios vermelhos. Tontura ou cansaço? Sua resistência diminuía, era uma coisa que ele sentia cada vez mais. Uma vez, dois anos atrás, na chácara, quando as filhas e os sobrinhos estavam reunidos no campo, se ofereceu para jogar para um dos times que se formavam. A molecada se entreolhou e o negrinho que fazia a seleção foi escolhendo, este para nós, e aquele.

Apontou para ele, no final, "e o velho aí fica pro lado de vocês".
O que estariam suas filhas fazendo nesta tarde de sábado? E esse
cheiro de *Tabu*? Aspirou o perfume, excitado, alguém cantava, o
jipe reapareceu ao longe, sumiu de vez numa curva do muro,
pássaros negros sobrevoavam as plantações. Sábado na outra
Berlim, sábado no mundo, em São Paulo, até em Copenhague,
onde meninos brasileiros sumiam por causa de uma bandeira. Se
pudesse dormir um pouco. Dormir por alguns dias, sem medo
algum, com a certeza de que nada sucederia, quem sabe este cansaço colado aos seus músculos desaparecesse.

– A bandeira...

– Não vem, não. Não mostro.

– Não é isso! Por que a bandeira?

---

17. Vermelho, em Kobenhavn.

Em Copenhague, há uma rua que se chama Nyhavn, em
que velhas casas dão para a calçada, e no meio da rua, o canal
está cheio de barcos, veleiros em reparação, e durante a tarde se
ouve o barulho de tábuas caindo, madeira batendo, martelos, ser-
ras elétricas, gritos de homens que renovam seus barcos. Próximo
ao porto, uma construção pesada, marrom, de tijolos aparentes,
o Hotel Nyhavn, sólido, bem-plantado. O marido de Cristal, um
médico ortopedista de Catanduva, saiu do hotel cerca de duas da
tarde, segundo o depoimento do porteiro, seguindo para o centro de convenções, onde permaneceu até nove da noite, de acordo com o depoimento da mesa que presidia os trabalhos. Dados
extraídos de um jornal dinamarquês de título complicado demais
e que não vem ao caso. Cristal ficou com o filho, planejando
levá-lo ao Tivoli, parque onde se come, se bebe, se dança, crianças brincam e turistas veem o museu de cera. Ela saiu com o
filho, o menino queria ver os barcos ancorados e em reparação.
Pequenas butiques, bares, restaurantes de vários tipos, uma casa
de tatuagem, um café, a rua foi se mostrando e, quando chegou
ao 17 (ela marcou bem, havia um 17 vermelho, em néon, a indi-

208

car um bar, ou coisa assim), avistou a segunda casa de tatuagem. Cristal nunca conseguiu explicar o que se passou. Foi assim a vida inteira, marcada por gestos decisivos, instantâneos. Jamais se queixou, nem foi infeliz por causa disso.

Uma velha tia que foi de Catanduva a Copenhague para dar força ao pai do menino, quando os acontecimentos se precipitaram, garantia que Cristal era imprevisível, capaz de mudar de calçada de um instante para outro, sem razão aparente. Sendo que isso salvara sua vida certa vez, pois, ao atravessar a rua, ouviu um ruído e viu a marquise de um prédio desabar sobre o lugar onde deveria estar. Aos doze anos, o pai lhe deu uns números e mandou-a jogar no bicho, porém Cristal não gostou dos números, inverteu tudo e acabou ganhando uma pequena fortuna, sendo que um quinto desse dinheiro o pai lhe deu como dote quando se casou, pois dizem que o povo de Catanduva exige dote das noivas, o que nunca se comprovou na realidade.

Naquela tarde em Copenhague chovia um pouco, para uns; fazia sol, conforme outros; no entanto a questão meteorológica é dispensável, interessa apenas do ponto de vista literário, porque uma rua de porto, com nome estranho como Nyhavn, numa cidade tão pouco conhecida dos brasileiros quanto Copenhague, favorece imagens soturnas que nada têm a ver com a beleza e alegria da rua, em verdade. Ao passar pela porta do tatuador, Cristal sentiu que não podia deixar de fazer uma tatuagem. Nunca explicou o que se passou pela sua cabeça, apenas que, ao olhar aquelas duas vitrines repletas de modelos coloridos de desenhos, ela percebeu que sua vida não seria a mesma. Fizesse ou não fizesse uma tatuagem, não seria mais a Cristal que tinha deixado o hotel em direção ao parque Tivoli. O menino tinha atravessado a rua e quando Cristal olhou (e foi a última vez que o viu), ele se encontrava ajoelhado, interessado no carpinteiro que consertava o mastro de uma embarcação chamada *Fortuna*. Tranquila, ela entrou na casa de tatuagens e quando saiu, meio tonta, tinha uma bandeira tatuada no alto das coxas, em cores vivíssimas. Embalada em fervor patriótico, lembrou-se do menino.

O *Fortuna* continuava a ser reparado, mas a criança tinha sumido. Olhou em volta. Foi ao longo do canal, procurando dentro dos barcos, nos cafés, chegou até uma praça chamada Kongens Nytork. Estava despreocupada, na certeza de que ele tinha voltado ao hotel, a três quadras dali. O menino não estava no hotel e quando o marido chegou, ela contou que estava no banho e o menino tinha deixado o quarto. De nada adiantou o depoimento do porteiro dizendo que ela e o menino tinham saído juntos e ela voltara sozinha. Gritou e chorou e a polícia acreditou nela, ao sair em busca da criança. Que não foi encontrada. Uma noite, ela dormia e também o marido desapareceu, levando dinheiro e passagem de avião, deixando somente uma noite paga no hotel. Um bilhete no criado-mudo avisava que, quando ela encontrasse o filho, receberia dinheiro e bilhete para a volta.

Cristal saiu, era sábado, o consulado brasileiro fechado. Encontrou um homem que pagou o almoço e depois ficou encantado com a maneira de a bandeira tremular, conforme ela movia os músculos da coxa. Necessário dizer que ela tinha sido uma esportista e suas coxas eram duras e musculosas. Aliás, isso é que atraiu o médico de Catanduva, ao vê-la na piscina do Tênis Clube. Daquele sábado em diante, Cristal dedicou-se a uma tarefa específica: fazer a bandeira tremular, ganhando amigos para o Brasil. Coisa que executou com perfeição, até se cansar das casas pesadas e cinzas de Copenhague (apesar disso, gostava da cidade, achava o astral muito bom) e decidir que era hora de mudar, de enlouquecer a Europa pelo nosso país. Acreditava-se líder de uma causa nobre. Se o país tivesse amigos apaixonados, poderia fazer uma subscrição mundial para pagar a dívida externa que diziam ser grande e a causa de todos os males.

Cristal atravessou para lá e para cá com sua bandeira desfraldada, sendo que oitenta por cento do conhecimento que se tem do Brasil na Europa, a partir de 1981, se deve à ação dessa mulher que não hesitou em perder o filho para se colocar numa bandeira. Se todo mundo tivesse uma bandeira, ela dizia, o mundo mudaria. Quando a imprensa brasileira a entrevistou, em sua volta triunfal, um apresentador de televisão a criticou, condenando a inexistência de amor maternal. Ela explicou que não era a mãe do menino *in totum* (foram suas palavras), pois quando conheceu o médico, ele vinha de um primeiro casamento e trazia o menino pela mão. Uma criança muito só, o pai lhe dava pouca atenção, talvez por ter sido produto de um casamento confuso, desfeito em meio a agressões. E coroado por uma história que fez Catanduva delirar por meses, com fatos picantes (termo dela) a respeito de uma impotência crônica, curável apenas quando havia peixe fresco sobre o criado-mudo ao lado da cama. Andava difícil obter peixe fresco na cidade, onde o rio poluído era constituído de matérias mortas. Quando não havia peixe e a impotência dominava – *sobrevinha* foi a palavra que ela usou –, o médico enlouquecia, tornando-se violento. Cristal salientou também que os dias de Copenhague foram felicíssimos, porque o hotel provindenciava duas vezes por dia salmão cor-de-rosa, fresquíssimo e aromático, de modo que a vida sexual (expressão dela) foi intensa e imaginativa.

Ouvindo aquela história, ele se perguntava quando tais fatos teriam acontecido, pois tendo sido jornalista muitos anos, jamais lera alguma coisa sobre o assunto. A menos que tivesse sido nos últimos seis meses. De qualquer modo, alguém teria escrito, falado sobre o caso. Ou quem sabe, todo o intenso noticiário sobre as eleições tivesse levado o assunto a páginas internas, a notinhas sem maior significação. Marinez se aproximou, cochichou no ouvido dele:

– Lembra que te falei que queria trepar junto ao muro? Vê aquele cantinho da curva perto das plantações? Não é um bom lugar? Quer ir?

– Achei que era porre teu! Não vamos, não! Quem sabe o que pode acontecer se pegam a gente?

– Ninguém vai ver nada.

– Tá de porre! Aqui tem sempre alguém vendo as coisas. Me incomoda muito, me acho sempre vigiado.

Gal cantava:

Hoje eu quero alegria
é meu dia, é meu dia
hoje eu só quero amor

Andreia puxou-o pelo braço:

– Manolo chegou.

– Manolo?

– O chileno, te disse! Quer levar um papo!

– Me dê cinco minutos.

– Devagar com o andor aí com a moça. Não vai mandando brasa logo.

Vinha notando, há meses, que as pessoas falavam diferente, usavam velhas expressões, palavras antigas, fora de moda. As frases pareciam deslocadas, imaginava aquelas conversas inseridas num papo normal no Brasil, expressões de museu, encerradas em redomas. Palavras com sentidos perdidos. Era estranho circular entre esse povo, como se ele tivesse viajado numa máquina do tempo desregulada, que, ao levá-lo ao passado, provocava uma defasagem. A linguagem obsoleta quase precisava de um filólogo (seria filólogo ou etimólogo ou arqueólogo?). E se a linguagem marcava tempos remotos, o físico não correspondia a este recuo, as pessoas tinham se desgastado, rostos e corpos mostrando cicatrizes, rugas, peles flácidas, papadas, olhos cansados, sorrisos amadurecidos de uma gente que tinha deixado juventude e alegria entre prisões e paredes solitárias de apartamentos clandestinos pela América Latina, agora obscurecida pela distância. Olhando em torno, naquela sala, tinha a certeza de participar de uma representação, alucinação. Não era a vida real e sim uma adaptação, renegociação com a própria existência, concessões e acertos, dilaceramentos e mudanças. Gente que falava um português parado no tempo, misturado a conversações alemãs, palavras que faltavam e eram substituídas prontamente em qualquer das duas línguas. Aquele apartamento cheio de brasileiros, na Europa Central, Alemanha, Berlim Oeste, Wittenau, Märkisches Viertel, décimo quinto andar, placa indicando na porta, *Lopes, Paulo,* era um satélite em órbita. Que deixou o Brasil nos fins dos anos sessenta, começos dos setenta, arca perdida a vagar em busca de retorno, caixa de documentos que vai junto às pedras inaugurais, lacradas. Percebeu Marinez junto à panela de feijoada, escolhendo ingredientes.

O segredo do ovo que Colombo colocou em pé.

"Voltei ao Brasil várias vezes, até desistir, ninguém dá valor à bandeira. Riam de mim. Dois caras me bateram, um me enfiou na banheira, quase me afogou, queria lavar a tatuagem. Um militar ficou indignado, gritou que era brincadeira de mau gosto.

— Você está conspurcando o símbolo nacional. Aí, ela fica sempre roçando o pau.

— Daí? Todas as bandeiras vivem no alto do pau, não existem sem um.

— Não há mais valores nesta terra! Por isso o país rolou para onde rolou, precisamos de uma revolução.

— Será que o senhor não entendeu que coloquei a bandeira no que tenho de mais íntimo?

— Sim, só que todos têm acesso à tua intimidade.

— Tenho culpa se vivemos num país onde toda intimidade é devassada?

Discutimos e o militar decidiu que ou retirava a bandeira ou apodreceria na prisão.

— Fico na cadeia, pois me orgulho da bandeira.

— Cadela! Limpe essas coxas.

— Tenho mais amor à bandeira que o senhor.

— Vagabunda, comunista!

– Por que não reclamou antes de me comer?

– Tire a bandeira.

– Não posso!

– Limpe já.

– O senhor não conhece o trabalho dos tatuadores de Nyhavn, em Copenhague. Tatuaram Hamlet.

– Quem?

– Hamlet.

– Nunca ouvi falar, mas cheiro algo de podre nisso tudo.

– O senhor é ignorante.

– Você vai morrer na cadeia! – gritou, cansado e sem tesão, tinha me comido por quatro meses.

> *Afinal, o que te levou a fazer essa tatuagem?*

"Vinha andando quando dei com aquela casa, embaixo do 17. Fiquei tonta com as cores, os bichos, dragões, águias, crocodilos, insetos de mil patas, tigres, flores de sangue através das quais se podia enxergar tudo, a vida e a morte, o amor e o ódio, o riso. Havia espadas, garras, pés, bicos, dentes, mãos vivas e falavam e me acenavam, cavalos suados de correr pelo mar, coelhos de olhos vermelhos que desapareciam, cobras que se enroscavam em meu pescoço e me picavam mortalmente, unhas de tigres que arrancavam meus dentes e enxertavam nos buracos luminosos rubis e diamantes e esmeraldas, de tal modo que minha boca emitia raios laser que tocavam as pessoas, e elas sorriam e sentiam felicidade, alegria e nenhuma fome. Levitávamos, eu emitia raios e as águas do canal de Nyhavn se erguiam em ondas azuis e vermelhas e se transformavam no Tietê límpido. Sobre as ondas, veleiros em fila. Quando as ondas baixavam, os veleiros continuavam a voar, como voaram as caravelas dos descobridores, de Cabral e Colombo. Voaram sobre um longo trecho do oceano e isso foi omitido nos textos históricos, por ordem dos reis que queriam conservar o maior segredo da antiga navegação. Naquela época era comum a espionagem a bordo e a cópia dos livros, para se descobrirem rotas e os meios empregados. Assim se perdeu a parte essencial desses navegadores que eram aviadores-astronautas.

Na Escola de Sagres havia aulas secretas de navegação aérea, de aerodinâmica, forças dos ventos, nuvens, correntes que circulavam a grandes alturas. Estudavam os ventos capturando as águias e condores e gaivotas, analisando o desenho dos corpos e das penas, a forma das asas, do bico, do peito, das garras, e a constituição interna, e a pele que resistia à altura. Velhos marinheiros que viajavam no cesto da gávea sabiam falar com os pássaros e, quando se retiravam do mar, iam para a Escola de Sagres ensinar o mistério do voo dos pássaros aplicado às caravelas. Sabe-se que elas voavam a maior parte dos percursos, pode notar que não havia desgaste nos cascos, pois estavam muito pouco na água.

Os marinheiros sempre foram raça especial, internamente diferente, veja que uma pessoa nasce marinheiro. Alguns homens, que nasceram no interior e nunca viram o mar, acabaram atraídos por ele, chamados pelo cheiro das águas. A força da vibração desses homens servia para manter as caravelas em suspenso no espaço, ainda que não houvesse ventos. Foi por isso que entrei no tatuador. Por causa da revelação da vitrine. Sim, pensei no menino que observava o barco, porém vi que não era menino. Podia enxergá-lo como era: um navegador. Os navegadores não se perdem nunca, sabem se orientar no mundo pelas estrelas. Tenho certeza de que ele está por aí, sozinho e feliz. O que ele não era, nem comigo, nem com o pai. É uma fé muito grande a que tenho: ele se foi por conta própria. Suspeito, às vezes, que o pai o escondeu e o enviou secretamente para o Brasil, era um homem enigmático como todos os médicos."

Naquele momento, vieram à cabeça dele imagens dos filmes de Einsenstein, momentos que o obcecavam: a criança atirada à fogueira em *Alexandre Nevsky*. O bebê atirado ao solo por um soldado a cavalo, na cena em que o exército invade o cortiço atrás dos trabalhadores, em *A greve*. O menino que cai de um estrado, com um tiro, na reconstituição fotográfica *Beshin Lug*, cujo título jamais sabia em português. Estava muito nítido na cabeça dele, era por essas imagens, apenas por elas (que o faziam sofrer intensamente) que via e revia esses filmes nas cinematecas do mundo afora.

"Quando cheguei à vitrine do tatuador, o mundo mudou. Pareciam pequenas, mas, assim que entrei, penetrei na realidade, vi o verdadeiro mundo. Ao sair, tatuada, era outra. Há uma diferença quando uma cor penetra em sua pele através de pequenos choques. Você se torna a cor; ela te assume, ao integrar-se ao seu corpo. Entendo completamente essas pessoas que se tatuam por inteiro. É um meio de penetrar no paraíso, viver mil vidas dentro do seu corpo, as flores, os pássaros, os animais, os monstros. Tudo que você pedir é você. A cada momento de sua vida, você pode ser aquilo que está desenhado em sua pele. Tem vezes em que o pau da bandeira se transforma num tronco e sou esse tronco sem casca, uma tora de pinho branca, ancorada num rio, e me deixo levar ao sabor da correnteza. Sempre alguém te pega em algum ponto. Jamais deixaram de me pescar neste rio e a única coisa a se enfrentar é a temperatura da água. Quando está muito gelada, ficamos amortecidos e não é bom estar amortecido, numa sonolência sem fim, no deixar acontecer sem consciência ou escolha, venha o que vier."

O cheiro de *Tabu* era entontecedor, ela devia derramar vidros sobre a pele. Ele se percebeu excitado.

"Você já foi tatuado? Nem imagina o sensualismo. Quando começou, doía, as agulhas penetravam fundo. Depois fui me acostumando, as tintas passaram a ser colocadas na superfície, vieram cócegas e arrepios e me percebi molhadinha. O tesão foi crescendo, aumentando pra cacete, eu queria dar para o tatuador, ali mesmo. Igual essas mulheres que se apaixonam pelo analista, ficam doidinhas por ele. Queria meu tatuador, pensava no seu cacete cheio de flores e desenhos vermelhos e, quando ele desabrochasse duro, teria uma magnólia branquinha na cabeça.

Magnólia porque é a flor que mais gosto, adoraria trepar num quarto cheio de magnólias. Se o tatuador tivesse magnólia no pau ia ser divino. Parece coisa de viado, e é, mas cada um com sua fantasia, não é? Você o que ia fazer no peep-show quase todo dia? Fantasiar."

– Estou mais interessado no seu filho. Achou?

– Como podia achar? Não conhece as lendas das crianças que somem na Dinamarca?

– Não. Como é?

– Também não sei, acabei de inventar.

– Você... você é pirada...

– Espera aí...

– Não espero coisa alguma. Como pode perder um filho e ficar com essa calma? O que fez para achar? Perdeu, perdeu?

– Não quero discutir o meu filho. É meu problema.

– Precisava entrar no tatuador?

– Fui sugada pela loja! Entrei, sem saber que entrava.

– Conversa! Ser sugada por uma loja!

– Vamos apostar. Você passa pela rua. Se voltar sem tatuagens, ganhou.

– Ganho o quê?

– Me ganha por um ano.

– Quem disse que quero?

– O que ia fazer no peep-show? Por que me convidava para a solo-cabine? Pensa que não sei? Você é um cínico, hipócrita. Vê se te olha.

Ele se batia entre uma excitação violenta e o ressentimento, o ódio por essa mulher que tinha abandonado o filho. Queria matá-la, queria fodê-la. Ficou surpreso com o tamanho de sua mágoa, mas entendeu ao pensar em Felipe, dormindo tranquilamente, enquanto ele velava à cabeceira, dominando um sono mortal. Este sono que nunca mais poderia ter.

Precisava se conter. Teve medo, andava estourando com facilidade. Queria agarrar Cristal, levá-la ao banheiro, ao quarto de Paulo, ninguém iria reparar, havia tanta gente. *Nas trincheiras da alegria, o que explodia era o amor*, cantava Gal.

– E o processo? O militar levou a sério a ameaça?

– Não havia de levar? O processo corre ainda, posso ser condenada.

– Agora, não. Tá todo mundo usando bandeira. Tem até tanga verde-amarela. O país está virando patriota.

– Não para quem leva a bandeira junto à boceta.

– E como viajou tendo um processo nas costas?

– Naquele país, se a gente é puta e sacana, consegue o que quer.

Ranger de tábuas velhas, o gemido do madeirame das caravelas vagando pelos ares, única distração dos marinheiros, além dos concursos de botar o ovo em pé e falar com as aves. Elas vinham colocar seus ovos no convés, local sólido em pleno mar, longe das ilhas e continentes. Os marinheiros conversavam com elas, e daí a monotonia que era estar no mar tentando encontrar terras novas, e ver todo o tempo aqueles homenzarrões agachados, junto às aves, a dizer piu-piu-piu, piu, cro-cro-cré, creeeeee, cree. Devia ser uma coisa infernal uma caravela descobridora. O calor entrava pela janela e, ao contemplar as pessoas batidas por aquela luz de sábado, ele entendeu: a maioria estava assim porque tinha vivido muito depressa, as células em tensão acelerada, tinham corrido a velocidades incríveis nos corredores da clandestinidade, porque é assim que se vive quando se está sob pressão o tempo inteiro, com o mundo nas costas, uma coisa a fazer, a mudar, e o muro a saltar. Eram cinco da tarde de sábado e o sol brilhava sobre as plantações verdes e o muro. Sim, aquela gente toda ali tinha atravessado outros muros, espessos. Agora, o mal-estar penetrava nele, tinha de sair da janela, se afastar daquela luz. Passou por Marinez, deu uma piscada, ela tinha um prato com alguns pedaços de paio e encaminhava-se para a janela, para o mesmo lugar onde ele estivera minutos antes a conversar com Cristal.

218

Acaso encontrou Ana Maria em Havana?

– Desistiu da mulher?

– Estou dando um tempo, a conversa dela me pira.

– Ninguém sabe a verdade nessa história. Bem, parece que ela tinha um marido, tinha um menino. Isso é tudo, é mistério. O que aconteceu com a irmã dela pode ter afetado a cabeça. Ela nunca mais regulou desde que a irmã se matou.

– Se matou? Aqui em Berlim?

– Se atirou debaixo do metrô. A Andreia até que anda tentando escrever uma história. Não! Uma peça teatral. As duas estiveram no mesmo grupo de ação, escaparam para o Chile, para a Argélia, chegaram juntas à Alemanha. Andreia nunca se recuperou, às vezes chora à noite, durante o sono, sem saber que está chorando, sem se lembrar do sonho que teve.

– E por que se matou?

– Porra, ficar três anos fechado em Berlim, sem poder pôr o pé de fora da cidade, dá no quê? O governo recebia os exilados, mas não regulamentava a situação, não tínhamos documento algum. Fomos rolando, rolando, pedindo, manobrando, mexendo pauzinhos. A anistia internacional tem centenas de abaixo-assina-dos nossos. A irmã de Cristal não aguentou a barra, se jogou debaixo de um trem. Foi preciso isso para que de repente se preocupassem, acertassem a situação de todo mundo.

– Andreia escreve essa história?

– Quer escrever, mas não suporta. No fundo são coisas recentes, ela não consegue colocar no papel. Chora, chora, levanta da máquina, vai embora.

– Vocês pensam em voltar?

– Até que já pensamos. Mas fazer o quê? Sou sociólogo, estou bem na universidade, a Andreia termina seu mestrado, vem vindo outro filho, Paulinha está na escola, adaptada, nem fala português. Não dá, ao menos agora, não. Não vou jogar tudo pro ar e ir me arriscar por lá. Sei de uns dez sociólogos trabalhando em arquivos de jornais, recortando notícias e colando em papel, classificando e guardando em pastas. Não estou para isso, não mais. Esta semana, a Andreia recebeu uma carta da irmã. Contava que um domingo o *Estadão* publicou um anúncio para motorista de ônibus numa empresa de bairro. Na manhã de segunda, tinha três mil pessoas na fila. Advogados, engenheiros, professores, jornalistas, universitários, homens, mulheres. Até motoristas profissionais.

— E a saudade?

— Palavrinha filha da puta que a nossa raça inventou, né? Fodida! Saudades de quê? Tinha dezoito anos quando me pegaram e passei o que passei. Fazia dois anos que estava na clandestinidade, outra vida fodida, por outras razões. Sabe o que quero agora? Viver. Sem sofrimento. É que me custou ter esta paz, vou desfrutar. Não me engano, não, é paz provisória, o mundo está rolando, me pega na encruzilhada, sempre pega a gente. O Brasil tá lá, tá mal, tá ruim, falindo, as pessoas em crise. Cada carta que recebemos aqui, meu Deus! Capenga e democrático, tanto quanto se possa ser democrático no mundo de agora. Volto, claro que volto. Não já. Me deixa uns tempos nessa de ter um emprego, voltar para casa, brincar com o menino, ver um noticiário, amar, ficar com a Andreia na beira desta janela, vendo o fim de tarde, bebendo um vinho branco. Imagine quanto custa vinho branco alemão no Brasil!

— Tá se acomodando?

— Tem dia que me bate uma sensação constrangedora, não sei se vou passar o que é. Porque é sentimento meu, bem lá dentro. Outro dia encontrei Andreia na cozinha, no meio daquela confusão. Uma criança comendo e sujando tudo. Duas querendo falar com ela sobre roupas para a escola. O arroz no fogo, o leite derramado, o gato em cima da mesa, uma xícara quebrada. Os pratos, que são tarefa minha, ainda por serem colocados na máquina de lavar que estava enguiçada. Tem dia que é foda ser subjugado por esse servicinho rotineiro e fodido! Andreia tinha mergulhado na realidade de um desses dias, estava chorando no canto da mesa, indiferente a tudo. Naquela hora, podia cair o mundo. Fiquei ali, me aproximei, coloquei a mão nos seus ombros. Não tinha nada a dizer. Nem sabia direito por que estava chorando. Podia intuir. Tudo o que podia fazer era tentar dar força, passar: Estou aqui, contigo. Tem vezes que nada adianta. A pessoa tem é que entregar e chorar, deixar sair lá de dentro.

"Talvez se eu conseguisse chorar", ele pensou. "Se alguém me ensinasse. São coisas que se ensinam? É uma coisa que se aprende? Por que temos de bancar sempre o durão?"

— Andreia se encostou em mim, continuou a soluçar por um tempo. Depois, parou, limpou os olhos com o guardanapo, tirou o arroz do fogo, colocou a frigideira com óleo. Nós dois, quietos. Então, enquanto eu tocava o gato e ajudava a limpar o leite, arrumava os pratos, ela se virou para mim: "Você vai achar uma grande bobagem. Vai me achar maluca. Não fique impressionado, não. De repente, olhei para fora, olhei em volta, vi esta cozinha, as crianças, esse gato, esse mundo novo, porque a cada dia este mundo é novo para mim, e me lembrei de uma coisa boba. Tão boba! Sabe do que me lembrei? Que, aos dezessete anos, eu sabia montar e desmontar, em três minutos, uma metralhadora. Sabia mexer com qualquer arma de fogo. E me deu essa choradeira. Desculpe, querido". Dá para entender?

— Tem dia que Berlim me inquieta pelo sossego, tranquilidade. Uma paz amortecedora.

— Você chegou de cama feita! Com todas as honras. Você mesmo contou, tinha o sujeito te esperando no aeroporto, foram a três apartamentos antes de escolher esse onde mora. Sabe onde vivemos por um ano e meio? Num quarto com seis pessoas, num prédio ocupado, sem documento no bolso. Não me vem com histórias de acomodação, paz enganosa, filosofia existencial de USP, papos de Maria Antônia. Nem faz teoria literária. Deixe isso para tuas novelas de televisão e teus livros, teus bate-papos com estudantes.

– Calma! Foi só uma frase.

– É que brasileiro tem mania de cobrança. Cobra posições, atitudes, situações, composições, combinações. Te coloca num ângulo, faz uma imagem e exige em função dela. Tive muita briga na colônia brasileira, aqui, por causa disso, do tchi-tchi-tchi.

– Oôô! Uma gíria nova. Vem cá, Paulo, não estou desviando o assunto, não. O que houve com a Andreia? Quando ela abriu a porta, olhou para nós, deu um grito, ficou branca. Se recompôs, disse: "Desculpem". Tremia quando me abraçava. Não entendi nada.

– Percebi. Ia tocar no assunto, antes de você ir embora, vi teu jeito apavorado. É um velho problema! Trauma fodido. Foi a sacola de supermercado com vinhos que vocês trouxeram.

– A sacola?

– Andreia é mulher forte! Muito mais forte do que eu. Aliás, sou bundão, até! Ela se libertou de muita coisa, passou por cima. Só uma ela não se esquece. Chegou a um ponto tão obsessivo que se assustou, quis fazer terapia, estava atrapalhando sua vida. Um dia, descobriram o aparelho em que nos escondíamos, no Rio de Janeiro. Quando a polícia chegou ao apartamento, Andreia abriu a porta. Os homens apertaram a campainha, sabiam o código de toques. Andreia viu duas pessoas, olharam-se por alguns segundos. Ela ficou esperando uma senha, uma comunicação. Aí, de repente, teve uma intuição. A gente vinha disso, de estar excitado o tempo inteiro, cheirar as situações, prever. Estava nos olhos dos homens que traziam sacolas de supermercados, inocentes, como se voltassem da feira. Bela manhã de sol no Leblon, o rádio tocando música, crianças chorando no corredor, um grito de vendedor subia da rua, o cheiro do mar ali perto, a praia cheia de gente. Aquilo veio como um raio. A gente estava teoricamente preparado para cair. Mas, quando aconteceu, nos assustamos terrivelmente, é igual à morte, a gente sabe que vem, só que não acredita. Pode ver que a maioria tem na cabeça o instante do estouro, da descoberta. O pior vinha depois, claro, mas aquele momento era traumático, violento, um estupro. Merda, nunca sei dizer essa palavra, me confundo. É estrupo ou estupro? Também, palavra mais feia, besta.

Alguém trocou o disco, Perla cantava *Chiquitita*. Pô! Perla cantando num sábado berlinense? Por que não? Estava lá. Geralmente eram discos presenteados por alemães que queriam agradar.

— Está me ouvindo?

— Claro.

— Tá nada, tá prestando atenção na janela, olhando a Cristal. Desiste, aquele poço não dá água. Ela não dá para brasileiros.

— Não, não, não olhava para ela, não. Me distraí com a música.

— Oi, Paulo, tenho de ir. Pego o avião das sete. Tava legal a feijoada.

Era uma moreninha mignon, magrinha e cheirosíssima.

— Tá bem! Não se esqueça de me trazer *Phebo*.

— Duas dúzias.

— Somos do clube do *Phebo*. Você também usa?

— Já usei, foi mania no Brasil. Agora, não. Estou experimentando sabonetes alemães. *Phebo* tenho por lá.

Ele percebeu então qual era o cheiro da menina que estava excitadíssima.

— Sabe o que vou fazer?

— Não.

— Vou votar.

— Votar? Faltam dois meses para as eleições.

— Quero ver a campanha. Nunca vi uma. Você já votou, não é?

— Várias vezes.

— Até para presidente?

— Votei no Lott.

— Comprei um vestido e um sapato que são umas gracinhas. Para o dia da eleição. Poxa! É a minha primeira e tenho quase trinta anos.

— Trinta? Parece dezoito.

– Clarinha faz o gênero adolescente entre os brasileiros de Berlim.

– Não enche o saco, Paulo. Schuss! Te escrevo, tá? E você? É o escritor, não é?

– Sou.

– Vi uns pedaços de sua novela *Sangue em brasas*, antes de viajar. Título ruim, não?

– O pessoal da tevê muda os títulos. Colocam o que acham viável comercialmente.

– A novela também não era dessas coisas. Não entendi o sucesso. Pra falar a verdade, era uma porcaria.

– Tinha coisas boas.

– Pra aumentar a verdade, e me desculpe a franqueza, também não gosto dos seus livros. Não me dizem nada.

Olhando para a moça, inseguro. Quando alguém o criticava abertamente, perdia o jeito, não sabia o que responder. Emudecia. Atitude que confundiam com arrogância. Fazia inimigos por causa disso.

– Aliás, você foi onda, moda de um momento. Coisa de Brasil. Elegem um, badalam num período, depois rifam. Os seus livros agora não vendem tanto e a segunda novela não chegou ao final. Verdade que você teve um colapso nervoso?

– Não! Foi tanta interferência, que rescindi contrato. Todo mundo dava palpites.

– Ahn...

Incredulidade e ironia na voz. Ele não estava disposto a discutir, não queria tocar no assunto. Queria estar longe de tudo.

– Nem todo mundo pode gostar das coisas que faço.

– Certo! Continue fazendo bobagens.

Incomodado, Paulo interferiu:

– Qualquer dia, a gente reúne um grupo para discutir essas coisas. Não acha boa ideia? Assim que você voltar, Clarinha.

– Quando eu voltar, queimada de sol, vai ter coisa mais importante a discutir, querido!

Ficou o cheiro forte de *Phebo.*

– Essa aí estava puta da vida comigo.

– Não entendi – disse Paulo, todo cheio de dedos.

– Faz parte, me acostumei. Era pior na televisão durante as reuniões.

– Ah, o Manolo está lá, se enchendo de caipirinha.

– Espera aí, Paulo. E o resto da história? A Andreia, o estouro do aparelho.

Ele se surpreendeu a falar uma linguagem usada nos jornais, naqueles anos setenta. Achou que devia ser a terminologia correta, mas se lembrou que Paulo nem uma vez tinha usado aquela gíria particular, comum àqueles tempos violentos.

– Bom... é... ah, a Andreia abriu a porta, os homens lá, ela compreendeu o que eram. Olharam para dentro do apartamento, num segundo analisaram a posição dos homens dentro da sala, saltaram como loucos. Andreia nem teve tempo de ameaçar um gesto para tentar fechar a porta. Entraram uns dez, não podíamos nos mexer no apartamento. Fecharam a porta e de dentro das sacolas, porque todos traziam sacolas, começou a sair metralhadora, pistola, granada, walkie-talkie, o que se possa imaginar. Nem precisava, mas fomos levando socos, coronhadas, pisões, ainda bem que não mataram ninguém, naquela hora. Uma porrada, uma coisa violenta, uma foda. Nunca mais Andreia conseguiu olhar para sacolas de supermercado. Parece ridículo, não? Só que é assim! Ei, Manolo! Compañero...

– Não tem cara de chileno, teu amigo. Muito menos de latino-americano.

– O que torna a vida dele menos difícil na Alemanha.

Manolo estendeu a mão. Daqueles que apertam profundamente, nunca se sabe se para fazer graça, mostrar a força, intimidar, ou se por chatice. Cara angulosa e um sorriso que não dava para resistir, o aperto de mão foi esquecido.

– Finalmente o brasileiro que anda escondido.

– Nem tanto.

225

– Você esteve em Cuba, não?

– Todo mundo sabe.

– Agora, o que você não sabe é que já estivemos frente a frente.

– Aqui em Berlim?

– Longíssimo daqui.

– No Brasil?

– Mais longe.

– Onde pode ser?

– Em Manágua.

– Manágua? Em 81? Você estava lá?

– Na praça.

– Com tanta gente na praça e se lembra de mim?

– Naquele dia, não sabia quem era. A não ser que era um dos convidados estrangeiros. Vocês desceram do ônibus e entraram na tribuna por trás, olhavam o povo de frente. Cantávamos enquanto vocês chegavam.

– Foi bonito. Mas por que ia se lembrar de mim?

– Você não deu o chapéu a uma mulher?

– Dei. Uma que desmaiou à frente da tribuna.

– Eu era um dos que carregavam a maca, estava indo para a mulher estendida no chão, vi quando você passou o chapéu a um miliciano que ficou a abanar a mulher.

– Depois, passei uma limonada ao maqueiro. E o maqueiro era você. Pô! Mundo pequeno.

– No dia seguinte, os jornais publicaram a foto da tribuna, dos convidados estrangeiros, tinha teu nome. Agora, aqui, meses atrás, abri um revista, vi tua foto, me lembrei: este é o cara do chapéu. A reportagem falava de sua ida a Cuba.

– Faz cinco anos!

– Queria só saber uma coisa. Se você encontrou minha mulher por lá.

– Sua mulher? Como saber? Encontrei tanta gente.

– Ela é brasileira.

– Tinha uns duzentos.

– Uns trinta e dois anos, magra, morena.

– Difícil, assim. Havia mundos de mulheres magras, morenas, nessa idade.

– Rosário não tinha nada de muito especial. Como descrever?

– Rosário? Rô?

– Sim.

– Monteiro?

– Sim.

– Foi jornalista?

– Foi.

– Não é possível!

Fazendo a vida feliz dentro de uma redação. 1970.

Trabalhavam numa revista feminina e pareciam alegres e felizes, era uma editora de prestígio, a revista vendia bem, todos se divertiam com receitas, moda, beleza, decoração, alguns contos, biografias de artistas, fofocas sobre Jacqueline Onassis, o casamento perpétuo de Sophia Loren (assim, com ph), os brilhantes de Elizabeth Taylor, o riso de Hebe Camargo, os filhos do Roberto Carlos. Todas as donas de casa brasileiras liam, era dirigida à jovem dona de casa, e havia 28 anos fazia sucesso, havia sempre jovens donas de casas, ou o público era fiel, irremovível. A redação tinha meninas bem-vestidas e talentosas escrevendo textos, reportagens e artigos que ensinavam a viver modernamente. Tinha fotógrafos que comandavam o gesto exato paradoxal que a modelo devia fazer para continuar inacessível (sonho), mas ao alcance da dona de casa, que devia se sentir transformada e sofisticada, mostrando-se no jantar das amigas como algo diáfano/irreal, como que saída das páginas da revista. Tinha escritores para reescrever, tornando os textos os melhores que havia, e muitos destes escritores gostaram tanto que continuaram a fazer revistas indefinidamente. Patinavam felizes no sucesso, fazendo uma linda revista que podia ser vendida na França, na Itália, nos Estados Unidos ou na Suécia, porque não assustava ninguém, apenas tornava prática uma vida que na realidade não era. Havia vários mundos que não se encontravam. O dia a dia de São Paulo e do Brasil e aquela redação mergulhada no ar-condicionado, as mesas com chás e refrescos, todos protegidos atrás de vidros lacrados que nem deixavam sentir o fedor de um rio que passava em frente, escoadouro de todos os esgotos da cidade.

Rosário provocava choque na redação, primeiro com seu modo de vestir, que não era o usual, não tinha os jeans desbotados, nem camisas imitando lona, não fazia permanente para deixar o cabelo eriçado, propositalmente decomposto. Estavam habituados aos seus estouros, pela manhã, hora de ler os jornais. "Por que não publicaram o assalto de ontem? Por que não publicaram a bomba no círculo militar?" Teve dia que chorou, desesperada, e todos se sentiram incomodados, ela era uma espécie de grilo falante que cutucava e espicaçava. Depois, o mal-estar se instalou, a partir de uma época em que por trás dos vidros viam a polícia, a cada dia, levar alguém. Os que se sentavam junto à janela davam o alarme: chegaram. E se esperava. Quem será? Alguém de nosso andar? E se fosse alguém desta redação? A empresa tinha uma atitude decente, dava assistência, continuava a pagar salários à família, aceitava de volta os que eram soltos (tão poucos), só desligava depois do julgamento e condenação (quase todos). Até que um dia Rosário não foi trabalhar. Nem no dia seguinte. Ela não tinha telefone e mandaram uma secretária à sua casa. Fechada. Rô não voltou mais. Os advogados da empresa saíram à sua procura, não encontraram pistas. Nem nas prisões, nos hospitais, nos necrotérios. Ela tinha um marido, porque falava nele de vez em quando. Aberta sua casa com um mandado judicial deram com os armários semivazios, mas o resto da casa em ordem, como alguém que foi viajar. Nunca mais se teve notícias de Rosário e foi então que a redação percebeu claramente sua ausência, a falta que fazia, uma admiração velada por sua indignação. Algo tinha se instalado no ar. Um vírus, uma pergunta: que país é este que criamos nesta revista, a cada mês?

1979. Pouco antes da abertura.

Tarde fria e chuvosa de fevereiro, parecendo tempo paulista. Ele estava em seu quarto no hotel Habana Libre, o antigo Hilton de Havana, Cuba. Lia originais vindos do México, Equador, Paraguai, Argentina, Colômbia, Peru, escritores de toda a América Latina estavam ali, em pilhas. Nenhum concorrente do Brasil. Não havia como enviar manuscritos para a Casa de las Américas, o bloqueio era grande, aquele mesmo iniciado em 1963, reforçado um ano depois com a ditadura militar brasileira. O rádio dava a hora de cinco em cinco minutos, era aborrecido, mas as músicas uma delícia de nostalgia, Frankie Laine cantando *Jezebel*, Billy Eckstine, *Temptation*, Connie Francis, Libertad Lamarque.

Eram três jurados no apartamento a discutir os contos complicados de um mexicano, não se sabia se um Joyce latino, ou um enganador fabricado pela assimilação do nouveau-roman francês com o fantástico de Borges, o surreal-hiper-real de Marquez, os enigmas de Cortázar, o simbolismo de Arreola, ou qualquer coisa nova e sem parâmetros, difícil de julgar pela ausência de modelos. Os outros dois eram um poeta uruguaio vivendo no exílio em Caracas e um contista da Nicarágua vivendo no exílio na Costa Rica. O nicaraguense tinha chegado da Alemanha, passara dois anos em Berlim com uma bolsa, a escrever um livro, agora regressava pouco a pouco, aproximando-se a cada dia de Manágua. Essa era outra razão para o rádio ligado, o noticiário constante dos movimentos revolucionários dos sandinistas. Bebiam Mojitos, suave refresco de rum, limão e água mineral, traiçoeiro como areia movediça. O nicaraguense contava, não se sabe bem por que, sobre seu apartamento num subúrbio berlinense, num prédio poupado pelas bombas. Um dia, sua mulher, ao erguer um pesado tapete que cobria todo o hall e parecia jamais ter sido batido, encontrou uma imensa estrela de Davi, em pastilhas azuis e douradas. Havia outros detalhes na história e ele perdeu, porque o telefone tocou e uma voz em português, sem sotaque, disse: Breno? Dificilmente era chamado pelo primeiro nome, estranhou. Também não era a voz de nenhum dos companheiros de delegação, havia três mulheres no grupo. Quem podia chamá-lo numa tarde de inverno em Havana?

– Quem fala?

– Rosário.

– Rosário?

– Trabalhei com você.

– Rosário Monteiro? Rô? Não!

– Eu mesma.

– Onde você está?

– Aqui embaixo. No hall do hotel.

Abraçaram-se longamente. Ele soube de seu medo, do dia em que fechou a casa, levou a filha para a casa da mãe em Ribeirão Preto, e embarcou numa viagem de caminhão, ônibus, trens através dos Andes, seguindo o inevitável roteiro dos fins dos anos sessenta, início dos setenta, que incluiu Chile, passou por Cuba e terminou, para alguns, na Suécia, na França e na Alemanha, ou na Argélia. Não houve tempo para avisar uma só pessoa. Naqueles dias não se avisava, não se confiava em ninguém. E o marido? Ela tinha perdido contato, imaginava que estivesse no Vale do Ribeira, outros garantiam que tinha sido morto no Araguaia. Seguiu a informação, mais precisa, de que vivia em Havana. Não vivia e ela ficou, sem ter como sair, sem documentos, sem informações do Brasil. Há anos não chegava uma carta, os jornais não traziam notícias.

– Fui encarregada de fazer contato com vocês. Os brasileiros daqui gostariam de promover um encontro, ter um bate-papo, todo mundo está ansioso por notícias. Vocês topam?

– Acho que todo mundo topa. Por que não?

– Não sei! Vocês podem ter medo?

– Medo? Pode ser. O pior já aconteceu. Viemos para Cuba.

Uma noite, estavam todos lá. Mais de cem, mistura de brasileiros casados com argentinas, chilenas, brasileiras casadas com cubanos, mexicanos, uruguaios, crianças falando uma língua quase incompreensível, talvez a nova língua da América Latina, o português espanholado, composto de acentos, palavras, sotaques, dialetos, ele se perguntando qual a identidade de uma criança assim. Desse modo é que nasciam e cresciam os internacionalistas, cosmopolitas, ou seriam simplesmente desajustados, sem raiz? Conhecia a maioria, ah, sim, conhecia. Sentia um arrepio, o corpo gelado, aqueles rostos eram familiares de todo um país, célebres pelos cartazes de procura-se em aeroportos, rodoviárias, estações, delegacias. Conhecia pelas fotos tiradas em aeroportos, quando grupos eram trocados por diplomatas sequestrados. As fotos estavam ali, vivas, moviam-se, falavam, existiam. Podia tocá-las, estava respondendo às perguntas delas. Surpreendia-se com tudo que sua cabeça tinha criado e desenvolvido, olhava aquela gente com curiosidade, a princípio, como animais raros. Queriam saber do país. Dos preços da comida aos filmes, das músicas ao processo de abertura prometido, se era o momento de um civil na presidência ou se os militares não abririam mão do poder. Principalmente, com ânsia incontida, nuvem pesada pairando sobre a sala, havia uma só pergunta, feita por cem bocas: podemos voltar?

Berlim, 1983, Märkisches Viertel.

– Quer dizer que Rô estava em Havana? Estava bem?

– Muito bem, estive em sua casa depois. Casou-se com um médico, os dois trabalham numa clínica rural a quarenta minutos da cidade.

– Rô casou?

– Estava casada, tinha mais dois filhos.

– Dois filhos?

– Ela me disse que você tinha morrido. Companheiros teus tinham sido testemunhas. Ela demorou para acreditar, aceitar, mas as pessoas eram de confiança, tinham te visto cair fuzilado. Não me pergunte onde, nem como foi essa história toda. Ela me disse tudo que te conto. Dou como recebi. Ela esperou dois anos e meio, aí conheceu o médico. Ela se formou em assistência social, não quer mais sair de lá, parece que tentava levar a filha, mas a mãe dela tem horror a Cuba, a Fidel, aos comunistas, não manda a neta. E a mãe anda te procurando, ainda, pelo Brasil.

– Eu volto agora. Vou voltar depois das eleições, assim que terminar meu mestrado. Por que a mãe não respondeu minhas cartas?

– Sei lá!

– Quer mais paio? Pesquei dois, divido contigo.

A mineira de Boa Esperança estendia um prato, ele recusou. Ficou pensando que era mulher bem comível. Gostava desses tipos magrinhos, meio nervosinhos, falsamente tímidos, quem sabe com a coragem adquirida pelas caipirinhas pudesse dar uma cantada? Ou quem sabe as coisas corressem normalmente, tudo desse certo. Por que ela estaria atrás dele, com um prato de paio, se não estivesse interessada? Às vezes, se julgava irresistível, e daí a depressão quando caía do cavalo, tornava-se uma fera, o amor-próprio ferido, prometendo vinganças como um colegial. Acaso não sonhara tornar-se um ministro da Fazenda, apenas para poder perseguir o rival, o homem por quem Luciana tinha se apaixonado? Quanto tempo demorou para admitir isso? Tinha sido deixado. Acrescentou uma rejeição à sua vida, retornou aos tempos de adolescência, quando curtia a dor das recusas, com a certeza de que isso o fortalecia, era o ponto de sua arrancada, o que o tornaria vencedor. Noites e noites, depois que Luciana se foi, ele passou a arquitetar métodos, desesperado em busca de uma estratégia para aniquilar o inimigo. Esquemas ferozes. Teve a lucidez de perceber que a falência financeira do outro poderia produzir resultado contrário, despertaria impulsos de solidariedade, proteção e lealdade de Luciana, instinto que as mulheres têm num grau desenvolvido. Ele conhecia a mulher que tinha tido. Estava ainda escrevendo o último romance – puxa, fazia quatro anos já, depois entrara naquela da televisão, esquecera tudo – e o dinheiro acabou. Disposto a arranjar um emprego para se equilibrar, foi impedido por Luciana. "Quanto tempo vai demorar para se adaptar ao novo trabalho? Significa parar o livro?" Uma redação – era o que ele sabia, mas odiaria voltar a fazer – ia consumi-lo, o romance ficaria interrompido. Luciana bancou despesas, trouxe o sustento, meses e meses. Pagou a pensão da ex-mulher e das filhas, sem desgosto. Então ele mudou os projetos alucinatórios. O importante era liquidar o outro sem despertar a compaixão, sem mexer com a lealdade e o carinho de Luciana pelo derrotado. Fazer de tal maneira que ela deixasse o homem mesquinho, desprezível, covarde, ridículo. Transformar o outro num pé de chinelo da pior categoria. Não há amor que aguente. E, assim, recuperar Luciana, selando com um longo beijo o reinício da ligação. Quando completava o plano e ganhava outra vez a mulher, dormia tranquilo, para reiniciar no dia seguinte. Os estratagemas retomados.

Nessa fase, mandou dezenas de bilhetes. A cada dia, dois ou três. Pelo correio ou pessoalmente. Gastou enormidade em táxi e flores. Telefonava alta madrugada, dizia coisas horríveis, alegrava-se quando ela começava a chorar. Ainda não sabia quem era o homem. Nada pior que a sensação de abandonado. Abala a estrutura, provoca impotência. Luciana se recusava a dizer quem era o outro: "O que interessa? Por que o nome? Por

233

que os homens precisam saber quem é? Que diferença faz?". O nome, o nome, diz quem é, diz, sua desgraçada, maldita, por que está fazendo tudo mais difícil? Diz o nome e pronto, volto ao meu canto, sei quando perdi. Sabia nada, ninguém sabe, ninguém admite.

Por que essas coisas voltavam à sua cabeça agora, no meio dessa feijoada? Talvez por estar a caminho de uma bebedeira total. Era o que precisava. Há muito. Desde que chegara a Berlim vinha se segurando, com medo de capitular, ficar dormindo mais do que duas horas de cada vez. Só podia dormir períodos curtos, rápidos, e despertar, ficar na vigília. Hoje estava disposto a se soltar, que o mundo se fodesse, cansaço imenso tomava conta de seu corpo. Cada músculo doía, os olhos avermelhados. Viu Miss Gudrun dançando o samba, não havia feijoada sem samba. Martinho da Vila, Clara Nunes, João Ribeiro, Cauby Peixoto, a seleção estava boa nessa tarde.

— Você está bem? — perguntou a mineirinha.

— Um pouco alto, tomei muita caipirinha.

— Também vou tomar pilequinho, estou de saco cheio.

— Do quê?

— Desses alemães. Não aguento mais.

— Se manda.

— Não posso. Tenho de ficar!

— Ninguém tem de ficar.

— Não se diz isso para uma mineira que sonhou a vida inteira com o casamento. Se diz menos ainda para a mineira que se casou contra a vontade da família. Para me mandar, preciso de dinheiro. E onde está?

> *Neta de uma tecedeira de Minas*
> *fechada pelo muro.*

A mineira então contou: "Pouco antes de morrer, minha avó me deu um conselho: 'Lurdinha, se tiver de fazer, faça'. 'Fazer o quê, vó?' Ela não respondeu, me olhou com cara de quem sabia tudo que ia acontecer, na hora nem liguei, a velha era cheia de manhas, nunca falava direito, depois a gente percebia o que ela pretendia dizer. Morreu com noventa e oito anos, cega, muda e imóvel na cama. Uma vida inteira a tecer mantas, era a melhor da região, foi a última, ensinou a arte às filhas. Só que as meninas riam daquele trabalho e diziam: 'Mãe, as lojas de Boa Esperança têm colchas prontas e mais chiques que estas, muito mais bonitas, daquelas que vêm dos *shoppings* de São Paulo'. A vó criava carneiros, vendia a lã do bicho, tosquiava, fazia o fio, tingia, tocava o tear que ficou encostado, apodrecendo e, quando a casa dela caiu, no dia do enterro, tudo virou pó, era o último tear da cidade, se bem que dizem que o padre pegou e levou para uma fazenda que tem em algum lugar de Goiás.

A casa da vó ficava à beira de um pasto e foi desapropriada quando encheram as terras de água. Por causa da represa de Furnas todo mundo teve de sair, mas a velha se recusou, foram derrubando todas as casas, ficou a dela, não adiantou mover despejo, a polícia se recusava a cumprir, o povo protestava, a vó ficando, a família preocupada, a casa uma ruína, ninguém podia fazer reformas, pôr a mão. 'A casa não vai cair, não! Nossa Senhora está segurando. A casa cai só depois que eu morrer.' A família com medo que a vó morresse debaixo dos escombros. Um dia, cheguei com uma lata de biscoito de polvilho, coisa que está desaparecendo, e a velha chamou a Gertrudes, minha tia, a única filha que tinha ficado com ela, solteira e muito fumadeira, nos seus setenta e cinco anos: 'Acabei de ver biscoito com furo no meio. Traz um pra mim'. Como ela podia saber se eu nem tinha aberto a lata? Assim que ela morreu e o corpo baixou a sepultura, a casa desmoronou.

Sei que não é isso que você perguntou. Mas tinha de começar pela vó, foi ela quem me aconselhou: 'Se tiver de fazer, faça'.

E foi o que fiz quando chegou aquela carta da Renata, uma carta que mexeu muito comigo, uai. Ah, riu, né, porque estava achando que não falo amineirado, e não falo mesmo, nem sei mais o que falo, porque raramente falo português por aqui, não me dou com os brasileiros, eles me intimidam, olham para mim não digo com desprezo, mas com uma atitude de superioridade, principalmente esses da universidade. Já tentei me colocar no grupo, me deixam isolada, não é por falta de cultura, não, que sou advogada formada, trabalhei na Cemig, vivi em Belo Horizonte e se voltei para Boa Esperança foi por vontade própria. Quando chegou aquela carta, tive medo e fiquei a tarde inteira na cozinha a descascar batatas em fatias da mesma grossura, já que essa é a minha especialidade, ainda que possa parecer bobagem.

Aqui na Alemanha é um desbunde, as batatas são uma maravilha, vou acabar engordando muito, preciso maneirar, ainda mais com esta gravidez começando. Pois bem, quando a carta chegou, fiquei excitadíssima, assustada, nervosa, quase me deu chilique, tonteei, perdi a respiração, pensando se eu estava preparada para o casamento, uma responsabilidade destas. Viver o resto da vida com um homem assustava. Tinha pensado nisso, porém anos atrás. Como todas as moças de Boa Esperança, gostei de um e de outro, namorei, uns de verdade, outros à traição, mas os moços queriam ir embora, fazer a vida noutra cidade, iam para Belo Horizonte ou Rio de Janeiro, iam desenhar, pintar, fazer música, ser bancários, até pianistas.

Sabe que outro dia aquele menino lá da farmácia da esquina da matriz acabou tocando aqui na Filarmônica, quem ia pensar, só que não fui, meu marido não sai de noite, tem sono, levanta cedo para trabalhar, ficamos o tempo inteiro em casa. Queria falar com o pianista, contar que também sou de Boa Esperança, nem sei se ia ligar para mim, ele é importante, vive na Europa. Bom, isso é outra coisa. Eu falava do casamento, porque nessa altura estava tranquila e decidida na vida, achando que solteirice era meu destino. Um pouco triste, via a maioria das minhas amigas casada, muitas felizes, criando os filhos, cuidando das casas, adorando os maridos e, por sorte, sabe que nenhuma ainda foi morta, graças a Deus todas vivas, vai ver uma e outra apanha uns safanões, mas é normal, não é? Muitas estavam em casas boas, a cada cinco anos faziam reformas, mudavam para uma casa maior, as que tinham se casado com fazendeiros de café estavam numa boa, porque ganharam mais dinheiro arrancando café e plantando cana, outras venderam tudo e enfiaram o dinheiro na poupança e no overnight. A maioria tem um carro para ela, outro para o marido, são sócias do Tênis em Belo Horizonte, vivem tranquilonas, os maridos jogando futebol no domingo para perder a barriga, que nunca perdem, e quando fizeram o lago, todas compraram barcos, lanchas, esquis, são pessoas realizadas na vida.

Uma, imagine só que loucura, tinha quatro carros e um amante, ao menos todos diziam, e o marido, um carioca, nem se incomodava, comentava-se que os três dormiam juntos. Cortei essa, não quis me envolver em rolos, fuzuês. Minha vida é diferente, sou séria, fala-se muito naquela cidade, quando vê a gente acaba enrolada que não tem como sair. Bem, nem todas as amigas estavam casadas, duas foram ser freiras, outra ao ser assaltada no portão da casa ficou traumatizada, degringolou, enlouqueceu e o marido internou, e ele acabou tendo um caso com uma psicóloga tenista, famosa em Belo Horizonte pelas coxas perfeitas e por ter inspirado um conto de um escritor que não gosta de dizer a idade. Sabe quem é esse? Você não é escritor?

Aquela carta chegou e percebi que estava dando um terremoto. A casa sacudia, os vidros quebravam, os lustres rachavam, as janelas tremiam, e não houve batata que me consolasse, foi um terror, suava em bicas, transpirava, tomava banhos gelados, enchi a banheira, coloquei gelo e mergulhei, minha irmã e minha mãe aos gritos: 'Vai pegar pneumonia, se matar'. Como os mineiros parecem alemães nessa história de cuidado e doença. Reparou que morrem de medo do golpe de ar? Viu quanta farmácia tem esta cidade? Pois bem, nada aplacava a febre, os dentes batiam, me assustei, decidi ir ao médico, à noite suava e delirava, via alemães e mais alemães caindo em cima de minha cama, loiros e de olhos azuis, azuis de doer a vista, talvez nem uma amiga tivesse o marido tão bonito. Elas invejariam, eu de marido europeu, morando na Europa, viajando para Roma, Paris, e todas essas cidades.

Aí veio a carta e me deu todos os tremores e medos e paúras, a barriga desarranjou, fiz promessa ao Divino Espírito Santo para que tudo corresse bem, meu sonho desse certo, o marido um príncipe, não, engenheiro bastava, andei dando dinheiro às almas do purgatório. Pensava na viagem, nunca tinha andado de avião, sempre que ia ao Rio ou ao Espírito Santo era de carro ou ônibus. Minhas amigas diziam que devia cair fora, me mandar. 'Tenho medo, não conheço os alemães.' Elas garantiam: 'Tenha medo dos brasileiros. O que pensa que nossos maridos são? Nossa vida é um horror, chatice, a sua não vai ser pior. Vai embora já, nem pense nisso'. Deram conselhos, eu me sentindo filha sem mãe, conversas de sexo e de homens, que me excitavam e apavoravam, acordava aos gritos, por sorte morava sozinha, fiquei com a casa da esquina da matriz, cheia de jabuticabeiras no quintal. 'Era um lugar para voltar, quem sabe meu alemão gostasse do Brasil e das jabuticabas e uvaias.'"

Marinez dançando de rosto colado com Manolo. Miss Gudrun se esbaldando no samba com um alemão que levava jeito, os dois num contentamento só, criando novo ritmo, polca/rock/boogie. Mudaram o disco, o frevo ferveu, uma pernambucana espigada, arquiteta que tinha uma bolsa de urbanismo, ocupou a pista, exigindo espaço para as esticadas de pernas. Dava tesouras incomparáveis, enquanto Gal cantava *Festa no interior*. E ele viajou pelas ruas de Olinda, tomadas por uma multidão espessa, naquele carnaval que aconteceu três semanas depois que Luciana se foi. Passados dois meses após a visão do Passat branco. Durante sessenta dias, tentei recolher cacos, colar pedaços, disposto a aceitá-la, de qualquer maneira. Desesperado. Ela ficou odiando o apartamento, tão gostoso, numa rua sossegada de São Paulo. Sem levar nada, a não ser o pequeno travesseiro de paina, do qual não se separava, não conseguia dormir sem. Travesseiro que vinha da adolescência, trazia o cheiro dela impregnado. Tinha sido feito pela governanta alemã que a criara, mulher que desenvolveu técnica perfeita de secagem e amaciamento da paina, de modo que ele nunca se desfizesse.

Havia dias, no verão, em que, antes de Luciana chegar, ele dormia o primeiro sono naquele travesseiro macio e gelado, por causa da paina e pela capa de cetim bege, escorregadia. Devia acordar antes de ela entrar, pois implicava se o surpreendia a dormir, o travesseiro quente. "É como a escova de dente, só a gente pode usar. Uma coisa íntima." Irritada, colocava o travesseiro na janela, para que esfriasse à brisa da madrugada, e ia para a sala, ficava longo tempo a fumar, nua sobre as almofadas. Não brigava, gritava ou discutia, nunca foi de levantar a voz, apenas os olhos perdiam o brilho, o riso desaparecia, surgia uma névoa ameaçadora, a mesma que aparecia quando ela fazia uma reportagem ruim. Situações veladas nos colocam inseguros. Dez dias depois, ela voltou, empacotou tudo, sumiu. Então, subi ao banheiro, decidido. O que Luciana estaria fazendo agora? Aos sábados, costumavam ir a Parati, se hospedavam no apartamento 32 do Coxixo. Se não tinha lugar, ficavam no Pardieiro, adoravam os quartos que davam para o jardim cheio de pássaros e pequenos animais. Ela estaria lá? Teria coragem de ficar no mesmo quarto tão cheio de lembranças, fazer tudo com o outro, na mais brutal indiferença? Sofreu. Adorava esta tortura particular, dor que o tomava por inteiro, como se o coração tivesse cãibras. Cãibras no coração? O que é isso? Dor de cotovelo, vá lá, a gente curte, mas o ridículo tem limite. Ele se deu conta, riu e ficou contente ao perceber que podia rir ao pensar em Luciana. Ainda que por um momento tenha ficado absorto, a imaginar os beijos e abraços. Aquele beijo de Luciana, em que a boca parecia comê-lo inteiro, a pontinha da língua alcançando o céu da boca, cócega excitante que só ela sabia fazer, rápida como cobra. O efeito da bebedeira desapareceu. Paulo tocava seu ombro.

– Sente-se mal?

– Não.

– Está pálido. Parece que vai desmaiar.

– Sonhava.

– Aqui é lugar pra sonhar? Quer um copo de um tinto de Baden?

– Não gosto de tinto alemão.

– Experimenta este.

Não sabia se o fígado ia suportar. Vinha misturando demais, ia sentir-se mal amanhã. Amanhã é amanhã. Precisava abandonar estas besteiras, preocupações com o momento seguinte.

– Não vai dançar?

O alemão espigado que estava com Miss Gudrun. Português correto, apenas a impossibilidade de pronunciar a nasal e o *erre* levemente carregado.

– Não sei dançar.

– Um brasileiro que não dança samba?

Riu, estendeu a mão.

– Sou Peter. Vou ao Brasil no fim do ano. Vou todos os anos.

– Gosta, hein?

– Paulo me disse que você é escritor, que conhece muita gente, já foi jornalista. Pode me ajudar.

– Posso?

– Quero visitar os índios. Pode me ajudar?

– Nunca vi um índio em minha vida.

– Não viu porque estão acabando.

– Você é antropólogo?

– Enfermeiro. Sou da associação internacional de defesa das minorias do Terceiro Mundo.

Porra, como tem europeu preocupado com o Terceiro Mundo! Fazem caridade, mandam esmolas, roupas, comida, organizam expedições em busca dos exóticos famintos, aberrações miseráveis, anomalias doentias. Montam cursos, escrevem livros, artigos, fazem passeatas com cartazes (tá assim de estudante indo ao Brasil), protestam indignados com a pobreza, devastação, corrupção. Movidos pelo paternalismo e pela culpa, um povo rodeado por culpas, o nazismo, discriminação, riqueza, exploração dos subdesenvolvidos. Merda, pareço festivo, modelito anos sessenta.

— E gosta de índios?

— Se quiser, posso mostrar meu arquivo. Tenho mil recortes sobre o assunto, pesquisa sobre índios há dez anos.

— Por que você não adota um índio?

Paulo salvou, trazendo o vinho. Admirou-se com a expressão estampada no rosto de Peter, mescla de indignação e desapontamento. Esperava um aliado, e nada. Como um intelectual recusa a bandeira de luta?

— Teu amigo emputeceu.

— Não liga, Peter é boa gente. Sério e romântico.

— Não tenho saco pra conversa ideológica.

— Então vai ter que se fechar, sumir do mundo.

— Não sou salvador da humanidade.

— Ei, qual é?

— Porra, Paulo, vim pra cá desligar. Não quero nada com nada.

— Do que você está fugindo?

— Não estou.

— Fugindo do Brasil, não é?

— Analisando? Também aqui tem essa mania de analista? O Brasil vive cheio de terapeutas gratuitos nos bares, jantares, na praia, na casa do caralho!

— Você é uma pessoa curiosa. Já te lia há muito tempo. Garoto ainda, quinze anos, li teu primeiro romance, achei um barato. Livro seco, direto, sem frescuras, violento, muito novo. Segui tuas coisas em jornal, temos amigos em comum. Acho que fiquei teu amigo, assim.

– E acha que tem o direito de sacar?

– Não é sacação. Desde que você chegou, tenho tentado este encontro. Quantas vezes te liguei? Quantos recados através de amigos? Um dia, estava no museu, te vi com uma morena linda. Alemã? Pensei: bom, ele está se virando numa boa. Queria te conhecer. Daí a insistência.

– Eu não andava numa boa, nada. Cabeça ruim, dor de cotovelo.

– Você e sua mulher eram figuras populares. Uma vez vimos um documentário sobre a usina de Angra feito por ela, e comprado pela televisão alemã. Um jornal noticiou a separação e o Instituto Ibero-Americano assina esse jornal.

– Brasileiro no exterior é demais pra minha cabeça. Nada com você. Te achei legal.

– A turma que vem aqui é boa. Garanto. A vantagem é que a Andreia é despachada, perturbou, ela abre o jogo. Você é um cara de quem ela gosta, por isso insistimos. Aliás, as pessoas acabam gostando de você. Tem o ar desamparado. Vai ver é a solidão, que desperta instintos maternais, proteção.

(Se ele soubesse como manejo isso, ficaria decepcionado.)

– Não estou me sentindo tão só!

– Uma vez, apareceu aqui um bolsista de Bento Gonçalves. Se fechou no hotel, não saía para nada. Pedia comida no apartamento, conservava as janelas lacradas, vivia na penumbra. Dois meses depois, quebrou todo o quarto e a polícia foi chamada. Encontraram um pacote imenso de tecido. Como se fosse um papiro gigantesco enrolado. Mais de cento e cinquenta metros de tecido branco, trinta centímetros de largura, cheio de inscrições e símbolos. Quando a polícia chegou, o desespero dele não era ser preso, e sim saber o que iam fazer com o seu rolo, que precisou um guindaste para ser retirado.

A fundação abriu. Ficaram fascinados, mandaram o rolo para a *Documenta* de Kassel, ganhou um prêmio anos atrás. Naqueles meses, o homem tinha desenhado histórias, frases, símbolos, signos, uma infinidade de coisas. Centenas de coisas, como:

AOS VINTE ANOS EU TOMAVA ÁCIDO
E DESCIA A MONTANHA RUSSA EM
PÉ NO CARRO. AOS QUARENTA NEM
EMBARCO NO TREM FANTASMA

DOIS PARALÍTICOS
EM CADEIRAS DE RODAS
ESTÁTICOS
CONTEMPLAM O
MURO DE BERLIM

MULHERES NUAS NOS PARQUES

NO BRASIL PROLIFERAM
AS LOJAS VENDENDO VESTIDOS DE NOIVAS
(Essa inscrição era no sentido do comprimento do pano.)

Há um espírito de destruição
dentro do homem que o leva
sistematicamente a arrasar
tudo à sua volta, o seu mundo,
e ele transfere isto
para o amor

TIRATE FIGLI DI PUTANE
Martírio de santa Margarida na roda

PUTA PAÍS LIMPO

Como manejar para não ser atingido
pela violência?

243

Numa das salas do Louvre, em Paris,
existe um armário de vidro, contendo
um vaso Camee, do século dezesseis,
pertenceu à coleção de Luís XVI. Dentro
dele uma pequena escultura: um dragão.
A língua presa a um pino. E esta língua
se move constantemente. Vibração? Vento?
Mas o armário é vedado. O chão? É de mármore.
O que move a língua do dragão?

Paulo mostrava cartões, reproduções de trechos do rolo de tecido.

– Passava todo o dia em frente à tua casa. É meu caminho. Ficava te olhando da calçada oposta. Engraçado, via o movimento de luzes, uma câmera. Você tem aparelhamento de tape, ou coisa assim?

– Tenho.

– Para quê?

– Para mim.

– E...?

– Qualquer hora te explico, é a minha terapia. Me diz uma coisa, Paulo, o que houve com aquela mineirinha ali, a grávida? Me parece piradinha, fala sem parar, numa tal carta. Não entendi nada.

– Lurdinha? Ela não anda bem.

– E essa carta, as histórias de Minas?

– Ela conta a todo mundo. A carta foi a proposta que a Renata, uma amiga, fez para que Lurdinha se casasse com um alemão.

Renata veio para a Alemanha fazer uma pós-graduação no Goethe. Filha de alemães, estudou no Benjamin Constant em São Paulo, formou-se em línguas. Encontrou o Peter, que tem jeito de chato, mas é interessante. Enfermeiro e decorador. Pode? Uma dia, o Peter disse que um amigo dele ia mandar buscar uma eurasiana para se casar. Aí, a Renata propôs: vê se ele quer uma brasileira.

– Buscar uma eurasiana?

– Andam em moda. Dizem que são quentes, eróticas.

– Mandam buscar como?

– Está cheio de agências especializadas, com catálogos para se escolher. Nunca reparou em Berlim o número de alemães com asiáticas? Custa uma grana!

– Mulheres mais quentes ou mais dóceis?

– O tal amigo do Peter se interessou pela brasileira, que também tem fama de quente.

– Esperava uma mulata!

– Renata mandou a carta, dizendo para a Lurdinha que, se ela quisesse casar e morar na Europa, estava tudo arranjado. A resposta demorou. Lurdinha acabou aceitando. O amigo do Peter viajou, sem falar uma palavra de português. Até hoje não entendo como se passou tudo. O sujeito não tem nada a ver. É um mecânico, outra cabeça, outro meio, veio do campo com os pais, venderam uma pequena propriedade, gente superconservadora, foi um nó para a Lurdinha, que ainda não venceu a resistência dos sogros. Um ano aqui e ela não fala alemão, a não ser pequenas frases. O marido é obcecado com o trabalho, de manhã à noite. Quer fazer o pé-de-meia, guardar, economizar, planejar o futuro. Ela sonhou com Paris, Roma e não sei o que mais, e nunca saiu de Berlim. Pior, nunca vai a parte alguma, o sujeito detesta cinema, acha teatro indecente, odeia rock e música popular. De vez em quando, com Renata e Andreia, ela vai a um concerto, vão fazer compras, frequentam o mercado de pulgas. Lurdinha adora as feijoadas, é quando vê gente, conversa. Agora ficou grávida e se apavorou, a cabeça desarranjou.

– Uns desarranjam por uma coisa, outros...

– E você, por que parece tão perdido?

Em Berlim, a realidade quebra a redoma de cristal, penetra casa adentro

Live

Um homem correndo, dois policiais atrás. A imagem é esfumada pela dificuldade do cinegrafista em acompanhar a cena. O homem é alcançado, atirado ao chão, apanha de cacetete.

Uma velha saindo com sacolas na mão por uma porta destruída. Um policial se aproxima, segura a mulher, abre as sacolas, retira pacotes de feijão, arroz, açúcar. Encaminha a velha para uma viatura.

Moleques fugindo entre os carros, braços cheios de latas de óleo e garrafas do que parece vinho.

Grandes vitrines quebradas, a câmera se aproxima, dentro do supermercado há uma zorra, policiais lutando contra um grupo de pessoas. Logo depois, escoltados, um amontoado de homens sai de braços para o alto enquanto os policiais apontam pistolas.

Filas de gente encostada às paredes, vigiada por soldados e cães. Aos pés de cada pessoa, uma sacola, liquidificador, ventilador, panelas, tábuas de passar roupa.

Plano geral de uma avenida repleta de viaturas. Soldados a cavalo, caminhões-pipa, fumaça, gente em correria, gritos, tiros.

O letreiro ao vivo iluminava a tela, como néon. O locutor transmite diretamente de São Paulo, Brasil. Falava rapidamente, de modo que ele perdeu boa parte do noticiário.

Durante todo o dia de hoje, na capital do Estado de São Paulo, ocorreram saques em supermercados e lojas. Tudo começou com uma manifestação pacífica, infiltrada, diz o governo, por provocadores de direita. Outros afirmam que é o povo esfomeado que se levanta, porque não suporta mais a fome e a terrível crise econômica, uma das mais graves da América Latina.

Houve choques violentos com a polícia, por toda parte. Alguns supermercados menores foram inteiramente saqueados, enquanto os grandes tiveram a proteção da polícia, que empregou todos os recursos possíveis para conter o conflito.

Neste momento, 18 horas no Brasil, 22 horas na Alemanha, os ânimos estão mais serenos. O governador está em reunião no palácio com todo o secretariado e informando o governo federal sobre a situação, finalmente sob controle.

– Paulo, você viu o *Tagesschau*?

– Acabo de ver.

Ele repetiu o que tinha compreendido parcialmente.

– Correto?

– Correto, entendeu tudo.

– Merda, e agora?

– Tem cara de guerra civil.

– Acha possível?

– Tudo é possível. Caos econômico, linha dura contra abertura, um sistema que não quer deixar o poder, oposição vencendo eleições. Tudo indica que vai haver luta aberta.

– No Brasil? Nunca.

– Ainda acredita no pacifismo brasileiro?

– Vou voltar.

– De que adianta?

– Se acontecer alguma coisa, quero estar lá.

– Melhor ficar, para não precisar se asilar em embaixadas.

– Vai começar de novo? Não dá para aguentar.

Passou os dias seguintes inquieto. Telefonou dezenas de vezes para São Paulo, lá se iam as economias que estava fazendo para uma viagem aos países do Leste. Uma noite, não resistiu, ligou para Luciana, com a desculpa de querer notícias.

– Oi, menino. Como vai aí?

Ele tremeu.

– Vou bem. Quero saber aí. A situação parece preta.

– Esteve. Acalmou.

– Mesmo? Não é aquele suspeito "tudo sob controle"?

– Nada. Foi provocação.

– Não preciso voltar?

– Pensava em voltar?

– Aqui quase não se tem notícias, fiquei ansioso.

– Relax, menino.

– Jura que anda tudo bem?

– Claro, não vai voltar por isso. Pena, pensei que fosse voltar por minha causa.

– Sua?

– Um pressentimento.

– Fico ainda um tempo.

– E a minha passagem? Está de pé?

– Sua passagem para Berlim?

– É. Para onde mais?

– Quer vir para cá?

– Pensei.

– Por que pensou?

– Pensei em ir e nos casarmos!

– O quê?

– Nos casarmos.

– Verdade?

– Bem, não sei mais.

Ficou um desassossego maior, além daquele provocado pelos saques e pelas violências. Não há refúgios no mundo, as redomas se quebram, a realidade nos apanha em qualquer lugar, desde que inventaram satélites que rondam sobre as cabeças num leva e traz danado.

Mulher sozinha no cinema segunda-feira?

Abraçados, num banco do Tiergarten. A cabeça de Marinez repousava em meu peito e víamos patos marrons de pescoço verde, alimentados por uma menina, que atirava côdeas mínimas de pão. A velha, do meu prédio, com o cachorrinho de latido estridente, passou, ficou nos contemplando. Deve ter me reconhecido do prédio. O cachorrinho mordia a coleira. "Essa velha não tem o que fazer? Decerto está escandalizada. Aqui as pessoas nunca se abraçam e se beijam nas ruas. Sabe que somos estrangeiros, deve estar irritada. Se disser alguma coisa, faço um escândalo, estou cheio desses alemães." Devolvi o olhar. Fixamente, como um amigo me aconselhou a fazer. Quando alemão te encarar feio, olhe direto nos olhos dele. Quando gritarem, grite com eles. Ficam assustados, imaginam que você pode ser alguém. Essa gente ainda tem um condicionamento profundo de hierarquia, vai demorar a se livrar. A velha deu um puxão na coleira do cachorrinho e começou a abrir a boca. Preparei-me para gritar, em português. E ela suavemente disse uma palavra que conheço em alemão, é muito usada.

– Schön (Que bonito).

Seus olhos brilharam, ela sorriu e se foi. Devagar. Traduzi e Marinez me gozou:

– Você é psicólogo de merda! E teu amigo pode pendurar as chuteiras. De Alemanha nenhum entende nada.

Continuei a olhar a menina e os patos. O calor de Marinez me fazia bem. Do outro lado do lago, um grupo de adolescentes se movia suspeitosamente, olhando para os lados e confabulando. Drogados? Costumam se encontrar num parque nas proximidades do Zoo, porém este parque é imenso. Gosto de pensar que são, sinto a proximidade do perigo e da emoção. Diante do vício, me excito. Logo depois, vem o medo. "Você tem muita noção de contravenção, até exagera", disseram, ao me ver ansioso numa alfândega, logo eu que ando com bagagens limpas. Quem tem essa noção se sente sempre culpado, é um sentimento de responsabilidade e dever absolutos, respeito à lei.

Nem me acho respeitoso ou cumpridor do dever, o que aconteceu é que passei a ter medo, começou naquele tempo em que tremíamos com a campainha da casa, se tocada à noite. Pavor de tudo, que se estendeu aos mínimos gestos, de tal modo que hoje nos contemos, refletimos e, quando vemos que se pode outra vez retomar os gestos, a ocasião passou, a mão pende inútil no ar. Até fiz uma frase, um dia, quando pensei nessas coisas. A de que somos uma geração de gestos retardados. Tremo agora em pensar no sangue frio que tive quando voltei de Cuba, viagem clandestina a uma ilha proibida, em pleno período duro. Desci do avião, meu passaporte cruzou por aquela cabine fechada e misteriosa (o que faziam com nossos documentos lá dentro?) e saiu do outro lado, carimbaram e me saudaram: "Bem-vindo ao Brasil". As malas cheias de discos cubanos e de jornais. Nada mais perigoso que o *Granma*, com sua faixa vermelha por baixo do logotipo: Órgão do Comitê Central do Partido Comunista Cubano. Numa só frase duas palavras fatais, comunista e cubano. Quando o avião sobrevoou Havana, na ida numa tarde de janeiro, me deu um nó na garganta. Era uma viagem retardada, deveria ter sido feita dezenove anos antes, quando a revolução cubana soprou sobre o mundo, e na redação do jornal seguíamos os telegramas saídos dos antigos teletipos. Houve sorteio para ver o repórter que iria, todos se apresentaram, reivindicando ideologicamente os direitos de voar para a ilha. Corríamos por São Paulo, indagando preços de passagens, formando grupos, organizando itinerários de trem e ônibus, houve quem propusesse uma expedição a pé que sairia de Brasília, a futura capital que Juscelino estava construindo. Não sei por que, um telegrama da UPI me impressionou, está guardado numa das muitas caixas com meus papéis, caixas que devem apodrecer, uma das decisões que tomei em Berlim é não remexer em guardados,

250

cartas, fotos, bilhetes, anotações, contas de restaurante, a tralha que representa o homem que fui e não quero ser mais. O telegrama diz dos táxis cubanos que passaram a ser coletivos. Ninguém mais tinha o direito de tomar um táxi sozinho. À medida que houvesse, pelo caminho, gente à espera de condução, teria que repartir. Era o princípio da ação comunitária, o fim do individualismo.

Inocentes e talvez felizes, seriam precisos dez anos para sabermos o que significava o terror. Invejo aquele adolescente no que ele tinha de profundo, a fé cega em valores abstratos. Vibramos quando os guerrilheiros desceram de Sierra Maestra e entraram em Havana, em janeiro de 1959. Situação que nos deixou uma grande esperança. Cuba estava servindo para definir as coisas, eliminar a névoa, mostrar os contornos e as arestas. A partir de janeiro de 1959, penetramos no setor de conhecimento, não havia mais a possibilidade de se bater por um ideal sem saber o quê. Toda a América Latina se embebeu disso, se entranhou nesse conhecimento. Agora, passados mais de vinte anos, posso me sentar à beira de um lago em Berlim, a recompor uma imagem perdida. Não me encontro mais, preciso me conformar com o novo homem que vou criar, me adaptar a ele, aceitá-lo e me vestir por dentro dele. Me transformar nele. Estou sempre me transformando. As águas do lago se agitam em marolas, são centenas de patos à nadar, à cata de migalhas. Não há mais ninguém, o parque se esvaziou. Bate um vento fresco, *Es zieht*, dizem os alemães, e fogem das correntes de ar. A marola me hipnotiza, me sinto flutuando.

— No que está pensando?

— Que você acabaria me fazendo esta pergunta. É incrível. Se duas pessoas estão juntas e uma fica cinco minutos em silêncio, logo vem a pergunta: no que você está pensando? É difícil suportar o silêncio do outro.

— Bem, fez sua observação inteligente. Me impressionou. Agora, diz: no que estava pensando?

Seu rosto junto ao meu, os olhos castanhos e bem abertos. Tenho medo.

– Em Cuba.

– Cuba? A propósito do quê?

– Do fim de meu casamento.

– O que tem Cuba a ver com o fim do seu casamento?

– Pode ser uma coincidência. Assim que voltei, me separei. Mas também pode não ser.

– Se foi assim, tudo devia estar acabado, não?

– Estava. Havia anos estava terminado e nenhum dos dois dava o golpe final. Eu não tinha coragem. Deixava que a situação terminasse por si mesma, se deteriorasse. Minha mulher me avisava, está acabando, precisamos dar um jeito. E era esse jeito que eu não queria dar. Não me movia, não tinha coragem para enfrentar a solidão, para dizer não a tudo.

– Espera aí, me explica. Foi essa mulher que te abandonou no fim do ano?

– Essa foi a segunda. Falo da primeira. Do meu casamento de papel passado. Da mãe de meus filhos.

Através das ramagens, acompanhei um carro branco fazendo manobras para estacionar, muito longe. Passat? Estremeci, ficou uma dor na boca do estômago, desviei outra vez para as marolas do lago, estavam quase parando. O que há com elas?

– Então você foi a Cuba e na volta se separou. A viagem teve influência?

– Acho que teve. Fiquei muito impressionado ao ver que todo aquele povo tinha mudado. Mudado mesmo, era uma coisa real, eu podia tocar nessa nova situação. Precisaram de muita violência para atingir aquilo, algo novo, precisaram dizer não a muita coisa, a eles mesmos, para se transformarem. É difícil, Marinez, dizer essas coisas sem que vire discurso. Durante todo o tempo que estive na ilha, vivia em estado de choque, sem me compreender direito. No avião, de volta, percebi que eu tinha me questionado, inconscientemente, desde que ali chegara. Tinha de me decidir, dizer um não a tudo, se quisesse modificar a minha vida.

– Então se separou?

– Assim que voltei. Reuni coragem e disse não a mim mesmo, para poder ser eu e passar a dizer sim.

– Entendo que você goste de frases. Vive delas. Mas essa última foi igual à de algumas novelas. Diálogo que não dá para o ator dizer. Acontece muito. A gente costuma rir, adota a frase como mascote. Se não dá para um ator dizer, meu querido, é ruim. E nem um pouco verdadeira.

– Também continuo tendo uma leitura interessante de você.

– A gente da tua geração é muito amarrada em Cuba, não? Outras coisas aconteceram no mundo. Me amarro mais nos sandinistas.

– É uma revolução bonita também. Só não sei se teria sido possível se não tivesse havido Cuba. Andava tudo parado no mundo e, de repente, uma explosão, um susto para uns, alegria para outros. No Brasil, acabou precipitando a contramarcha.

– Li os artigos que você escreveu no *Pasquim*, deslumbrado com a Nicarágua. Também um livro seu sobre Cuba era o de um deslumbrado. O que há? Perdeu a visão crítica?

De repente, me vem um grande cansaço. Que não é de hoje, é de anos e anos correndo o Brasil, falando em faculdades, em escolas. A mesma coisa. Variavam os auditórios. Não conseguia me refazer, mudar o tom. Desisti. A vinda para Berlim pintou na hora exata. Aqui estou à procura de um raciocínio novo, um palavreado não gasto. Fórmulas precisam ser trocadas. Ou quem sabe não sejam as fórmulas e sim os elementos que as compõem, para que os resultados venham alterados. Há séculos caminhamos num pantanal, sem descobrir terreno firme, os pés afundados na lama. Inseguros, crentes de que vamos nos afundar no próximo passo e, ao mesmo tempo, com toda a fé de que nesse passo é que estará o terreno firme. Olhando para trás, não vemos mais nossas marcas, elas desaparecem num instante no terreno alagadiço, e a sensação é de que não passamos por ali. De que não há como voltar sobre os passos, o caminho de volta terá de ser novo. Redescoberto. Fui consumido, provavelmente serei extinto logo à frente. O que me resta senão este momento em que sinto os pés firmes? Fixar-me neste instante relativamente seguro, por sua vez, representa a imobilidade. Estátua milenar perdida numa floresta, coberta de limo e teias de aranha, à espera de um explorador. Só que se acabaram os exploradores da terra, não há mais um milímetro virgem a ser palmilhado. É uma exaustão de ideologias, de política, de frases sem sentido.

Marinez se move. Mudou de posição em meu colo, a cabeça em minhas pernas, impossível que não me sinta excitado. Meu pau junto ao seu rosto. Ele estará se agitando de propósito, num jogo, ou nem pensa nisso, é um mover-se natural? O pau dói, preso ao jeans apertado, a cabeça raspando a lona áspera. A tarde entrou naquela luz decomposta, fatídica. Se fosse sábado, estaria desesperado, não acredito que estar com Marinez pudesse me ajudar. Penso no meu pau todinho fora, ela escondendo com os cabelos, lisos e castanhos. Isto é hora de se falar em textura de cabelos? Minha primeira mulher tinha razão quando se impacientava com o meu racionalismo. A pele dela é macia, meu pau roça pelo seu rosto, podia dizer que ela tem pele de pêssego, porém se tem coisa que detesto é pêssego com aquela penugem. A respiração de Marinez é quente, bem junto à cabeça, essa merda de calça incomoda, o saco raspa no zíper. Doendo. Como me manter excitado, se nunca tive tendência ao sadomasoquismo?

Estar neste parque, exposto, talvez observado, me excita, quero continuar. E me irrito comigo mesmo, estou querendo dizer a ela para irmos embora, voltar à casa, ao conforto. Uma babaquice, basta eu abaixar um pouco as calças. Como fazia no cinema, às segundas-feiras. Tinha pouca gente, eu procurava uma fila em que houvesse mulher sozinha, ou duas, tirava o pau de fora e deixava. Até hoje não soube se ninguém se incomodava, se ninguém via, ou se tinham medo e se calavam. Nunca nenhuma delas se levantou aos gritos de "sem-vergonha, vou chamar o gerente, o que você pensa?". Pode ser que o medo do escândalo fosse maior, marcaria para sempre uma mulher naquela cidade. Elas sabiam que nada me aconteceria. Tinham receio de que eu pudesse dizer que elas tinham provocado, depois se arrependido. Eram suspeitas a partir do momento em que, numa segunda-feira, iam sozinhas ao cinema. Ou então, o que estavam as duas fazendo juntas no escuro da sala, numa fileira deserta? Seguro de minha impunidade, movia-me num mundo em que meus direitos estavam garantidos.

Aos domingos, com o cinema lotado, sentava-me perto de casais e pressionava minha coxa contra a da mulher, com uma audácia ou loucura que nunca mais tive. Ousadia ou desespero? Vontade de que aquele vulcão sobre o qual estávamos sentados explodisse. Sentia-se no ar da sala o clima de vontade, o cheiro do sexo reprimido, as ânsias enrustidas. Quantas e quantas vezes imaginávamos, meu grupo e eu, as pessoas tomando uma droga qualquer e se soltando, se entregando, fazendo tudo que queriam e necessitavam.

Muitos anos depois, um de meus amigos teve a ideia de encher a caixa-d'água, o serviço de abastecimento da cidade, com LSD e observar a trip geral, a comunidade embarcada. Se tivéssemos dinheiro para tanto ácido, teríamos tentado, porém mal tínhamos para consumo próprio. Não, eu não, me meti pouco nesta, me faltou coragem, teve muito sujeito que andou voando pelas janelas dos apartamentos e se despedaçando no asfalto, porque vinha a vontade, a percepção ficava solta, a inibição desaparecia, porém faltavam as asas.

Outro dia, em Berlim, tive uma grande frustração, vi que uma frase nossa tinha sido roubada, usurpada. Aquelas sessões de cinema, víamos como o divertimento sobre o vulcão. A ideia veio depois de um filme de Debra Paget, *Ave do paraíso*, em que havia um vulcão explodindo, e no meio do barulho e das lavas ouvimos, vindo do balcão, um grito de mulher gozando, ela não deve ter aguentado, enquanto o homem amassava. "Amassar" era o termo. Foi um espanto, um riso nervoso, uma atmosfera cúmplice, uma gargalhada geral, e enfim a condenação: "Onde já se viu? O que é isso?". Chegaram a acender as luzes, porém o casal tinha escapado. Dali para a frente, o policiamento no balcão foi redobrado, estragou a boca de muita gente. Comentamos como seria engraçado se todo mundo se liberasse e se entregasse, como tinha realmente vontade de fazer. Sem poder. Todos precisavam gozar quietamente, abafando gritos e gemidos, sufocando o prazer. E se uma hora o vulcão estourasse por baixo do cinema? Aí nasceu a frase, semelhante a esta com que as pessoas definem Berlim: "O baile sobre o vulcão, a cidade entre dois mundos, fechada, pronta a ser aniquilada, inteiramente sem defesa".

Quero trepar agora. Mas se nos pegam estamos fodidos. Mal sei o que pode acontecer, dois estrangeiros fodendo em público. Nunca ando com meu passaporte. Pô, eles ficam nus à toa por esses parques. Assim foi o verão inteiro, e este ano fez um verão incrível, dizem que há 37 anos não se via tanto sol. Velhos, moços, bichas, crianças, casais, todos nus, e ninguém se incomodava, eu passeava entre os pelados, olhando curiosamente. E nada. Havia uma atmosfera pasteurizada, as pessoas não deixando a sensualidade transparecer, romper com o suor à flor da pele. Não havia nenhum clique. Coxas e xoxotas, bundas e bundas à mostra, e nenhuma vontade delas, porque não havia vontade para com ninguém, hora de sol é saúde, vitalidade, concentração. Como se fosse possível apertar um botão e desligar. Algo semelhante a essas comidas limpas e naturais, não contaminadas, puras e sem gosto. Saúde demais para mim, sol-natureza, nenhuma eletricidade, o ar asséptico.

– Você quer? – perguntei.

– Posso querer.

– Vamos para casa?

– Agora não. Vamos curtir o parque, o fim de tarde.

– Curtir o parque?

– Nunca ouviu falar do tantra? Vamos acumular para depois. Fica um estouro.

Quase totalmente escuro, sigo ainda as marolas. Marinez se ajeita em meu peito, quentinha, os seios com os bicos enrijecidos. Ela quer também. O trem vermelho-creme passa ruidosamente nos trilhos elevados, vazio, luzes acesas. À medida que o rosto de Marinez sobe, iluminado pelas janelas do S-Bahn barulhento, me percebo cheio de apreensão. Venho me contendo há dias, evito os olhares cúmplices, porque estes significam: "Estou na sua, assim como você está na minha". Uma coisa maliciosa que nos desarma. Ela me encara, decidida e inteiramente solta. Os patos se acomodam para dormir.

Mulheres quarentonas se embriagam numa casa de chá

Querido

Organizei tudo. O encontro foi no café do Tio Zoega, um lugar novo, de alguém que pensou nas mulheres desta cidade. Coisa limpa, janelas com floreiras, mesas com toalhas xadrezes, de pano, e não aquelas coisas imundas de plástico das lanchonetes e casas de chope, onde só entra homem e garotada. Descobriram as mulheres maduras como potencial comercial.

No café, quem quiser come salgadinhos e docinhos com chá, mas a maioria das mulheres prefere uísque, conhaque ou gim. O que elas estão bebendo é uma barbaridade. Nós três, não. Foi na base do café com leite e, acredite, rocambole. Não bebo? Bebo. Bebo muito vinho tinto, estamos sempre a inventar um jantar, reunião, alguma situação, em qualquer casa, duas, três vezes por semana, para poder aguentar a pressão.

Nessa tarde, às quatro horas, pontualíssimas, nos beijamos emocionadas, nos olhando, para ver se os quarenta anos tinham provocado estragos. Os de sempre. Nos consideramos muito sensuais e comentamos com arrogância que nenhuma das meninas de hoje, com todo liberalismo e emancipação, faz o que fazemos numa cama com os homens que amamos. E duvidamos que qualquer um daqueles homens de nossa turma – e como tinha homem – seja hoje tão bom e escolado quanto somos.

Me acha sacana? Quase escrevi safada, mas é um termo gasto. Não precisa dizer nada, você está rindo e registrou a minha observação: com os homens que amamos. E é, porque amo o Jaime com tudo o que tem acontecido. Nunca me deitei com outro homem. Tive vontade, chances, vivo viajando para esses congressos, tenho noção do que as minhas pernas valem, todos iam à piscina só para me ver. Um dia desses você vai me contar se a turma se masturbava pensando na gente.

Se o Jaime entra agora, vai ler a carta. "Isso é linguagem de mulher séria?" O divórcio que não saiu esses anos todos seria imediato. Acho que essa separação nunca mais se dará, é com ele que me sinto bem, me entendo, em quem penso, e não se trata de conformismo, nem acomodação. Não foi à toa que me arrisquei tanto com este novo filho que me deixou com cara de garota, jurou a Maria Helena.

O período mais crítico com o Jaime foi quando ele abandonou a casa para viver com aquela professora. Na época, a única carta que escrevi devolveram. Você tinha ido passar uns meses em Cuba, a convite de uma instituição cultural. Só soube na volta, e aí a professorinha tinha morrido, com um inexplicável vírus que a deixou toda inchada. Uma amiga jura que foi por ter lambido um selo, no correio. O selo caiu no chão, com a cola para baixo, ela nem ligou, lambeu e colou na carta. No fim da tarde, tinha a língua grossa, a saliva secara, dois dias depois o coração arrebentou. Recebi um Jaime derrotado, fracassado, mas digno, sem nenhuma vergonha. Disse que fez o que devia fazer, gostava da mulher, foi com ela. E que ainda me amava e eu decidisse se devia aceitar ou não. Aceitei. Sei que amo esse homem, é com ele que quero viver, ainda que o deteste, às vezes. Além do mais, a outra estava morta, ele era meu de novo.

Não sou cínica, nem maldosa. Apenas objetiva. Mesmo não sendo cínica, sempre rio quando me lembro desta história de morrer lambendo selo. Deve ter sido praga de minha mãe que, apesar de boa protestante, ficou com tanta raiva do Jaime que fez todas as rezas possíveis e impossíveis. Não duvido que tenha procurado uma macumbeira e tudo tenha sido um serviço arranjado no além. Você tem mania de guardar cartas, roubar trechos para os teus livros. Encontrei muita frase minha espalhada pelas tuas páginas imortais, naqueles textos que incendeiam corações desprevenidos. Se fosse cobrar direito autoral, receberia meio a meio. Por favor, leia, memorize e rasgue esta. Em Berlim deve ter lareiras, a gente leu nos jornais que o inverno foi desgraçado de frio. Queime nas chamas de teu lar estas palavras insensatas, para que ninguém no futuro saiba desta paixão que me inflamou e devorou.

Viado! Por que não me quis? Depois vem me dizer que foi a timidez, a minha indiferença, eu era fechada. Conversa fiada, na volta temos que colocar em pratos limpos. Partos limpos, hein, nada de usados, sujos, comidos. Escrevi partos, devo estar com o meu na cabeça, foi tão fácil, maluco. A criança escorregou assim, sem mais nem menos dei dois gritos de dor, e pronto. Nem precisou Leboyer.

Sim, sim, éramos três mulheres perfumadas, cabelos arrumados, vestidos vaporosos para a tarde calorenta. Nos observamos e constatamos com alívio que as três continuam a odiar laquê. Mariana precisou brigar com a cabeleireira, que queria levantar os seus cabelos loiros, fazer lindo arranjo para cima, e melar de laquê, deixar duro. Como aqueles cabelos que fazíamos nas tardes de sábado para o cinema e depois se desmanchavam nas encoxadas desesperadas à beira do portão. Desesperadas porque não podíamos ir além dos limites e vocês saíam para a zona, enquanto entrávamos em casa molhadinhas e exaustas, os músculos doendo de tanta contenção. O fim de semana era uma agonia de agarra-agarra, terminávamos o domingo estropiadas, depois de ter sentido nas coxas a potência de nossos namorados.

Conta! Verdade que o Carlão usava lenços para dar a impressão de que o dele era enorme? Ficávamos na cama a respirar fundo e a tomar água com açúcar enquanto nos decidíamos se o assunto seria resolvido pelos nossos dedos hábeis, como acabavam por ser todas as semanas. E no mesmo instante em que tínhamos nos retorcido mordendo o travesseiro para não gritar e acordar os irmãos do mesmo quarto, vinha aquela culpa profunda, imensa, que nos derrotava. Jurávamos nos afastar dos namorados, nunca mais nos agarrarmos em parte alguma, ansiávamos por casar ou fazíamos promessa, como a Elisinha, que fez até novelas, queria ganhar coragem para ser puta. Onde está escrito novelas, leia novenas. Novenas não se fazem mais, novela é a moda.

Ríamos de contentamento. Maria Helena confessou que estava de calcinha nova, levantou a ponta da saia, mostrou. Azul, a cor que Antonio Carlos preferia. Imagina o que ela mudou, primeiro para falar de um detalhe desses, segundo para mostrar, terceiro para revelar que era a cor do Antonio Carlos, com toda a cumplicidade que isso representa. Fiquei embaraçada, sem demonstrar. Maria Helena, das três, é a mais bem-casada, acho, tem o jeito tranquilo e seguro de quem acertou. Parece que sim, nunca ouvi falar de uma crise séria nos seus vinte e um anos de casamento. A mãe dela ainda mora aqui, é minha vizinha e das melhores amigas, foi quem suportou a barra durante o acesso pedagógico de Jaime, como ela define aquele período da professorinha. Claro que a famosa história do pega-na-mão, com Antonio Carlos, foi lembrada, ainda que não tenhamos nos reunido para falar do passado. O que não adianta é ficar negando que dos quarenta anos a gente deixou coisa para trás, a memória passa a existir, é uma presença, o problema é quem deixa se arrastar por ela, mergulha e flutua indefinidamente nas lembranças, perdendo o pé do mundo. Discursos e frases-feitas à parte, o que não me perturba muito. De nós dois, o escritor é você, portanto posso usar os lugares-comuns, cair nos clichês, meu compromisso não é com ninguém.

"Posso pegar na sua mão?", pediu o Antonio Carlos, no escuro do cinema, um domingo, após dois meses de namoro. Dois meses, sessenta dias, nove semanas, além daquele tempo infinito que demorava a conquista, com as táticas de envolver, a estratégia de despistar os irmãos e os parentes. Dois meses e era preciso a permissão para se pegar na mão. Maria Helena, compenetrada, porque acreditava que era o certo, devia ser assim, não podia ir facilitando, não tinham ensinado o que os homens queriam? Gostou deste "o que os homens queriam"? "Não acha um pouco cedo?", ela retrucou, com aquela carinha desamparada, safada. Viu? Agora usei safada. Antonio Carlos nunca foi de se apertar. Deu uma gargalhada e mostrou o pulso vazio: "Não sei se é cedo, não tenho relógio".

Ele mesmo se encarregou de espalhar a história no colégio e me pergunto duas coisas. Se um tipo como você teria tido coragem de contar o episódio, porque você sempre dramatizou tudo, era o mundo contra, estava sempre de pé atrás. Gostaria de saber também como seria hoje, Antonio Carlos e Maria Helena frente a frente, pois foi uma paixão imensa, durou o colégio inteiro, e nunca nenhum dos dois contou por que se acabou. A turma foi toda embora e um dia nos vimos sozinhas na cidade, a dar aulas, criar filhos, brigar com empregadas, pesquisar preços em supermercados. Queríamos ter partido também, como os homens, mas nossos pais deixaram? Anos cinquenta, querido. A liberação ainda era sonho americano! E o pai de Maria Helena quase a matou, para não dizer o de Mariana, que fez uma reunião em casa e a botou vigiada pelos irmãos, dia e noite, com medo que ela fugisse, Mariana sempre foi esquentada, não era de deixar as coisas assim, enfrentava: "Por que meus irmãos podem ir estudar em São Paulo e eu não? Tenho tanto direito quanto eles". Foi o que ela gritou no meio da rua, com o pai a correr atrás, cinto na mão. Cena de doido! Uma menina de dezoito anos correndo do pai no meio da rua, com os vizinhos aprovando, homens e mulheres: "O que querem essas meninas de hoje em dia?"; diziam as vizinhas, das varandas: "Dá mesmo seu Luiz, mostra quem é o homem na sua casa".

Até hoje Mariana tem no supercílio a cicatriz da fivela. E ficou mal, na família e no bairro, quando correu à delegacia e deu parte do pai. Seu Luiz morreu de vergonha, queria se matar, foi chamado e o caso só não complicou porque Mariana tirou a queixa, o pai ficou um ano sem falar com ela. Sem dar mesada, sem deixar sair de casa.

Seis meses depois de cessar o castigo, ela se casou com o Henrique, dono da bicicletaria, e até que acabou levando a vida, não sei se bem, se mal, não se abriu mais. Por isso eu esperava muito dessa tarde. Ela custou a concordar com o encontro, sempre evitava, até que a volta de Maria Helena fez com que ela se decidisse. E, quando chegou ao Tio Zoega, era a mesma Mariana de antes, resoluta e radiante, louca para saber das coisas.

Não vou descrever todas as conversas. Estou cansada, são duas da manhã, estou na cama, apoiada sobre o braço direito, adormecido, formigando. Comecei a escrever, querendo contar o quê? Era qualquer coisa especial, além de falar desse reencontro com Maria Helena e Mariana, refazendo o trio que era a alegria dos dançarinos, pés de valsa do clube, eles tão bonitinhos em seus terninhos brancos ou azuis, gravata, aqueles paletós com ombros, e brilhantina. Você usava glostora, ai que horror, outro dia achei um vidro numa loja, devia ter trinta anos. Comprei, vomitei. Como podíamos suportar a dança, rosto a rosto, cheek-to-cheek, com aqueles cabelos brilhantinados e enjoativos? Sim, sim, era para falar que você foi nosso assunto favorito, claro! E eu muito estrela, porque estava a par do assunto, conheço a matéria, e levei seus cartões e cartas e notícias, jornais e revistas, e falei de você – não esse que a imprensa mostra, e sim o que eu conheço, o que existe de verdade atrás dessa imagem fabricada por jornais e televisão. Fabricadas por eles ou por você, que sempre teve fantasia e há muito tempo vem compondo um personagem, rindo de todos nós, dando cada susto em quem te conhece.

Elas leram seus livros, seguem as novelas e confessam que são escritos por um estranho, não conseguem conciliar a tua obra com o que se lembram. Perderam o contato, você nada mais é que uma pessoa dissolvida no fim da adolescência, no mesmo instante em que um mundo antigo se desmoronava, os anos cinquenta se diluíam, começavam a rebelião. Você era mais velho, parecia entender que o mundo estava virando de ponta-cabeça e procurava se localizar dentro de tudo, tentando à sua maneira, e confusamente – claro que é uma visão de hoje, na época pensava diferente, babava como uma boba com teus feitos. Buscando cuidar de nós, mandando revistas, meias último tipo, cintos incrementados – qual era a palavra na época? –, batons usados pela miss universo, e também os livros da Simone de Beauvoir, Karen Horney. Livros que levariam anos para aportar na cidade. Chegavam riscados, com as suas anotações, às vezes líamos com a sensação de teleguiadas, queríamos os livros virgens para fazermos nós as anotações, quem sabe o que nos impressionasse e tocasse não fosse exatamente aquilo que tivesse sido marcado por você. E o correio despejou Sartre, Camus, um lenço autografado por Kim Novak, o seu orgulho, e programas de teatro. Como você se assustou e nos deixou espantadas ao contar que, em *Panorama visto da ponte*, havia um beijo na boca entre dois homens. Meu Deus, que coisas ocorriam no mundo! E por que estávamos tão distantes de tudo? Kim Novak. Onde anda? Como era bonita, minha nossa! Uma vez fui a São Paulo de férias e você me levou à entrega daquele prêmio de cinema, o Sacy. Exibiram *Vertigo*, de Hitchcock, tenho todas as cenas na cabeça, ficamos orgulhosos, porque o filme era sem legendas, tão novo estava, e entendemos quase tudo, enquanto babávamos por Kim.

Era o começo dos anos sessenta. Hollywood despedaçada tentava refazer seus mitos, suas estrelas, alheio ao mundo transformado, o povo não estava ligando para estrelas vaporosas e glamourizadas, agora existia Brigitte Bardot e o que se podia ver na tela é que as pessoas suavam de desejo e trepavam com gemidos. Era o que você cuspia raivosamente no jornal, naqueles artigos alucinados que escrevia dia sim, dia não, e que fizeram de algum modo as pessoas começarem a prestar atenção em você, batalhador, demolidor, sem direções, irônico, um sujeito que nunca ria, a quem faltava humor. Sabíamos que você não ria por um dente

263

que faltava do lado direito, cuja falha aparecia se abrisse muito a boca. Havia falta de dinheiro e de coragem para ir ao dentista, o medo de ser obrigado a colocar dentadura, aquele horror de colocar a mão na boca, para esconder a falha e também para verificar o hálito. E a briga por se afirmar, ser reconhecido, briga que o levou a aceitar a proposta do produtor picareta para aquele roteiro bobo, uma história policial passada em Santos, sem pé nem cabeça, uma tontice, tudo furado. Você conhecia o cinema policial americano, usou todos os clichês, esperando que o diretor entendesse que se tratava de uma sátira. Como acreditava no talento dos outros, você que como crítico vivia a dar pau em tudo e em todos? O filme foi um pastiche massacrado pela crítica, fracasso de público, desapareceu, nem é visto na televisão hoje, naqueles programas de madrugada que exibem todo o lixo. Corre a lenda de que você comprou as cópias, porém desconfio de que foi mais uma de suas invenções, para se mostrar poderoso e com dinheiro, pois de vez em quando você se superestima, medroso não sei de que, ocultando-se. Bem sabemos, tanto você quanto eu, que nem tal poder e muito menos qualquer dinheiro, a menos que ganhe centavos por notícia em jornal, aí sim ficou rico. Ou o teu agente de imprensa é bom ou teus amigos te estimam. Acredito na segunda hipótese. Fiquemos com ela.

Foi Mariana que tocou no assunto, porque naquela época nos bateu forte. A tua primeira carta, cheia de surpresa ao ver que a redação do jornal era constituída, mais da metade, por mulheres. Jornalistas que saíam à rua, cobriam crime e futebol, fumavam e bebiam e saíam à noite com o grupo ou os namorados. Dormiam com eles? Taí uma pergunta a que você não respondeu, não sabia, imaginava que sim. Cabeça difícil a nossa, fechada, ansiosa. E curiosa. Te bombardeamos com cartas: como são essas moças, a cabeça delas, o que pensam, como são os homens em volta, acreditam nelas, a relação com as famílias? Um dia, descobriu que elas ganhavam menos que os homens e que os assuntos, os difíceis, pesados, nunca eram para elas. Mulher nunca entrevistava mulher, os repórteres não deixavam que fizessem as entrevistas com as estrelinhas de cinema, ou meninas de televisão, porque estas, para saírem em jornal, tinham de ser comidas primeiro, e se fosse mulher a fazer, quem comia quem? As bobas aqui achavam vocês espertos. Demorou anos para compreendermos.

Assim, se isso compensa teu lado narciso, você foi o assunto dessa reunião regada a chá, que durou de quatro da tarde às onze da noite, quando então começamos a beber de verdade, para destrambelhar a língua e criar coragem de descer ao posto telefônico pedindo uma ligação para Berlim. "Berlim? Com quem querem falar?", indagou o tipo de plantão, o Geraldo Escuta, ele é do seu tempo, não sei como ainda não se aposentou. "Com Hitler", disse a Mariana, que estava preocupada em como esconder do marido o bafo de álcool. "Hitler? Ele não morreu? Ah, vocês estão me gozando, não querem ligação nenhuma." Então dissemos que era para você e ele perguntou: "O que esse cara está fazendo em Berlim?". Um outro que também esperava ligação se aproximou para puxar conversa, curioso para saber se éramos suas amigas, mas na verdade estava vidrado na Maria Helena. Não levou dez minutos para dar uma cantada. Até a sutileza está se acabando! Ela, mais pra lá do que pra cá, disse que não podia, estava com sífilis, doença que deixa as pessoas loucas. Você não estava em casa, tentamos e esperamos, tentamos, ficamos duas horas no posto, e nada. Onde estava? Com alguma menina alemã loirinha e grandona?

Deixei para o fim a surpresa. Não imagina a surpresa que tenho. Sabe onde é o Café do Tio Zoega? Na Rua Três, naquela casa que ficou fechada por muitos anos, por causa do inventário do Wladimir, o dono da mecânica, milionário, assassinado pelo grupo que fugiu da cadeia e a quem ele não quis entregar o carro. Morreu por um fusquinha de merda, um sujeito que tinha dinheiro a dar com pau. Uma tarde, passei pela casa, estavam abrindo a garagem e vi, rasgado e empoeirado, caindo da parede, o cartaz de *Gilda* e, inteirinho ainda, o de *Torrentes de paixão*, filme da Marilyn, e um pedaço somente do *Cais de brumas*. Pedi aos

265

pedreiros se podia entrar e olhar, fui pegando aquilo tudo. Encontrei caixas de fotos, algumas inutilizadas, as infiltrações na casa abandonada inutilizaram, mofaram, estragaram. Outras estavam perfeitas, inteiras, e recortes de jornais, papéis escritos, fichas, discos. Destes não se aproveita nenhum. Tudo à sua espera, se um dia você voltar dessa Europa. Tudo é teu, se interessar. Agora sabe do que estou falando, que casa é, onde é o café? Ali, onde foi o clube do cinema que você criou em setembro de 1953, exatamente no dia do meu aniversário. Te odiei, porque tinha a minha festa e você lá inaugurando o clube, exibindo *O gabinete do Dr. Caligari*, levando toda a turma, só apareceram no fim da festa, meia-noite. E meia-noite as festas de família terminavam, porque éramos meninas de respeito. Um beijo, morro de ressaca, ainda bem que o Jaime foi ao Rio de Janeiro.

Há polícia a protegê-lo. A praça não é mais suficiente. Querem levá-lo ao Waldbühne, o grande palco de Berlim, o auditório onde milhares de pessoas, semana passada, aplaudiram os Rolling Stones. Lá cabem trinta mil. A televisão gravou uma hora de programa: absolutamente exótico, gritam todos, deslumbrados. Vanguarda, experimentalismo. Música século 22. O correspondente do *Time* está em Berlim. Não será difícil a televisão americana mandar uma equipe. O instrumento (seria bateria?) do negro de macacão amarelo cresceu. Ocupa cinco metros. Agora se podem ver moedores de café, panelas, tesouras, telefones, relógios que despertam de quinze em quinze minutos, cadeiras, uma infinidade de objetos não identificados. Agora ninguém mais joga fora as coisas. Não se abandona lixo. Corre-se à praça para indagar do concertista da música universal do lixo se o objeto inútil tem alguma utilidade.

Nas velhas cômodas berlinenses, mulheres de hímen complacente podem achar dinheiro

Os carregadores entraram com a cômoda enorme, indiquei o salão berlinense, já superlotado, mal havia um corredor para o banheiro. Onde é que vamos parar?

— Ô meu irmão, desta vez tenho certeza.

— Você também tinha nas outras. Onde é que arranja dinheiro?

— Trouxe algum, não te disse? Fiz um mundo de pornôs. Sou a rainha deles.

— Não é melhor a gente se desfazer do resto? Vai ficar atravancando o apartamento.

— Podemos desmontar um por dia. É mais fácil de transformar em lixo, quebramos tudo em pedacinhos, enfiamos nos sacos, o lixeiro leva.

— Pode deixar a cômoda na calçada, o lixeiro vem buscar. É o que todo mundo faz.

— Temos de desmontar para descobrir as partes secretas. Às vezes, o dinheiro pode estar dentro de uma tábua falsa, um canto oco.

— Você é pancada! Nunca ouvi falar de alguém que tivesse encontrado dinheiro em móvel velho.

— O que anda fazendo em Berlim? Não conversa com as pessoas? O Pedro me levou a uma tia daquela transa dele, a ceguinha de Madri. A velha ficou milionária.

— Acredita nessas histórias?

— Verdade! A velha achou dinheiro, títulos, ações, joias, uma porrada de coisas numa cômoda de fundo falso. Sabe aquele mercado de pulgas do Ku'damm, o que fica perto do peep--show da Uhlandstrasse? A velha comprou a cômoda e, na hora de tirar da perua, os carregadores viraram errado, as gavetas caíram no chão, quebraram, começou a rolar moeda, notas, papéis, joias. Não localizaram o proprietário ou localizaram e estava morto, nem interessa. A velha saiu lucrando 800 mil marcos. Nota preta.

– Não conhece o golpe alemão pra vender móvel velho? Vigarice! O mesmo que comprar no Brasil máquina de fazer dinheiro. Estão te engrupindo. Vê se o Pedro não leva comissão dos vendedores de trastes.

– Ganha quinhentas vezes mais traficando drogas.

– Vou ao Arsenal ver um filme punk. Quer?

– Nunca ouvi falar em filme punk. Você não pode ficar uma noite em casa?

Há uma placa na Wittenbergplatz, centro de Berlim:

ORTE DES SCHRECKENS, DIE WIR NIEMALS
VERGESSEN DÜRFEN

Auschwitz	Stutthof	Maidanek
Buchenwald	Dachau	Sachsenhausen
	Treblinka	Theresienstadt
	Ravensbrück	Bergen-Belsen

Lugares de horror que não podemos mais esquecer.

Passaram pela placa, olhando um grupo de garotos jogando futebol no gramado do outro lado. Um magrelão, com luvas vermelhas, fazia poses e engolia frangos e mais frangos. Bolas rasteiras passavam como foguetes por baixo do corpo.

– Odeio futebol. Não vejo graça.

– Adoro. Todos os domingos jogamos contra os turcos.

– Brasileiro não vive sem feijoada e futebol.

– São uns rachas legais. Tem campeonato organizado, tabela, grupos. Começa entre os times de latinos da Universidade Livre, depois jogamos contra a Universidade Técnica, contra os alunos do Goethe, do Instituto Ibero-Americano, contra bolsistas ocasionais, esses que ficam pouco tempo. Tem time de músico, dançarino, de alemães casados com mulatas.

– E de brasileiros que não aprendem a falar alemão.

– Quando o pessoal vem cobrir o festival de cinema, forma um time de críticos e artistas. Isso se não estiver nevando. O festival é em pleno inverno.

– Futebol é um saco!

– Acredita que fui técnico de um time de craques? Gente de seleção.

– Não vem que não tem.

– Ainda vou escrever sobre isso.

– Por que não escreve agora que anda bundando tanto?

– Não tenho clima, preciso estar no Brasil, conversar com umas pessoas, voltar às cidades onde jogamos. No fundo, era um barato, eu não soube aproveitar direito. Estava muito angustiado com a situação toda.

– Pô, meu irmão, você nunca relaxou?

– Tenho um material nas mãos, dá romance. Era um time de gente que foi craque, alguns estiveram na seleção, outros jogaram nos maiores clubes. Gente com quarenta, quarenta e cinco anos, trinta e oito. Gordos, barrigudos, pesadões, lentos, sem reflexos. Caricaturas do que tinham sido, muitos nem conseguiam matar a bola, dar um passe, eram retardados. Viviam ainda da glória do nome, nunca puseram os pés no chão, ou tinham posto e caíram na pinga, entravam em campo cercando frango. O público adorava essa gente, por um prazer sádico, quanto mais ridículos eram mais aplaudidos. Nenhum aguentava vinte minutos, no máximo meia hora, havia substituições o tempo inteiro, parecia jogo de vôlei, os caras entravam, saíam, descansavam, voltavam. Estropiados, trôpegos, não percebiam a ironia do público. Íamos de uma cidade para outra, dizíamos que era jogo beneficente, dávamos dez por cento da renda a um asilo, orfanato, casa de mãe solteira, hospital de paraplégicos e nos mandávamos.

– Um time desses precisava de técnico?

– Que técnico? Ensinar o que àqueles craques falidos? Eu

estava lá para dar conselhos, ajudar a controlar dívidas, indicar a aplicação do dinheiro, manter contato com as famílias, tentar evitar roubo na bilheteria, dar água e laranjas dopadas. Às vezes, saía na frente, contratando jogos contra times locais formados por veteranos, reforçados por um craque local, esses sempre existem, como os poetas municipais.

— Escreve logo senão acaba perdendo. E aqui? Jogam num campo mesmo?

— No gramado em frente ao Reichstag. Tem um puta espaço, enche de gente, principalmente no verão. Jogamos o dia inteiro, fazemos piquenique.

— Reichstag. Esse nome não é estranho. Não foi o que Hitler mandou queimar?

— Foi.

— O que é agora?

— Um museu, lugar de convenções. Ainda não entrei lá.

Adorava as sessões das seis no Arsenal, a pequena sala da Welserstrasse, quase em frente ao cabaré de Romy Haag, travesti clássico, do tempo em que eram chamados transformistas. O Arsenal é a cinemateca berlinense. O filme: *Eating Raoul*, história de um casal da Califórnia, com jeito quadradão, que convida um grupo de casais para uma festa e acaba comendo os outros. Não comendo trepando, mas comendo mesmo, canibalismo solto na tela. Ao sair, ainda estava claro, uma fila para a sessão das oito, aquele silêncio berlinense, pássaros nas árvores. Passou um sujeito com terno cinza escuro e gravata, sapatos engraxados, maleta executivo. Usava uma peruca roxa vivíssima, em cachos. Marinez comprou batatas fritas com ketchup e maionese.

— Ficou deprê com o filme?

— Nada. Achei que era vontade de *épater*. Esse pessoal se esquece que ninguém se "epata" mais. Acabou, o mundo desbundou.

— É o que a gente pensa, onde nos fodemos. Uma turma desbundou.

— Fiquei baixo astral pensando no Pedro.

– O que houve?

– Ontem ele estava na *KaDeWe* a fim de roubar um casaco.

– Vai entrar bem. A deprê é por ter visto ou porque ele estava roubando?

– Acho que pelos dois.

– Ainda gosta dele?

– Era um cara legalíssimo! O que acontece com as pessoas?

– Queria ele enquadradinho?

– Não, ô irmão. Vê se me entende! Destruição não entra na minha cabeça.

– Tem hora que só a destruição pinta como salvação! Para fugir desta merda.

– Queria sacar um mecanismo. O Pedro era um gênio. Gênio mesmo. Aos dezessete anos tinha lido tudo, de Nietzsche a Leibniz, de Henry Miller a Joyce, de Sartre a Hegel. Matava matemática numa fácil, sabia física, sacava música e toda essa coisa nuclear. Foi assistente de direção do Antunes com dezoito anos, trabalhou com Flávio Rangel, Iacov, Amir Hadad, Fauzi Arap, Celso Nunes. Só faltou o Zé Celso! Ofereceram um cargo na Globo, no departamento de arte, aquele que faz as aberturas e os símbolos, porque ele saca computador pra cacete. Vi ele desmontar um computador e montar igualzinho e o bicho funcionar. Caramba, esse cara tinha futuro.

– O que é futuro?

– Tinha o lugar dele para fazer alguma coisa.

– E se a pessoa não quer fazer?

– Tem umas em que não dá para entrar.

– Tá ficando careta. O cara entrou nessa, porque viu o futuro dele, arrumadinho, cheio da grana. Recusou. É um herói do nosso tempo.

– Fico assim porque gostei demais dele!

– Você ainda está apaixonada.

– Não aguentei a barra, quando cheguei. Sabe o que encontrei? Um homem magro e pálido, barba por fazer, olhos mortiços. Passava horas numa só posição, deitado de lado, apoiado no braço direito, fumando haxixe. Em volta, a maior imundície. O quarto cheio de trastes, roupas sujas, dura de sujeira, lixo, restos de comida, livros. Pensei: será que ainda lê? Nada, eram livros que tinham ficado, de alguém que ocupou a casa antes. Garrafas vazias, pela metade, vinho azedo. E ele lá, sem falar uma palavra, o olhar cravado, fixo numa porta marrom. Devia ver coisas incríveis naquela porta.

– Porra! Quanto viajamos com LSD!

– Não o tempo inteiro. Pedro fica dias e dias na mesma posição, não entendo como o braço não apodrece. Quando entrei no quarto, depois de enfrentar uma marginália do cacete, sabe o que ele fez? Tudo o que disse, depois de não me ver por um ano, foi: "Opa, como vai? Ajeita uma beirada aí". Não dá, não entra no meu registro.

Cartazes de uma retrospectiva de Nicholas Ray. Próxima exibição: *Rebel without a cause*, em versão original.

– *Juventude transviada*. Foi um filme legal.

– Não vejo nada nesse James Dean. Tem uma carinha engraçada. Hoje seria um velho baixinho fazendo seriado de tevê. Teve sorte, morreu, virou mito.

– Ele foi uma porrada na cabeça da gente. Me lembro de uma cena desse filme que impressionou paca. O garoto chega na geladeira, pega o litro de leite pelo gargalo e começa a beber. O cinema inteiro murmurou, riu, ficou espantado. Eu também. Não tenho ideia por que a cena provocou espanto. Ficou até hoje na minha cabeça.

– Essa década de cinquenta não me faz a cabeça. Era de uma caretice!

– Mas teve Elvis Presley e Brigitte Bardot.

– Tanta caretice devia pirar as pessoas, algumas explodiram. Era tudo tão feio, água e sal, cinza.

– E por que então andam revivendo?

– Uma coisa é viver no tempo, outra a caricatura do tempo.

Daqui a pouco vai ter o revival dos anos sessenta. Espera só para ver o que vão fazer com a revolta de 68. Já foi engolida pelo sistema.

– Você é daquelas que ainda falam em sistema?

– Não estou a fim de discutir.

– Vamos para casa fazer um jantar? Ou quer uma salsicha de Nurembergue, ali perto da estação do Zoo?

– Salsicha. E muito vinho! Não estou a fim de fogão.

– Tudo pelo Pedro? Quer salvá-lo?

– Não quero salvar ninguém. Entrei em parafuso. Essa em que ele está é antiga. Passei por ela, quero fugir, estou em outra. Ficou um vazio no meio, entende?

– O Pedro é foda, hein? Amor de pica?

– Não, sempre fui bem-amada, tive sorte, fora uns desacertos. O Pedro foi o primeiro cara que me disse: quero ter um filho.

– E você quer?

– Tenho 34 anos e o que mais quero é ter um filho! Fiz de tudo, barbarizei. Transei horrores, igual minhas amigas. De repente, depois dos trinta, bateu na gente um branco. Estávamos soltas e faltava um filho na vida da gente.

– Assim, veio à Alemanha atrás do cara que prometeu um filho. Não podia ser com outro?

– Não. Tinha de ser com ele, transávamos bem, ele queria, eu também, falamos sobre o assunto. Antes de vir para cá, fiz uma operação delicadíssima, era a única maneira de engravidar. Vim para cá convalescer... Por isso não quis ficar naquela casa ocupada, não tinha condições. Não sabe o quanto me comoveu ficar na sua casa, tranquilona, curtindo o sossego. Você transmite muita paz, me deixa segura. É um cara bom, sabe? Doce.

– Por isso não queria transar, escapava de minhas diretas?

– Não quero transar a torto e a direito. Nenhum moralismo. De repente, me vem a porra-louquice, desbundo.

Salsichas de Nurembergue, finas e compridas, tostadinhas, um gosto de erva por dentro. Uma erva aromática que ele nunca conseguiu identificar. O bom da Alemanha era esta variedade de especiarias regionais, delicadas, que traziam bem-estar. Um copo de Mosko-Muriat, branco saboroso.

– Sabe, trepei desde os quinze anos. Sempre errado. Todas as minhas amigas transavam, tive de entrar nessa.

– Engraçado, você tem dez, onze anos menos do que eu. E foi igual. Eu no interior, você num subúrbio do Rio de Janeiro. O país não andou!

– Transava nos murinhos, no escuro. Meu primeiro namorado não sabia que mulher gozava.

– Nem eu.

– Da nossa turminha, ninguém sabia nada de sexo. Eu comprava tudo que era livro, pesquisava, devorei o *Kama Sutra*. Praticar com quem? A meninada era um desajeitamento só. Os piores tipos eram os desastrados. Como tem homem desastrado.

– E o primeiro?

– Homem é foda, moralista pra cacete. Namorava o sujeitinho fazia meses. Sentia um puta de um calor perto dele, ficava afobada, abafada. Um dia, mandei um bilhete por uma amiga: "Venha resolver meu calor". Assim, bonito, ele não entendeu. Chegou com duas garrafas de Coca-Cola litro. Estavam lançando a Coca litro.

– Esse é o desajeitado ou o desastrado?

– O desentendido.

– E daí? Deu pra ele?

– Não quis. Teve problemas. Pensou um mês, dizia que não devia fazer isso comigo. Até que, um dia, transamos. Só que tenho o hímen complacente. Foi foda, ele não acreditou. Queria ver o sangue. "Onde está o sangue?" Tive vontade de morder o dedo e ensanguentar o lençol. Mas o grilo não foi dele, eu também achei que não tinha sido desvirginada, fui conversar com minha irmã mais velha, ela me explicou. Também tinha o hímen complacente.

– Dar, resolveu?

– Dei pro sujeito, mas o calor continuava. Problema de família. Minha mãe era fogo, aos sessenta anos transava três vezes por dia com meu pai.

– Aos sessenta? Tem gente nos trinta que dá uma por semana.

– Sabe o que meu pai fazia quando eles se casaram? Quando saía para trabalhar, esparramava pó de café em volta da casa. Na volta, verificava para ver se tinha marcas de pés.

– Sua mãe descobriu?

– Muito depois. Então saía, e na volta apanhava o pó e consertava, apagava as pegadas.

– E ela era fiel?

– Acho que sim. Primeiro, gostava do velho. Segundo, essa geração era muito cercada, nem passava pela cabeça transar outros. Na verdade, os dois se davam bem. Deram sorte. Tinha também o meio, era toda uma confraria de autoproteção e vigilância. Estranhos não se metiam. Era difícil entrar uma pessoa de fora na relação grupal. As pessoas ficavam mais protegidas ou menos vulneráveis.

– Por que não diz prisioneiras?

O papo o deixava curioso e excitado. Tinha descido um grande carinho por Marinez, vontade de pegar em sua mão e dizer: faço um filho em você. Ternura ou sacanagem? E ele tinha lá tanta segurança assim para poder manter uma atitude tão complacente? Bem, ela que falou em complacente. Um filho. Lembrou-se de Felipe, o suor frio desceu pela testa.

– Ao menos, tua geração transou com putas. Por pior que fosse, aprendeu alguma coisa. A mecânica, no mínimo.

– Aprendeu a gozar rápido. Elas ficavam: "Vai logo!". Um dia, me jogaram da cama, estava demorando demais.

– Os de minha idade não tinham transado ninguém, não sabiam nada. Nem enfiar, nem achar o buraco, era preciso guiar o ceguinho.

– Mais tarde, quando gozávamos rápido, vinha aquela decepção. "Já?" A mulher nem tinha começado a vir, a gente tinha acabado.

– Igual nossos namorados que vinham feito tarados, queriam enfiar rápido, gozavam num minuto. Nem passavam pelas preliminares. Mal davam uma chupadinha no peito, passavam a mão nas coxas, enfiavam o dedo na xoxota, apertavam o grelo. Puta merda, que ódio! Me dava ganas de matar, a dor no grelo. Sentiam se estávamos molhadinhas ou secas? Que nada! Espero que essa turma mais nova tenha melhorado.

– Não transa garotinhos?

– Qualquer dia ainda apanho um. Não faz meu gênero, mas acho umas gracinhas. Agora, homem é foda. Você vai pra cama com um sujeito legal, que faz a coisa direito, que sabe. E no fim ele pergunta: gozou? Puta merda, se não sentiu que gozei, vou falar o quê? Outro dia, tinha morrido de gozar, e o cara deu mancada. Gritei: "Não, nem uma vez".

– Sabe qual o problema?

– Qual?

– A gente anda falando demais, e fazendo de menos.

– Tinha certeza de que ia sair uma frase dessas. Não tem nada a ver uma coisa com a outra. Pode continuar a falar e fazer. Agora, que tem de falar, ah, isso tem, meu irmão! Tem mesmo.

– O barato então é ter um filho?

– Não é barato. É transa da cabeça.

– Um filho, estabilidade, as mulheres andam falando nisso. Tenho ouvido.

– Não de mim. Que não sou tonta. Quem é que quer estabilidade? Querer o que não existe? Querer o que me faz mal? O negócio é fazer tudo no meio da maior instabilidade. Só assim estamos vivos, acordados. Só assim a gente fica atenta, nada pega de surpresa. Estabilidade é morte, meu irmão.

– Teria um filho comigo?

– Se gostasse de você, claro. Por quê?

– Curiosidade.

– Que nada, você não dá ponto sem nó.

– Verdade!

– O que me excita em você é a sensação de viver em uma gangorra.

Rebeldes sem causa bebem leite pelo gargalo

Querido

Tudo o que quero dizer, porque está na hora de começar o jantar, é que Alfredo, o garçom, morreu. Sabia disso? Morreu indigente, sozinho num pardieiro. Era um homem pobre. Quando fecharam o bar do hotel para abrir uma lanchonete de hambúrgueres no lugar, ele tentou seu próprio negócio. Não deu certo, era homem que não suportava bêbados de estação. Orgulhava-se da profissão, com sua roupa muito limpa, o bar impecável, qualidade da comida que oferecia. Quebrou, ficou devendo muito. Naquela época, quis te escrever, você estava em um seminário no estrangeiro. Queria que reunisse a turma, se cotizassem, levantassem um empréstimo para ajudar o Alfredo. Ia custar nada. Uma puta geração saiu daquele bar, deu homens brilhantes e resultou também em dois ou três bêbados e um drogado, o Silvinho. Que foi encontrado morto, pouco tempo atrás, com um tiro na cabeça, os miolos grudados no teto. Dizem que se suicidou depois de matar a menina com quem transava, uma gracinha de 23 anos, separada de um importantão da cidade e mãe de uma filha. Tudo abafado.

Penso: será que o brilho, o ter dado certo, o verdadeiro, estará com aqueles que têm fotografias no jornal? E os outros, os que optaram por viver da maneira simples, formando famílias, trabalhando mansamente, sem essa corrida de obstáculos em que você se meteu? Nem todo mundo dá certo, querido. Dependendo do ponto de vista, a maioria não dá. Agora, faço discurso! O que havia de bom naquela turma – e que você não deve ter encontrado mais na vida – é que todos se completavam, se instigavam, se empurravam. Uma competição entre o grupo. Cada um queria demonstrar ao outro que ia ser alguma coisa. Chega, começo a entrar no melodrama. Vou comprar carne moída, para tentar aquela comida de nome engraçado. Como é? Cof-cof-cof? Isso é tosse. Aquela que tua paixão alemã fez quando te deu o fora. Esperta, ela, viu logo com quem tratava. Meus respeitos a essa alemãzinha valente que resistiu ao teu charme, e deu um chega pra lá. Anda colecionando chega pra lá, ultimamente, hein? Para mim, quanto mais te chegarem pra lá, melhor. De repente, você chega pra cá. Entendeu, ou vai fazer como daquela vez em Salvador? E agora? A Alemanha não tem Olinda nem carnaval para você encher a cara durante sete dias, dançar como louco, cheirar lança, fazer um pozinho rolar (acertei na expressão?), tomar banho de sol e mar e esquecer. Olinda foi um tapete mágico, mas não acredito que tenha te libertado de Luciana. A piração deve ter sido tanta que ajudou a limpar os canais obstruídos. Se sete dias de porre eliminam alguns anos de paixão, que paixão é essa? Frase do meu caderninho colegial, pode usar.

Se vocês tinham a turma do bar do hotel, também temos o nosso grupo do Tio Zoega, com reuniões semanais e uma séria disposição de torná-las bissemanais, dependendo de filhos, trabalho, maridos, casa e toda essa tralha que carregamos e que é um saco. Mariana e Maria Helena nem imaginam que faço uma ata de nossas reuniões. Tivemos sorte na vida, nossas famílias, apesar de tudo, davam relativo espaço. Lembramos que várias vezes saímos do clube, olhamos vocês naquele bar enchendo a cara, e subimos a rua comentando que, em vez de estar bebendo, vocês podiam estar na cama à nossa espera. Teríamos sido as primeiras a pensar na liberação da mulher? Chegávamos a trocar confidências, inventando sobre as preferências de nossos parceiros. Mariana foi longe, sugeriu que podíamos ir os três casais para um lugar e trocarmos, maridos e mulheres.

Troca de casais. Mariana foi pioneira, só não pôde proclamar sua descoberta. Os motéis da cidade – hoje já tem motel, viu como progredimos? – deviam ter uma estátua ou uma placa em homenagem a Mariana. Nem todo mundo era como a gente, a maioria vivia enrustida, nem sabia as coisas, aceitava a ordem estabelecida. E sem dramas. Elas não invejavam nos rapazes as picarescas incursões noturnas pelas ruas sombrias de nomes não mencionáveis. Queriam apenas liberdade de ir e vir. Poder voltar tarde para casa, sem necessitar acompanhantes. *Chaperon*, como se dizia. Não perder um baile, competição esportiva, um show, somente porque uma tia ou irmão não podia estar junto. Liberdade de escolher os livros. Na biblioteca, apenas homens tinham acesso aos romances de Jorge Amado, Pitigrilli, e outros "imorais" trancados na gaveta do Marcelo, bibliotecário que cumpria ordens, mas, safado e boa-praça, abria caminho para nós, deixava que levássemos escondido o que queríamos. Depois, ficava olhando maliciosamente para nossas caras, queria descobrir o tom do pecado, o reflexo da pornografia que tínhamos acabado de ler, todavia disfarçávamos bem, éramos mais despudoradas que ele.

O que as meninas desejavam era poder usar o vestido tomara que caia, dançar cheek-to-ckeek, usar biquíni. Coisas das mulheres desfrutáveis que a gente olhava de longe, vai ver até com secreta inveja, só que quantas sabiam ou iam admitir que era inveja? Queriam ser rainha do colégio, miss, manequim, sem serem barradas por NÃOS, decisivos e definitivos, porque tudo era um exibicionismo perigoso, nocivo à formação moral de uma adolescente, significava despertar a concupiscência – acredita que minha tia usava esta palavra? – e a lascívia. Pois a Maria Bernardete não ficou um mês sem sair de casa porque deixou um rapaz enfaixar o dedo que ela luxou (não é lindo o luxou? o luxou é um luxo?) no jogo de vôlei? O pai disse que tinha sido desculpa para o rapaz se aproveitar. Como, se era o dedo dela? Se ao menos fosse o dele, podia ter luxado colocando o dedo em outro lugar. A menos que o rapaz fosse mais para a bichona e a Maria Bernardete uma boa sapatona. Palavras riscadas do vocabulário cotidiano, nossos glossários não mencionavam lésbicas, sapatonas, mulher-homem, paraíba masculina, mulher-macho sim, senhor. Ríamos da música, mas, se alguma aparecesse na nossa frente, fugiríamos espantadas.

Uma vez o Marcelo liberou um livro de nus artísticos de um francês, um tal de Dienes, gravei o nome, nunca mais esqueço. Lindíssimo! Adoramos. Chegamos a nos perguntar se gostávamos de mulher. Tiramos os vestidos – ousadíssimas – e não nos excitamos coisa alguma. Nos achamos lindas, peles macias, éramos bem-tratadas, comíamos bem, tomávamos sol no clube, ginástica no colégio (e como dona Conceição puxava a turma). O que mais queríamos? Mulher admite o corpo da outra, sem muito medo, ou estou errada? Nos tocamos, para experimentar. Preciso admitir. Repenso o assunto, me parece que homem é mais aberto ao outro homem. Mija junto, exibe o pinto, compara, ou devo dizer cacete, pau, vara, pica, pé de mesa? E afinal, não são os homens que fazem troca-troca quando crianças?

Onde me desviei? Vivo nos desvios e desvãos. Mentira, vivo no vão que me deram, apertadinha como o quê. O bar do hotel. Uma turma boa, aquela. Se estivesse escrevendo um artigo aqui para o jornal da terra, diria: foram as melhores cabeças da década de cinquenta. Foram mesmo. O público (eu) grita *apoiado*, como nos antigos comícios. Falar nisso, os comícios estão voltando. Lembro de minhas tias agitando lenços brancos nos comícios do brigadeiro Eduardo Gomes. Era lindo o homem, um ídolo, um símbolo assexuado, desejado pelas mulheres, mas sempre frio e distante, com aqueles óculos sem aros. Mulherada tinha tesão nele, mas ficavam contidas, amarradas, será que alguma se molhou ao vê-lo no palanque, solene e severo, exemplo de moral íntegra, da correção? Lavo o repolho e desfolho, ouço a lindíssima Elba Ramalho cantando *Roendo unha*, li mais uns trechos deste livro maluco e encantador, absolutamente delirante que você me recomendou, *A conspiração dos néscios*, com esse gordinho irritante, o tal Reilly, enchendo o saco da mãe e do mundo.

Ah, a turma! Antonio Carlos é hoje o grande comentarista econômico do Brasil, estrela de televisão. O José Antonio (não havia originalidade nos nomes do seu grupo, hein?) mora em Washington, é correspondente da *Folha*. José Eduardo construiu duas cidades, uma em Israel, outra na África, está planejando um centro cultural no Canadá. Nelson não acabou o grande cantor de boleros que sonhava ser. Era um horror quando se metia a cantar nas domingueiras do clube. Boleros eram com o Nabor, ninguém mais. Que delícia dançar quando ele cantava *Angústia*. Nelson não cantou mais, mas fez todo mundo abrir a boca. É dentista. Gostou da piada? Para uma tarde de calor, o ar parado, eu molhadinha de suor (suor, não, outra coisa, o Jaime não me inspira tanto), o menino chorando, sopinha no fogo, televisão ligada num programa tenebroso, o povo desfilando e pedindo ajuda, acha que dá pra fazer piadas melhores do que essa? Outro dia esse programa me provocou enxaqueca, na hora atribuí ao que tinha visto, só percebi o mal-estar muito depois. Uma mulher desesperada levou a filha doente, pedindo internação. Ninguém recebia, a menina piorava, consumida de febre. Nenhum médico ou hospital se manifestou e a menina piorando. O apresentador mostrava a garotinha de vez em quando, renovava o pedido, gritava contra o governo. A menina acabou morrendo diante das câmeras, na frente do público. Transmitiram, todo mundo viu.

Pergunta por que assisto a tais coisas? Sou sádica, me fascina o mundo cão que é o Brasil. Puxa, você aí me mandando notícias lindas de comidas e paisagens, de shows (viu mesmo os Rolling Stones, a Joan Baez?), falando nessa gente louca, nos punks, nas manifestações políticas, nos parques, e o que te dou em troca? Uma criança que morre diante das câmeras, às seis da tarde, ao som da *Ave Maria*, de Gounod. Me desculpe, é a única hora para escrever a você. O Jaime não gosta. No começo se fazia de indiferente, agora implicou, fica emburrado.

Continuemos, hoje estou mais dispersiva do que nunca. Ando assim, já me chamaram a atenção nas aulas. Falava do Nelson, não é? Ótimo professor na faculdade. Inventou um tipo de ponte móvel tão bom, tão bom, que foi aconselhado a registrar, patentear, pode ficar rico. Uma das melhores histórias é do Antunes. Formou-se no Rio, veio para cá, abriu clínica. É um cardiologista de mão-cheia, ficou milionário. Também, todo mundo anda tendo troços no coração e não pode ir a Cleveland. Antunes cobra muito dos ricos e nada dos pobres. Um socialista? Nunca foi. Um dia falei que tinha ideologia nisso, quase brigou comigo. Ele é assim, simplesmente. Houve um movimento de médicos contra ele por causa dessa gratuidade, Antunes cagou para todo mundo. A Secretaria de Saúde veio investigar denúncias feitas, pentelharam a vida dele. Sabe o que alegavam os outros médicos? Que pobre tem de ser cuidado pelo governo. Resultado: o Antunes ameaçou parar de trabalhar, fechar o hospital, dizendo que não tinha a tranquilidade necessária, os clientes não podiam correr riscos. Só que internada na clínica estava a mulher de um industrial de plásticos, que andou metido nas negociatas de financeiras, construções de prédios públicos e nem sei o que mais. O homem cheio de influência, amigo de ministros, acabou com a história, calou a boca de todo mundo. O prestígio do Antunes subiu porque a mulher do ricão está novinha em folha.

Você me escreveu que, andando pelo bairro dos turcos (vou ter de apanhar a carta para copiar o nome), viu a foto do James Dean. Uma noite, aqui, saímos do cinema, tínhamos acabado de ver *Juventude transviada*. Você adorava o filme, a partir do título em inglês. Qualquer coisa como rebelde sem causa, não era? Puxa, o cinema envolveu toda a sua vida. Subimos a Rua Sete debaixo da maior depressão, nem éramos rebeldes, nem tínhamos causa para não ter causa. E o que aquele pessoal fazia no filme!

Que merda de vida levávamos. Os americanos apostando corridas de carro, parando à beira de precipícios e nós nos contentávamos com bicicletas, numa cidade que não tinha nenhum abismo nas redondezas. Você, não sei por que, estava impressionado com a cena do leite, em que James Dean abre a geladeira, apanha o litro e bebe pelo gargalo. Reclamava: "Que bosta, em casa não tem a porcaria de uma geladeira". Poucos tinham naqueles anos cinquenta. A nossa era um milagre, meu primo tinha sido gerente daquele lojão que acabou fechando, a família faliu.

Então, quando chegamos em casa, ficamos parados que nem tontos, traumatizados com aquele filme, sem saber direito o que estava acontecendo nas cabeças. Você foi à cozinha, abriu a geladeira, com a cara desanimada que o James Dean tinha, pegou o litro e começou a beber pelo gargalo. Aí minha mãe entrou na cozinha, ficou possessa, era o leite do dia seguinte: "Se existe copo, por que beber na boca do litro? E o pessoal da casa depois bebe o quê? Resto? Essa molecada de hoje é muito malcriada". Você respondeu: "James Dean tem razão, essa gente velha é muito arrumadinha, por que preciso beber leite no copo?". Minha mãe te obrigou a beber o litro todinho. Logo você que não era amigo de leite! Foi vomitar no jardim público, nem conseguiu tomar uma cuba libre depois. Ficou odiando James Dean nessa noite. Jaime anda esquisito, acho que está pintando outro período pedagógico. Falou que precisamos conversar. Só que desta vez não me importo.

Viagem através dos escombros de Berlim

– Tem alguém chorando.

Marinez me chamou. Era um choro feito de pequenos soluços rápidos, profundamente angustiados.

– Parece na porta.

– Quem vai chorar na porta dos outros às três da manhã?

– Alguém que precisa, porra!

– Chorar na porta? Aqui na Alemanha? Nem em São Paulo fazem isso.

O hall escuro, frio. Acendemos a luz. Vazio. A cara da serpente no início do corrimão era ameaçadora. O choro vinha do lado da cozinha, cuja janela dá para o pátio interno. Apenas uma luz acesa em todo o prédio, no quarto andar à esquerda. O choro continuava no mesmo ritmo, talvez viesse de lá. Nenhuma outra janela se iluminou.

– Vamos procurar?

– E se não for lá? Nem sabemos onde é. Nunca se sabe nesse país se devemos ajudar ou não.

– Podemos tentar, não?

– E se a gente bate em porta errada, dá um bode danado.

– Que bode pode dar? A gente pede desculpa e pronto.

– Olha, Marinez. Faz pouco tempo que você chegou, não sabe direito o que é viver aqui. E perguntar de que jeito? Nem falamos a língua.

– Não falar a língua é desculpa para tudo com você. Fica cômodo e confortável no seu canto, porque não entende a língua.

Colocava água na máquina de café, pela manhã, quando vi a velha do cachorrinho de latido histérico saindo pelo pátio interno. Chorava fortemente, pequenos soluços rápidos. Ela, que todos os dias caminhava erecta em seu *tailleur* Chanel, hoje vinha abatida, rosto de múmia. Nos braços, como um bebê, o cachorrinho estranhamente quieto. Protegido por malha de lã, coleira brilhante ao pescoço. A velha parou, perdida. A chorar, beijando o bicho que não se manifestava. Ingrato. O faxineiro, alemão, magro, apenas dois dentes na frente, prognata, cabelo liso vaselinado, ficou olhando para ela.

– Não é a velhinha do parque? A que ficou admirando a gente?

– É. Mora aqui.

A velha mostrou o cachorro ao faxineiro.

– Tot.

Morto. Entendi a palavra, no meio de duas ou três outras. Ela aparece quase todos os dias nas manchetes sensacionalistas.

– Parece que o cachorro morreu.

– Ainda bem – disse Marinez – Antes o cachorro do que ela. Bom, quero dizer, é melhor do que se o choro tivesse sido por um mal-estar dela. Me sinto menos péssima por não ter ido ajudar, dormi mal, fiquei virando na cama.

A velha caminhava em direção aos latões de lixo, foi impedida pelo faxineiro.

– Bleib da stehn, eh? du blöde... totes Vieh... in... verschwinden lassen?

– O que ele está dizendo?

– Peguei uns pedaços. Pelo visto não quer deixar a velha jogar o cachorro no lixo.

– Jogam no lixo os bichos mortos?

– Sei lá como fazem. Uma vez, li um romance brasileiro em que funcionários do governo passavam à noite pelas casas para recolher cadáveres. Mas buscavam gente e aqui é bicho. E também era um romance que se passava no futuro. Acho que vou descer, falar com a velha, afinal ela é das poucas pessoas que conversam comigo neste prédio.

– Ela é tão engraçadinha.

– Adora cinema, nunca perde sessão do Urania, que fica na rua de trás, e tem uma programação só para velhos. Cada relíquia que passa! Nada de cinemateca, são mesmo os filmes comerciais, os grandes sucessos dos fins dos anos quarenta, da década de cinquenta. Ela me contou tudo.

Uma hora depois, estávamos lendo uma notícia sobre depredações de ônibus em São Paulo por causa do aumento de preços. Tocaram a campainha. A velha, mais abatida que nunca. Tinha a mesma expressão que encontrei nas fotografias de gente ao léu, andando por uma Berlim em escombros, na chamada hora zero da Alemanha. Os dias após a derrota de 45. Havia até um filme de Rossellini, feito pouco antes de ele conhecer Ingrid Bergman. Gente aturdida no meio de ruínas. Assim era a expressão da velha, agora. Desandou a falar, de nada adiantava eu pedir, *langsam, langsam,* "devagar", "devagar" ela nem ouvia, deixei o trem correr. Durou dez minutos, quando, então, ela agarrou meu braço. Mãozinhas finas, garras violentas. De onde vinha essa força? No hall em penumbra (como adoravam entradas escuras os alemães do início do século) imaginei por um instante estar sendo apanhado pela cobra fantástica do corrimão. Ou é dragão, mesmo? O gesto de me agarrar foi inesperado, também para ela.

– Komm, bitte komm!

– É para a gente ir a algum lugar.

– Qual é a da velha?

– Sei lá.

– Vamos nessa?

– Pega minha capa, que está com cara de chuva.

Na calçada, a velha fez um sinal: "Me esperem aqui". O dono da Rotter Baron, kneipe que fica bem embaixo do apartamento, escrevia num quadro negro, sustentado por uma garrafa de Coca-Cola, o menu do dia: *Kassler com chucrute e lentilhas*. Os antiquários de Keithstrasse (são vinte e cinco) abriam suas portas. Mais um dia sentados a olhar por trás de vitrines superprotegidas por grades e alarmes. Até hoje não descobri como funcionam. As lojas resplandecentes, impecáveis, empetecadas por milhares de traquitandas, vivem vazias.

Fuço vitrines. Móveis, utensílios do mar, puxadores de portas, dobradiças, castiçais, camafeus, canecas de cerveja, vitrolas com discos de metal perfurado, bibelôs, estatuetas, vasos Galê, aparelhos de jantar, faqueiros, cigarreiras de prata, marchetadas, minodiéres, cachimbos de louça, ícones. Um buda gordo, barriga em papadas, cara de mau humor, convive com uma peça que me fascina pela utilidade indefinida: placa de louça branca, com dois ratos minúsculos entrelaçados, e somente os olhos dos animaizinhos têm cor, são pontos vermelhos.

Nada se perde, tudo se transforma, de uma casa a outra, de outra época para esta. Relógios de bolso, cebolões de ouro, foram práticos para alguém, hoje se exibem em redomas de cristal, a cinco mil marcos cada um. Irão para cima de móveis históricos, autênticos e falsos, modernos, úteis e desnecessários. Relógios de A. Lange & Söhne, Glashütte I/Sª, como provam etiquetas e documentos expostos. Firma de Dresden. Me contaram que o incêndio de Dresden, na última guerra, podia ser visto a duzentos quilômetros de distância, a cidade submetida a um bombardeio gratuito e covarde dos ingleses, que se vingavam de um ataque a Londres ou a outra cidade qualquer. Mataram cem mil pessoas numa noite, civis e refugiados, os aviões jogaram bombas sem cessar. Cem mil pessoas formam população da cidade onde nasci. E imagino a cidade desaparecida da noite para o dia.

Não entendo os objetos inúteis, nem os relógios na redoma, nem aviões desovando continuamente numa cidade que nada significava militarmente. Punição, o jogo sujo. Talvez houvesse bombas de sobra, era preciso gastar, do mesmo modo que agora os depósitos estão lotados, não há mais onde estocar, e existe munição em perigo de se tornar obsoleta, antigas bombas que matam arrasando, enquanto já criaram uma maravilha tecnológica, a bomba que mata sem destruir. O que provocará a ira e o descontentamento dos especuladores imobiliários, dos construtores. O que se há de fazer?

Um punk, cabelo vermelho em crista, passa, carregando com cuidado uma caixa de sapatos, toda furada. Botas negras, cinturão, blusão de couro, tudo cravejado de botões brilhantes, uma corrente pendendo do ombro, caminha pesadamente. A aparência agressiva se desfaz por um segundo quando ele olha para dentro da caixa, assopra através dos frutos e se põe a ouvir, sorrindo como criança contente.

A velha voltou, trazendo o cachorro dentro de uma cesta de viagem. Me ofereci para levar, ela recusou, afinal era o seu bicho amado. O que me concedeu foi o braço – gesto feito com certa altivez, quem sabe resquícios de uma época (qual?) – para que a conduzisse, assim como deve ter sido em sua juventude, por um cavalheiro. Dizer prussiano seria demais, não acham? Um homem que a levava pelos cafés e restaurantes da Berlim dos anos vinte, na *Unter den Linden*, hoje uma avenida do outro lado, ainda cheia de prédios imponentes e pesados, arquitetura sombria que esmagava e ao mesmo tempo transmitia a impressão de estar plantada com todos os pés no solo. Que a conduzia ao *Café Kranzler*, ao *Kempinski*, ao *Möhring* ou *Café des Westens*, cafés sofisticados, hoje desfigurados por uma arquitetura apressada, estilo americano, economia do após-guerra.

A velha recomeçou a conversa, um pouco nervosa, misturando alemão com inglês e até um pouco de francês. Vi, com surpresa, Marinez acenando a cabeça afirmativamente, sorrindo, e minha cara caiu ao chão, quando respondeu, engatilhou duas, depois três palavras seguidas, desembaraçadamente. Em espanhol ou italiano a gente ainda inventa, aproxima sons, coloca uma terminação com sotaque. Mas em alemão? Vai ver por isso Marinez é uma atriz, para imaginar e criar, tem facilidade na percepção, vai ver adivinha o que a velha pretende dizer e transmite de volta algo que a velha também intui.

Tomamos o ônibus 29, o mesmo que apanho quando quero observar o muro, ou passear em Kreuzberg, o bairro dos turcos, punks, casas ocupadas. A velha me impediu de pagar, espalhou dezenas de moedas de 10 feniges, o motorista entregou os bilhetes só depois de contar tudo, meticulosamente. Nem ali a velha me deixou apanhar a cesta, ficou encolhida no canto destinado aos carrinhos de bebês, recomeçou o choro de soluços rápidos. Mansamente, enquanto as pessoas olhavam para ela e desviavam, não sei se para não constrangê-la ou se para não tomar parte naquela dor. Ninguém se aproximou, ninguém perguntou nada, parece que velhos chorando em ônibus são um espetáculo comum, fazem parte do dia a dia. Creio que nunca vou entender a cidade e este povo, é um desafio à minha capacidade de análise, como posso escrever se nem penetro o suficiente no que está à minha volta?

Descemos no ponto em frente às ruínas da estação Anhalter, pedaço de fachada de tijolos aparentes crivado de balas, no meio de imenso terreno baldio, com árvores secas e lixo amontoado. Pensar que foi uma das estações mais importantes e movimentadas! A ela o personagem de *Cabaré* chega logo no início do filme.

Caminhamos para os subterrâneos do S-Bahn. Uma placa avisa: *Esta é a última estação de Berlim Oeste em direção à estação de Potsdamer Platz.* Descemos mergulhados no cheiro de mofo e do óleo no chão, misturado à poeira, característico das estações ferroviárias. Subterrâneo gotejante, azulejos se desprendendo das paredes, plataformas vazias. O luminoso antigo, meio deformado, anunciando o próximo trem em direção a *Lichterfelde Süd.* Uma coisa de que gosto são os nomes dos bairros nesta cidade. Lichterfelde = campo de luz. Schöneberg = montanha bonita. Marienfelde = campo de Maria. A velha chorando, Marinez apoiada em mim, amedrontada com esta estação cavernosa, esperando morcegos a voar ou estalactites pendendo do teto. Restos do que foi um bar, lanchonete rápida, a máquina de Coca-Cola ou Pepsi enferrujada e empoeirada, pousada como objeto anacrônico no meio deste santuário, onde o tempo estagnado exibe tanto 1945 como 1933 ou 1916.

– Lugar macabro. Tem certeza de que passa trem aqui?

– Claro que passa. Já andei por aqui.

– Sempre deserto assim?

– O povo não viaja nesses trens.

– Então por que o trem? Como o povo não viaja?

– Para boicotar. Porque esse trem é propriedade da outra Alemanha. Aqui é considerado Berlim Oriental.

– Berlim Oriental dentro de Berlim Ocidental?

A velha olhava o cachorro morto. Nenhum banco na plataforma para sentar-se e esperar. Há quanto tempo o cachorro estaria morto? Desde a madrugada, quando ouvimos o choro? Vai ver, com o frio, a decomposição demora mais para começar.

O trem creme-vermelho, pesadão, parou com um assobio prolongado. Subimos, vagão vazio, cheio de pontas de cigarro. O trem mergulhou num túnel, poças de água junto aos trilhos. Qualquer dia tudo desaba. Saiu à superfície, pátios desolados, trilhos enferrujados, caixas-d'água desmoronadas, árvores entre dormentes, cabinas e sinaleiros avariados. *Yorckstrasse.* O sujeito entrou, olhou embaixo dos bancos, atravessou o vagão, abriu cinzeiros. Recolhendo pacotes de cigarros americanos, litros de vodca. Escondidos.

– Qual é a desse aí?

– Está recolhendo o contrabando.

– Contrabando?

– Um contrabandinho de merda. Dentro de Berlim Oriental tem uma estação, Friedrichstrasse. Ali a gente costuma atravessar de um lado para o outro, tem a fronteira. Dentro da estação existe um *free-shop* montado pelo outro lado.

– Você sempre diz o outro lado. Por que não fala logo *os comunistas*?

– Pois bem, os comunistas montaram uma banca que vende álcool e cigarros pela metade do preço. Quem compra são os ocidentais. Se é pouco, você pode comprar. Mas o pessoal compra muito e revende, aí a polícia do lado de cá dá em cima. Então o pessoal criou os macetes.

Costados pardacentos de prédios, amontoados de ferros velhos, carcaças de automóveis. Vegetação seca de inverno, parece trem nordestino na caatinga. *Papestrasse*. A velha soluça baixinho, contempla o cachorro. Cheiro de ferro corroído, madeiras podres. Chaminé solta fumaça branca, a nuvem de fumaça se congelou no ar. Montes de areia, entulhos, colônias de casas em terrenos diminutos, jardins minúsculos, hortas. Caixa-d'água semelhante a observatório astronômico. Que Berlim é esta? *Priesterweg*. Quatro relógios alinhados marcam a mesma hora, alguma coisa funciona em meio à decadência. Pinheiros verdes, avenidas sob viadutos de ferro, anõezinhos de jardim sobre os muros, monte de carvão coberto por plástico, águas escuras do Teltow, depois de Südende. Em Lankwitz, o leão desenhado no relógio, no alto de um prédio marrom. Pedaços de luz entre nuvens cinzas. Um arranha-céu branco, anônimo, sem graça, pode ser um subúrbio qualquer de São Paulo.

A velha caminha para a porta. Para onde vamos indo, porra? *Lichterfelde-Ost*, a estação não é melhor que as outras, apenas maior. Plataformas abandonadas, tomadas pela vegetação ressequida. Fios elétricos pendem inúteis, azulejos sem brilho, não há vidro inteiro nos caixilhos carcomidos, janelas cegas. No chão esburacado alguém plantou flores, talvez o chefe da estação (Fassbinder na memória, *A mulher do chefe de estação*, a inversão da lógica, a perda dos direitos), único ser vivo na paisagem amortecida. Vento frio. Garotinhos turcos, seguidos pelas mães com lenço na cabeça, destoam. Não deviam estar aqui, pertencem a outro filme, tudo não passa de sequências montadas erradas por um descuido na numeração das latas. Sinaleiros destroçados no pátio desolado dão passagem aos trens, a qualquer um que decida atravessar esse pesadelo melancólico. Escadas fedem a mijo, a escuridão da passagem subterrânea é mal rompida por lâmpadas de néon, tão sujas que a claridade atravessa com dificuldade os tubos cilíndricos. Guichês fechados. Banca de jornais nova, iluminada, ressoa obscenamente como ofensa fulgurante. A porta de entrada é quase arco triunfal, triangular, com o relógio que parou às duas e meia de um dia qualquer.

A velha geme, a garoa começou. Cheiro de pão no ar, e na minha cabeça ressoam patas de cavalos, ferraduras arrancam faíscas dos paralelepípedos. Em frente à estação, a padaria *Josef Walf, desde 1898*. Cheiro doce-amargo, frutas, geleias, sementes, todas as sementes que os alemães colocam dentro de seus pães escuros. Mandei que as duas me esperassem, entrei numa fila de mulheres que se acotovelavam, velha alemã é fogo em fila, julga que tem todo o direito de passar à frente. Consegui uma rosca lustrosa, melada, *Coroa de pudim* (Puddingkranz), massa fofa, recheada. Fecho o casaco, a velha não sente a chuva. Virou a abertura da cesta para o lado contrário à direção da água, não quer molhar o cãozinho morto. Na Lorenzstrasse, viramos à direita, Marinez e eu nos borrávamos com a rosca, os cantos da boca cheios de creme. Ela me beijava, tirando a massa com a língua, pessoas paravam para olhar: uma velha chora beijando um cachorro e um casal come pão e se lambe debaixo da chuva.

Agora era chuva mesmo. Numa Berlim recuperada, ruas imaculadas, jardinzinhos gramados, portas fechadas, nem um só papel, sujeira, sobre as calçadas. Carros estacionados no passeio, um ônibus, o silêncio. Cortinas brancas e rendadas, vasos de plantas junto às janelas. Imensa paz domina esta cidade. Na Dessauerstrasse a velha parou um momento, perdida. Ergueu os olhos, apurou o nariz, hábito aprendido na longa convivência com o cachorro. O faro trouxe alguma indicação, continuamos, enquanto a chuva apertava, pingos grossos, violentos, pessoas se abrigavam, a velha não fez nenhuma menção de se esconder.

Uma cabine telefônica, é ali que vamos nos abrigar, a chuva é violenta. Não cabemos todos, enfiamos a velha, ela puxa a cesta, não desgruda do bicho, Marinez mal consegue proteger parte do corpo, me contento em ficar de fora. Ela ameaça sair, diz que precisamos continuar, combinou o horário. Estou molhado mesmo. Engraçado, se fosse um ventinho, ela estaria apavorada, os alemães se arrepiam a qualquer golpe de ar. Só mesmo um bom *Schnaps* vai me esquentar, agora. O *Schnaps* é genebra, tomávamos no bar do Alfredo, todas as noites, naquele ritual que se prolongava até atingir um ponto de tensão insuportável, e foi aí que deixamos a cidade, embora para São Paulo, fazer a vida. Nunca mais tomei genebra, e entre aquelas noites e hoje estão vinte e cinco anos.

A chuva passa, era nuvem pesada. A velha chora, o rosto todo molhado, não sei o que é chuva e o que são lágrimas. Diante de uma loja, uma bandeira de Berlim, molhada, enrolou, grudou-se ao mastro. Enfeites nas janelas, um cabeleireiro, um grande prédio antigo, com as madeiras de sustentação visíveis, terrenos com mudas de flores, um sapateiro fechado, a marca do letreiro impressa na parede, Karl Rensner. Em frente, um depósito de lápides, para túmulos, entramos à esquerda. Estamos no cemitério de cachorros.

A velha pede para que esperemos. Uma mulher, de joelhos, troca as flores de um túmulo, ali estão enterrados Astrid e Denko. Lápides de granito, de mármore, finas, grossas, com desenhos, inscrições, vasos de flores, pequenas lâmpadas votivas, com a chama protegida contra o vento e a chuva. Penso neste cemitério à noite, com essas lampadazinhas acesas. *Im Tode unvergessen* ("inesquecível na morte"), lembram os donos de Bardo. E de Purzel, Evi, Elli (viveu entre 1969 e 1980), Astor, Ginza. Assi é chamado de *Unser bester Kamerad*, nosso melhor companheiro. Alke, Jockell e Pitty estão juntos, morreram os três, os donos continuaram vivos. Tem Struppi, Geisha, Pisco, Tossa, Bimbo, Hazel. A velha e o funcionário do cemitério. Ele nos cumprimentou, falou qualquer coisa, respondemos, *oh, já, já*, ele abriu os olhos. O que disse? Que gente mais doida, deve ter comentado, qualquer que tenha sido sua frase. Seguimos entre os túmulos, tudo limpo, coroas de flores, uma caixa de bombons, uma estatueta de pedra entre flores. A velha devia ter o jazigo do bicho pronto, quem sabe ele já andasse doente, daí os latidos histéricos, estridentes. Foi uma cerimônia rápida, tive medo de a velha desmaiar. Que nada, ela até parou de chorar, o túmulo foi fechado, compramos umas flores. O enterro foi igual ao de uma criança. Funerais de crianças. Resisti bem. Suportei com bravura. Acho que estou me curando.

Deviam ser sete da manhã do dia seguinte quando ouvimos o barulho. Da janela da cozinha, vi, no pátio interno, a casinha de cachorro, espatifada. Depois vieram cestas, pratos, caixas de comida, cobertores, uma tralha enorme. A velha jogava pela janela, lá do quarto andar à esquerda. Depois o faxineiro juntaria tudo, o lixeiro levaria. Durou uns quinze minutos. Coleiras, cordinhas, sabonete, vidros de xampu, ossos de borracha. A velha limpou o apartamento.

Nove da manhã, estava escrevendo, ouvi um barulho surdo, desagradável, vindo do pátio interno. Como se fosse um corpo frágil desabando sobre o cimento. Não tenho certeza, vou lá espiar.

293

Diante da casa da tia serpente, os cavalos da madrugada numa nuvem de fogo

Uma noite, ele me acordou tarde. Foi a primeira de muitas excursões feitas dentro da madrugada. Secretas e maravilhosas. O quarto se dissolvia na quentura. Fazia dias que eu deixava os vidros abaixados, tapava frestas, via as telhas transparentes, cobertas de lava incandescente. Adorava a palavra incandescente. Tinha acabado de ler *Os últimos dias de Pompeia*, me imaginava debaixo das cinzas e brasas que tinham recoberto a cidade. Tapado por uma laje de lava. Morto na minha cama e conservado tal e qual. Para os arqueólogos descobrirem mais tarde, colocando uma placa: *Menino de nove anos, encontrado em perfeito estado. Exemplo de criança da época, magra e ossuda, alta.* Haveria também um mistério para o futuro ruminar: as camas eram pequenas ou o corpo teria se esticado sob o impacto da lava incandescente? Pois com a minha altura a cama ia apenas até a canela. Jamais tive cama do meu tamanho, a não ser depois que fui trabalhar por minha conta, em São Paulo.

– Veste o terno azul – disse meu pai.

Ele, elegantíssimo, no linho branco 120. Irretocável, como dizia uma tia. Moça alegre que gostava de dançar e usava pulseiras que tilintavam cada vez que ela movia os braços. Aos domingos, íamos para a casa de meu avô, longe, tão longe, e eu sabia que a tia estava saindo para o cinema, ao ouvir seu riso e as pulseiras soando no corredor.

– A mãe vai ficar uma arara quando souber que usei o terno.

– Não vai saber.

– Onde vamos?

– Passear.

– A esta hora?

– É a melhor hora!

– Por quê?

– Nunca pergunte por quê.

– Por quê?

– Tudo acontece e nada acontece.

– Se nada acontece, não tem graça.

– A graça do nada é o paraíso infinito.

Meu pai dizia coisas que nunca cheguei a compreender. Talvez, um dia, as suas frases se esclareçam e eu constate que recebi lições. Giro em torno de querer compreender quando nada há a se compreender. Senão viver. Ser e estar no mundo. Coisas de almanaque.

– E a mãe?

– Dorme como pedra, com os remédios que o médico deu depois que o seu coração murchou.

O coração da mãe
de repente
murchou
e agora ela
dorme, sempre
dormiu. O mundo
vive adormecido.

Começou a dançar, cantando baixinho. Fazendo passos difíceis, sem tocar na cama e na cômoda. Parecia voar. De uma leveza fantástica. Girava, avançava, saltava, rodopiava sobre si mesmo, ajoelhava-se, subia feito mola. Como podia caber no quarto minúsculo? Deslizava feito os rapazes dos patins voadores, americanos que tinham vindo com um parque, o Conislan. Toda a cidade endoidecida por quatro noites. O sapato de verniz bico fino de meu pai brilhava à luz da lâmpada de quarenta velas e pela primeira vez não achei meu quarto sombrio. Assim como era soturno o corredor da casa de meu avô, sem janelas e ele não deixava acender a lâmpada por muito tempo. Só que no corredor havia as pulseiras e o riso de minha tia, indo para o cinema.

– Como pode dormir num quarto tão abafado? Vai acabar doente como sua mãe.

Abriu a janela, não refrescou, fora estava quente. Meu pai ajeitou o nó da minha gravata vermelha cintilante, poliu meus sapatos com a ponta da colcha, penteou os cabelos. Colocou um lenço no meu bolsinho. O lenço dele era vermelho. Mancha de sangue no linho. Eu andava impressionado com o sangue nas roupas, tinha acabado de ver *Sangue e areia*, o chifre do touro rasgava Tyrone Power.

– Amanhã vou ter sono na aula.

– Dorme na classe, ora essa...

– A professora me castiga e não aprendo nada.

– O que interessam essas aulas? Bobagens. Escrever com acentos, saber a capital dos países. O que é uma ilha? Melhor do que saber a capital é ir lá. Uma ilha? Foi onde viveu Robinson Crusoe, homem do peru.

Do peru. Lembro de sua gírias e tem dia, conversando com os exilados de Berlim, que as expressões rançosas e fora de uso me devolvem a certos instantes.

– Robinson. Ele não precisava de ninguém. Viveu com ele mesmo. Isso é que é difícil, e aquele homem conseguiu, sem enlouquecer. Pode ser que não ter um espelho ajudou. O difícil é a pessoa se encarar no espelho. Amanhã vou te comprar Robinson Crusoe.

– Tenho sono, pai.

– Daqui a pouco não vai ter. Nunca mais. Veja, nunca tive sono, não preciso dormir. Ninguém precisa, é tudo invenção da cabeça dos homens.

Na rua, o calor era tanto que deixava a gente corcunda. Antes de chegarmos ao jardim público, minha camisa grudava na pele, emplastada de suor. Havia janelas abertas, pessoas ressonando, respirações fortes e pesadas, um choro baixinho.

– Quem é? O que será, pai?

– As pessoas preferem chorar à noite.

– Por quê?

– Eu já disse. Não fique perguntando por quê.

Andávamos devagar, mãos dadas. Eu me sentia contente e confuso. Meu pai era um estranho, talvez porque não fosse como os outros pais. Os meus amigos contavam de homens que chegavam todos os dias no fim da tarde, gritavam e berravam, batiam e punham de castigo. Brigavam com as mães, reclamavam da vida, bebiam no bar, protestavam que os filhos eram vagabundos, não estudavam, não iam à missa, que as mulheres não prestavam, mereciam as surras que levavam, porque não cumpriam com os deveres, as casas eram uma bagunça. Quase não via meu pai. Ele vivia pelo mundo, como reclamava minha mãe, e eu não sabia o que era o mundo, até onde ia. O lugar mais distante era o sítio de meu avô, caminhávamos um bocado até o ponto de ônibus, depois andávamos bastante até a casa de corredor escuro e pulseiras musicais.

A família inteira era contra meu pai, contando histórias que não me deixavam ouvir, coisas sussurradas na varanda ou nas conversas de calçada. Nunca soube que tipo de vida levava ou o trabalho que fazia. Cada vez era uma versão. E eu não entendia por que minha mãe se transformava quando ele estava em casa. Circulava sorridente, elétrica. Nessas vezes via o seu rosto iluminado, ela cantava, não ficava aporrinhando as crianças. Podíamos fazer o que quiséssemos, tanto eu como minhas irmãs. Elas gostavam de lambuzar a boca de batom e desfilar na esquina, provocando os meninos. Estavam com quinze e treze anos e era de se ver como a molecada ficava doidinha atrás das duas. Elas tinham inventado uma diversão, *a rainha e a princesa*, e os meninos eram escravos, faziam tudo que elas mandavam. Andavam com o rosto lambuzado de massa de tomate, se a brincadeira fosse *os peles-vermelhas*. Passavam carvão na bunda, se fosse *caça à saúva*. Ficavam vesgos durante uma hora nos jogos *todo menino é um caolho, por isso tem caralho*. Cuidavam de bonecas e faziam comidinhas de verdade, enquanto elas fingiam ter voltado da Gota de Leite, onde as mães tinham seus bebês. Quando levavam as comidas, elas provavam e cuspiam enojadas: "Que porcaria! Vocês, homens, não prestam para nada. Se homem não tivesse isso entre as pernas, nós nem cumprimentaríamos vocês". Cuspiam na cara deles sem que reagissem, riam, murmuravam entre elas: "Que tontos".

Minhas irmãs gastavam o tempo maquinando armadilhas, me deixavam de fora. Apesar de toda a admiração que tinha por elas. Queria ser ruim também. Era lindo ser mau, todos corriam atrás da gente, com medo, faziam as vontades. Passei minha vida agradando, todo meu esforço foi no sentido de ser aceito e amado. A simples noção de alguém que não gosta de mim, ou me critica, me deixa dolorido.

Meu pai era como os filmes. Eu via de vez em quando e de cada vez havia uma novidade, uma diferença, me alegrava, divertia. Jamais consegui dele uma figura sólida e concreta. Quem sabe o excitamento estivesse nesse quebra-cabeça, pedaços que não se juntavam? É assim que me vejo reproduzido, sem imagem consistente de mim mesmo. Naquela primeira noite em que deslizamos silencionamente, estava atordoado e feliz, pensando nos outros meninos, obrigados a ir para a cama às nove da noite. Se contasse, ninguém acreditaria. Decidi nada dizer, percebi que era um passeio nosso. Meu e de meu pai. Nada a ser dividido. Em toda a minha vida, não gostei de dividir coisas, assumo meu egoísmo, estou bem com ele. Passamos debaixo de uma janela, havia uma mulher gemendo, meu pai parou.

Gemidos persistentes, prolongados. Aumentavam de intensidade. A mulher passou a dar gritinhos, me assustei, a mão de meu pai pressionou meu ombro.

– Estão judiando dela? – perguntei.

– Nem um pouco, está feliz.

– Feliz e chora? Como?

– Feliz e grita. Isso é amor.

Amor, palavra que estava no catecismo. O amor a Deus. Amor de Jesus pelas ovelhas. As ovelhas que estavam no presépio? Levadas pelos pastores. Nós somos as ovelhas. Eu sou uma ovelha? Não posso ser um gato? Um macaco? Ovelha deve passar o maior calor. Por que sou uma ovelha? O que se passava ali para meu pai ter o sorriso aberto, o olhar malandro?

— Que história é essa, pai?

— Um homem e uma mulher.

— Fazendo?

— Fazendo.

Tive vergonha, não era coisa de se falar com o pai. Na hora, liguei tudo. O homem devia estar pondo na mulher, por isso ela gritava. Sabíamos que era doloroso. Morríamos de pena das meninas, feitas para se enfiar, suportar o martírio. Tínhamos sorte de ser homens, podíamos usar nossos pintos, nadando em maré de rosas, aconchegados em bocetinhas (era boa e proibida a palavra) aveludadas, pouco nos importando se isso representava tortura ou não. Precisávamos fazer, e pronto. Nunca nos perguntamos por que as mulheres não gozavam como a gente. Vai ver era aquilo que mães, tias e avós repisavam nas conversas: mulher nasceu para carregar a alva dos condenados. A palavra alva era sonora, ainda que ruim. A lei natural. O homem entregue às delícias e a mulher a suportar o fardo. Flagelada pelo destino. Afinal, garantiam os padres, Eva mordeu a maçã, induziu Adão. Ainda que meu pai dissesse: foi uma grande sacanagem de Deus. Se ele inventou as pessoas, devia ter avisado, protegido. Não podia preparar armadilhas, querer se divertir dentro da grande monotonia que era o mundo vazio. Enganou o homem, sua maior criação, e traiu. Deus se tornou suspeito desde o início do mundo, alguém nada confiável. A mulher deu uns gritinhos, o homem roncou, bravo. Ela devia estar apanhando pelas coisas feias que fazia. Não ouvimos mais nada. Meu pai tinha o rosto transtornado, devia ter feito mal a ele também. A mim, não era exatamente mal, e sim curiosidade, misturada a uma sensação de gostar de uma coisa que não devia.

299

Descemos a rua, rumo à estação, aos velhos conjuntos residenciais, fábricas abandonadas. Antigos galpões que tinham servido para estocar café apodreciam. Janelas sem vidros, telhados desaparecidos, mato por toda parte. Começava a clarear tenuamente, pensei em minha mãe acordando, não encontrando ninguém em casa. Chegamos a um ponto em que a avenida fazia uma curva, rodeada de postes enferrujados, encimados por teias de fios. As calçadas atravancadas de lixo, o leito da rua enlameado, poças refletindo luzes amareladas, tudo marrom, a não ser uma pequena construção quadrada vermelha.

– Chegamos na hora. Daqui a pouco elas vêm.

– Elas? Quem?

– Ninguém sabe quem são.

Não demorou, a mulher surgiu. Descalça, de branco. Um vestido tomara que caia, a bainha suja de barro e os cabelos loiros cacheados descendo abaixo dos ombros. Branca, a pele dos braços flácida. Trazia pela mão duas crianças, meninas de sete e dez anos, inteiramente nuas. A mais velha tinha cabelos ruivos. Miniaturas da mãe, o mesmo corpo bundudinho, andavam rebolando, descendo em direção à construção vermelha.

– Quem são?

– Sei lá.

– Vamos perguntar.

– Não falam com ninguém. Agora, repare.

Perto da construção vermelha, as três mulheres sumiram. Evaporaram.

– Onde foram?

– Desapareceram. Desaparecem sempre ali.

– São fantasmas, pai?

– Somos todos fantasmas. O que importa?

– Como podem desaparecer assim? Elas não existem, não é?

– Existem, e desaparecem. Outra coisa que você vai aprender na vida. Vai ter que se acostumar ao desaparecimento.

– Não vou me acostumar nunca. Não entendo o senhor.

– Nem estou pedindo para me entender. Agora, vamos ver se você tem sorte e a sua tia serpente sai à janela.

Fiquei quieto, não era hora de dizer nada. Gelei. Afinal, a tia serpente era um dos assuntos mais proibidos na família. Tocar nele era um deus nos acuda. As crianças ficavam de fora, embaladas em devaneios, e a tia serpente, que nem sabíamos o que era, a não ser algo que assustava tremendamente os mais velhos, se tornou um dos brinquedos favoritos, aperfeiçoado com o tempo. Tia dragão, tia esfinge, tia lagarta, tia salamandra povoavam nossas imaginações. Criávamos os bichos mais loucos: zebra-elefante, macaco-gato, peixe-leão, e colocávamos na sala, conversando com as pessoas, enquanto a criançada chegava e pedia: "A benção, tio javali-galinha. A benção, tia avestruz-rinoceronte". Às vezes, a família se inquietava, reunia, a tia serpente tinha fugido. De onde, onde, onde?, indagávamos. Davam tapas em nossas bocas, indignados por criança se meter onde não devia. Esperávamos que a tia serpente surgisse pela janela, e aterrorizados não dormíamos, saltando ao menor barulho de porta ou forro estalando. E agora meu pai me apanhava pela mão para ir ver a tia serpente. Tive nesse momento o coração quente, acreditando forte que aquele homem gostava muito de mim, porque me levava escondido para um dos segredos complicados da família.

Viramos uma esquina. Parei, maravilhado. Tocado pelas luzes fortes. Cordões de lâmpadas iluminavam homens suados a bater tábuas, misturar massa, carregar ferro, tijolo, carrinhos de mão cheios de pedra. Acima de mim, fantástica, a ponte. Não tinha começo nem fim, ponte que levava do nada a lugar nenhum. Os homens se agitavam sobre ela, gritando uns para os outros, batendo martelos e pás, despejando sacos de cimento e cal que formavam uma nuvem de poeira que envolvia toda a construção.

– Este é o meu navio fantasma – disse meu pai.

Tinha os olhos brilhantes.

– Não é lindo?

– Lindo!

– Quer subir nele?

Rodeamos até um ponto em que havia um monte de terra, pedra britada e uma escada que me deu medo. Meu pai me fez subir na frente, veio atrás, me senti protegido. Em cima, me agarrei a uma balaustrada, puxei o corpo, estava dentro do navio. Meu pai também brinca de navio, que bom! Ele cumprimentou um homem gordo, acenou para os outros, conhecia todo mundo.

– São meus marinheiros. Onde quer ir?

– Vamos viajar?

– Zarpamos já. Diga o lugar.

– China. Pode ser?

Tinha acabado de ler um livrinho que encontrei no fundo de um armário, embrulhado e amarrado fortemente. Não resisto a coisas guardadas, estava todo empoeirado e abri. Tinha uma capa azul e uma mulher voava ligada a uma bola de luz. Histórias chinesas. A que mais me impressionou foi a de uma deusa, Nu Wa, que estava muito contente a circular pela Terra, quando sentiu que faltava qualquer coisa. Apanhou um pouco de argila e passou a modelar bonequinhos que podiam caminhar e falar. A deusa trabalhou noite e dia para povoar a terra. Eu tinha admiração por Nu Wa, tão bonita e misteriosa, com aqueles olhos semicerrados. Lia e relia incansavelmente e o trecho de que mais gostava, depois dos bonequinhos de argila, era a reconstrução das colunas que sustentavam a abóbada celeste, abaladas pela guerra entre dois deuses, Gong Gong, da água, e Zhu rong, do fogo. Não podia entender por que minha mãe arrancou o livro de minhas mãos e atirou ao fogo: "Pensei que tivessem jogado fora estas porcarias da sua tia".

Caminhamos até os limites da ponte. Era tão alta.

– Para a China, capitão! – gritou meu pai e o homem gordo sorriu e fez que sim.

– Para a China. Vamos comer pastéis.

Todos riram, uma tripulação alegre trabalha melhor. Nem minha mãe nem meus amigos souberam que fui à China aquela noite, e outras noites fomos a outros lugares, inventamos países.

Até que, um dia, meu pai se recusou a descer ao porto.

– Por quê?

– Não podemos mais.

Procurei meu navio, mais tarde, e não foi difícil encontrá-lo. A ponte estava pronta, ligava as ruas que devia ligar, tinha deixado de ser navio para se transformar no que era realmente. Quando as coisas são, perdem o encanto.

– Estou com sono, pai.

– Medo, pode confessar.

Desgraçado, ele sabia. Não adiantava disfarçar.

– Dormir é o pior, enquanto a gente dorme perde o importante, fica sem entender o resto.

– Não está acontecendo nada.

– Precisa aprender a ler no vazio, no escuro e no silêncio.

Atravessamos o jardim público. Dois homens conversavam num banco, cumprimentaram familiarmente. Meu pai conhecia todo mundo.

– Nos dias de calor, a tia serpente colocava o melhor vestido e vinha para o jardim, fresca e perfumada. Adorava estampados de flores miúdas. A cada viagem eu trazia uma peça, ela podia colocar um vestido por dia, durante um ano. Muitos vestidos eram pintados por ela, a aquarela. Uma vez, à saída do cinema, tomou um chuvão, as cores derreteram à vista de todo mundo, ficou um tecido incrível, as mulheres perguntavam onde tinha comprado, quem fazia aqueles desenhos malucos. Ganhou dinheiro pintando panos, pendurando no varal e tacando o esguicho em cima, para as cores se dissolverem, não ficava um desenho igual ao outro. Não encontrei outra mulher igual, a moça mais bonita e inteligente que vi. Queria trabalhar e quando a companhia telefônica se instalou na cidade, ela foi a primeira a se apresentar. Seu avô, o meu pai, foi buscá-la na mesa de operações, arrancou-a dali no meio das chamadas. "O que há com você? Não pode ficar em casa cozinhando e bordando, preparando o enxoval, como toda moça decente? Se quer fazer alguma coisa, vá ensinar catecismo, está assim de criança ateia." Ela foi bordar. Descobriram que vendia tudo para fora, tinha estabelecido um comércio razoável. Costurava calcinhas diminutas com desenhos de coração, pássaros e até inconveniências, que as mulheres usavam secretamente, escondendo nas cômodas. Orientava amigas, formaram uma espécie de rede, iam muito bem, abriram conta na Caixa Econômica. Alertados pelo gerente, meu pai e os outros bloquearam as contas, baseados sei lá em que princípio legal. Nenhum princípio, apenas a amizade que juntava os homens de bem. Quando via um dia de sol, a tia se arrumava toda: "A gente precisa receber à altura um dia luminoso como esse. Precisa estar linda e preparada para que o sol sinta que está trazendo contentamento. Senão vai se sentir inútil, fazendo força para alegrar e aquecer, e as pessoas escondidas, fechadas". Abria janelas e portas, deixava tudo escancarado, fugia pela cidade, tomava uma taça em cada sorveteria, olhada com admiração. Moça sozinha sentada em sorveteria não prestava, e todos sabiam quem era aquela, nunca foi leviana.

— Por que chamam de tia serpente?

— Ela se transformou em cobra.

— Verdade?

— Se a gente acredita, é verdade.

— Qualquer coisa?

— Qualquer.

— Existem verdades em que a gente não acredita?

Não respondeu. Só falava quando convinha. Não embatucava. Simplesmente se calava, lançando um olhar de lado que fazia a gente se sentir burro. Nessa hora, entendia por que as pessoas gostavam dele, respeitavam. Impossível contrariá-lo, apanhá-lo em falta. Estávamos na ponta do jardim quando ouvi o ronco. Distante, como se fosse trovão.

— Está ouvindo?

— Estou.

— Daqui a pouco estarão por aqui.

— O que é?

– Por quê? O que é? Só vive perguntando. Espere. Paciência.

– Paciência é coisa de velho! Ora!

Diante de uma casa de dois andares. Janelas brotando dos telhados. Parte das paredes tomada pela hera. No que estava a descoberto, havia milhares de estampas, desenhos, inscrições, retábulos minúsculos, esculturas mínimas entalhadas em madeira. Caras de anjo, perfis de mulheres, círculos, estrelas, nomes, palavras. Formas disformes, incompreensíveis, gastas, corroídas pela água, cores desbotadas, pedaços amputados.

– Arranquei aqui, ali, minha vontade sempre foi destruir esta casa.

Tanto ódio no rosto de meu pai.

– Aqui morava o maldito.

Voz rouca. Não! Aquele não era meu pai.

– Ficou à espera dela até morrer. Ele se desfez em pedaços. Quando abriram a casa por causa do mau cheiro, quase não havia corpo.

Para, pai, não é hora de contar essas histórias, nem quero saber, nem estou entendendo. Mas não contava para mim. Para ninguém.

– Preparava a casa para o dia em que ela voltasse. Sabia que sua tia serpente não voltaria. Ou que talvez voltasse, mas ele não estaria vivo. Uma bruta confusão, seu avô metido no meio. Vou até jurar que meu pai inventou tudo para afastá-la do pintor leproso. Passei a vida pensando nisso. Só que não dá para esquecer, eu a vi rastejando pela sala transformada em cobra mesmo. Vi, foi horrível, mas vi. Ela no chão, babando como serpente. Não havia meio de negar, inventar assim. Quase fui internado junto, no dia em que a levaram de casa, ela gritando que meu pai era um filho da puta. Quando passou por mim, deu um sorriso, passou a mão pelo meu rosto, e havia a suavidade do aço na sua voz: "Volto, maninho". Naquele momento me veio a certeza de que ela se apaixonara pelo pintor leproso apenas para arrebentar com meu pai. A casa estava construída, faltava o acabamento, e o pintor se instalou, montou sua oficina. Era um homem hábil e talentoso, reconheço, com todo o ódio que tenho, tive. Passava o tempo encerrado aí, e nessas paredes está a história de sua tia serpente. O jeito dela, sua vida, a paixão, a doença, o exorcismo, o modo como acabaram com ela com eletrochoques, seus passeios, a tentativa de ir ao Rio de Janeiro tomar parte num programa de auditório da Rádio Nacional. Dentro da casa não existe um milímetro de parede que não tenha sido trabalhado. Espelhos, cadeiras, vasos, cinzeiros, cama, o berço do filho que esperavam ter. Minha cabeça nunca compreendeu o berço. Que futuro o leproso podia esperar? E no entanto, esperava e trabalhava, acreditava. No quê? Será que não fingia para ele mesmo? Um enorme fingimento para podermos suportar a vida, é o que nos resta. Muitas vezes, vim a esta casa, na madrugada, enquanto ele dormia, para arrebentar os feitos, destruir as histórias, eliminar a tia serpente da memória dele. Uma noite, me deu um tiro, não acertou, nem queria. Se quisesse teria me matado, estava a dois metros de mim com a espingarda na mão. E eu querendo me vingar.

– Vingar o que, pai?

– Um mal.

– Ele te fez mal?

A música veio antes que me respondesse. Nem sei se responderia, estava com uma cara. A música vinha da casa, ao menos me pareceu. Não tenho certeza, tão atordoado andava. Nem posso garantir que é verdadeiro o que gravo. Pode ser que esteja reunindo elementos diferentes no episódio. Asseguro, sinceramente, que esta é a forma final. O modo mais claro de uma lembrança definitiva. Nem sei por que definitiva: vai ver nem é. Por que teria de ser? A música estava no ar, nítida. A mulher cantava alguma coisa já ouvida no rádio e provocou a paralisação do meu pai. Ele ficou com a expressão dos santos nos altares da matriz, cara de quem não está em parte alguma, nem se sabe pensando o quê. A música terminou. Recomeçou, a voz tremelicante, fanhosa, no meio de chiados.

Amado mio / Love me forever

Meu pai despertou, me mostrou duas palavras na parede: *Amado mio*. Havia repetições, embaixo de flores, nas asas de anjos, ao pé dos caixilhos, no centro de estrelas.

– Amado mio. O que quer dizer?

– Meu amado.

– Em que língua ela está cantando?

– Italiano.

la notte splende / de mille luci

Melodiosa, a voz se acomodava com suavidade pelos cantos, tomando a noite. Envolveu a casa e, de um momento para o outro, dissipou-se o aspecto sinistro, fantasmagórico, para dar lugar a uma sensação melancólica. Pressenti que algo havia ocorrido com meu pai e estava preso dentro dele, incomodando, como caranguejo a comer o olho. Ele sofria. Quem sabe estava aí a razão de ser um homem dissimulador. Sempre escorregadio. Hoje, estou certo, a minha ambiguidade, essa não qualidade que mina meus relacionamentos, vem desse homem. Do não enfrentar. Ou invento, apoiado em dados falsos como desculpa pelo que sou-não sou?

e ai nostri baci / sospira e va

Perto dos trinta anos, na Itália, participei de um congresso de linguística. Compareci, não participei, falavam uma linguagem codificada, e eu me admirava de que textos pudessem gerar tanta elucubração. Debates complexos com que em tempo algum os autores nem sequer sonharam e com que se assustavam. Nessa viagem, encontrei o disco *Le canzoni dei ricordi*, e uma das faixas era *Amado mio*. Cantada por Maura Mari, com a orquestra Barzizza. A foto de Maura mostrava uma mulher típica dos anos quarenta, recém-saída da adolescência, olhos negros tristonhos, vestido de gola fechada, brincos e colar de ouro. Expressão ingênua, o lábio inferior mais grosso. Maura era chamada "la donna swing", ainda que preferisse ritmos lentos, como *Amado mio*, sucesso do filme *Gilda*, em que todos pensavam que a música fosse cantada por Rita Hayworth, esplendorosa num vestido branco com flores imensas e cintilantes. Não, o *Amado mio* hollywoodiano tinha a voz de Anita Ellis, que a emprestou a Rita. Eram diferentes as letras em inglês e em italiano, mas (outro mistério) por que essa mulher cantava em italiano? Conhecia o disco?

prima que l'aurora / ritorna ancora

Ouvimos outra vez, o ruído surdo como um trovão. Parecia se aproximar em nossa direção, trazido pelo vento.

– Não podemos vir aqui de dia? Entrar?

– Está lacrada. A prefeitura vai transformar num museu. Não transformaram. A casa foi se arruinando, havia um problema de herdeiros, desapropriação. Até que o terreno foi comprado por uma incorporadora que resolveu (ou não) as pendências judiciais, e ali ergueu um hotel de quinze andares. Destinado também a se arruinar, ninguém visita a cidade.

– E a tia serpente?

– Tem noites que ela conseguia saltar os muros do sanatório. Descobriram e agora ela dorme amarrada à cama. Mesmo assim, ninguém sabe como, desamarra as correias e foge. Foge, nada. Salta o muro, vai passear, retorna pela manhã, dócil. Nunca se sabe a noite em que ela pode romper as amarras, de modo que venho sempre.

– Conversa com ela?

– Tinha começado a aprender a linguagem das cobras, depois perdi.

– Sabia falar como cobra?

O ruído surdo cresceu como tromba de água. Reboou pelas paredes e calçadas, fez vibrar vidraças. Um trem à toda sobre mim. Mil trovões reunidos. Abalado, me agarrei à perna do pai. Eles surgiram, três quadras acima, entrando na avenida com violência. Com tanta impetuosidade que se podia sentir o deslocamento de vento e o cheiro azedo do suor. Dezenas de patas ferradas batendo nos paralelepípedos, arrancando faíscas, de modo que, olhando-se para o chão, se via o fogo amarelo-azulado. Como se os cavalos flutuassem sobre uma nuvem incandescente. Malhados, brancos, pretos, marrons, desordenados e velozes. Meu pai, rápido, me atirou sobre o muro, saltando também e sentando-se ao meu lado, enquanto a tropa se aproximava com estrondo. No quintal, atrás de nós, damas-da-noite nos alucinavam com o cheiro furioso que se misturava ao dos cavalos. Diante da casa adornada, pararam por um segundo. Detiveram-se, virando os focinhos para as janelas do alto, narinas tremendo excitadas, olhos luminosos embriagados. Naquele instante, o silêncio se abateu sobre a cidade, como se o mundo tivesse acabado de repente, pessoas e animais e plantas mortas, apenas casas em pé. Olhei para a casa adornada, e juro que uma luzinha, quase de vela, se apagou. Ou quem sabe foi um reflexo. Um vaga-lume passou, era época. Os cavalos continuaram, espalhafatosos e felizes e vi quando entraram pelo grande portão dos fundos da padaria. Dali a pouco estariam puxando as carrocinhas do padeiro. Acho que se aproveitavam daquele trecho de liberdade, entre o pasto e a padaria, para se soltarem ensandecidos, a expelir fogo pelas patas. Inconformados com arreios e varais que os obrigavam ao mesmo trecho diário, ruas idênticas, casas adormecidas.

– Quando eles passavam, a tia serpente estava à janela. Os cavalos vinham pela nossa rua, a padaria mudou-se mais tarde. A tia acordava cedo ou nem dormia, é aquilo que te disse, na nossa família dormimos pouco, vivemos da noite. A tia ficava excitada, conhecia todos os cavalos, deu um nome a cada um. Às vezes me chamava, mostrava como cada animal vinha sempre no mesmo lugar, como se houvesse uma formação determinada, uma hierarquia. Sabe o que é hierarquia? Vai saber. Na merda da vida tudo tem hierarquia. O cavalo malhadão na frente. Anos e anos, os cavalos passaram diante da janela, e havia uma relação entre a mulher alta e magra (nossa família sempre foi muito alta) de olhar verde e incomodativo, e os animais indóceis, quase selvagens, quando sem os arreios. Sabe que ninguém suportava olhar direto para a tia serpente? Era terrível, queimava, os pelos se arrepiavam. Mulher maravilhosa, como jamais encontrei outra, ela me levava a despertar na madrugada e ficar escondido do outro lado da rua (naquele tempo um terreno baldio cheio de mangueiras) para observá-la. Quando visitava nossa casa, me encabulava seguran-do minha mão e me beijando na boca, o que escandalizava os outros e provocando a ira do avô. Como esquecê-la? Mulher inca-paz de ser entendida, o que a conduziu a uma grande solidão. O único namorado firme, que durou, foi o pintor leproso. Também ele pessoa difícil, ninguém se aproximava muito. O caso do pin-tor nunca foi explicado. Ele sobreviveu por longo tempo, depois de ter sido dado como clinicamente morto. Disseram que foi a esperança de voltar a ver a tia. Houve quem garantisse que sua vida estava ligada à casa, assim que a terminasse, morreria. Outros juraram que o olhar da tia serpente fez o sangue dele correr em sentido contrário, eliminando a doença. Quando ela não estava à janela, a tropa empacava, perdida, e nesses dias o pão chegava tarde nas casas. Era tal a relação que se um cavalo novo na tropa passasse direto era punido a dentadas e coices, até aprender o código de passagem, o ritual da parada matutina. Não havia como desviar os animais da rota. Depois que a padaria se mudou, na fase de ampliação, quando surgiram os pães de forma embrulha-dos em celofane, novidade que encantou a cidade (duravam dias, como se fossem frescos), os cavalos continuaram a dar voltas, para seguir o caminho da casa. Isso durou até o dia em que a padaria se desfez da tropa, nos anos cinquenta, comprando fur-gões. Os cavalos foram vendidos a particulares, gente que reco-lhia papel e papelão, garrafas e ferro velho, fazia carretos, limpa-va jardins, transportava mudanças pobres na periferia. Os novos donos se acostumaram com as fugas eventuais dos cavalos, por-que sabiam onde os encontrariam. Aqui! A olhar e relinchar, inco-modados com a ausência da tia serpente, não mais à janela.

Havia no ar o cheiro dos cavalos e das damas-da-noite, mas os dois eram dominados pelo cheiro, maior e mais intenso, do pão assado, massa fermentada violentada pelo forno quente. De alguma parte – seria de dentro da casa abandonada? – vinha outra vez a voz trêmula da mulher a cantar *Amado mio*, e meu pai se pôs a dançar na calçada, avançando para a rua, num ritmo lento, o que acentuava a sua leveza e agilidade. Jurei que um dia dançaria tão bem assim.

– Não vou ver a tia serpente?

– Ninguém mais a viu.

– Onde está?

– Com ela mesma.

– Não deixam entrar lá?

– Ninguém.

– Tem fotografia dela?

– Nenhuma! Queimaram todas.

– Por quê?

– Também nas fotos, seu rosto virou o de uma cobra, quando ela se transformou em mulher-serpente. Disseram ao seu avô que o único modo seria destruir todas as imagens.

– O senhor gostava dela, não?

– Muito.

– Mais do que de mamãe?

Olhou-me de lado, como fazia quando não queria responder. Até hoje tenho aquele rosto gravado e tento saber o que significava, ainda que às vezes admita que era tudo claro. Certas coisas são vedadas, tornadas impossíveis, isoladas por uma série de portas que não existem, inventam para a gente e não temos meios (ou coragem) para derrubá-las.

Qual é o sobrenome de Ulli?

Ulli chorava.

– Corra! Pode vir já?

– Posso. Mas ir onde? O que há?

– Uma tragédia. Vem logo!

– Vou me vestir, saio num minuto. Diz, o que há?

Chorava de não conseguir falar ao telefone.

– Não dá para falar agora. Venha.

Uma barulheira confusa. Jamais imaginei Ulli chorando. Ainda que naquela tarde, a última em que estivemos juntos, um mês atrás, ela tenha feito uma cara tristíssima. Quase explodiu quando gritei, puto da vida: "Ah, *Ausländer raus?*". Minhas brincadeiras. Nunca mais quis sair comigo. Agora liga, pede que vá correndo.

– Ok. Ok! Me dá o endereço.

Ruídos estranhos, alguém batendo forte numa porta. Gritos.

– Casa do Jamil... lembra-se? Ruhe...

Telefone desligado. Marinez examinava os fundos de uma cômoda de 18 gavetinhas minúsculas.

– Vou ter de sair.

– E o fim da nossa conversa?

– Está acontecendo alguma coisa com Ulli. Me chamou.

– Vai ver, quer voltar.

– Estava nervosíssima.

– Só queria te dizer que estou a fim de me mandar.

– Pro Brasil?

– O Pedro deixou a ceguinha.

– Voltou para você?

– Ainda não. Quer dar um tempo. Todo mundo quer dar tempo. Como se amor fosse jogo de basquete.

Ir onde? Fui atrás dela, naquele domingo, nem notei direito a rua. Sou assim, me deixo levar. Até Ulli estava meio perdida. Além do mais, tinha bebido tanto vinho na cafeteria da exposição. Ruhe, o quê? E que seria Ruhe? Ruhleben? Tem uma linha de metrô direta, é a que se tomava para ir ao Estádio Olímpico, ou para ver a prisão dos nazistas. Pegamos o metrô na Wittenbergplatz e tro-

312

camos no Zoo. Em que direção? Descemos numa estação que tinha nome de homem. Bismarckstrasse. Ou Richard Wagner? Adenauer. Leopoldplatz. Ernst-Reuter. Theodor Heuss. Merda de memória! Besteiras eu lembro o tempo inteiro, fico minhocando. Quando preciso de coisa séria, nada. Já perdi quinze minutos com este mapa. Procuro por analogia: Ruhlaer Strasse, Ruheplatzstrasse, Ruhleben, Ruhlebener Strasse tem duas, Ruhrstrasse, Ruhlsdorfer. Ruhwaldweg, Rumeyplan, Rundhofer. Não, não tinha *n* na história. Fiz uma lista, Marinez me ajudou a olhar a planta da cidade, em primeiro lugar as mais distantes. Segui de táxi. Pela Charlottenburger entrei na Ruhlebener. Não era familiar, nunca tinha estado ali.

– Para Ruhlebener Altarm.

O motorista sorriu, se meteu por uns bequinhos.

– É aqui.

– O canal?

Um braço de água desembocando no rio Spree. Consultei a lista, melhor seguir para Ruhlaer. Também não. Edifícios bons, rua limpa. Deixe-me ver, tentemos Ruheplatzstrasse. Fazia quarenta minutos que rodava, levamos mais vinte para chegar. Reconheci a demolição, o prédio com portas vedadas por tijolos. A rua, obstruída. Uma fila de furgões verde-brancos. *Polizei*. Cheiro de borracha queimada. Passou uma ambulância. Um carro de polícia tombado. Avancei, com medo. Ser estrangeiro nessa hora, tratando-se de casas ocupadas, não é boa recomendação. Gritos, barulhos surdos, berros. Tiros? Estouros, vidros rompendo. Uma cabine telefônica amarela incendiada. Porra! Deve ter sido violenta a batalha. Ulli teria me ligado dali? Um garoto, manietado, atirado para o fundo de uma perua gradeada. Andando junto à parede, imagino que não serei visto. Sirenes agoniadas. Um punhado de policiais parecendo generais na guerra, seguindo as ações de binóculo como se estivessem de camarote. Luzes vermelhas piscando. Pneus queimando, fumaça preta. Um soldado arrancou o filme de um repórter. Discutem. O policial dá as costas, devolve o filme velado. Um homem encapuzado, as mãos preparadas para atirar uma pedra, enfrenta um círculo de policiais. A polícia metida em armaduras, escudos transparentes. Leio nos escudos: *Frieden schaffen ohne Waffen*. Soldados em círculo vigiam um grupo deitado no chão, rostos contra o solo, mãos na cabeça. Gente correndo.

Seja o que for que aconteceu, está terminando, e a polícia tem jeito de vitoriosa, deve estar fazendo o rescaldo. Pedras esporádicas vêm do alto do prédio de Jamil, policiais se comunicam por interfones. Fumaça lacrimogênea. Meus olhos ardem. Um caminhão blindado entrou à toda, indiferente às barricadas de pedras, paus, escombros, lixos. Passou por cima, como um tanque de guerra. Mangueiras atiram água contra a fachada, arrancando faixas, bandeiras, cartazes rasgados. Um grupo saiu do prédio debaixo de porrada. Homens de machado na mão. Despejam água fervendo de uma das janelas, dois minutos depois a janela formiga de fardas verdes. Onde estará Ulli? Quem sabe encontre Schahin? Estão evacuando o edifício. Um careca apanha, protege a cabeça, tem as mãos arrebentadas. Passos chapinhando na lama.

A rua começa a se aquietar. Leve crepitar de barricadas queimando, botaram fogo num mundo de móveis. Peruas da polícia se retiram. Um trator se aproxima lentamente. Não é trator, é uma dessas máquinas de demolição.

A fachada dos dois primeiros andares caiu depressa, ficou um oco, vi os móveis, quadros. As reproduções de Frida Kahlo vão apodrecer. Um caminhão de limpeza varre a rua. Fiquei à espera. Não sei do quê.

– Acha, Paulo, que tem algum jeito de saber da Ulli?

– Conheço um advogado, vou ligar. Ele tem conexões. Tem certeza de que foi presa?

– Não tenho certeza de nada.

– Ulli do quê?

– Putaqueopariu! Não sei o sobrenome.

– Ulli? Deve ter cinco mil nesta cidade.

– E agora?

– Quem mais conhece a moça?

– Não sei.

– Amigos dela.

– Só frequentei um, esse Jamil. Na casa onde deu a confusão.

– Não estão mais brincando com as casas ocupadas. Outro dia, um garoto espanhol foi condenado a três anos. Condenaram para dar uma lição. Intimidar. Sabe-se que vão desocupar tudo.

– Porra, não sei o que fazer.

– Vou ver se conseguimos a lista de quem foi preso esta tarde. Ullli não estava na lista.

– A gente pode confiar? Não sacaneiam, escondem presos?

– Se a gente tivesse acesso ao senador da construção e habitação...

Nada foi descoberto. Dias e dias, andamos pela cidade. Tentamos falar com o comandante das operações. Não recebeu. Deixei recados no hotel de Ulli, as coisas dela estavam lá. Assim como o sobrenome. Por que não pensei antes no hotel? Teria voltado para Colônia, abandonando tudo? Improvável. O gerente quis meu endereço, telefone, fiquei achando que ia acabar me mandando a conta. Duas semanas, rondei pela Ruheplatzstrasse, falamos com vizinhos. Uns não sabiam de nada, outros não tocavam no assunto, havia quem achasse a situação muito boa, sem bagunceiros perto. Como pode uma pessoa sumir assim? Não é possível, tem alguma coisa errada em tudo isso. Os alemães não admitiam, se gabavam de suas leis e os direitos que os cidadãos tinham. Mas havia quem dava de ombros, comentando: "Não é a primeira". Voltei uma vez mais ao prédio de Jamil. Terminaram a demolição. Não havia o mínimo sinal da batalha, nem uma folha fora do lugar. Limparam o terreno.

Estou sozinho em Berlim. De vez em quando, passo pelo hotel, pergunto. Entregaram a mala de Ulli para a polícia. Telefono ao TAZ, o jornal, peço ajuda. Olhos abertos na rua, esperando encontrá-la. Percorro as galerias. Pode ser que ela tenha achado que não fui, não atendi o chamado. Demorei muito procurando a rua. Portanto, quem sabe ela tenha se mandado sem dizer nada, nunca mais vai aparecer. Marinez se foi, faz dez dias. Levando Pedro. Tem certeza de que o moço volta aos bons tempos. Estava feliz. Ele, não sei. Cada casal sabe por que está junto. Marinez jurou, cruzando os dedos na boca, que gosta tanto dele que é capaz de ficar na batalha a vida inteira. Tomara. Quero ver. Me deixou a casa cheia de móveis. Comprou mais três cômodas, não teve tempo de desmontar duas. Estava tão contente que nem se incomodou com o dinheiro perdido. Para matar o tempo, estou desmanchando devagar os móveis. Pode ser que, além de traças, encontre dinheiro, joias, ações, mapas de tesouros, planos secretos, o diário de algum figurão que interesse a colecionadores, museus, historiadores. Ainda saio rico deste país.

Rastejando, a tia serpente deu o bote na perna do bispo

Querido

Faz meses que você pediu e desde então tenho rodeado o seu pai, querendo uma brecha para entrar no assunto. A velha malandragem dele voltou inteira, escorregou feito mercúrio entre os dedos. Um dia, perguntei direto e ele: "Nunca houve essa tia serpente". Insisti, ele me olhou de lado e senti que me detestava, estava me metendo, era assunto dele. Garantiu que jamais saiu contigo à noite. Imagine um pai ficar passeando com o filho pela madrugada, não tinha sentido.

— Mas vocês saíram, e muitas vezes.

— Meu filho é louco.

— Nem um pouco, está melhor do que nunca.

— Inventou tudo, assim como inventa os livros.

– O senhor sabe que não é assim. Por que evita o assunto?

– Não evito. Só não quero mentiras.

– O senhor não mentiu nunca?

– A vida inteira.

– Então?

– Quem sabe esteja mentindo agora? Mentindo sobre uma mentira. O que dá?

– A tia serpente existiu. Ouvi falar dela, minha mãe contou. Era uma coisa que a cidade comentava.

– Vai confiar na gente dessa cidade! Que se estrumbica toda. Assim como eu.

– Não se estrumbicou tanto, está bem de vida, rico.

– Por causa das mijadas.

– Não vem com safadeza.

Ele riu, gosta de me provocar. Somos cúmplices, te disse isso.

– Filhinha, foi com mijada que fiz meu dinheiro. Quem inventou essa descarga automática que todo mundo usa na cidade, na região inteira? A cada meio litro de mijo, vem a descarga com água tratada que deixa a privada limpíssima.

O que me encanta nesse homem é o jeito debochado, irreverente. O sarcasmo diante da vida, coisas que devem ter assustado sua mãe e a mulherada do tempo. É só dar corda, ele destampa o palavrório, as sacanagens. Nesse ponto, hereditariedade funciona, você é assim, é só dar uma brecha. Bem, quer saber sobre a tia serpente, não quer? Está doidinho pelo caso. Arranquei pouco, pouquíssimo. Outro tanto de minha mãe. Ela era mocinha e trabalhou como faxineira com sua mãe na primeira agência do Banco do Brasil. Assim as duas complementavam o orçamento caseiro, se bem que a sua mãe sustentasse a casa com aquele dinheiro. Mamãe achava o teu pai bonito e bem-arrumado, aliás demais para o gosto dela, e sempre envolvido em casos. Esse da tia serpente foi um deles, encoberto pela família. Nunca o suficiente, a cidade não tinha tamanho para esconder nada. Ela não gostava dessa sua tia, moça insolente, só fazia o que lhe dava na telha, até fumava em público. Uma vez foi a um baile vestida com pijama, expulsaram, proibiram a entrada dela no Tênis. Essa história de ter se transformado em serpente começou num jantar ao bispo. Todos os anos, o bispo vinha para a crisma e era hábito o grande jantar na casa de seu avô, a melhor da paróquia. Foi bem antes de ele quebrar, não se arruinando de todo porque a leiteria sobreviveu. Ele quis acreditar que os supermercados mudariam a vida da cidade, mas era muito cedo, o comércio vivia dos fregueses de caderneta, as pessoas ficavam revoltadas por ter de pagar na hora. "Não tem confiança?" Nessa noite do jantar, sua tia surgiu na sala, nua, rastejando pelo chão, feito cobra. As empregadas deixaram cair a bandeja de fígado com cebolas, prato favorito de sua eminência. A cobra-menina foi se aninhar aos pés do bispo que, constrangidíssimo, se recusava a olhar para o chão. Ele ficou a empurrá-la com os pés, enquanto ela tentava mordê-lo. Todo mundo paralisado, ninguém soube o que fazer por um tempo que pareceu longuíssimo, ouvindo a chuva de granizos cair, pancadas de pedra contra os vidros da janela. "O mundo vai-se acabar, é o sinal de Deus", disse o bispo persignando-se, confuso entre a excitação agradável das mordidelas da menina-cobra em sua perna e a noção aguda de pecado. Arrepiado com os dentes que tocavam sua pele, provocavam tremores nada maléficos, satânicos, antes prometiam deleites insuspeitados. Não chutava o rosto da moça e ficou penalizado quando ela foi arrancada dali pelo avô, que gritava ao seu pai: "Me ajude, me ajude, nós homens temos de resolver isso". E seu pai, amolecido pela visão do corpo nu da irmã, levantou-se hipnotizado, agarrando a menina, tocando sua pele, sentindo os seios e olhando a barriga lisa, aqueles pelos suaves, e foram carregando para a despensa de alimentos, ouvindo o bispo com voz rouca: "Salve Rainha, mãe de misericórdia". A menina-serpente ficou dois dias trancada, sem comer, e quando abriram, ela estava enrolada sobre si mesma, com um rato na boca, os olhos vermelhos, unhas sangrando. Colocaram camisa de força e a levaram. As notícias vinham de vez em quando. Trocava de pele, perdeu todos os dentes com exceção de dois frontais, tomava eletrochoques. Tentava fugir, vivia amarrada, mas uma noite conseguiu, saiu pela rua, atirou-se debaixo dos cavalos da padaria. Ou estava de tal modo entontecida que nem viu os cavalos que a destroçaram com as patas. Dizem que foi a última viagem dos cavalos, a prefeitura vinha intimando a padaria, os animais não podiam andar soltos pelas ruas, era tempo de mecanizar a tropa.

Viu como coloquei meus adornos nesse caso maluco, e bonito? Minha mãe jura que não aconteceu o episódio do jantar, nem havia coisa alguma de serpente. Ela garante que louco era seu avô, transtornado com a falência. De qualquer modo, a gente daquele tempo afirma que ninguém se esquece do casal de irmãos sempre unidos, juntos, por toda parte. Belíssimos dançarinos, ganharam o primeiro lugar do concurso *Gilda*, uma promoção feita pelo cinema para atenuar a campanha dos padres contra o filme. Até hoje a cidade se lembra daquele par esvoaçante ao som de *Amado mio*, música velha e razoavelmente interessante.

Ana manda a carta que altera os acontecimentos

Querido

Gostaria de ver a tua cara, saber o que pensa do meu gesto. No entanto não adianta me escrever agora, estarei fora de casa por muitos dias. Não vale dizer que sou louca (foi o que Jaime disse) e não quero te ver repetindo palavras dele, vai ser uma decepção muito grande, meu gesto não terá valido nada. Não diria também que foi meu primeiro gesto assumido, porque todos os anteriores o foram. Só que em direções diferentes. Agora, caminhei ao meu encontro, pela primeira vez na vida. Não! Bobagem. Pela segunda ou terceira, ou talvez nona, que também não fui tão sadomasoquista, ou sofredora, assim. No entanto, desta vez o prazer era enorme, eu me aliviava, consciente, segura de que devia fazer isso. Muita justificativa, não é?

É que perdemos o gosto pelas deliciosas situações metafísicas, pelos mistérios, pelos imponderáveis. Nos secamos, por isso.

Não me venha com aquela tua frase, tão bonita, de efeito em auditórios, de que no Brasil a realidade é mais absurda que o próprio absurdo, porque isso justifica muita coisa que o homem não entende, e então coloca no plano do absurdo, e este é inacessível para ele. Chego a concordar que é assim, porém descobri que não podemos mais aceitar o absurdo, deixando tudo andar porque esse é o jogo do sistema. Vira e mexe, estamos a falar da sociedade em que vivemos e do que ela provoca. Não tem outro jeito? Se bem que nessa Berlim, soterrada de neve, com você infeliz e fechado no apartamento, a escrever cartas desesperadas para todo mundo, deva pensar: acaso ela não fez política ao tomar tal atitude? Não digo mais nada, faz quase dois anos que brigamos a cada carta, por você me acusar de ser tão pouco direta nos assuntos. Sabe de uma coisa? Não quero ser. Adoro rodear, vagar, engrenar um assunto em outro, depois voltar. Sou assim, me queira assim.

Impaciente? Então ouça. Ontem, apanhei os meninos e levei ao Jaime. Às duas da tarde, ele voltava para o escritório, depois do almoço. Me viu com as crianças, saltando do carro, tirando malas, o cestinho, o bebê-conforto, cestas e entrando. Jaime me conhece, ficou esperando, porta aberta e a cara assombrada, a mesma que fez quando o aceitei de volta, depois do período pedagógico.

– Pronto, acho que não esqueci nada.

– O que é isso? Vai viajar?

– Vou.

– Nem me avisou? E sai assim, levando todas as crianças?

– Saio assim, mas não estou levando todas as crianças.

– O quê?

– Estou trazendo as crianças para você.

– O quê?

– Você é o pai. Tem de tomar conta delas, também.

– E, e, e,...

– Não precisa gaguejar. Estou tirando férias e vim deixar as crianças com o pai.

– Férias? As crianças? Pensa que vou ficar com elas agora? Vou viajar também, vamos deixá-las na sua mãe.

– Mamãe não quer. Vai para a chácara.

– Ela sempre adorou os netos.

– Sim, porém também adora a filha e me deu toda a razão. Ela fez a vida dela, criou os filhos dela, boa parte da vida dos netos. Agora, não tem nada com isso! Os filhos são nossos, nós que nos entendamos.

– Ficou louca sua mãe. Como vou cuidar das crianças? Não tenho estrutura.

– Crie uma! Imediatamente. Uma de emergência. Afinal, você sabe o que fazer, me via fazer, às vezes até fazia. Pode começar, daqui a duas horas tem de dar lanche ao bebê.

– E, e, e,...

– Facilitei. Está tudo escrito. Um romance enorme, passei três dias redigindo. Manual de transferência da mãe para o pai.

– Isso não é justo! Não fou ficar! A viagem está programada, comprei passagem, reservei hotel. Afinal o que significa tudo isso, como é que toma decisões sem me consultar?

– Você a vida inteira tomou decisões sem me consultar. Por que devo agora te consultar?

– Porque se trata de nossos filhos.

– Meus. E seus. Tive minha temporada. Larguíssima temporada. Fiquei dezessete anos com um, quinze com o outro, seis meses com o terceiro. Agora, você tem uns míseros trinta dias iniciais.

– Não está certo. Não fou ficar. Que atitude ditatorial!

– Reflexos da tua, por tantos anos.

– Não é verdade, sempre discutimos tudo. Juntos.

– Algumas coisas sim, porém não as essenciais. Discutimos, debatemos, falamos sobre nossas liberdades, mas continuei com meu trabalho, minha cozinha, meus filhos. Parecia que os filhos eram só meus. E quer saber de uma coisa? Daqui a pouco tomo um avião. Não vou perdê-lo por nada neste mundo.

— Vou levar as crianças para minha mãe.

— Olha, na verdade, duas crianças se cuidam, você tem sorte. Elas não precisam nem de mim, nem de você. Nem para dinheiro, já conseguiram uns bicos, no meio dessa puta crise de desemprego. Teu problema é mesmo com o bebê, um amor de criança, não chora, dorme a noite toda. Vai sentir um pouco a minha falta mas o que fazer? E não me leve para a louca de sua mãe, sempre com aquelas manias de agasalhar criança, proteger de golpes de vento. Se levar lá, ela vai ficar trinta dias fechada no quarto abafado, com todo este calor, morre sufocada. Sua mãe parece alemã.

— Alemã. Ah, sei! Isso é coisa do Breno. Vocês têm se cor?respondido, não? Li as cartas.

— Se leu, devia saber que ele não deu um passo pra me empurrar nisto.

— Será? As cartas eram sutis, envolventes. É um tipo perigoso. Não vai na dele. Dois casamentos, mulheres extras pela vida. Ele não para com ninguém, é insuportável.

— Me protegendo, agora? O que sabe dele? Nada. A não ser o que leu nas cartas e alguma coisa tirada dos livros.

— Os livros dele são chatíssimos.

— Mas leu todos!

— Para saber por que você se interessava tanto por este indivíduo. Está apaixonada por ele. Não está?

Percebeu, a esta altura, que ele tinha saído de casa. Pediu um tempo. Faz um mês. Dei. Jamais imaginou que eu é que desejava o tempo. Ah, meu querido, precisava ver o Jaime! Todo inseguro, irritado, sem conseguir discutir, coisa em que ele sempre foi perito, torcendo os argumentos para o seu lado, com tal lógica que eu, professora e psicóloga, não conseguia dizer não. Desta vez, porém, ele estava desarmado, impotente, solitário! Estava, acima de tudo, com ciúme, foi o que percebi, imediatamente.

322

Aliás, sempre teve ciúme de você.

— Não, acho que ele não me induziria a isso. Não teria tanta coragem de me empurrar para uma dessas. Tem cabeça aberta, se proclama liberal, mas teria medo na hora.

— Está apaixonada por ele?

— Estou.

— Sabia! Pelas cartas. Estava na cara.

— Não devia ter lido, foi muito baixo, grosseiro.

— Marido e mulher não têm segredos.

— É um dos males do casamento.

— Vocês dizem que não devemos ter segredos. Nos acusam de ter os nossos. Quando é para dividir, pulam.

— Sente-se aí, vamos conversar.

— Meu ônibus sai às quatro e o avião às nove da noite.

— Para onde vai?

— Não interessa! Quantas vezes vocês saiu a negócios e nem me disse onde ia?

— Era diferente.

— Sempre é diferente para o homem!

— Você enlouqueceu!

— Sou irracional, descobri. Delicioso. É que era obrigada a esconder este meu lado. Agora estou deixando soltar.

— Porque te convém.

— Claro que me convém, só fiz coisas que não me convieram a vida inteira.

— Foi tão ruim nosso casamento?

— Nem ruim, nem bom.

— Me sinto fracassado.

— E eu?

— Parece feliz.

— E estou.

— Não tem cara de fracassada.

— E me sinto.

— Não entendo.

– Nunca entendeu. Nunca observou que sempre fui paradoxal e contraditória. Era um dos meus jeitos. Para você, só valia ser uma coisa, de um modo só. Me comportei anos sendo como você desejava. Agora, decidi assumir todos os meus lados. Se aparecer mais algum, entro nele.

– Quer dizer que nosso casamento foi isso? Uma chatice?

– Você é quem disse.

– Foi?

– Você quer um adjetivo para defini-lo, não é?

– Só quero saber se foi um loucura. Se foi tão ruim!

– Nem ruim, nem bom.

– Não sei se vocês são realistas ou inconsequentes.

– Pense o que quiser, não me incomodo com tuas catalogações. Passou a vida dizendo isto: você é isto, você é aquilo, sem nunca acertar. E não me deixou saber muito de você.

– Você falou nos mistérios. Quando eles existem, nega.

– Espera aí! Tem uma diferença muito grande.

– Qual é?

– Vai pensar nela enquanto cuida das crianças. Talvez depois a gente converse.

– Não pode fugir do assunto, agora.

– Se não fujo, perco o ônibus.

– O ônibus é mais importante que nossas vidas?

– Bonita frase, mas vem na hora errada. Nesse momento, o ônibus é mais importante.

– Ao menos, me ligue. Talvez eu precise de ajuda.

Levou-me até a porta, ficou me olhando partir, com a cara pasmada. Achei que ficaria mais puto da vida. Achei que ia explodir, arrebentar tudo, ainda que nunca tivesse sido desse tipo. Às vezes, explode depois, tem efeitos retardados. Ele vai cuidar das crianças. Espero que cuide. Na verdade, estava espantadíssimo, sem possibilidade de reação. Vai começar a reagir ao primeiro choro, sem saber se é fome, sede, dor de ouvido. Vai dar água, comida e colocar remédio. Espero que não entupa o ouvido da criança até a

324

minha volta. Nesta volta vou realmente ter de conversar sobre as crianças. Gostei de mim pelo que fiz, enfrentei. Quase desisti. Pensei que seria fácil, depois vi que não. Quando entrei, fiquei firme. Dói, cicatriza logo. Experimente um dia dizer não aos outros, sim a você mesmo. Já te disse isso uma vez, você é que não lembra. Faz tempo. Beijo, depois desta linda frase de efeito.

PS.: Importante. Se estiver interessado em saber onde estou, lembre-se de um lugar que ficou marcado em mim. Como se fosse um tapete mágico. Se decifrar direitinho, tem direito ao prêmio. Mereço que você quebre a cabeça e mostre inteligência.

Lixo atômico? Nein, nie, nicht. Isso é jogada política. Querem exterminar Berlim: passeatas, manifestações, protestos. O homem continua a tocar todas as tardes. Não quer sair da praça. Não vai ao Waldbühne, nem ao Olympia, Las Vegas, Scala, Metropolitan. Todas as manhãs, os caminhões levam o lixo que ele não vai utilizar. O lixo do oeste é retirado da cidade através do leste. Os jornais mostram cansaço, param de falar no homem. A televisão não faz mais especiais, o último foi vendido ao Fantástico, para alegrar lares brasileiros no domingo à noite. Turistas fotografam cada dia menos. As caixeirinhas confessam cansaço com os sons surdos e opacos, preferem o rock, pop, punk, funk, gelb. Gravada, a música é vendida ao mundo. O Brasil é grande consumidor da música universal do lixo. A América Latina proclama arrogante que pode fazer melhor, pois tem um lixo mais miserável, portanto mais rico. Até que, um dia, alguém jogou na frente do homem um pedaço do Muro. Die Mauer. The Wall.

Adieu, Berlin

Ana teve coragem. Nada surpreendente, rotina em minha vida. Elas sempre tiveram mais lucidez e coragem que eu. Enxergavam. Luciana me avisava: anda mal, temos de ter cuidado. E minha primeira mulher fez tudo para salvar o casamento, deixei rolar. Reconheço. Era bunda-mole, detestava tomar decisões, deixava tudo acontecer e me gostava assim. Tenho aprendido com elas e, quem sabe, devo a essas convivências e ao que me passaram o homem que sou hoje. As mulheres são decididas e realistas. Elas se escondem, dissimulam, quem sabe em função do que o homem esperava delas. Na verdade, conseguem ter o pé no chão e sonhar, qualidades que poucos homens têm ao mesmo tempo. Quanto a mim, sou fantasista, repleto de delírios, vivendo situações idealizadas. Minha vida é como o túnel que se forma no interior de ondas gigantescas, paixão de surfistas que vão ao Haiti. A frase não tem nada a ver, é que acabo de olhar o calendário, ganhado no supermercadinho aqui da frente. Alemão tem suas cafonices e este calendário rivaliza com as folhinhas anuais das vendinhas do interior brasileiro. Se é que ainda existem vendinhas.

Depois desta carta, vou ter muito a conversar com Ana, saber como foi a decisão e o quanto custou. Se bem que, sem esforço, possa ver que a decisão dela estava tomada com a primeira carta que mandei, falando sobre as sandálias vermelhas. O resto foi habilidade. Ou provavelmente a decisão estivesse tomada anos atrás, naquela última excursão que toda a turma fez em comemoração ao final do curso, nós com diploma de científico, elas todas normalistas. Bem que Ana me pressionou em Salvador, escorreguei feito quiabo (detesto quiabo), saí pelas tangentes e transversais, terminei em São Paulo, só, para fazer minha vida. Sem ninguém, como desejava. Me alegra a perspectiva destas conversas futuras com Ana, nós dois sentados na varanda dos fundos, de onde se avista uma parte da cidade. As noites por lá são quentes e abafadas e temos um longo tempo a descontar em conversas e outros afazeres.

Suportarei a cidade outra vez? Voltar representa retrocesso? Logo eu que avancei conforme a vida avançava, me ajustando ao mundo. Curioso, não foi fácil escrever ajustando. Porque é mentira. Vim me desajustando. Passei anos tentando encontrar meu lugar. Até chegar a uma conclusão simples: não tenho lugar. Nem quero ter. Minha angústia era não admitir o não lugar. Porque recuso o mundo como é e não faz sentido me assentar nele. Parece imbecil, mas essa conclusão e a consequente decisão que se ligou a ela foi absorvida de um modo que não vão acreditar. Foi olhando para as portas do metrô. Elas estavam ali, abertas por um minuto, e eu devia entrar ou ficar. Veio uma grande dúvida. Quero ir ou não? Se quero, basta dar dois passos. Vinte segundos para pensar. Decisões não podem ser muito elaboradas. Decisão é um lance que passa pela cabeça, vupt, como se fosse um tiro. Remoer muito na situação não leva a decisões e sim a punhetas prolongadas. Não me considero brilhante por isso e não me envergonho. Não se trata de contribuição à história da humanidade, não é um gesto que mereça estátua.

Cheguei a um ponto em que o meu interesse é a minha vida, eu como ser humano. Momento de olhar para mim e tentar fazer o melhor para ser feliz. Houve época em que a maioria dos meus gestos era no sentido do mundo e do social: hoje, esses gestos revertem a meu favor, indivíduo. A última carta de Ana me deixou abalado. Daí aquela cena prosaica do metrô. Estava parado na estação sem ter para onde ir. Fico bundando por Berlim, aleatoriamente. Para lá e para cá, parando em *kneipes*, me enchendo de cervejas, vinho branco, *Schnaps*. Tomo conduções e me deixo levar, salto num ponto qualquer, ando, bebo, durmo em bancos de praça e me alegro com isso, pensar que milhares de pessoas estão nos escritórios, fechados, cumprindo turnos de trabalho, e eu ali. Felicidade por estar apenas. E não por fazer. Parado na estação, pensando: vou ou não a Spandau? Poderia ser Rohrdamm, qualquer outro lugar. Lembrei da carta de Ana e apostei comigo. Se entrar no próximo trem – tinha deixado passar três – vou atrás dela. Do trem saio para o aeroporto, para São Paulo, para onde ela estiver. Onde estará? Diz que eu sei. Carta enigmática, vou ter de sentar e refletir. As portas do trem estavam se fechando quando mergulhei nele. Iria em busca de Ana. Outra etapa, retomada de fases anteriores. Afinal, é a mulher que me conhece, aquela em quem mais confio, a que não me deixa mentir. Um de meus problemas foi esse, através dos tempos. Deixaram que eu mistificasse, fingisse, criasse imagens. Deixaram? Que safado sou! Quando desembarquei do trem e subi à superfície, me senti leve. O mundo estava mais claro. A sensação era de que eu estava abandonando os óculos escuros e vendo tudo com nitidez.

Levo para o Brasil minha primeira decisão concreta, desde que Luciana me deixou. Conseguirei viver naquela cidade ao lado de Ana? Ou ela concordará em mudar para São Paulo? Não tenho nenhum esquema de vida, nem casa, nem dinheiro, nem trabalho, nem sei o que fazer. Ela está com a estrutura montada, professora às vésperas da aposentadoria. Além disso, assim que chegar ao Brasil, terei de sair em férias com as crianças. Férias delas, não minhas. Há anos decretei férias perpétuas. Entrar naquele trem foi um instante magnífico, nem parecia o metrozinho de bosta que percorre vinte estações, e sim um transcontinental, Expresso do Oriente cheio de promessas e mistérios. Mistérios é o que vou enfrentar. Assim é cada nova relação. Ainda que esta ligação com Ana pareça velha como o mundo, ela é mais do que nova para mim. Esplendoroso. Usei essa palavra outro dia e gostei do som. Se não usei, fica dita pela primeira vez. Eu, que não me comovia há tempos nem sentia frio na barriga, estava em pé, com a espinha gelada. Puta merda, como frio na barriga é essencial. Impossível viver sem ele. Ana me disse, ao seu jeito e à sua maneira, me conhecendo e sabendo como reajo, o que precisava ser dito e feito. Ela tem seus rodeios, daí o fascínio. Agora é saber para onde foi esta mulher. Acho que sei e é para lá que vou.

Um casal jovem tirava fotos junto à ponte dos leões em Tiergarten. Vestidos de noivos. Ele no terno cinza, listrado, gravata brilhante. Ela de longo, branco, buquê nas mãos, dentinhos salientes, feliz. Acabado de se casar ou a caminho da igreja. Por que a foto junto à ponte dos leões? Adorava fotos de casamento, gostaria de pedir uma cópia. Quando viajava pelas cidades brasileiras, fazendo palestras, percorria as ruas em busca de fotografias exibidas nas vitrines e nos portais. Investigava rostos imobilizados em risos explosivos, daria tudo para saber onde estava aquela gente, como vivia.

Löwebrücke, a ponte dos leões, um de meus lugares favoritos em Tiergarten, o parque sombreado e fresco, tão vazio durante a semana, vez ou outra um casal furtivo de namorados correndo entre as sebes, deitando-se atrás de arbustos. Levava na mão a minha pequena bíblia de Berlim, um livro de fotografias de Friedrich Seidenstucker, *Von Weimar bis zum Ende*, a cidade entre 1925 e 1950, toda a história através de imagens. O livro ensebado era carregado por toda parte, primeiro para comparar as ruas destruídas em 1946 e reconstituídas hoje. Emocionava-me diante daquelas mulheres que, em 1925, pulavam poças de água após as chuvas, não querendo molhar os sapatos. Vestidos curtos, pernas grossas, via-se que algumas iam cair dentro da água, o salto era curto. Caíram? Havia uma foto especial. Três colegiais, pastas na mão, diante da estação de Krumme Lanke, em 1930. As três, protegidas por um mesmo casaco quadriculado. Cinquenta e poucos anos se passaram, talvez ainda estejam vivas, com setenta anos. Onde e como? Não vão desaparecer mais. Aí estão a sorrir, o que interessa é isso, o momento que passaram para o futuro.

A ponte dos leões também está no livro. Em 1946, o parque não tinha uma só árvore. Campo aberto, podem-se ver as estátuas dos animais, espalhadas, escaparam milagrosamente dos bombardeios, apesar de tão perto da Chancelaria do III Reich. A ponte nada mais era que os leões estáticos, dois de cada lado do canal, defrontando-se amistosamente. Hoje, a ponte desaparece entre a vegetação, os leões seguram na boca os corrimãos.

Crianças passam em velocípedes, brincam de amarelinha. Mães com filhos no colo, velhos se ajeitam pelos bancos, jovens jogam peteca, alguém faz cooper. Cheiro de linguiça assada, ligaram um rádio. A vida escorre. Começo da noite, a luz indefinida, que provoca o mal-estar. Caminho por sendas estreitas cheias de ramos, chego a uma clareira, um grupo rodeia a moça. Cheiro de querosene. A moça veste um short de lamê verde, camisa listrada de azul e vermelho, tem uma faixa na testa. Seu parceiro, passando a caixa, recolhe dinheiro, ele atira um marco. A moça come fogo. Aproxima o bastão incendiado, enfia na boca, o fogo se apaga, ela olha para o alto e cospe labaredas. Imagino o hálito dessa mulher. Fico fascinado com seu rosto batido pela luz da tocha, ao entardecer. Como que iluminado por velas. Ouço a música da banda, lenta e fúnebre. A moça é Verônica e está à espera de que eu estenda o banquinho para que suba e cante. O cântico soturno vai ecoar pelas paredes e muros da cidade silenciosa, nessa sexta-feira santa. Todavia, em mim não há tristeza. Não olho, como todo mundo, o tecido com o rosto de Cristo impresso em sangue. Estou junto a Verônica, que não é Verônica e sim Zilah. Levanto os olhos dos sapatos, vejo as meias negras e contemplo aquele ponto velado entre as coxas. Mistério, êxtase. Esperado por um ano. Somente eu posso ver as coxas de Zilah. As meias terminam e vislumbro a pela branca como coalhada.

A visão me deixa entontecido. Sensação de que as coxas brancas não pertencem às pernas, são cotos que começam acima das meias. Gostaria de passar as mãos nessa pele macia. O que aconteceria? Zilah continuaria a cantar, sentindo meus dedos em suas coxas? E se eu levasse a mão até aquele ponto inacessível e o cotucasse suavemente? Da mesma maneria que a tia serpente mordiscou a perna do bispo. Verônica canta. Dor e paixão de Cristo, por Cristo, em Cristo. Há pessoas que choram, enquanto eu, morto de prazer, finjo que olho para o rosto de Cristo, com seu olhar esgazeado. Só que o Senhor não pode ver o que vejo,

330

aquilo que vai me acompanhar pela vida. O que vou procurar em toda mulher. Coxas lisas e brancas emergindo de meias pretas. A boca seca, o estômago dói, respiro mal, o pecado provoca tudo.

O pecado provoca coceira, tremor. Alguma coisa que acontece embaixo de mim sem que possa dizer o quê. Nunca consegui definir. Até hoje a sensação me percorre. Verônica recolhe o pano, é o último cântico da noite. Agora, somente o ano que vem. Quem sabe se estarei aqui outra vez com o banquinho? Zilah percebe que olho para dentro dela e deixa? Gosta? Tomara eu não cresça, fique desse tamanho, para continuar coroinha e poder vir à procissão de trevas carregando o banquinho. Se a noite não fosse tão escura, poderia ver mais, descobrir como é aquele ponto inacessível. Queria cheirá-lo, tocá-lo. Verônica bate os pés, impaciente. Estendo a mão para ajudá-la a descer, a procissão está parada. A agonia de Cristo foi semelhante?

O Tiergarten repousa. O mundo em paz. A ruiva lê seu pocket-book, vem cada fim de dia. O casal de homossexuais toma sol na bunda. Todo domingo, os dois passeiam de mãos dadas. Namorados brincam de ver quem dá o tapa primeiro, as duas mãos se encostam, um olhando atento para o outro. Ciclistas nas alamedas. Patos de pescoço verde nadam, mergulhando a cabeça de vez em quando.

Adeus Berlim. *Adieu Berlin* intitulava-se, poeticamente, o filme *Cabaré* na França. Nada desse parque será destruído com a nova bomba. Os lagos continuarão. A grama, as árvores, os leões da ponte, as estátuas dos animais, as flores, os meandros, pequenos lagos, os barcos. A natureza ficará intata. Mato selvagem tomará conta. A água vai apodrecer, escoadouros se abrirão, haverá inundações. Deterioração, ninguém a cuidar. Não haverá insetos, sapos, lagartos, joaninhas desatentas nas folhas. Tudo vai continuar. Sem o homem. É o que esta gente de Berlim pressente. A bomba que não arrasa. O medo é somente dela? A diferença entre eles, alemães, e nós, brasileiros, qual é? Eles têm medo do futuro, nós do presente.

As fronteiras do Brasil formam um perfeito coração

AO VIVO. QUANDO O AVIÃO SOBREVOOU O TERRITÓRIO BRASILEIRO, ELE OLHOU PARA BAIXO.

O sorvete de frutas derreteu, recobrindo o país. O mapa perdeu contornos. O Brasil deformado, massa pastosa. Arroio Chuí sem curvas, águas alagando terras, misturadas ao melaço liquefeito. No cabo Branco, a ponta Seixas (34° 46' de longitude oeste) triturada pelos dentes de tubarões ou pelas baleias desesperadas que fogem dos pescadores japoneses que infestam nossas costas. Fusos horários enlouquecidos. As nascentes do rio Ailã, ao norte, consumidas e o pico da Neblina amedrontado, exposto ao sol sem a capa de nuvens protetoras. O oceano agitado, pororoca monstruosa ocasionada pelo choque entre a salinidade de 40 gramas (por litro) e o doce maior, intensíssimo, do caldo de sorvete. Desconfortável, com medo de o avião pousar naquele descampado escorregadio. Tristeza ao ver o Amazonas (era cenozoica, período quaternário holoceno) engolido pelo marshmallow. Setenta milhões de anos dissipados em horas.

O que adiantava, agora? Procurou ansioso o planalto meridional, o das Guianas, a chapada Central, a serra da Mantiqueira, a bacia do São Francisco, a serra do Tumucumaque, as *cuestas* do sul, contemplou o litoral sem recortes: onde os cabos, baías, penínsulas, istmos, arquipélagos, lagoas, atóis, restingas, mangues, dunas, várzeas, recifes? E as escarpas cristalinas do sudeste, a caatinga, o pantanal? Na escola, o livro de Geografia trazia as fronteiras territoriais assinaladas por uma linha pontilhada que formava um coração perfeito. Teve um pensamento bom, comovido com essa imagem de sua terra (a volta é melodramática, estamos emocionados), e se consolou imaginando que ao menos o povo adoçou a boca por um tempo, havia sorvete a dar com pau.

Dois anos tinham-se passado desde que embarcara e ainda havia sobras. Mas teria sido mesmo o povo a se aproveitar um pouco? Então por que os ministros ali, a lamber beiços, gulosos e insatisfeitos, rechonchudos e empanzinados? Perfilados ao lado de limusines oficiais, chapas brancas, choferes fardados. Revelavam no rosto o descontentamento, achando o sorvete pouco, mal dividido. Colheres na mão, roupas lambuzadas, os porcalhões tinham comido tão vorazmente que deixaram cair boa parte, desperdiçando. Lambiam beiços, e dois ou três estavam acomodados para a sesta, roncando. O país importou o hábito da sesta, dormidinha depois do almoço, para se livrar do sol escaldante.

Vejam só! O avião sobrevoou o pântano adocicado, cheiro enjoativo, formigas e insetos logo chegariam. Baratas, ratos, tudo que se sente atraído por um resto de banquete. Os que vivem de sobras. Essas formigas, baratas, ratos, besouros, ou o que quer que seja, têm rostos, os nossos rostos, mas não pode ser, estamos saindo do romance de Kafka, foi no livro e não na real que tudo isso aconteceu.

A sua cidade. Engenheiros vendendo sucos, meninas oferecendo cafezinho e um cigarro, lojas falindo, fechadas, liquidações, vende-se ouro, vende-se ouro, compro suas cautelas. Camelôs: doces, bolsas, correntinhas, ervas medicinais, chocolates, lotecas, camisetas das fracassadas Diretas-Já, loteria, livros de segunda mão, discos, filas na poupança, o povo retirando, filas nos penhores. As pessoas dentro dos carros, vidros fechados, suando. Com medo, no semáforo, dos que oferecem flores e querem limpar vidros e vender pêssegos e morangos. Pescoços e pulsos nus, um país em que as mulheres não têm joias, nem um anelzinho imprudente. Trombadinhas e trombadões. Um deles agarrado. Em dois minutos linchado, o povo socando e chutando, sirene de polícia, o corpo massacrado, abandonado, ensanguentado, as pessoas voltando à atividade normal como se nada tivesse se passado. A polícia indiferente agarrando o linchado (menos trabalho para ela) e atirando com naturalidade para o carro de mortos.

Ruas meladas, o caldo açucarado cristalizado nas calçadas e sarjetas. Pessoas caem de bunda, sujam T-shirts tênis adidas rainha nike jeans estragados grifes arruinadas manchadas em rosa marrom creme. Reencontro/reconciliação com a minha cidade. Beijo meloso de noites nauseabundas, ruas desertas, vazio provocado pelo medo, estiletes e pistolas apontadas para você, um trouxa a mais, trazendo marcos ocidentais no bolso. Será que me seguiram do aeroporto? Nos muros sujos, cartazes políticos, marcas da convenção putrefata que escolheu os candidatos do partido governamental, rosto sem olhos, narizes, queixos, o verdadeiro retrato dessa gente, animais decompostos. Ônibus de torcedores, bandeiras desfraldadas pelas janelas, gritos, insultos, correm em direção ao Pacaembu, querem gols, gols, gols, dá um pau nele, quebra, quebra, vai no cara senão ele entra com a bola e tudo, vai no cara, racha.

As grades fechando os prédios, jardins encarcerados, tronco das plantas se confundindo com vergalhões de ferro, guaritas de vidro à prova de bala, porteiros de olhar medroso, desconfiados a cada pergunta, falando através de interfones, portas que se abrem com botões eletrônicos, aparelhos de tevê mostrando garagens, hall, corredores, playgrounds, jardins, piscinas, todos vigiados, todos vigiando, cuidado com aquele preto entrando, olha o mulato com o carrinho de compras, será mesmo do supermercado?

O carro parou, um amontoado de gente a gritar. Desci. Homens e mulheres com picaretas e marretas destruíam o asfalto, esburacavam a via pública, raivosos, enfurecidos. "Ontem, morreu a décima pessoa num mês, atropelada por um carro que fugiu." "Vamos arrebentar quantas vezes for, até que a prefeitura resolva o problema, coloque obstáculos, semáforos, seja o que for."

Sentado, o homem chorava, encostado ao muro. Quarenta anos, bem-vestido, ainda que a camisa mostrasse esgarçamento e o terno muitas lavagens. Meia limpa, sapatos empoeirados. Chorava. As lágrimas desciam pelo rosto, empapavam a camisa, a gravata. Um choro solto, incontrolável. "O senhor se sente mal?

Posso ajudar?" Ele a chorar. "Ajudar no quê? Faz um ano que estou desempregado. Hoje faz um ano e me bateu isso. Não aguento ver meus filhos com fome." Virou as costas, escondeu o rosto, e chorou. Diante do parque do Ibirapuera, protegido pelas árvores, quase às margens do lago onde pessoas se deitam pachorrentamente na grama, a namorar, dormir, ler, olhar o céu, ergueu-se o acampamento. Centenas de desempregados a protestar. O prefeito mandou cercar com arame farpado.

A televisão mostrou ontem o restaurante da cidade universitária. Jovens bem-nutridos, bem-vestidos, comendo. A câmera girou e mostrou as pessoas à espera. Meninos sujos, em trapos, mulheres de prato na mão. À espera que os estudantes terminassem, para catar os restos, comer sobras. A câmera mostrou, por um segundo, que tais coisas não se mostram na televisão, os meninos deitados, de quatro, como cachorrinhos, a lamber o caldo de feijão, o restinho do molho da carne. Os pratos reluzindo, brancos. A câmera mostrou pedreiros erguendo alambrados em torno do restaurante, para que os universitários não sejam incomodados enquanto comem suas refeições. Os rostos por trás das telas quadriculadas. *Déjà vu*. Rostos famélicos atrás de cercas, alambrados. *Orte des Schreckens*, dizia a placa de Wittenbergplatz.

Estudantes em passeata através da cidade universitária protestaram contra o aumento nos preços das refeições e contra a qualidade da comida. Querem todos os dias arroz, feijão, carne, leite, ovos, laranjas. Alimentos sadios que possam fornecer as vitaminas necessárias ao desenvolvimento de um ser humano normal. Há três dias tento entrar na loteca para fazer meu jogo, não consigo, são filas e mais filas, principalmente na hora do almoço. Desde que voltei de Berlim, nem encontro Ana, nem consigo jogar na loto. Adoraria fazer uma quina, talvez mesmo uma quadra, tiraria o pé do lodo, andam dando prêmios monumentais, bilhões de cruzeiros. A bomba de nêutrons chegou à minha frente. Estou dentro de *Alexandre Nevsky*, o filme de Eisenstein, naquela abertura em que esqueletos brancos enchem um campo árido.

Ao longo da parede do restaurante Brahma, revistas de sacanagem, mulheres peladas, homens com o pau de fora, torsos nus de boys bronzeados prometem maravilhas. Xoxotas abertas esparramadas na calçada. Certas noites na Avenida São João sou o único a sentir o mar, o cheiro que vence a serra e vem até mim. O mar virando cidade, a cidade virando mar.

Rodeado pelos fedores odores emanação de esgotos cantos de urina, bosta jogada dos edifícios decadentes sacos de lixo voando eflúvios de peidos e arrotos hálitos de estômagos esfomeados gases podres porra mendigos de pele escura oleosa mirrados jamais banhados sujeira secular impregnada na pele cascões de rinocerontes bafos de pinga. Cheiro agudo de pólvora detonada. Revólveres fumegam, assassinando em cada esquina praça largo avenida. Velas de macumba em terraços de apartamentos. Coquetéis Molotov ativados. Gás escapando pelas frestas de janelas mal vedadas em cômodos que abrigam angélicos suicidas que não suportaram mais.

Chulés ratos mortos baratas correndo aos meus pés por causa desse melado tropical. Exalação de intestinos consumidos pela carne moída mastigada vorazmente nas banquetas duras de lanchonetes americanizadas. O fartum de crianças de barrigas explodidas imitação do massacre de Assam sem que a imprensa se horrorize sem que os organismos internacionais denunciem e mostrem ao mundo desenvolvido. Becos infectos, vielas fedegosas. Matéria fecaloide que se derrama quando abrimos a machado a cabeça dos políticos catinga de negociações e conchavos e entregas e barganhas. Bocas/cloacas sorridentes protegidas pelo vidro fumê dos carros importados ou dos nacionais tornados exclusivos em concessionárias que recondicionam para que você tenha status seja o único.

Cidade adorada, minha, é agora que sinto a sua falta, quando estou em você, metido aqui dentro. Enfiado nessa boceta insensata, macia e cheirosa, excitante. Você sim, minha. Nem duzentas Potsdamerstrasse te igualam. Os viciados do Zoo são inocentes, os punks de Kreuzberg, meninos fantasiados, nós sim somos punks, com grafites condenatórios no peito, atravessados no coração, cores que saltam do estômago, correntes que amarram nossos fígados, pâncreas submetidos a botas do exército. Peito aberto para a violência de irmãos que me amedronta mais que essa maldita guerra nuclear que vocês tanto ostentam e com que nos ameaçam.

Cagamos para essa guerra. Temos a nossa, nossos foguetes pershing invadindo e triturando nosso futuro/não futuro. Não, não temos como fazer passeatas manifestações carnavais cheios de carros alegóricos protestando, do mesmo modo que vocês fazem, vi nas ruas de Berlim e Frankfurt e Munique e Bonn, the show must go on, there is no business like show business.

Tudo o que quero, agora, o que pode me aliviar, me fazer esquecer Berlim, Luciana, Ulli, Marinez, e todas as mulheres que nunca consegui conservar, ter ou reter, manter: Ana. Como será? E se foi assim. Algo de errado deve haver comigo. Tudo o que desejo e vou buscar é uma boa putinha, dessa zona malacafenta, para jogar os marcos (marcos? mas já voltei) na cama e gritar: fazer tudo! Gusmões, Vitória, Guainases, Timbiras, puta merda, minha obsessão. Foi aqui que dei minhas primeiras trepadas quando cheguei a São Paulo. Posso dizer o nome de cada puta que comi, em cada casa, ainda que muitas casas já tenham sido derrubadas, hoje prédios enormes no lugar.

Zona, até a zona se acabando. Porra, o Brasil não passa de imensa zona, putas na janela, com nosso preço estampado, a ferro e fogo. Ficamos todos marcados. Entregamos nosso dinheiro suado de abrir pernas aos cafetões de Brasília, que nos espancam, maltraram, aporrinham. Como gostamos de fazer. Levar o tapa e oferecer a outra face, magníficos cristãos. Obediência, humilde para a salvação. Sem levantar o rosto/voz e gritar contestar revoltar. Aceitamos que nos fodam e levem o que temos. Nós, putinhas de mangues vagabundos.

Aos quarenta e seis anos, escondendo o fracasso de tudo o que tinha feito até então, decidi foder todas as mulheres que podia, compensar o tempo gasto nos pardieiros imundos da juventude, naqueles quartos tenebrosos em que trepava com o olho no relógio. Carregava constantemente a sensação de que ia morrer, de uma hora para outra, levado por um enfarte, como o Danilo que nunca conseguiu ser o desembargador, ou uma infecção nos rins como o Lélio, o melhor médico de transplante, aos 35 anos, de acidente como o Ney, piloto de pequenos aviões, morto numa colisão, nas infernais pistas dos garimpos de Serra Pelada, de bebedeira como o Osvaldinho, engenheiro e funcionário público que não conseguiu ser ator, de overdose como o Lúcio, de aneurisma como o Caio, de tortura na prisão como o Nestor, assassinado pela polícia ou bandido como Eduardo e Eusébio.

Acabados na faixa dos quarenta e cinco, sem terem dado o melhor, alguns sem terem dado nada. Eram do grupo que se revezava no bar do hotel, esse bar tão mitificado. Seria importante assim? Como o Passat branco: uma alucinação, visão do inferno. Naquele tempo o futuro era o quê? Incógnita menor que a de hoje, nebulosas esperanças. Aceno de ilusão, como os filmes hollywoodianos, que traziam o final feliz. Não havia um só filme sem final feliz, mas a verdade só foi descoberta anos depois: os códigos de ética da indústria cinematográfica obrigavam a esses finais. Eram forjados, impingidos. Luciana tinha razão. Estamos precisando de um final feliz, e aí vem o medo de fingir que estamos a caminho de um.

A galinha pintada de manteiga aponta onde Ana pode estar

Você não soube me amar, cantou o conjunto Blitz, a todo volume, me fazendo perder o início de uma notícia. "Abaixem essa porcaria! Têm de ouvir disco justo nesta hora?"

As meninas riram. Ganharam o jeito mordaz e atrevido da

mãe, adoram me espicaçar. Gosto disso. Já o sobrinho olhou desconfiado, não sabendo o que significa bronca minha. São raras. A figura do general presidente apareceu na tela, saindo da clínica do japonês que massageava suas costas. O rosto, em close, contorcido. Carranca familiar, cotidiana aos brasileiros. *Você não soube me amar*, insistia o Blitz, gritando menos, enquanto o mal-humorado general fazia caretas ao entrar na limusine governamental. Populares empurravam filhos para abraçar o general, seguranças truculentos afastavam com rudeza fotógrafos e o porta-voz dava entrevistas: "O presidente não veio a esta clínica, apesar da impressão contrária". *Você não soube me amar*, repetiu a Blitz pela última vez e o general se fechou atrás de vidros fumês blindados.

– Podem vir, agora é o Rock in Rio.

Os três correram, deixaram a Blitz noutra música.

Elba Ramalho, Blitz, Gil, Paralamas do Sucesso, Dusek, Moraes Moreira dividiam o ringue dominado por raios laser, canhões de luz, foguetes, sinos, bonecos cheios de efeitos especiais e uma parafernália eletrônica que favoreceu os desenvolvidos acostumados a ela. Eles não revelaram os segredos da manipulação e a malandragem brasileira não levou vantagem, os subdesenvolvidos confundiram os botões e perderam a parada na potência do som e no volume, mas ganharam na força que a plateia gerou e levou até eles. Força que o país aprendeu a ter e a mobilizar, um ano antes, quando multidões invadiram ruas e praças gritando diretas-já, ainda que soubessem, estavam sendo manobradas e utilizadas pelos políticos profissionais. Alterava-se o Brasil e eu podia sentir isso nos olhos deslumbrados da meninada que seguia os flashes constantes que a televisão disparava a todo instante. Rita Lee ergueu os braços diante de cem mil jovens (e quantos outros seguiam pela tevê) e gritou: Rá! Fazendo com os dedos em vê o sinal de paz e amor, os rockeiros aceitaram a herança flower dos anos sessenta e responderam: Rá!

Paz e amor desejados, mas sem a ingenuidade útil daquela época. Paz e amor alcançáveis? Letárgico. Suor escorrendo, sem ser suor. É água do bloco de gelo dentro do qual sobrevivi. Congelado por vinte e um anos. Catatônico. O coração parado e a dúvida: voltarei a viver? Serei reanimado ou conseguiram me atrofiar inteiramente? Bate coração, bate. Volte a bater. Explode, coração. Como dizia a música? "Para libertar meu coração, eu quero muito mais que o som da marcha lenta." Quanto tempo é necessário para descongelar órgãos vitais?

O país de volta não a nós, mas às oligarquias políticas, famílias tradicionais do Nordeste, São Paulo, Paraná, Minas, Rio Grande do Sul. Refeita a divisão de territórios, num sistema em que os chefões e padrinhos, godfathers, retomaram o poder das mãos militares, por conluios e permutas, com a promessa de manter benesses e cristãmente perdoar o que de mal, inadvertidamente, foi feito. O Brasil adora repetições, viciou-se em rever jogadas.

Segui a eleição pelas Diretas-Já. Deputados, senadores, balofos, ambiciosos, carecas, flatulentos, barrigudos, engravatados, feios, papudos, magrelões, orelhudos, cegos, mancos, bocas tortas, arcaicos, viciados pelo ofício mesquinho do poder, caolhos de contemplarem a própria imagem. Favas contadas por conchavos, conciliações sem negociações, entregas, barganhas, concessões. Filme clássico, remake dos Scarfaces que fazem parte de qualquer cinemateca. Que emoção num resultado combinado, arranjado, manipulado com os adversários?

Quando a transmissão terminou, estava tonto pela mistura de caipirinhas e latinhas de cerveja. Somente um porrinho para suportar o que nos impingem. E as crianças perguntavam:

– Pai, por que esse dia é importante? O que o homem da televisão está dizendo?

– Acabou a ditadura.

Teria acabado? As crianças nem prestaram atenção ao meu cretinismo. Aproveitei para emendar:

– Vamos para a praia? Não está na hora de vocês correrem?

Na praia poderia respirar, me sentia abafado, estrangulado pelo desânimo. Tudo daria em nada. Cansado de viver num país estéril, desfibrado. Com velhos de quatro, viciados, frustrados e cínicos e juventude sem caminho. Quem sabe, estava mais bêbado do que podia suportar? Não, não era apenas a bebedeira, e sim extrema fadiga. Quando o relax vem de repente, o cansaço sobe todo e nos arrebenta. O que ando procurando? Para onde quero ir e levar? Diante do mar, a cena mudaria, o sol lavaria tudo, a água completaria. Lavagem na cabeça. Nesse mês de lavagens. Lavaram o Bonfim, a Ribeira, Itapoã, a Casa de Iemanjá. Água de cheiro em cima de todo mundo. A cidade desperta, as festas religiosas se misturam ao carnaval. Há um clima de euforia. Passou um trio elétrico, as pessoas se acotovelando atrás, grupos batucavam junto às barracas de cerveja, o título do jornal anunciava cento e cinquenta anos da revolta Malê. Por que os pretos da Bahia não se revoltam mais, deixando que os brancos pisem em cima deles? Acaso não somos todos negros, com uma minoria branca governando, sempre se trocando, se arranjando? Foi o que senti enquanto via a transmissão. Uma democracia, gritavam oradores, esbravejavam locutores. Democracia neste país onde quem tem cor não tem vez, não tem nada. Caminhando de porre bendito porre em direção ao mar, me sentia excluído, de fora. Emputecido. A tarde está no meio e a praia ainda cheia. Meninos que vendem cigarro picado ostentam fitinhas do Bonfim. Sorveteiros anunciando: capelinha, manga, mangaba. Dia de comemorações. Porra, por que tenho de ser estraga-festa? O que há comigo que não consigo participar da farra geral, entrar na zoeira, cair no samba rasgado? Não sou brasileiro? Brasileiro não dança samba, bebe cachaça?

– Corre com a gente, pai?

As meninas me puxam. Não sei de quem herdaram a mania de esforço físico. Sou preguiçoso e o avô paterno era imensamente. A menos que tenha vindo da mãe, ela dançava balé quando a conheci. Já o sobrinho, incorporado à caravana porque estava sem destino, fica de longe, desconfiado. Não gosta muito de mim, ou é tímido.

– Comecem, dou uma lambuja de duas voltas. Aposto que faço as duas e ainda ganho de vocês.

– Apostamos sete Dusty Miller. Você não aguenta nem uma volta.

– Topo, se for coco espumante.

– Vale. Você não aguenta mesmo! É muito mole, pai!

As crianças param diante do americano bigodudo que dia e noite carrega uma cestinha coberta por um imaculado guardanapo branco. A limpeza do desenvolvimento. "Sandwich Tropical" anuncia uma colorida tabuletinha de letras benfeitas. As crianças me acenam: podemos? Faço que não, que bosta tropical é essa? Acabaram de lanchar. Parecem avestruzes. Deito-me de costas para o sol, quero que Ana me veja queimado. Se tivesse um pingo de vergonha correria, faria ginástica para tirar a barriga que começa a se avolumar. Ela estava apaixonada por um garotão atlético, vai se ver diante de um madurão malcuidado. Como imaginar um homem de charme com esta barriguinha e a calvície que ameaça?

Faz quatro dias que estamos em Salvador. A cidade cheira a dendê, coentro, frituras. Todos parecem felizes, na fachada estampada pelos cartazes da agência oficial de turismo. Arranjamos um apartamento estreito, em frente ao porto da Barra. Cubículo para uma temporada, malcuidado, em que a porta do box se desprende nas mãos, a pia vaza, as bocas do fogão funcionam mal. Camping melhorado, no verão ninguém fica dentro de casa. As cortinas não vedam luz, o sol nos desperta às cinco da manhã, suamos em bicas. O que importa é que as crianças estão adorando, dormem com o sol na cara e quando vão se deitar estão de tal maneira cansadas que nem ouvem a cantora do bar-boate vizinho despejar canções românticas do Tito Madi, Maysa, Dolores Duran, Vinicius. Ela martela, desafinada e sem harmonia, até as cinco da manhã, salta com despudor de *Dindi* para *Perfídia, Gracias a la vida, O bêbado e a equilibrista*. Animando a plateia de mulheres solitárias de trinta ou quarenta anos, que chegam pelas nove, esperançosas, rescendendo sabonete, ombros queimados e vermelhos, pernas de fora, decotes.

Minhas crianças estão junto ao mulato que aluga caiaques. *Desta vez, concordo, ainda que fique apreensivo quanto a Felipe, tão pequeno. Conseguirá remar? Tudo bem, se não der, ficará flutuando à deriva, vai ter de se virar. As meninas logo alcançam a entrada do porto, os meninos rondam distraídos em torno de um barco pesqueiro que tem um nome curioso: Ajude-me viver. Cabeceio. Escureceu e o quarto reflete o luminoso da butique do outro lado da rua. Teve dia em que me deu vontade de dar tiros nesse néon roxo/verde que penetra sem contemplações. Melhor que dar tiros será uma janela que vede a luz. Felipe dorme. A primeira hora é tranquila, relaxo um pouco.*

Luminosidade indefinida na água. A mesma de certos dias de minha infância, luz que precedia tempestades. O tempo parado e a sensação é de que não estava em parte alguma. Era a eternidade a que se referia minha mãe. Os contornos dos objetos definidos de tal maneira que deixam de ser o que são, não há sombra, as coisas se destacam, não se ligam, se independem. Apanho mais uma cerveja, os vendedores de praia são espertos, insistem até a última chance. Os caiaques amarelo, azul e abóbora despontam longe. *E Felipe? Não enxergo, deve estar por trás de algum barco. Fico sossegado, se está junto com os outros não tem problema, não precisa ser vigiado.*

E, de repente, me vem todo o cansaço, o peso das cervejas, a raiva e um imenso alívio. Um rolo compressor passa por cima de mim. Não para esmagar. Descarregar. Nem precisei ir à mãe de santo. Também não acredito nessas fitas do Bonfim que as crianças fizeram questão de me colocar, quando fomos acompanhar a lavagem da igreja. É muito mais que isso. Como se estivesse trocando de pele. Com a pele velha se vai a sujeira, o que ficou grudado, como um casco de navio repleto e pesado de bichos do mar e que é raspado. A pele grossa e desagradável vai caindo, sem que eu faça esforço, porque chegou o momento de cair. Será verdade que minha tia serpente trocava de pele? Seria serpente ou simplesmente fingiu tão bem que todos acreditaram?

A tia não suportou a vida que lhe tentaram impingir e criou outra personalidade. Agressiva, venenosa, mortífera, para que ninguém se aproximasse. Também fui venenoso, mortífero. A mim e aos que estavam em volta. A pele que se vai. O muro rompido.

Agora entendo minha angústia diante do muro de Berlim. Tão simples, claro. Não tinha nada ideológico, nada político. Era além disso, humano. Eu me procurava atrás do muro, vedado por arames, dispositivos eletrônicos, luzes possantes. Me impedia de fugir, sair de mim. Por menos crédito que eu queira dar, afinal sou da geração dos maduros cínicos, aquela votação de Brasília mexeu tremendamente. Quis negar, porque vesti a imagem de louco furioso, touro que investe. Não foi à toa que minha bexiga se desarranjou. Tive de correr ao banheiro, fiz o maior xixi de minha vida. Não havia apenas cerveja nesse mijo prolongado que fazia cócegas e provocava orgasmos. Toda a sujeira e medo e inquietação que vivi escoaram privada afora, apertei sete vezes a descarga, esconjurei para enfiar pelo esgoto, jogar no meio das bostas do Brasil um trecho de minha vida, passado entre sobressaltos e agonias. Natural este vazio que se apoderou de mim e me leva a soltar o corpo, deixar o sono vir, me tomar, sem me preocupar com Felipe. O menino está bem.

Felipe dorme, ando pela casa, leio, escrevo um pouco, controlo o relógio. Ele começa a se agitar apenas depois de hora e meia de sono, a respiração fica difícil, apertada, ele se contorce incomodado. Sei que está quase na hora de acordá-lo, mudar a sua posição. E recomeçar o processo.

O sol do fim de tarde se transformou num bola vermelha. Daqui a pouco, a meninada se juntará na amurada para curtir. Todos na fantasia de verão: camisetinhas coloridas, dizeres em inglês, batons berrantes, brincos enormes, colares nas pernas, tatuagens que duram dois meses, cores nos cabelos, peles queimadas, tangas mínimas que deixam entrever pentelhos, mulheres naturalistas que se recusam depilar. Procuro as minhas meninas, remam com suavidade entre os barcos de pescadores que chegam e vão, ficando ancorados ao longo da praia. O sobrinho cauteloso prefere ficar nas proximidades. *Felipe desapareceu, onde está? Não consigo cuidar dele.* Fecho os olhos, embalado pelo marulhar da água, e pela tonteira da cerveja, um baseadinho faria bem, há tanto tempo deixei tudo isso. Sei que posso retomar o sonho, porque não é sonho, é a visão que me persegue, delírio constante que não me deixará. Porque assim desejo. A viagem de ácido de um homem maduro. No fundo preciso dessa visão para me aguilhoar, me manter consciente.

Felipe continua dormindo e o sono me vem, cabeceio, acordo assustado. Melhor colocar o despertador. Não encontro pela casa, tinha um, não sei o que fiz. Cafés e mais cafés, misturo com Coca-Cola. Alguém me disse que, quando estava dirigindo à noite, ficava tomando café com Coca-Cola para não dormir. Não deve dormir de enjoo, mistura mais indigesta. Outro trio elétrico possante me acorda. Que merda! É impossível dormir na praia baiana. O caminhão com seus alto-falantes demora um tempo, o povo samba e dança frevo em volta, prossegue em direção ao farol, onde ficará até a noite, ali é que as pessoas se concentram. Um pançudo caminha devagar, tatuagem de um peixe-espada na barriga saliente, corcova ao contrário.

As duas estudantes chegaram no começo da noite. As luzes de mercúrio amareladas dão à areia um ar doentio. O mar escuro confunde-se com o céu chuvoso no negror da ilha de Itaparica. Vi as moças caminhando em minha direção, dominado por aquela inquietação que me traz a luz indecisa, não noite-não dia. Porra, vivo na inquietação. Em Berlim, nestes fins de tarde chatíssimos, eu corria ao pep-show, ficava vendo mulheres nuas se revolverem na cama. Nem tenho certeza se era ansiedade ou frescura, desculpa para me enfiar naquelas cabines, como um voyeur.

– O senhor vai ficar aqui? Pode vigiar nossas coisas?

Doces e caras meninas. Pensam que posso vigiar? Acham que é fácil vigiar alguma coisa? Não basta ficar de olho, ainda mais quando se tem sono, como eu, nesse momento em que a cidade mergulha num enorme silêncio e a água está imóvel. As meninas, quase adolescentes, olhos brilhantes, tiraram os shorts, as camisetas estampadas *Verão baiano 85* e *Sol, mar, Bahia, som*. Traziam maiôs inteiros. Uma, quase mulata. Não dava para perceber, naquela luz amarela, se natural ou queimada de sol. A outra, de coxas firmes, musculosas, como se praticasse educação física. Correram para o mar.

A mesma loirinha de ontem estava sentada a dois metros de mim. Magra, cópia de Brigitte Bardot, cabelos loiros acastanhados, compridos. Lábios grossos e maliciosos. Ela mostrava saber disso e circulava o olhar azul em torno, em busca de admiradores. Olhei firme, sorri, ela teve um movimento de desdém, ficou observando as filhas que iam à beira do mar e voltavam correndo assim que as águas se aproximavam. Desde ontem observava a loirinha, lembrando o filme *E Deus fez a mulher*, pensando que nessa época de revival dos anos cinquenta, sapatos, ternos, calças boca-larga com barra, corte de cabelo, goma new-wave substituindo a brilhantina, rock, o culto a Elvis, James Dean, Marilyn, seria até provável que o tipo Brigitte voltasse. Rosto inocente, safado, peitos grandes, pernas longas. Desabusada. Naquele tempo, ser desabusada chocava. Hoje, depois de tantos anos de desabusos, quem não é?

As crianças passaram de volta. Estão curtindo o sol, calor. Devia um tempo com elas. Estão com a pele morena, o sobrinho com o nariz descascado. Gritam contentes, mal sabem como esses gritos me fazem bem, me salvaram um dia. Nem calculam o que devo a elas e é por isso que este afastamento em que vivemos por ano e meio foi penoso. Muito mais que a perda de Luciana. No fundo, convivi desesperado com a ideia da perda, porém sabia que era irremediável, teria de me acostumar. Num dado momento, aceitaria. Engraçado, posso pensar em Luciana sem amargor ou lágrimas. Será que hoje teria coragem de fazer o caminho de rosas? Amores são como tatuagens. Marcam definitivamente, ainda que o impulso e o significado que nos tenham levado a desenhar a pele não existam mais.

Ana deve estar em algum ponto de Salvador. Quando disse na carta "sabe para onde vou", só podia significar essa cidade. Foi para aqui que o grupo do colégio veio em excursão quando nos formamos no científico. Planejamos o ano todo, economizamos, viajamos cinquenta horas de ônibus. A primeira praia que vi na vida foi esta, a da Barra. Só não tinha o amontoamento de agora. Passamos vinte dias juntos, num mesmo hotel meia-boca da Praça Castro Alves. E não nos tocamos. A distância aumentava o temor e a defensiva das meninas. Distantes das famílias, elas se guarda-vam mais, medrosas do que pudesse acontecer. Com razão, por-que estávamos dispostos a avançar sinais, ainda que as respeitás-semos, porque eram "sérias". Os homens conheciam os limites para determinadas mulheres. Não sabíamos quem fazia a classifi-cação, ou por que ela era feita. Havia uma, a partir de algum lugar. Salvador foi o instante em que decidi minha vida e não me decidi por Ana. Minha ideia era não ter ninguém, havia uma série de etapas a vencer e tinha de enfrentá-las sozinho. Fechado em mim, não permitia aproximações, intromissões no meu círculo. Nada podia me desviar. Uma noite, comíamos misto-quente num bar perto do farol da Barra. Confessei que estava com medo de enfrentar São Paulo, porém não podia mais contemporizar.

– Tem medo só de São Paulo?

– É.

– De mais nada?

Dor de barriga, mal podia me controlar. Não era frio na barriga, nem tensão. Simplesmente pavor de que ela me levasse a dizer: "Te amo, te quero". O que significaria permanecer na terra, abandonar os sonhos, a grande ida para São Paulo, onde tudo me esperava: os editores, os cineastas que precisavam de bons roteiros, os diretores de teatro desesperados com a crise do texto, os jornais que publicavam merdas, com a carência de bons repórteres. E – por que não? – em alguma altura de tudo isso, as mulheres, ansiosas por um homem magro, feio, introvertido, mas charmoso, inteligente, conversador, maneiroso, brilhante, genial, decidido, revolucionário. Essa parte era a mais difícil, ia requerer aprendizado.

– Vai embora assim? Sem explicar?

– Odeio explicações. Justificar minha vida.

– Não vem com besteira! É uma coisa entre mim e você.

– Você é minha melhor amiga.

Nunca mais tocamos no assunto. Ana era tímida ou tinha sua dose de dignidade. A noite do farol foi uma grande quebra, me arrebentei todo para não dizer que desde aquela quarta-feira no cinema estava apaixonado. Depois disso, só tive coragem, e nem sei por que, de voltar à história na carta de Berlim quando encontrei a menina na porta do Arsenal. Por que motivo entrei na arena outra vez? Através destes anos todos tenho pensado nessa noite do farol. Não havia escolha. Era voltar e fazer a mala definitiva, deixar a cidade, abandonar o grupo. Ou nunca mais faria e me detestaria. Adoro partir, continuamente. Meu pavor era me estabelecer, fixar raízes, me transformar nesses sapos que engordam e não podem sair do lugar. Contemplando o mundo eternamente do seu buraco, adotando para a vida e as pessoas o conceito do nicho estreito e mofado em que vivem. O nicho é um ponto apertado, sem ar, viciado, onde a visão é mínima. Depois de um tempo, a pessoa tem certeza de que a vida se resume naquilo que se desenrola dentro daquele espaço imutável, em que a reciclagem mal se efetua, a não ser em períodos muito longos.

Quando me enviou a carta cifrada, logo me veio Salvador à cabeça, na esperança de que Ana quisesse refazer o trajeto. Como se a gente pudesse se reencontrar no farol, hoje cheio de lanchonetes, sentar-se e retomar a conversa, a vida. Faz uma semana que ando por aqui. Depois que as crianças se deitam, percorro a avenida de alto a baixo, caminho quilômetros, entrando em cada bar, restaurante, peixaria, pizzaria, boteco, biboca. Outro dia, atrás de um trio elétrico, julguei tê-la visto. Raciocinei de todos os modos: de que maneira ela me daria uma indicação de onde está? Telefonei a todos os hotéis prováveis. Agora, ela não ficaria num pulgueiro, mas em algum três estrelas. Tentei os cinco estrelas. Vai ver, deu a louca, ela decidiu por um grande reencontro. No *Meridien* ou no *Mediterranée*. Nada. Anúncio em jornal? Que tal se eu colocasse um? As pessoas me conhecem. Posso dar uma entrevista ao *Correio*, à *Tribuna*, à *Tarde*, afinal acabo de voltar ao Brasil e ninguém soube, isto é notícia. Ao menos, acho que é. No meio da entrevista, digo: "Vim procurar uma mulher. Ela se chama Ana e está em algum lugar de Salvador". Aposto que ia fazer sucesso, o povo colabora, ama histórias sentimentais, apelos melodramáticos. Sairiam todos à procura da mulher amada por um homem que veio da Alemanha e tem percorrido o Brasil. Poderia exagerar, aumentaria o interesse, acrescentaria lances sensacionais. Como o quê? Não me ocorre nenhum.

A loirinha tipo Bardot olha e a velha timidez me percorre, não tenho coragem de chegar, iniciar um conversa de jacaré. Engulo em seco, procuro um assunto, às vezes admiro conquistadores baratos, sem desconfiômetro. Fosse um restaurante de São Paulo e seria diferente. Mas aqui numa praia? Minha audácia é questão de geografia? A loirinha é interessante, tipos compridinhos sempre me provocaram. Ela passa os dedos delicadamente sobre o lábio inferior, sem tirar o batom, enquanto me olha. As filhas entraram na água, molharam os vestidos, vieram correndo, desviaram a atenção da mãe que se ocupou delas por um instante, voltando a me olhar marotamente de tempos em tempos. Um casal cinquentão sai do mar, sorrindo. Nas duas bocas faltam dois dentes na frente, os mesmos dentes.

Os meninos passam pela quarta vez. Estão treinando, me disseram. *São três, mas vejo quatro, nunca vou deixar de colocar Felipe entre eles. Como aceitar, de que modo conviver com a ideia de Felipe morto por minha culpa? Podem dizer que é masoquismo, estou me punindo. Se tem coisa que vou fazer a vida inteira é me castigar por isso. Pai que mata seu filho e continua livre, vivendo como uma pessoa comum, não passa de um monstro. Não queiram me consolar, nem tenham piedade. Não justifiquem um só ato meu. Não mereço. Aceito esse rolar contínuo sem dormir, a cabeça doendo, o corpo arrebentado, o coração em sobressalto, porque deve fazer parte do meu viver. Assim tenho de ser, como expiação. Os olhos inchados. As pessoas pensam que é pela bebida ou pela droga e se afastam de mim. Quantos não afirmaram: "Fracassou porque deu para beber feito gambá"? Ah, se soubessem, me odiariam mais. E é disto que preciso, do ódio, da raiva, da agressão, para não me acomodar na autopiedade.*

Mentira. Necessito de um gesto comovido que me convença de que não matei Felipe. Ando atrás. Falta pouco, chego lá. Não suporto raiva de ninguém, nem ódio. Fico perturbado ao saber que alguém não gosta de mim, do que faço. O que sofria quando a segunda novela rolava água abaixo. Flutuo. Não peso nada. O que foi? A tranquilidade desta tarde? A bebida e o mar? A alegria das crianças remando os caiaques em plena escuridão? Riem, gritam uns para os outros. Como é bom lembrar aquela tarde em que me fechei no banheiro sem saber a opção: gilete ou barbitúricos? Luciana tinha feito as malas, levou tudo. Calcinhas, escova de dentes, brincos, anéis, travesseiro, temperos de cozinha, fotografias (sobraram duas), lâmpadas, revistas, recortes que falavam dela, tapes (escaparam alguns que estavam escondidos em caixas de brinquedos das crianças), as almofadas. Melhor assim, ela disse. Eliminar qualquer possibilidade de lembrança, para você não se torturar. Ora essa, pode?

A morte não foi ideia premeditada ou profunda. Deu, num repente. Demorei quarenta minutos no banheiro, indeciso, sem me olhar no espelho. Se olhasse, iria embora. A janela aberta. Ouvia os gritos das meninas brincando no jardim. A casa com o jardim. Última tentativa de fazer com que Luciana ficasse. Ela não gostava do apartamento, passei um mês à procura, encontrei uma graça de sobradinho em Vila Madalena, com árvores e jardins em volta. Um mês antes do final. A menina mais nova dizia à irmã: "Vamos perguntar ao papai, ele é que sabe tudo". As vozes se distanciaram, larguei o vidro no armário. Nem tinha apanhado a gilete, aliás ia ser problema, uso barbeador elétrico. Só se me desse um choque, morrendo eletrocutado. Saí do banheiro, porque as meninas estavam no rumo do escritório, para perguntar alguma coisa que eu saberia responder. A distância, não dá impressão de muito sério, mas naquela tarde, quando subi, estava determinado.

A loirinha. Ela se afastou um pouco, colocou-se outra vez no meu ângulo de visão. É demais, vou lá, ah, se vou! Sensação de conforto. Mais do que alívio. Por isso flutuo, gostosamente. Solto o corpo, como não fazia há três anos. Sem medo de dormir. Não há receios de que toquem a campainha no meio da noite. Posso erguer o telefone sem as mãos geladas. *Quanto a Felipe, sei que continuará dormindo. Não é necessário acordá-lo de duas em duas horas. Estava com sete quando apanhou a doença. Raríssima. Única no Brasil. Assunto de jornais. Como o menino que vivia na bolha. Síndrome de Udine ou coisa semelhante. Quero esquecer até o nome. Nem sei se não faço confusão. Pouco importam as confusões, Felipe está morto. Era um garoto normalíssimo durante o dia, nenhum sintoma. Dor, mal-estar, nada. Mas não podia dormir mais de duas horas. A primeira hora sempre tranquila, depois começava a se mexer, remexer, tinha de ser acordado. Se não despertasse morreria sufocado por um funcionamento irregular dos mecanismos da respiração que deviam ser reativados continuamente, não podiam entrar em repouso. Juntas médicas, consultas internacionais, conclusão alguma. Nos revezávamos à cabeceira, eu e a mãe, enquanto éramos casados. Depois da separação, a mãe e a enfermeira. E a enfermeira e eu, nos períodos em que Felipe estava comigo, fins de semana, férias, feriados. Até a noite em que não resisti, achei que podia cochilar cinco minutos, ferrei no sono.*

Terei de viver com esta memória desconfortável, idêntica a fazer loops num teco-teco, sem estar com o cinto atado. Há gente que convive com câncer, diabete, marido bêbado, mau hálito, bicho-de-pé, inflação, violência, miséria, celulite, voz esganiçada,

351

ciúme possessivo, mulher matraca, televisão ligada o dia todo, preso a uma cadeira de rodas, com dentadura solta, perna mecânica, sapato apertado, intestino preso, música de danceteria, cursinhos pré-universitários, e não morre por isso. Ficam marcas, traumas, cicatrizes, mas a gente está vivo, e avança.

A loirinha Brigitte olha com insistência. Piscou o olho. Vou ter de fazer alguma coisa. Pisco de volta, encabulado, ela me incentiva.

– Meu nome é Breno.

– Hum! Que apresentação americana! My name is Breno. E eu sou Júlia.

Como romper o constrangimento dessa conversa idiota? Não tenho o que dizer. No fundo não quero nada, mexeu com meu ego, vim conferir. Preferia curtir o jogo, deixar rolar.

– Há quatro tardes nos olhamos. Só hoje você chega. Geralmente homem vem ao primeiro olhar.

– Minha ficha demora a cair. Sou marcha lenta ou você se julga irresistivelmente atraente?

– Posso dizer que me julgo interessante, bonitinha. Sei atrair!

– Quatro tardes, você aqui sozinha com as meninas. Tem marido, namorado?

– Nada. E você?

– Separado. Duas vezes.

– Comigo foi diferente. Dois homens, duas filhas. Não quis me casar com um e o outro não me quis. Os dois ficaram apavorados quando souberam que eu estava grávida. Dei um pé na bunda deles, enfrentei.

– Está bem assim?

– Não! Ninguém nasceu pra viver sozinho. E você? Está só ou tem alguém?

– Vou ter.

– Certeza? Ou esperança?

– Certeza. Vim à Bahia atrás dela.

– Paixão?

– Paixão tem um problema. Acaba.

A gente tem de aproveitar a paixão para trabalhar o relacionamento. Aí funciona.

– E por que você está sozinha?

– Ele se cagou. O último. Não os pais das meninas, um outro. Estávamos num embalo, na maior. Chocante! A gente se conhecia inteiro. Transa legal, sabíamos cada ponto de nosso corpo, da cabeça. Pô, meu nego, que poesia! Ele pensava, eu já sabia. Eu nem falava, ele respondia. Eu acordava, ele contava o meu sonho. Cada milímetro da gente atravessado, acariciado. De repente, ele se afastou, sumiu. Voltou um mês depois, frio:

– *Não há mais.*

– *Qual é? Estava lindo, bicho!*

– *Lindo demais, estava me apaixonando!*

– *Isso é perigoso?*

– *Cada um na sua! Não quero que ninguém atravesse minha solidão. Quero curti-la. Viver comigo mesmo.*

– Cuspi na cara dele. Morreu ali! Estou à espera de outra. Não sei se espero ou se procuro. Você sabe? O que me deixa triste é a pobreza. Pobreza de emoções. Tá uma miséria danada. Chocante! O Brasil virou favela de sentimentos. Não nasci pra favelada. Em amor, quero riqueza.

– Não pintou mais nada?

– Tem de pintar, estou aberta! Quero viver uma grande paixão. Um homem que me adore, eu toda derretida. Nem importa o quanto dure.

– Não está aí o problema? Não importar o quanto dure?

– A gente tem de entrar, sabendo que nenhuma paixão é eterna. Pé no chão! Agora, quando ela pinta, entrega total. O problema é que as pessoas se encolhem. Preferem viver na bosta, numa prisão. Pô, quero viver acesa, o tempo todo.

O sol começou a cair rápido, desmoralizou combinações de cores nas nuvens. Um mau gosto sensacional, cafonice das maiores e a gente embalado. Adorando.

– Ih, não quero olhar muito, senão vou entrar numa trip danada! Agora, me diz: como foram as suas paixões? Você tem uma cara de muita quilometragem.

– Nem tanto! Algumas, bem boas. Valeram. Outras, frustradas.

– E o casamento?

– Terminou sem ódios, rancores. Me deixou essas meninas.

– E a última?

– Ela me deixou.

– Ficou magoado?

– Amor-próprio ferido é foda.

– Passou?

– Imagino que sim, posso pensar sem dor.

– Eu não posso. Penso com dor em cada um que se foi.

Na voz dela não havia amargura, nem nostalgia. Apenas constatação.

– Vive remoendo?

– Não. Quando penso neles fico triste. Nada grave. E esta que você anda atrás?

– Amor antigo, não deu certo aos dezesseis anos. Vamos tentar agora.

– Trinta anos depois?

– Qual o mal?

– Eu não daria certo com um homem da tua idade. Vocês passam a ver as coisas depois. O que é descoberta para mim, é redescoberta para você.

Tão simples. Tem sido assim, daí a complicação que acaba não sendo complicação. Não misturar os tempos, o que foi e o que é. Luciana vinha correndo alegre me mostrar uma coisa, contar uma situação e verificava que eu já tinha vivido, visto, analisava de fora. Não participei com ela, fui no estribo. Devia ter percebido naquele tempo. Ela mergulhava encantada, enquanto eu reolhava, já tinha estado lá. Ela vivia, eu revivia.

– Passou muita mulher na tua vida?

– Passou.

– Quando se aproximou de mim, queria o quê? Uma transadinha?

– Não. Nem sei. Estou fixado numa mulher. A que ando procurando.

– É fiel?

– Das minhas poucas qualidades.

– Fidelidade é estar com uma pessoa só?

– E para você?

– A fidelidade é comigo. Com meus sentimentos. Não implica estar só com uma pessoa, ser apenas dela. Se eu facilitasse, te desse, viria comigo?

– Não sei...

– Conversa. Nos excitamos paca nos últimos dias. E se eu quisesse, agora?

– Não iria.

– Sou ótima. Vai ver.

– Incrível como você se ama.

– Me transo demais. Só assim posso gostar dos outros. Ouvi essa frase num comercial de tevê.

– Vem?

– Não.

– Qual é a tua? Não vai arranhar a fidelidade de ninguém.

– Não é o caso.

– Qual é, então?

Não preciso dizer a ela. É comigo. Se eu for, continuarei sendo a pessoa que não desejo ser. Larguei a pele, como a tia serpente fazia. Ela reviveu, ou realmente viveu, quando se atirou sob as patas dos cavalos furiosos. Sim, foi o único momento que minha mãe me revelou e nunca acreditei. Minha mãe adorava contar as tragédias, cultivar a morte, o nefasto. Uma tia que se matou debaixo dos cavalos da padaria. Só que minha mãe nunca disse que ela era serpente e meu pai a adorava. E a linda puta que se matou pelo meu pai? O que ouço agora são as patas dos cavalos. Animais correndo pela areia. Não pode ser, patas na areia não fazem barulho, apenas um som chocho.

– Por que veio falar comigo? – insiste a loirinha.

– Acredita que para conversar?

– Não acredito!

Talvez eu saiba o que pretendo das mulheres. Ou seria de mim? A resposta é simples a essa altura da vida. Gostaria de saber amar. Amar é uma coisa. Saber amar é outra. É preciso disposição, olho aberto, disponibilidade. Me sinto criança, zero hora de vida, saindo do ventre e no entanto estou chegando aos cinquenta. A resposta que não consegui dar a essa mulher está dentro de mim. Também está em Ana, solta num ponto desta cidade.

– Pela última vez! Estou a fim de você. Vamos?

Não deu para resistir. Com o corpo cheio de sol, sentindo a pele machucada pela areia, a cabeça enevoada pelo álcool, vendo os seios diminutos (como os de Luciana) se entremostrando no decote, me entreguei. Desejo essa mulher desde o primeiro dia da praia.

– Para onde? No meu apartamento não dá, tem a criançada. No seu? E as meninas?

– Nem no meu, nem no seu.

– Se a gente esperar, aproveitamos a praia vazia, bem tarde.

– Não... neca... num, num.

– Não entendi.

– Não vai acontecer.

– Você é louca?

– Pensa que não sei quem você é? Não li a teu respeito?

– Estava brincando?

– Falei sério. Estava a fim. Depois, quebrou o barato.

– O que você pretende dos homens?

– Qual o teu signo?

– Câncer.

– Não ia dar certo! Todos os caras de câncer que vieram comigo, brocharam. Todos me fizeram sofrer.

– Conversa...

356

– Me escreve contando a história da mulher que você vai encontrar? Sou apaixonada por histórias de amor com final feliz.

Riu. Levantou-se de um pulo, vi suas coxas compridas, o começo da calcinha, o montinho estufado entre as pernas. Um relâmpago de um segundo, batido pelas lâmpadas amareladas. Minha pele arde, tomei mais sol do que devia. Vou passar Nivea. Luciana costumava dizer: "O Nivea alemão é o melhor do mundo. Uma tia minha aos oitenta anos não tinha uma só ruga. Usava Nivea alemão". Todo o tempo em que estive em Berlim, me lembrava de Luciana ao passar pelas drogarias e supermercados, olhando as latinhas azuis.

As estudantes – devem ser, levam jeito; não me perguntem o jeito de uma estudante; falei tanto tempo em escolas que sinto o cheiro, sei – que tinham pedido para vigiar a tralha nadavam velozmente em direção a dois saveiros. Braçadas harmônicas, ensaiadas, figuras de balé aquático, batidas por lâmpadas amareladas. No escuro, os barcos ancorados estavam suspensos no ar. As meninas fizeram uma curva suave e voltaram, agitando os pés rapidamente. Começaram a saltar e a dar socos na água. Socos raivosos, com força. Socaram, socaram, nadaram de novo, paralelamente à linha de arrebentação. Veio até mim o cheiro de um fuminho, puxado por um grupo que se fechava em roda, como índios diante de uma fogueira. Um homem passou, falando sozinho: "Você não paga a sua comida, pago a minha e a sua. Pago tudo em casa, por que me faz tais coisas?". Minhas meninas voltaram, apanharam dinheiro para refrigerantes.

– Pai, os pescadores trouxeram um monte de arraias. Estão cortando a cabeça delas. Mesmo depois de cortadas, as cabeças se mexem. Se mexem mesmo?

– Deve ser reflexo nervoso.

As arraias imensas eram puxadas do barco até a praia. Com um facão e um martelo, os homens arrancavam a cabeça e o corte era feito de tal modo que realmente o que sobrava se assemelhava a uma cabeça de jacaré, de pele lisa.

357

Ana. O verão torra Salvador enquanto o resto do país se afoga em inundações, as caipirinhas, a cerveja, as crianças felizes, os quatrocentos e oitenta votos, o adiantamento que o editor me fez – e que está pagando estas férias – para um livro divertido sobre a Alemanha, o mar, o ligeiro porre em que me encontro: para que mais? O Brasil derretido como sorvete, sobrou uma casquinha, biju adocicado e vamos preencher este copinho. Faço tudo, só não esperem de mim tanto trabalho, minha crença não é tão grande. Embarco nesta nova trip brasileira, todos nós confiantes que podemos voar, romper paredes, pagar débitos, aumentar contas nos bancos, ganhar rios de dinheiro, educar os filhos. Embarco, porque afinal, porra, prefiro navegar mais alguns metros em mar calmo que enfrentar onda besta. De surfista não tenho nada.

Voltei junto à tralha das nadadoras, pouco depois elas vieram à praia, fizeram exercícios abdominais. Depois, uma ajudou a outra, e se agarravam ternamente, riam, se cutucavam, riam de novo, trocavam cochichos. Voltaram ao mar e de frente para Itaparica passaram a gritar. Gritaram, gritaram, e os gritos mal encobriam as ondas. Porra, porra, porra, aaaaaaaaaahhhhhhh, iiiiiiiiiihhhhhhh.

Abriram as mochilas, começaram a se enxugar. A que tinha coxas firmes e musculosas parecia inquieta. Abriu a bolsa e tirou o relógio.

– Sete horas. Ela deve estar entrando na igreja. Daqui a pouco estarão casados.

Virou-se para o mar e deu outro grito, dolorido.

– Grite mais! Como fazia no mar.

– O senhor ouviu?

– Gritar é bom.

– Que vergonha. Não pensei que desse pra ouvir. Com o barulho do mar.

– Está melhor agora?

– Injuriada, ainda. Queria ficar gritando a noite inteira.

– Grite!

358

– O senhor... você é paulista?

– Sou. E vocês? Baianas?

– Paulistas. Essas crianças são seus filhos?

– Duas, são. O outro é sobrinho.

As meninas estavam procurando palitos de sorvete marcados. Sempre encontravam, trocavam por um sabor novo, de frutas, lançamento de verão.

– A meninada é ligada em você.

Se ela soubesse o pai que sou. Sempre longe, distante, perdendo os melhores momentos delas, não diria isso. Fico tentando compensar, um pouco culpado porque não estou na Bahia apenas por elas. Ana deve estar em alguma parte, quem sabe em Itaparica, uma vez me falou da ilha.

A estudante injuriada sorria.

– Está deprê?

Pegou minha mão, abaixou o rosto e fez meus dedos tocarem em sua face macia. Ela me fez bem, passou energia.

– Me passa um pouco de força e paz.

– Vai firme! Muita força para você!

Senti que podia passar um astral positivo para ela. Havia carinho por aquela menina desamparada que tinha vindo gritar no mar. Nem tive coragem de perguntar o porquê da amargura. Não precisava. Ela demorou para soltar minha mão e, quando ergueu o rosto, os olhos sorriam.

– Você está sempre aqui?

– Todas as tardes depois das quatro. A praia esvazia, as crianças adoram.

– Nós curtimos o pôr do sol. De agora em diante viremos ficar contigo. Força, irmão.

Fez um gesto em *vê* com os dedos. Muita paz, irmão. Soprou um beijo e se foi. A meninada no mar. Não longe deles, Júlia tinha tirado as roupas das filhas e caminhava para a parte mais funda das águas. Até desaparecer na escuridão. Nem vi como ela sumiu. Tive a impressão de que ao desviar os olhos, por um segundo, para acompanhar a embarcação com luz verde, que entra todas as noites, às oito, Júlia se dissolveu.

– Vem, pai, a água está quentinha.

Fui. *Felipe não está entre eles, não estará mais. Pode surgir vez ou outra, porque eu quero que apareça, mas sem a ruindade que a visão me trazia.*

Depois da maldição é que as coisas começam, escreveu o desconhecido Chico, que até agora não localizei. Compreendi a partir disso a morte de Felipe e descarreguei culpas e remorsos, entidades criadas para aporrinhar o homem, levá-lo atado e submisso. Foi difícil, eu pensava o tempo inteiro no que me foi tirado. Até o instante em que a situação ficou clara. E o que me foi dado? Felipe me trouxe alegria intensa, ativa. Muito completa, um período iluminado, em que me abri para o mundo, comecei a pensar nos outros. Felicidade era conviver com ele, aprender, seguir sua evolução na vida. Portanto injusto continuar entregue ao rancor e azedume. Não compensam. O feio não pode derrotar o encanto, disse Ana. *Felipe não gostaria de me ver desmoronado, ele que veio por amor. Enquanto viveu, foi emoção pura, não pode destruir minha vida.* Caminhei e comecei a gritar, as crianças me olharam espantadas. Riram e passaram a gritar juntas, doidas por farra.

Dois dias depois, estava com elas perto da Boca do Rio, num barracão de fundo de quintal, difícil de achar. Coberto de zinco, mesas com toalhas xadrezes, tamboretes como cadeiras. A comida demorava, porém a maneira como as pessoas em volta lambiam os dedos, felizes e gulosas, dava a entender que valia a pena. Quatro pessoas tinham me recomendado a galinha pintada de manteiga. Da minha mesa, via o cozinheiro suado virando os frangos no espeto, rodeado por sacos de carvão vegetal. Ele enfiava o pincel num vidro de manteiga líquida e formava uma camada envernizada sobre as peles tostadas. As crianças, impacientes e acaloradas, tomavam garrafas de limonada gasosa. O zinco rebatia o calor acumulado durante o dia e um filete de suor escorria em minhas orelhas, provocando cócegas. O garçom trouxe os pratos, farofa seca, salada de cenoura e chuchu, tomate e cebola. As formas com o frango em pedaços rescendiam a queijo derretido e as crianças avançaram na carne branca. Devoramos tudo.

– Gostaram?

– Adoramos.

– A gente pode voltar.

– Pronto! O pai tem mania de voltar.

– Descobriu uma praiazinha boa. Ele só quer ir lá, não vamos mais para outra.

– E eu não aguento mais a casa de sucos.

– E a sorveteria da Barra?

– Bastou a gente gostar daquele sanduíche gigante do Baitakão, a cada dois dias lanchamos lá. Se manca, pai. Tem preguiça?

As crianças estavam certas, me davam a chave. Os replays que me paralisam. Claro que Ana não está em Salvador. Não voltaria ao bar perto do farol. O bar é tempo passado e ela recusaria a lembrança, da mesma maneira que aceitou, mas desmistificou a história das sandálias vermelhas. Atualizou-a, colocou-a sob a ótica do presente. As coisas não são as mesmas, eu é que insisto em repisá-las por defeito congênito. Não estando em Salvador, existe outra possibilidade. Tenho tempo, se estiver certo. Um tapete mágico, ela me disse na carta. É o código. A expressão foi minha. As crianças terminam as férias, levo-as para São Paulo e tomo outro avião. Agora, no rumo certo. Olinda.

A vida deve ter somente finais felizes

O garoto correu, escavou o lixo antes que o caminhão levasse e saiu com um pedaço de osso. Deu umas pancadas numa tampa de panela, sentiu a sonoridade e sorriu, juntou-se a um pequeno grupo de meninos. Cada um trazia um objeto apanhado no lixo. Latas, paus, canos, tubos plásticos, varetas de ferro, garrafas. Um, orgulhoso, tinha tamborim verdadeiro, na esquina apareceu o pandeiro. A molecada começou a tirar sons dos instrumentos improvisados e, aos poucos, um ritmo surgiu. Rodolfo Aureliano, jornalista com nome de personagem de romance hispano-americano, garantiu: "Atenção, podemos estar assistindo ao nascimento de um novo bloco olindense. De uma troça carnavalesca: os meninos da música do lixo". O cheiro do queijo de coalho invade as ruas. Milhares de pessoas se cruzam, sozinhas, em grupos, duplas, trios, blocos, carregando estandartes, bandeiras, máscaras, martelos de plástico, bisnagas coloridas.

– Sabe quando vou encontrar Ana? Nunca.

– Sossega – disse Rodolfo Aureliano. Em Olinda, toda gente se encontra.

– Olha o povão. Achar o que, aí no meio?

– Circulam todos no mesmo pedaço. Não há como fugir. Ninguém sai de Olinda. É impossível.

Fagulhas, pontas de agulhas/Brilham estrelas de São João

– Como é que se acha uma pessoa no meio dessa porrada de gente?

– Tem de aprender a olhar com cada olho numa direção.

– Com quantos olhos?

Bombas na guerra-magia/Ninguém matava/Ninguém morria

A voz aguda de Gal escorre pelas árvores, rebate nas paredes, desce pela rua, se perde nas pedras junto ao mar. Voz que está em todos os lugares da cidade, misturada ao cheiro do queijo de coalho na brasa, ao gosto do caldinho de camarão e siri, dos churrasquinhos. Solto o corpo no meio da multidão. Quase nove da noite, daqui a pouco não haverá uma só mesa, em nenhuma barraca, nem um centímeto de chão, nas praças ocupadas pelo frevo. Lança-perfumes, o éter mistura-se aos perfumes baratos.

– Não fica ansioso, vai topar com ela.

– Parece que meu destino é procurar mulher.

– A gente pode anunciar pelos alto-falantes.

– Qualquer ideia é uma boa ideia.

– Você vai aos jornais, dá entrevistas.

– Vamos em todas.

– Pode fazer também o que todo namorado faz em Olinda.

– O quê?

– Enche os muros de grafites.

– Preciso de spray.

– José Ataíde arranja. Ele vai passar na casa do Alceu às dez e meia.

Alceu Valença tinha me descolado uma cama, estava com a casa cheia. Nos encontramos no aeroporto de Recife, tínhamos nos conhecido em Berlim. Num festival que teve Clara Nunes, Hermeto Pascoal, Sivuca, Gonzaguinha, Chico Buarque, Elba Ramalho, Arrigo Barnabé.

Para libertar meu coração/Eu quero muito mais/Que o som da marcha lenta/Eu quero um novo balancê/O bloco do prazer/Que a multidão comenta

As vozes de Gal e Moraes Moreira enchem a praça.

– Já tentou os hotéis?

– Hoje à tarde corremos todos.

– A menos que ela fique em Recife. Ou na casa de alguém.

– Pode ser! Ela é fácil de fazer amizade. Puxa conversa com todo mundo.

– Como é a moça?

Uma tapioca, uma lasca de queijo de coalho. Para poder aguentar a pinta. Caldinho sustenta, quero começar a noite com o estômago forrado, senão acaba o carnaval. O queijo derrete-se na brasa, quase se desprende da vareta. A mulher me passa, dou uma mordida de queimar a boca. Saboroso, forte e cremoso. Minha avó costumava fazer uma espécie de pudim de queijo, de gosto voluptuoso. Apanhava o queijo fresco, trazido no fim de tarde, dentro de uma cesta coberta por guardanapo imaculado. A avó polvilhava o fundo de uma panela de ferro com açúcar mascavo. Colocava o queijo, ajustado como se tivesse nascido naquela forma. Com o garfo, furava o queijo. Mais açúcar por cima. Tampava a panela e levava ao fogão. Brasas sobre a tampa e por baixo da panela. Ao retirar, o açúcar tinha penetrado no queijo derretido, formando um pudim tenro, cujo cheiro atravessava o quarteirão.

Barraca *O bêbado e a equilibrista.* Jornalistas, intelectuais, cantores, compositores, políticos. Todos de pé, as mesas são simples anteparo para latas e garrafas de cerveja. O copo de caldinho na mão esquerda, o de pinga na direita. No centro do largo, a orquestra toca o frevo e o povo se move ensandecido, pouco se importando com a poeira que sobe. Fazia anos que não via uma coisa assim, tal entrega, êxtase mesmo, as pessoas fora de si, tomadas. Não há um só na praça que não esteja se movendo. Até mesmo na longa fila de espera para os banheiros, os corpos continuam elétricos, ninguém para de agitar braços, pernas, cabeça, remexer a cintura, rebolar, dar tesouras. Mergulho entre os dançarinos, Ana estaria no movimento, não era de ficar parada, sempre foi doida por carnaval.

– Vamos para o Bonsucesso, daqui a pouco o Homem da Meia-Noite vai sair. É possível que ela esteja por lá. Vai todo mundo.

Eu tinha passado a tarde no meio dos blocos e agremiações, esperando que Ana tivesse a mesma curiosidade. Vi a *Menina da Tarde,* a *Ceroula de Olinda,* o *Come Cru,* as *Assanhadas da Sé,* o *Chapéu de Bode,* o *Filho do Homem da Meia-Noite.* A sensação é de que a cidade está submergida no carnaval. Não há porta ou portão, varanda ou muro sem alegoria, enfeite, fantasiados à janela, alguém vendendo refrigerantes, batidas de frutas, queijo, carne de sol frita, cerveja. Muros pichados, cores vivas, estandartes expostos, rádios e caixas de som dando para a rua. Olinda afundada num som único, mistura de centenas de músicas diferentes, sintetizadas num barulho constante e ritmado que envolve as pessoas e empurra para a frente. Dois anos atrás, tinha embarcado nesse tapete mágico para esquecer Luciana.

A lembrança me deixa indiferente, a imagem de Ana se sobrepõe mais forte e traz o frio na espinha, o suor gelado que desce da nuca. Não há mais Luciana. O pensamento em Ana provoca nova ânsia. Ela bem podia ter dado pistas, assim não estaríamos os dois perdendo tempo, poderíamos pular o carnaval juntos, encher a cara, ir para a praia na madrugada, tomar sol, se empanturrar de tapioca e queijo de coalho, moqueca de caranguejo. Concluí que andava com fome, parei numa barraquinha, outro queijo. Se é verdade que queijo provoca esquecimento, no final do carnaval não saberei mais nada. Ao mesmo tempo, reconheço, Ana desenvolve seu jogo, a procura é excitante. Tinha razão Marinez quando falava no tantra. A coisa se acumula, fica a ponto de explodir. Só vai ser chato se não nos cruzarmos.

Espremido entre milhares de pessoas, sem poder dar um passo, recebendo empurrões e cotoveladas. Posso olhar em volta, um mundo de baixinhos. Como são pequenos os brasileiros. Devia ter arranjado uma roupa bem colorida. Engraçado, nunca tive vontade de me fantasiar. O que há agora? Jeans, tênis e camiseta, perfeito turista, transitando no meio do povo em delírio. Se entregue também, não espere o álcool subir para se soltar. Conte com você mesmo. Que nada! A velha timidez que me fazia encolher, por causa da altura, pois todo mundo olhava, recaiu. Dance, ensaie uns passos, não faz mal a ninguém. Embalei. O corpo agita-se sozinho, quem sabe há anos esperava por esta chance. Lá está o Homem da Meia-Noite, bonecão desengonçado, bigodinho fino, barbicha rala de caboclo, o chapéu de espanhol. O Homem da Meia-Noite vai passar o tempo à procura da Mulher do Dia. Todos se cruzam por dentro de

Olinda, transformada num fervedouro, panela cheia de brasas no fundo e na tampa. Quem diria que era capaz de dançar desse jeito? Rodolfo Aureliano me ensinou uns passos de frevo, dois ou três. O suficiente para enganar. Importa deixar a música penetrar no corpo e impulsionar braços, pernas e cabeça. Do modo como ela quisesse.

DOMINGO

Deitado de bruços na areia, a cabeça enevoada, sentindo o sol arder nas costas. Muita gente dormindo na praia. A última coisa que me lembrava era da troça *Cara Melada*, na Rua da Palha. Depois caminhei pela Rua do Sol superagitada, até entrar na Avenida Beiramar. Alguém tinha dito sobre um boliviano que vendia lança-perfume numa das barracas, só encontramos uma mulher sonolenta e assustada.

Se fome é sinal de paixão, ando doido de amor. Também passei à base de queijo de coalho, coisas não sustentam ninguém. Tomo uma cerveja para rebater a ruindade, o gosto de couro de tamborim na boca. Preciso de um banho, estou melado, suado, os cabelos cheios de talco e confete. Se der de cara com Ana, nem vai me reconhecer. E se ela estivesse entre os mascarados? Me veria, é claro. Porém, se está fazendo o jogo de esconde-esconde, pode ter ficado ao meu lado um bom tempo. Só que duvido: meu feeling iria funcionar. O cheiro denunciaria. Assim como o perfume de lavanda de rosas me denunciou Zilah, a organista, como a Verônica das procissões. Levou dois anos, eu aos pés dela, com a visão das coxas, e procurando na igreja, mulher por mulher, para saber a quem pertenciam aquelas pernas. Até o dia em que, subindo ao coro, senti a lavanda de rosas, o cheiro de Verônica, o mesmo de Zilah. O meu segredo.

Uma banca, o velho hábito. Apanho o *Jornal do Commercio*. A *Manchete* já traz as coxudas de tanga, ainda bem que a revista não muda, é a minha ligação com o adolescente. Nem tenho vontade de ler notícias, apanhei o jornal por apanhar, corro os olhos pela primeira página, é só carnaval, especulações sobre o novo ministério, cheio de nomes conservadores, a violência, o número de mortos, a onda de roubo de carros, pode-se imprimir o mesmo jornal, ano após ano.

Manifestante pacifista
morta pelos americanos

Tragédia durante demonstrações antinucleares na Alemanha. Soldados de uma base de mísseis norte-americanos fuzilaram uma manifestante, alegando que ela procurava chegar aos foguetes, a fim de desmontar a ogiva. Membros do Partido Verde lamentaram profundamente o que consideraram assassinato. "Miss Gudrun Esllin não era alemã, não pertencia ao Partido Verde, estava de passagem pela Europa. Era uma idealista, nada mais do que isso."

Gudrun Esllin. Não é um nome estranho, soa familiar. Não tenho muito tempo de pensar, José Ataíde estava na casa de Alceu, com uns tubos de spray.

– Para que isso?

– Aureliano me disse que você ia pichar muros hoje?

– Pichar muros?

– Deixar mensagens para tua namorada.

Ataíde me ajuda, me levando aos muros estratégicos, pontos em que todo mundo passa e olha. Há centenas de grafites, desenhos, corações, flores, mas a maioria eram curtas e poéticas declarações públicas. Dá um branco, um homem como eu tem de ser original, escrever frases bonitas, senão seria uma decepção. No entanto, quem vai ligar meu primeiro nome ao do escritor?

ANA, TE AMO. BRENO.
Paixão é coisa ambígua, às vezes estimula a criatividade.

ANA,
Te espero em Guadalupe, na saída do *Cheguei agora*, às 4 da tarde de hoje, domingo. BRENO.

ANA,
Na Ribeira, 16h30, na saída do *Diz que me ama*.

– Melhorou.
O Ataíde é um exigente.

ANA,
Largo do Amparo, saída do *Pavão Misterioso*.

ANA,
Barraca *O bêbado e a equilibrista*, a noite inteira.

ANA,
Agora, é pra valer.

SEGUNDA-FEIRA

Eu quero um banho de cheiro/Eu quero um banho de lua/Eu quero navegar.

Há dois dias, ouço Elba, sem parar. É o seu carnaval. Acompanho a saída dos *Espanadores de Olinda* em Amaro Branco, vou direto à praia, largo a roupa na areia, entro de cueca no mar. Entro no meio de um grupo de jornalistas de São Paulo, estavam subindo de carro para o norte, testando novos modelos. Acabaram roubados, decidiram: quando o carnaval terminar,

368

comunicamos à redação, a companhia que mande outro. Empresto duas camisetas a uma das meninas, uma calça a um grandão fotógrafo.

— Podemos formar um bloco: *Os Sem-Roupa.*

— Ou *Os Efeitos da Crise Econômica.*

— Porra! Estamos mal em matéria de humor!

Moquecas de siri mole, sururu, agulhas fritas, cerveja gelada, e a tarde passa. Assim como passa o Homem da Meia-Noite, seguido pela multidão. Uma hora depois, vemos desfilar a Mulher do Dia. Quando é que estes dois vão-se encontrar? Caldinho de feijão, pinga, sonolência, cochilo na praia mesmo. Um cochilo tranquilo, gostoso. Acabou a ansiedade. Essa turma tem resistência, nunca vi mulheres que bebessem tanto, a pequenina, repórter da Globo, magrinha e de olhos pretos, uma gracinha, não descansa o copo. Para mim, chega de repórteres de televisão. Passei pelos meus grafites, num e noutro, alguém escreveu por cima, trocaram o nome, acrescentaram Ana Rosa.

Filhodamãe, por que não escreve os dele? Tem preguiça ou faltava spray? Nos divertimos com a passagem da *Pitombeira*, ano que vem quero desfilar num bloco com Ana. Vamos comemorar em Olinda, mesmo. Isto é, se encontrá-la. E se a louca foi para a Alemanha enquanto vim para cá? A porra do telefone dela não respondeu. Vivo encontrando e perdendo, estou me cansando, não tenho mais saco, nem idade, disposição.

Quando o Vinvin cantou/Corri para ver você/Atrás da serra, o sol estava para se esconder

Tenho paixão por essa música, por tudo que Elba canta, por ela também, com aquelas pernas de Verônica, doce memória.

TERÇA-FEIRA

Na Ladeira do Varadouro se deu o encontro. A multidão em frenesi. Puxa, frenesi é uma delícia. Como esplendoroso.

Ficaram felizes quando a Mulher do Dia se encontrou com o Homem da Meia-Noite. Cuidado, me diz Rodolfo Aureliano, fazendo cara de conspiração contra ditador sul-americano (desculpem, não consigo me desgrudar da analogia com romances hispano-americanos, todos têm ditadores e selvas e mágicos). Cuidado, há sempre uma morte ligada ao Homem da Meia-Noite. Vê se vou prestar atenção nessas coisas, serei a última pessoa da terra a morrer, vou ficar para semente. Uma tapioca para ir enganando o estômago. Passam os meninos da música do lixo, o bloco aumenta, deve ter cem garotos, numa barulheira infernal, com latas, garrafas, caixas, o que encontraram.

A turma de São Paulo prefere subir para a Sé, fico na Praça da Preguiça, com a certeza de que Ana não veio. Ela desmente a história de que em Olinda todos se encontram. Já vi um amigo de infância que me reconheceu pelas fotografias, uma mulher com o marido e filhos que jura ter sido minha terceira namorada. Como sabe que era a terceira? Um professor de Matemática, velhinho e folgazão, o próprio Zé Pereira. Duas fãs de minha novela que ficaram sambando comigo. Ao menos não quiseram me matar. Um fotógrafo que trabalhou em jornal, na década de sessenta, e hoje é lambe-lambe no Recife, onde nasceu. Está feliz, odiava São Paulo. E Ana? Existe? Quem sabe interpretei mal a sua carta? Vai ver, ela estava apaixonada por outro homem, se mandou com ele. Ando especialista em situações como esta. Não tenho sutileza para interpretar frases ou situações, vai ver inverti, achei que era entre mim e Ana. Quase disse entre mim, Ana e o futuro. Me contive, sei o que é ridículo, apesar da bebedeira. Fico com a latinha de cerveja entre as mãos, disposto a me mandar no primeiro avião. Um calor infernal, a camiseta me gruda ao corpo, a testa molhada. Ainda bem que as cervejas são geladíssimas. Vou beber até cair. Amanhã, quando o *Segura a Coisa* passar, alguém me leva. Vou acordar na cadeia, serei apanhado pelos lixeiros. Cada pensamento animador. Que deprê! Isso é carnaval? Carnaval provoca alucinação, acho que vi Ana naquele bloco que samba no meio da poeira. Toda de branco, com uma pena vermelha na orelha. Cerveja com caldinho me embalam, me sinto numa nuvem de fogo debaixo das patas dos cavalos. Animais selvagens me pisoteando e é no meio deste fogo que vejo Ana outra vez.

Então a chuva, que vinha prometendo, desabou. Violenta, derrubava folhas e galhos de árvores, formava um rio pelas ruas, enchendo o largo de lama. A multidão dá um urro de contentamento, quem estava debaixo das barracas saiu para a chuva, se encharcou. A água gelada escorria pelos corpos, rostos. O frescor da noite. Agora, todos dançavam e a orquestra parecia ter recebido combustível nuclear, atacava frevos e mais frevos, rapidamente. Os cavalos selvagens se atropelam sobre meu corpo. É Ana.

Saiu da multidão desvairada pela chuva fria e pelo frevo violento. Enxergo por trás dela corpos embalados, braços a subir e descer, pernas que se cruzam em tesouras frenéticas, cabeças girando. Inteira molhada. Ela vem. De bermuda jeans, blusa branca colada ao corpo. Sem nada por baixo. Mudou bastante para não estar usando nada. Os cabelos escorrendo. Está de cabelos compridos, sempre usou curtos, encaracolados. Há quantos anos não nos víamos? Sete, oito, podiam ser dez ou vinte. Não conheço essa mulher fisicamente; e, no entanto, como a conheço. Como pouco tempo pode transformar alguém que se descobriu e se transformou.

Ana vem ao meu encontro e a certeza é a mesma que tive quando a vi olhando os cartazes, naquela quarta-feira, calçando as sandálias vermelhas. Não, não é. Preciso me esquecer de uma vez por todas dessa imagem, aquela mulher não existe mais, foi substituída por outra, melhor. Ela caminha coberta por uma cortina de chuva espessa, a água escorre dos cabelos, ombros, braços, cola a blusa fina ao seu corpo magro, sólido, quarentona enxuta e sensual, os seios um pouco caídos, mas cobiçosos.

Sinto o perfume de lavanda de rosas, flutuo na nuvem de fogo, as patas dos cavalos roçam pelo meu peito. Amor é este desatino. Vejo que os olhos dela e os dentes continuam os mesmos, era o que mais se enxergava em seu rosto.

Seu riso tímido, convincente, ganhava a gente na hora. Cheia de marotagem. O frevo é cada vez mais agitado, desenfreado, cavalos galopam. Relâmpagos e água pra valer sobre a praça, todos patinam em barro, ninguém arredou pé da folia. A música deixou de existir, tudo o que vejo é esta mulher de branco, a pena vermelha na orelha direita, corpo molhado. Há quantos anos quero tocar nessa pele!

Os cavalos galopam sem ruído. Havia o filme de Arthur Penn, *Georgia*, em inglês, *Sempre amigos*, em português. História de quatro pessoas que se amavam e a fita se fechava com uma cena em que o homem e a mulher, passados vinte anos de idas e voltas, encontros e complicações, agressões e machucaduras, terminavam se jogando nos braços um do outro, a chorar e rir. Georgia, a personagem, dizia: "Por que as coisas demoram tanto para acontecer?". Tantra, diria Marinez, perdida pelo mundo com o seu Pedro. Happy end. Não são lindos os happy ends? A vida deveria ter somente happy ends, nem que para isso a gente se arrebentasse pelo caminho. *Geórgia* era um filme, isto é a vida. Não me importo, acostumei a misturar tudo. A viver dentro dos limites difíceis entre ficção e realidade. Ou será que este é o livro e a minha vida ficou em outra parte, desamparada?

Esta mulher é segurança. E, por isso mesmo, risco. Ana me conhece, me irrita, exaspera (ah, diria sua mãe), alegra. Me prende os pés no chão, não tem ilusões comigo; e tem todas. Posso aprender a conhecê-la melhor. Não sei se é o futuro. Futuro é vago, é sempre o amanhã, nunca chega.

Certeza do acerto e continuação. Encontro longamente preparado, conduzido, não existe nada determinado, não há traçados para cada um. Saio da barraca, a chuva fria me pega, largo o copinho de pinga, bebo o último caldinho. *Nas trincheiras da alegria / O que explodia era o amor,* Gal canta. Vou ao encontro dessa mulher que me estende a mão. Gritando mais alto que o frevo doido. Grito que começou há trinta anos e ficou estrangulado. Reforçado com o passar do tempo, hoje é forte, violento, paira acima dos trovões, da música, do barulho de centenas de cavalos selvagens que correm por dentro de mim. Agora sei, tia serpente, como você se sentia. Um grito intenso, tão agudo que todos nos olham, admirados. Depois riem. Ana:

– Te amo! Vem para o frevo.

Obras do Autor

Depois do sol, contos, 1965
Bebel que a cidade comeu, romance, 1968
Pega ele, Silêncio, contos, 1969
Zero, romance, 1975
Dentes ao sol, romance, 1976
Cadeiras proibidas, contos, 1976
Cães danados, infantil, 1977
Cuba de Fidel, viagem, 1978
Não verás país nenhum, romance, 1981
Cabeças de segunda-feira, contos, 1983
O verde violentou o muro, viagem, 1984
Manifesto verde, cartilha ecológica, 1985
O beijo não vem da boca, romance, 1986
Noite inclinada, romance, 1987 (novo título de *O ganhador*)
O homem do furo na mão, contos, 1987
A rua de nomes no ar, crônicas/contos, 1988
O homem que espalhou o deserto, infantil, 1989
O menino que não teve medo do medo, infantil, 1995
O anjo do adeus, romance, 1995
Strip-tease de Gilda, novela, 1995
Veia bailarina, narrativa pessoal, 1997
Sonhando com o demônio, crônicas, 1998
O homem que odiava a segunda-feira, contos, 1999
Melhores contos Ignácio de Loyola Brandão, seleção de Deonísio da Silva, 2001
O anônimo célebre, romance, 2002
Melhores crônicas Ignácio de Loyola Brandão, seleção de Cecilia Almeida Salles, 2004
Cartas, contos (edição bilíngue), 2005
A última viagem de Borges – uma evocação, teatro, 2005
O segredo da nuvem, infantil, 2006
A altura e a largura do nada, biografia, 2006
O menino que vendia palavras, infantil, 2007
Não verás país nenhum – edição comemorativa 25 anos, romance, 2007

Projetos especiais

Edison, o inventor da lâmpada, biografia, 1974
Onassis, biografia, 1975
Fleming, o descobridor da penicilina, biografia, 1975
Santo Ignácio de Loyola, biografia, 1976
Polo Brasil, documentário, 1992
Teatro Municipal de São Paulo, documentário, 1993
Olhos de banco, biografia de Avelino A. Vieira, 1993
A luz em êxtase, uma história dos vitrais, documentário, 1994
Itaú, 50 anos, documentário, 1995
Oficina de sonhos, biografia de Américo Emílio Romi, 1996
Addio Bel Campanile – a saga dos Lupo, biografia, 1998
Leite de rosas, 75 anos – uma história, documentário, 2004
Adams – sessenta anos de prazer, documentário, 2004
Romiseta, o pequeno notável, documentário, 2005